EL NOVENO CÍRCULO

Fábula

A mis padres

Aunque tuviera mil bocas y mil lenguas,
y mi voz fuera de hierro, no acertaría a describir
las formas de crimen que existen.

VIRGILIO

Prólogo

¡Perded cuantos entráis toda esperanza!

29 de marzo, Viernes Santo

La madrugada del Jueves al Viernes Santo en que había de morir lapidado empezó, además, singularmente mal para Juan Alacena.

Y es que, dependiendo de para qué cosas, quince mil euros es mucho dinero. Perder una suma así nunca es una bagatela; perderla, además, en una mesa de ruleta y sabiendo que uno no puede permitirse el lujo de disponer de ella con facilidad suele ser catastrófico. En realidad, Juan necesitaba ese dinero para otras cosas, y no para andar tirándolo por ahí.

«Qué barbaridad», se dijo, al tiempo que echaba la incómoda silla hacia atrás y se disponía a abandonar la mesa en la que había estado jugando durante las dos últimas horas. «Qué barbaridad.» Le transpiraba un poco la frente, apenas nada, como si la dignidad de un caballero le impidiera revelar su desazón, pero en las axilas llevaba la camisa empapada de sudor.

Como todo buen ludópata, conocía con exactitud el montante de sus pérdidas aquella noche; nadie iba a tener que calcularlas por él. Acabado el dinero —y el crédito que el casino podía concederle—, pasada la excitación de los dos o tres momentos en los que había rozado fantásticos plenos que le hubieran enriquecido más allá de lo que podría haber esperado, el nivel de adrenalina de su cuerpo había bajado, y en su lugar se había instalado el sentimiento de horror de lo que había vuelto a hacer.

No sin sarcasmo (en seguida suprimido), pensó que quince mil euros parece menos dinero que dos millones y medio de pesetas. Tal vez podría presentarlo de ese modo, y así la pérdida daría la impresión de ser menor. Se encogió de hombros, se metió la mano derecha en el bolsillo de la chaqueta y palpó unas monedas de euro. Pensó en apostarlas a un pleno al quince, pero al final decidió no hacerlo: dejaría la moneda como propina en el guardarropa. Ante todo, había que quedar como un señor.

Y así, a las 3.16 horas del 29 de marzo, Viernes Santo, Juan Alacena salió del casino de Madrid.

Sin detenerse, traspasó la gran puerta de cristal, salió al exterior y bajó la escalinata. Hacía mucho frío. Notó cómo se le quedaba helada la camisa hasta entonces húmeda de sudor, y se apretó la solapa del abrigo contra la garganta. Un portero se le acercó para pedirle la ficha de aparcamiento, pero Juan negó rápidamente con la cabeza y siguió andando. Nunca dejaba que nadie tocara su coche; suspicaz por naturaleza, no quería que hurgaran en sus pertenencias y que anduvieran comprobando lo que llevaba en el interior del automóvil. ¿Acaso no había muchos ladrones entre los aparcacoches? No sería a él a quien pillaran.

Además, ¿qué propina iba a poder dejar? «Santo cielo», pensó de pronto por primera vez, ¿cómo iba a decírselo a sus padres? Habían confiado en él, lo habían apoyado incondicionalmente durante las sesiones de cura, durante las largas horas pasadas en el psiquiatra. Habían aceptado las dificultades y tolerado las pérdidas millonarias ocasionadas por su voluntad de curarse. Y ahora eso. ¿Cómo podría decírselo? Tenía que inventar una excusa, no, esconderles ese gasto imposible de esconder, confesarlo todo y mostrarse arrepentido y dispuesto a volver a empezar la terapia... Pero ¡caramba! ¿Acaso no era suyo el dinero? ¿De qué tenía que avergonzarse?

Bajó el último peldaño con rabia y casi arrolló a una pareja que llegaba. Murmuró una disculpa y siguió su camino sin detenerse.

Unos pasos más allá, lejos ya del resplandor de los focos, Juan se encontró fuera del alcance de las miradas de todos aquellos que, se le antojaba, lo contemplaban con ademán acusador; las luces que iluminaban la entrada del casino acentuaban ahora la oscuridad de aquella noche sin luna. Unos cuantos focos alumbraban suficientemente el aparcamiento para permitir a los empleados del casino identificar los automóviles aparcados por orden, pero más allá de ellos, la oscuridad se cerraba de golpe. A los pocos pasos, Juan Alacena se había esfumado.

Se detuvo un momento, desorientado. Su coche estaba por allí, un poco más adelante, a la izquierda, si mal no recordaba. Siguió caminando despacio para dar tiempo a que sus ojos se acostumbraran a la noche cerrada.

Chasqueó la lengua: allí estaba. Se metió la mano en el bolsillo y palpó las llaves. Luego frunció el entrecejo. ¿Una sombra más oscura que las sombras de la noche? ¿Alguien que se movía en total silencio? No era lógico tanto sigilo, a menos que se tratara de un ladrón que merodeaba para desvalijar los automóviles aparcados. Tonterías: debía de ser un trasnochador que llegaba a última hora al casino a probar fortuna.

—¿Quién anda ahí? —preguntó de todos modos, más para infundirse valor que para ahuyentar a un delincuente que anduviera suelto. Nada se movió.

Se encogió de hombros y, tras un instante de titubeo, siguió andando inexorablemente hacia su muerte.

Fue muy rápido. Un golpe violento y seco en el pecho lo hizo tambalearse hasta casi perder el equilibrio. Dio dos traspiés y acabó cayendo sobre el capó de un coche.

—¿Qué? —acertó a decir hasta que un spray lo cegó por completo y, abrasándole la garganta, lo dejó con la respiración cortada y el sabor acre del aerosol envenenándolo.

El gas pimienta, en altas concentraciones, tiene un efecto científicamente interesante y físicamente insoportable: al entrar en contacto con las meninges y con los tejidos blandos del paladar y el esófago, deshidrata violentamente la zona afectada y produce quemaduras inmediatas, desorientación y mareos. El proceso no tarda más de un segundo en producir efecto, pero las consecuencias de una sola y breve aplicación sobre la nariz y la boca son muy dolorosas e incapacitantes. Irritan la laringe como si de una lija se tratara, secan la mucosa y provocan una contracción violenta de toda la musculatura del cuello en un espasmo que interrumpe el proceso de respiración, no sin antes haberse alojado en los alvéolos superiores de ambos pulmones y haber sembrado la devastación en ellos.

Cuando el ser humano es atacado con dolor, su capacidad de defensa se reduce drásticamente: el instinto lo empuja a protegerse del dolor antes que del atacante, y entonces está perdido.

Y eso fue exactamente lo que le ocurrió a Juan Alacena en el aparcamiento del casino. Habría sido mejor para él olvidarse del dolor y reaccionar atacando, pero incluso si hubiera tenido la capacidad racional de pensar en defenderse, habría dado lo mismo: su asaltante era más corpulento y, desde luego, más fuerte que él. Con una sola mano, lo mantenía tumbado de espaldas sobre el capó.

No llegó a oír cómo se abría la puerta del coche, pero en medio del terrible dolor y la confusión de la ceguera, notó cómo lo arrastraban al interior y, tirándole del pelo, lo forzaban a tumbarse en el asiento trasero. Y dolía, dolía, ahogaba y quemaba.

Al cabo de unos segundos, desde el asiento delantero, su atacante le arrancó las manos de la cara, las sujetó con una mano y con la otra se las esposó al anclaje de metal del asiento.

Luego arrancó el motor del vehículo y salió muy despacio del aparcamiento.

Transcurrieron varios minutos hasta que Juan se encontró algo mejor. Las bocanadas de aire no sabían tanto a aquella pestilencia acre que le había quemado la garganta y los pulmones, y le parecía que empezaba a distinguir sombras y, de forma borrosa, alguna luz.

—Dios mío —susurró en tono de súplica—. ¿Qué ocurre? ¿Quién es usted?

El conductor no se giró ni le contestó, sino que siguió conduciendo como si tal cosa. Juan intentó incorporarse, pero las esposas le impedían cualquier movimiento y le mantenían las muñecas sujetas contra el suelo. Percibía las sombras de otros coches que adelantaban al suyo y, a través de la parte alta de la ventanilla, reconoció algunos edificios de oficinas que desfilaban velozmente. Calculó que viajaban por la autopista de La Coruña en dirección al centro de la ciudad.

—Socorro —gritó.

Luego, comprendiendo la inutilidad de sus súplicas, guardó silencio. Intento serenarse y reflexionar. Tenía que haber alguna posibilidad de escapar de aquel infierno. Se ladeó en el asiento y pudo levantar una pierna lo suficiente como para propinarle una patada a la portezuela con todas sus fuerzas. Pero Juan estaba mal, y el coche era sólido. Alemán, pensó estúpidamente; se hubiera reído de su ocurrencia, pero estaba aterrado. Le dio otra patada a la puerta.

—¡Ayúdenme! —dijo con menos intensidad.

El conductor se giró y lo miró una vez, frunciendo el ceño. Acto seguido, dio un volantazo y salió por la desviación de Las Matas, en dirección al Escorial.

—Pero ¿qué demonios está haciendo? ¿Se ha vuelto loco? —gritó Juan.

A través de la ventanilla, el paisaje se veía borroso. El conductor había acelerado y los kilómetros se sucedían uno tras otro a gran velocidad. ¿Qué podía estar ocurriéndole? Un secuestro de ETA, o tal vez algún loco en busca de una fortuna que su familia no poseía. ¿Algo relacionado con su trabajo? No, no tenía un cargo tan importante.

Acudió a su mente el secuestro de aquella chica a la que habían raptado mientras hacía *jogging* por su urbanización, sólo para matarla antes de pedir el rescate. Por un fugaz instante, se le ocurrió que aquella situación podía estar relacionada con sus actividades de esa noche, pero le pareció poco creíble.

—Mire, no sé quién es usted, pero ¿no puede parar un momento el coche? Si... —titubeó— si me explica lo que quiere... —dejó la frase ahí. No hubo respuesta. Comenzó a perder el control.

«Tranquilízate, Juan —se dijo, intentando calmarse—. Tiene que haber una explicación, alguna razón tras esta locura.»

—Mierda —exclamó. Miró a su alrededor buscando algo con lo que soltarse o algo con lo que romper la ventana, o la crisma del idiota de delante. Pero allí no había ni un alfiler. Miró de nuevo por la ventanilla y se percató de que se habían desviado por una carretera secundaria, un camino en el que ya no se veían luces ni farolas, y de que el coche disminuía la velocidad. Transcurrió poco tiempo más y el vehículo giró en un descampado y frenó bruscamente, de forma que lo hizo darse de bruces con el asiento delantero. El conductor bajó del coche y cerró la puerta dejando la ventana entreabierta. No había luz, y Juan apenas podía distinguir sus rasgos. Permaneció inmóvil, sin poder quitarle la vista de encima, y entonces vio con horror cómo volvía a introducir la mano por la ventanilla y el dedo, enfundado en un guante blanco de látex, pulsaba el pulverizador del aerosol.

Recordó la sensación y comenzó a gritar.

Capítulo 1

Más almas en tal sitio se congregan
que en los demás, y allí las vi afanarse:
empujan pesos, con el pecho bregan.

30 de marzo, Sábado de Gloria

Sebastião solía decir que no era posible regresar de la Ciudad de la Muerte sin haber llorado. Y es que, cuando uno se empeña en luchar contra un asesino, acaba inmerso en el lado sórdido de la vida.

El portugués, como lo conocían algunas de sus amistades, llegó a Madrid en el vuelo de la mañana y fue directamente al cementerio de la Almudena, en la zona este de la ciudad. El taxi lo dejó en la entrada y Sebastião se adentró en el recinto santo en silencio, entre tumbas y mausoleos, siguiendo el sendero principal, que conducía a la zona nueva. Corría un frío polar esa mañana de marzo en Madrid y el cielo estaba encapotado, como si quisiera aferrarse a las últimas posibilidades de tormenta que brinda el invierno. Vestía una gabardina larga y en la mano derecha llevaba una bolsa de viaje que no parecía pesar demasiado.

Los genes portugueses de Sebastião le habían conferido un color de piel tal que parecía que estuviera bronceado todo el año. Sacaba una cabeza a la mayoría de las personas y en lugares de mucho ruido tenía que inclinarse para poder oír a su interlocutor. Iba caminando entre cipreses cuando se topó con un hombre de mediana edad que iba vestido con lo que parecía un uniforme municipal.

—Perdone —dijo—. Vengo a un entierro. De la familia Alacena.

El hombre se encogió de hombros.

—Por aquí hay muchos entierros —sonrió con la estupidez de su chiste—. Debe de ser por ahí —y apuntó con el brazo.

Sebastião le dio las gracias y continuó por el sendero. Hacía ocho años que no entraba en el cementerio, desde la muerte de su padre, pero recordaba bien el olor a flores marchitas, la tierra mojada de invierno, el gris de las lápidas y el frío que invadía el alma. Alguno de los senderos, la entrada y el aparcamiento los tenía grabados en la mente como si hubieran transcurrido horas en vez de años. Alguna vez los remordimientos intentaron convencerlo de que visitara la tumba de su padre, pero siempre ocurría algo en el último minuto que se lo impedía.

Se detuvo y, casi sin querer, miró a su alrededor y suspiró. Los recuerdos le llegaron a borbotones. El sendero de la derecha, cincuenta o sesenta metros más adelante, quizá una hilera más cerca de la entrada; allí, ocho años había hecho ese febrero pasado, se había celebrado el funeral de su padre. Cerró los ojos y sintió el dolor de una relación fracasada. Se resistía a sentirse culpable, pero lo atormentaba la incertidumbre de que quizá podría haber puesto más empeño en arreglar las cosas entre ambos. Recordó cómo, tras la muerte de su madre, su padre y él se distanciaron hasta convertirse en extraños. A menudo se preguntaba si realmente había hecho todo lo posible para que la relación no se desvaneciera como el calor de una brasa vieja. Nunca se quitaría esa pena de encima. Hizo un esfuerzo por desterrar aquellos pensamientos inquietos de su cabeza y continuó caminando.

Al cabo de unos minutos divisó un numeroso grupo de personas y se dirigió hacia ellos. El padre del muerto era un hombre conocido y, aun así, Sebastião se sorprendió de la cantidad de gente que se congregaba alrededor de la familia. Fue reconociendo algunos rostros a medida que se acercaba, caras serias, algunas escondidas tras gafas oscuras a pesar de que no lucía el sol.

El cura hablaba, y Sebastião trató de concentrarse en sus palabras para evitar recuerdos amargos; y, así, se quedó algo apartado de la multitud.

El responso duró cuarenta minutos y terminó con un ritual macabro que se le antojó sólo ocurre en España. Dos hombres vestidos con mono azul se colocaron a ambos extremos del ataúd y lo levantaron con esfuerzo. Luego, valiéndose de robustas cuerdas de esparto y, lo que a Sebastião siempre le había parecido una cruel falta de respeto, dándose instrucciones como si de un sofá se tratara, hicieron descender la caja por la fosa hasta que golpeó el fondo con un ruido sordo. Con toda seguridad, debía de existir una fórmula más aséptica, más cristiana, de introducir el féretro en la tierra. O, al menos más moderna.

La gente allí reunida comenzó a dispersarse, pero él se quedó clavado en el sitio. Los recuerdos de otro funeral donde el sentimiento de culpa por la ausencia de pena todavía le angustiaba le llenaban la cabeza. Durante largo tiempo se había preguntado si debía culparse por no haber llorado a su padre.

—Sebastião.

La voz provenía de su derecha. Se volvió, levantó la vista y sonrió al ver a Horacio Patakiola. Su memoria dio un brinco con recuerdos lejanos, algunos buenos y otros no tanto.

—Horacio. Me alegro de verte.

—Me habían dicho que vendrías, pero no me lo creí. Yo también me alegro.

Horacio era un hombre de unos setenta años que rezumaba vitalidad por cada uno de sus poros. Sus ojos, inteligentes y siempre alertas, se movían vivamente, indagando continuamente todo aquello que lo rodeaba. Tenía el pelo blanco y abundante, lo que le confería una aura de distinción que sin duda merecía. Era alto y se mantenía joven gracias a una intensa actividad intelectual. Era su tío segundo, primo hermano de su madre.

Sebastião alargó la mano y se la estrechó con un apretón firme.

—Ha sido tremendo —dijo Sebastião con un rápido gesto hacia el sepulcro—. Me llamó un amigo ayer para darme la noticia; he aprovechado que la semana que viene doy una conferencia aquí en Madrid. En realidad, no he hecho más que adelantar el viaje un par de días.

Horacio movió distraídamente la cabeza como si no hubiera oído su explicación.

—A todos nos ha dejado sin palabras. Aturdidos. Sucedió el jueves, tarde, por la noche. Uno piensa que está a salvo de este tipo de violencia, que en nuestro círculo no pueden ocurrir semejantes atrocidades. Y... —meneó la cabeza de nuevo y al cabo de unos segundos levantó la vista.

El cielo plomizo prometía lluvia y se había levantado un molesto aire que hacía correr las hojas secas de un lado para otro. Sebastião se ajustó la bufanda al cuello e intentó acordarse de la última vez que había visto a Juan. Lo recordaba de muy pequeño, jugando a fútbol en el patio del colegio, en un campo de arena. Terminaban los partidos con el pelo y los zapatos llenos de piedrecillas, la camisa empapada y pocas ganas de volver a clase. Compañero de curso pero no de clase, perdió el contacto con Sebastião cuando éste dejó Madrid y se marchó a estudiar y luego a ganarse la vida en el extranjero, pero solía aparecer cuando el portugués se juntaba con amigos en las escasas ocasiones en las que regresaba a España. Era algo más que un conocido pero menos que un amigo.

Los padres de ambos, en cambio, mantuvieron una estrecha relación a lo largo de los años. En realidad, más que conocido suyo, Juan Alacena era hijo de un amigo de su padre y de su tío Horacio.

—Sebastião —un hombre se les acercó y lo cogió por el codo.

—Don Claudio. No sabe cómo siento lo ocurrido.

—Ha sido terrible. —Se giró y miró a una señora mayor que se alejaba cogida del brazo de otra más joven—. Su madre está destrozada.

¿Qué podía decirle al padre de Juan que no resultara vacío y artificial? Recordaba desde muy joven a don Claudio como un portento de la naturaleza, un hombre fuerte y un gran deportista. Ahora, el paso de los años y los recientes acontecimientos habían hecho mella en él. Llevaba sombrero, guantes y un largo gabán oscuro hasta los zapatos. La piel de su cara era pálida, lo que, potenciado el efecto con unos ojos húmedos y algo opacos, le confería una apariencia enfermiza. «Uno se da cuenta de su propia edad al ver el paso inexorable del tiempo en los demás», pensó.

—Sebastião, necesito pedirte un favor.

—Por descontado, don Claudio.

—Verás, la policía no nos cuenta nada. —Movió las manos en el aire y añadió—: vaguedades, información superficial, pero no quieren decirnos lo que realmente sucedió. Ayer estuvimos todo el día en comisaría y luego en el Instituto Anatómico Forense hasta que nos entregaron al pobre Juan. —Hizo un gesto de rabia—. ¡No nos dicen nada!

Sebastião miró a Horacio, que apretó los labios.

—Necesitamos saber la verdad, lo entiendes, ¿no? Para nuestra paz. —Miró a Sebastião con detenimiento—. Tú tienes contactos en la policía. Ayúdanos.

Esto lo cogió por sorpresa.

—Uf, don Claudio. No es tan fácil. No vivo en Madrid desde hace muchos años, y estoy muy alejado del departamento. Si la policía no quiere decir nada, ¿qué puedo hacer yo? —Incómodo, dio medio paso hacia atrás para poner algo de distancia entre ambos.

—Oficialmente, poco; soy consciente de ello —admitió don Claudio—. Pero tú has trabajado con ellos, y a un amigo se lo suele ayudar. No pretendo que te involucres más de la cuenta, pero cualquier cosa que puedas decirnos nos ayudará a entender esta desgracia. ¿Por qué Juan? ¿Por qué no nos cuentan nada? ¿Hasta cuándo nos tendrán a oscuras?

—Solamente han transcurrido dos días desde... —titubeó, consciente de la dureza de sus palabras—... desde la muerte de Juan. Y hoy es sábado, don Claudio. Creo que debería dejar que pasaran unos días más para que los investigadores ordenen sus ideas y puedan ofrecerle algún dato concreto. Déjelos hacer su trabajo y seguro que en breve recibirá noticias suyas.

—Ya, ya. Pero, por favor, habla con alguien y dinos lo que puedas. —Don Claudio desvió la mirada a Horacio, buscando un aliado, y luego volvió a mirar a Sebastião—. Eras amigo de Juan, y nosotros lo único que queremos es descansar tranquilos. Te lo suplico, Sebastião.

Éste se encogió de hombros.

—No es tan fácil como parece, don Claudio. Pero haré lo que esté en mi mano.

El rostro de don Claudio mostraba la tensión de las últimas horas, pero pareció recobrar algo de esperanza.

—Muchas gracias, de verdad, en mi nombre y en el de mi mujer. Para ella será un consuelo saber que estás aquí.

Don Claudio se marchó sin decir más, dejando tras de sí atónitos a Sebastião y a Horacio.

—¿Crees que podrás ayudarlos? —preguntó Horacio.

—Difícilmente. Hace tiempo que no vengo a Madrid y lo más probable es que ni siquiera me atiendan. A los investigadores no les gustará que ande husmeando en su territorio.

—No quisiera entrometerme, pero estoy convencido de que te harán caso. Tu reputación te precede y tampoco llevas tanto tiempo fuera del circuito. Ahora bien, estoy de acuerdo con Claudio: es increíble que no les cuenten nada.

—Ha transcurrido poco tiempo desde el crimen y las cosas no suelen ir tan rápidas —respondió Sebastião, encogiéndose de hombros—. De todas formas, haré lo que pueda.

Dejó que su vista vagara por las inmediaciones, entre lápidas y calles empedradas. A cierta distancia, una madre se afanaba por controlar a sus dos hijos, que se empeñaban en corretear por las avenidas que se dibujaban entre los nichos. La nueva moda de contratar dúos o cuartetos clásicos durante los entierros les traía amortiguados fragmentos musicales entre ráfagas de viento. La gente se marchaba lentamente del lugar, algunos con los brazos entrelazados, otros hablando en voz baja, en pequeños grupos.

—¿Cuántos días te quedarás en Madrid? —quiso saber Horacio.

—Hasta el martes. Como te he comentado, debo dar una conferencia el lunes por la tarde. Poco tiempo, me temo, para ayudar a don Claudio.

Horacio infló los carrillos en señal de resignación y guardó unos segundos de silencio. Al final, con gesto interrogativo, le dijo:

—Alguno de los viejos amigos de tu padre ha venido conmigo.

—Horacio, yo...

—Bueno, no te preocupes —dijo, dándole una suave palmada en el brazo—. Es hora de irse. Tienes mi teléfono. Llámame, anda, y nos vemos algún día para charlar.

Sebastião sonrió y asintió con la cabeza, consciente de que no lo llamaría. En algún lugar, un reloj repicó unas campanadas y una bandada de palomas levantó el vuelo, a la vez que Sebastião iniciaba un lento caminar hacia la salida.

El cementerio de la Almudena está en la parte este de la ciudad. Sebastião salió por la puerta principal a las doce y media y se dirigió a una parada de taxis, envolviéndose el cuello con su bufanda; parecía que hacía más frío a cada minuto que pasaba, y comenzaba a chispear. Miró la hora en uno de esos relojes electrónicos situados por toda la ciudad en plazas y cruces y esperó a que indicara la temperatura: dos grados. «Esto parece Londres», pensó.

Hizo una seña a uno de los taxis de la parada, y mientras entraba en el coche dio instrucciones al conductor para que lo llevara al centro. El vehículo bajó la avenida de Daroca y se encaminó a su destino por las calles vacías de la Semana Santa. Sebastião miraba a su alrededor, intentando no pensar en lo que había sucedido hacía sólo unos minutos, escudriñando por la ventanilla y recordando calles y plazas conocidas. Como siempre que llueve en Madrid, y a pesar de la cantidad de madrileños que habían escapado de la ciudad por vacaciones, se había formado un atasco repentino. Un guardia municipal enfundado en un chubasquero fosforescente, pese a la leyenda popular de ineficacia, se afanaba en resolver la situación como podía.

Sebastião cerró los ojos y se dejó llevar por el movimiento del coche. Su mente volvió al cementerio.

Juan Alacena era el hijo de uno de los mejores amigos de su difunto padre; un hombre al que conoció de niño, pero del que tenía pocas referencias de adulto. De las escasas veces que se habían visto en los últimos años, lo recordaba como un viva la vida simpático, con poca afición a la responsabilidad; un juerguista algo mujeriego que nunca llegó a sentar cabeza.

Y, por otro lado, estaba su padre, un afamado empresario a las puertas del retiro, brillante, triunfador y firmemente anclado en el siglo pasado. Era comprensible que un hombre acostumbrado a la autoridad inmediata se desesperara con una actitud menos que solícita por parte de los investigadores. Éstos debían de andar liados con los prolegómenos de la investigación, el análisis forense y la recopilación de pruebas y, a pesar de lo duro que sonaba, debían de disponer de poco tiempo para la familia del fallecido.

Haría lo que pudiera por Juan, aun a sabiendas de que no satisfaría a don Claudio. A pesar de que Sebastião era un hombre respetado en su profesión y podía jactarse de tener buenos amigos en la policía, los investigadores recelarían de cualquiera que llegara de parte de la familia intentando sonsacarles información reservada. Este tipo de partidas se solían jugar con las cartas muy cerca del pecho. Así pues, el asunto se presentaba bastante complicado, teniendo en cuenta el escaso tiempo del que disponía y lo apretado de su agenda. Quería aprovechar los pocos días de su visita a Madrid para hacer unas gestiones de esas que uno siempre intenta posponer y el lunes por la tarde se había comprometido a dar una conferencia sobre tendencias suicidas en adolescentes, a la que asistirían grandes expertos de todo el mundo.

El taxi frenó con brusquedad. Sebastião abrió los ojos, resopló y sacó el móvil de un bolsillo interior de la chaqueta. Consultó la agenda y marcó un número.

—¿Diga?

Esbozó una sonrisa al oír la voz de su viejo amigo.

—Morantes. Sebastião al habla.

Hubo un segundo de silencio.

—¡Hombre, Sebastião! ¿Dónde andas?

—En Madrid, de visita. Si estás libre, te invito a un aperitivo.

—Encantado. Dime dónde —respondió su interlocutor.

Finalmente quedaron en una cervecería céntrica y Sebastião le dio instrucciones al taxista con el nuevo destino.

La Ardosa, en la calle Colón, era uno de los bares preferidos de Morantes. No es que tuviera un encanto especial, ni que estuviera enclavado en la zona más emblemática de la ciudad, sino que sencillamente servían la mejor cerveza que se podía encontrar por el centro de Madrid. Eso, por no hablar de su excelente tortilla de patatas con cebolla. El local era bastante pequeño, con las paredes adornadas con azulejos taurinos, el fondo estaba dominado por una barra llena de grifos y botellas, y el centro, ocupado por tres grandes barriles de madera que hacían las veces de mesas. Un par de taburetes era todo lo que se ofrecía para la comodidad y el descanso del parroquiano. Era mediodía cuando Sebastião entró en el bar. Dentro encontró a Morantes, apurando la primera caña.

Recordó la primera vez que se habían visto. Morantes le había dado su tarjeta y le había dicho: «si tienes algún problema, ya sabes a quién llamar». Alguna vez había recurrido a él, cuando se había metido en algún lío descomunal, y Morantes invariablemente le había sacado las castañas del fuego.

—¿Cómo está el gran Morantes? —y sin dejarlo decir nada, continuó—: Veo que bien.

—*Obrigado, meu amigo* —Morantes se acercó al portugués para darle un abrazo. Llevaba un pepinillo en la mano, que intentó comerse mientras se saludaban.

—Veo que sigues intentando hacer varias cosas a la vez. ¿No puedes dejar de comer por un minuto? —rió Sebastião.

Morantes, de unos cincuenta años, no muy alto, algo fondón y con una calvicie avanzada, trabajaba en el Centro Nacional de Inteligencia, el antiguo Cesid, adscrito a las unidades antiterroristas.

—Ya sabes que los pepinillos son la clave de mi éxito personal, y éstos, además, están cojonudos. ¿Quieres uno? ¿O en Inglaterra no coméis pepinillos? —y, diciendo esto, se giró hacia la barra y pidió una pinta de Guinness para su recién llegado amigo—. Me alegro mucho de verte, profesor Silveira.

—Yo también —dijo de corazón—. ¿Cómo te trata la vida?

Morantes hizo un gesto teatral.

—Pse, no me puedo quejar. Tirando.

Hacía un año y medio que la mujer de Morantes había fallecido a consecuencia de un cáncer de pulmón. La agonía se había prolongado durante casi un año, la metástasis venciendo la batalla contra la quimioterapia y los esfuerzos de los médicos. Recordaba a Sol como una mujer extraordinaria, paciente y buena que se había enfrentado a la enfermedad con un coraje admirable. Quiso morir en su casa de toda la vida, en su cama de matrimonio y con su marido a su vera. Y una mañana de otoño se marchó así, sin más, dejando un hueco que nunca se llenaría en las vidas de quienes la rodearon.

—Chico, yo te veo muy bien.

—Tú, que eres un *gentleman* portugués. ¡Vaya combinación! —Morantes le propinó un golpe en el hombro—. Cuéntame, ¿cuánto tiempo te quedas?, y ¿qué has venido a hacer?

—Poco tiempo —dijo Sebastião—. Hasta el martes.

—Te advierto que mi fino olfato huele a podrido. ¿Por qué has vuelto? ¿Por algún caso?

—En absoluto —respondió.

Sebastião era profesor de antropología en la University College de Londres, encargado de la cátedra de Antropología Social. Compaginaba su actividad docente con colaboraciones frecuentes con la Interpol y la policía británica, ayudando en la definición de perfiles psicosociales y de conducta de asesinos en serie. Su relación con la policía había comenzado varios años atrás, cuando diversos sucesos marcadamente violentos sacudieron la comunidad londinense. La Interpol constituyó un comité de expertos para asesorar los hechos y Sebastião, como experto en conducta humana, fue invitado a participar en él. El comité resultó ser crucial en la investigación, aportando pruebas psicológicas y estableciendo patrones de conducta que a la postre sirvieron para capturar al monstruo. Su trabajo se convirtió en sustituto de una vida personal que no acababa de satisfacerle, y dedicó toda su energía a los casos en los que participaba. Quizá por esa razón fracasó su matrimonio, o quizá fue por otros motivos. Lo cierto es que un buen día Suzanne lo dejó, tras una fría conversación en una igualmente fría mañana londinense, en la que lo acusó de no haber luchado por su relación. Quizá.

A partir de ese momento, sus colaboraciones se tornaron más frecuentes y mantuvo contactos con la Oficina de Ciencias de la Conducta del FBI y con diversas policías europeas. Durante un breve período, colaboró en la lucha antiterrorista en España, y de esa manera surgió el contacto y más tarde la amistad con Morantes.

—Nada de asesinos en serie —apuntó Sebastião—. He venido a participar en una conferencia internacional y a tomarme unas cervezas con los amigos.

Morantes levantó el vaso de cerveza en un brindis.

—Bienvenido, entonces.

Sebastião dio un sorbo a su Guinness y se hizo con un par de aceitunas rellenas.

—Bueno, eso no es del todo cierto —confesó—. Con franqueza, no me agrada molestarte, pero necesito que me eches una mano. Poca cosa. Algo de información sobre un tema que me ha surgido hoy.

—Cuéntame. —Morantes cogió otro pepinillo y, tras quitarle el palillo que lo atravesaba, se lo metió en la boca.

—Un amigo, o más bien un amigo de mi padre, Claudio Alacena, un tipo importante, me ha pedido que indague en un trágico suceso que ha ocurrido en su familia: su hijo ha sido asesinado y no saben nada sobre el asunto. La policía no parece dispuesta a contarles lo que ha pasado, y me ha pedido que pregunte entre mis amistades, a ver qué saco en claro. Cierto es que el crimen se cometió anteayer, pero te puedes imaginar cómo están los padres. ¿Tienes idea de a quién podría molestar para obtener algo de información?

Al terminar de decir esto, vio la expresión de Morantes y enarcó las cejas.

—¿Juan Alacena?

Sebastião se sorprendió.

—El mismo. ¿Lo conoces?

—Algo —respondió, ladeando la cabeza—. Trabajaba con nosotros y, efectivamente, se lo cargaron hace dos días. A pesar de ser un asunto policial, tenemos un par de personas interesadas en el tema.

—Menuda casualidad —exclamó—. ¿Juan trabajaba en el Cesid? Me dejas atónito.

Morantes hizo un gesto ambiguo antes de continuar.

—En archivos. No era un puesto operativo ni particularmente... —titubeó, buscando la palabra apropiada—... sensible, pero a los jefes los pone nerviosos que liquiden a uno de los nuestros. Te lo puedes imaginar: los viejos del lugar se arrancan con cuentos de la guerra fría y de juegos de espías.

El viejo sarcasmo salió a relucir.

—¿Quién tenéis asignado al caso?

—A un par de tipos de seguridad. Bah, en realidad su trabajo sólo consiste en enterarse de lo que saben los polis. Hablar con ellos es perder el tiempo, pero puedo ponerte en contacto con la subinspectora que se encarga del caso. En fin, vaya follones en los que te metes, amigo.

—¿Qué quieres que te diga? —contestó Sebastião, haciendo un gesto con la mano—. Ya me conoces. ¿Qué sabes tú del tema?

—Poca cosa. Al chico lo secuestraron en el casino de Torrelodones y luego apareció destrozado en un descampado a las afueras; por ahora hay poca información. En el aparcamiento del casino han localizado el lugar donde el secuestrador aparcó el coche en el que luego se llevó a tu amigo, y los de la científica andan buscando pistas. —Se llevó con una mano la jarra a la boca y levantó la otra para indicar que iba a seguir—. También he oído que había estado jugando fuerte esa noche y que era un habitual. Los que se encargan del caso estarán investigando ajustes de cuentas y demás asuntos turbios. Ya sabes, la cosa va por ahí —dijo «ahí» como suele decirse por el norte: «ahi».

—No me estás contando mucho.

—Lo que he oído. No estoy metido directamente en la investigación, y en mi departamento hay suficiente curro para no aburrirse.

Sebastião sorbió su cerveza y se limpió con una servilleta la espuma que le había quedado en el labio.

—Ya, ¿y ese contacto tuyo?

Morantes se encogió de hombros.

—El caso lo está llevando un nuevo grupo operativo. La subinspectora en cuestión es amiga mía de hace tiempo.

Sebastião frunció el ceño.

—¿Quién?

—No los conoces —respondió Morantes—. Un grupo nuevo que está a la última en medios y equipamiento. De todas formas, no puedo prometerte nada, y no sé si estará en disposición de ayudarte. Te arreglaré una cita con ella.

—¿Qué tal es?

—Una monada.

—Joer, Morantes. No me refería a eso, que me pintas como un machista descerebrado.

Morantes rió.

—Ya lo sé, hijo. Pero es que entras al trapo que da gusto. Es una profesional como la copa de un pino y no quisiera forzar la mano. Dependerá de ella.

—Bueno, haz lo que puedas. Te lo agradezco.

Y la conversación sobre ese tema acabó en ese punto. Terminaron el aperitivo y se marcharon a comer juntos a un restaurante cercano. Después, Morantes se ofreció a acercarlo en su coche a donde quisiera, pero Sebastião prefirió caminar; el aire frío le vendría bien.

Tras despedirse de Morantes, Sebastião se ajustó la bolsa de viaje al hombro y se dirigió calle Fuencarral arriba para tomar el aire y pensar en su reciente conversación.

Morantes le había comentado que *la casa*, como se conocía al Cesid, ahora CNI, andaba bastante revuelta por dentro y que el politiqueo era ya fastidiosamente frecuente. La forzada conversión de la antigua agencia de seguridad militar en una fuerza más moderna controlada por directores civiles, inmisericorde con aquellos que eran más reacios al cambio, estaba generando un clima complejo. Todo ello se unía a los problemas e indefiniciones políticas del País Vasco y a la reciente y dramática aparición del terrorismo islámico en el panorama, que no tranquilizaba particularmente a los agentes de las unidades antiterroristas y de contraespionaje.

El nuevo grupo del que le había hablado Morantes y que se encargaría del caso era un intento para profundizar más y con mejores medios en las nuevas formas y estructuras del crimen internacional organizado. Como si los grupos de investigación de la Guardia Civil y de la policía no gozaran ya de suficiente prestigio internacional; pero, al parecer, la globalización exigía grandes cambios.

Caminó hasta llegar a la Gran Vía y allí buscó el edificio de la Casa del Libro, donde pasó las siguientes horas; finalmente, adquirió media docena de volúmenes que introdujo en su bolsa.

Llegó pasadas las cinco de la tarde a la plaza de Iglesias, casi sin darse cuenta, ensimismado como estaba en sus pensamientos. En realidad no se llama así, pues su nombre oficial es plaza del Pintor Sorolla, pero la costumbre popular había querido bautizarla de esa manera. Miró calle abajo por Eloy Gonzalo y se detuvo. Un par de manzanas más adelante y llegaría a la plaza de Olavide, donde encontraría la vieja casa de su familia, la que había conocido de niño y que tantos recuerdos, no todos buenos, le traía.

La plaza de Olavide es amplia, no sólo en diámetro, sino por el espacio que separa las casas que se asoman a ella. En cierta manera, a Sebastião le recordaba una plaza del norte, con sus edificios de cuatro pisos, sus balcones enrejados llenos de macetas y sus fachadas pintadas de color ocre, naranja y discretos azules. La recordaba más elegante. El ayuntamiento había construido dos grandes entradas al aparcamiento subterráneo, protegidas por mamparas de cristal que los chavales del barrio se habían encargado de adornar con *graffiti*, y había acondicionado unas zonas con arena para que jugasen los niños. En el otro extremo de la plaza reconoció dos bares que en verano ofrecían cañas y tortilla de chorizo en sus terrazas. Se acercó caminando lentamente a su viejo portal, esquivando un grupo de niños que correteaban uno detrás del otro; los pocos que se habían quedado en Madrid durante las fiestas. En dos ocasiones estuvo a punto de desistir, pero por alguna razón no se detuvo.

—¡Válgame Dios, si es don Sebastião!

Reconoció la voz de inmediato y se volvió con una media sonrisa en los labios.

—Benito, ¿cómo está usted? —El sonido de esa voz lo transportó al pasado.

—Pues ya ve, algo más viejo, pero no nos podemos quejar, ¿no? Algunos están peor.

—Sí, claro —sonrió Sebastião.

—Hace mucho tiempo que no lo veíamos por aquí. ¿Ha vuelto usted para quedarse? —preguntó su interlocutor.

—No, no, sólo me quedaré unos días.

Benito era una institución para muchas personas del barrio, sobre todo para aquellas de más edad que lo conocían desde los momentos difíciles del Madrid de los años sesenta. Había sido uno de los últimos serenos de los de verdad, no de los de aquel fallido e inútil experimento municipal de unos años atrás. De los serenos de chuzo, silbato y gran manojo de llaves. Recordaba con claridad llegar por la noche a casa de sus padres y encontrarlo abriéndole la puerta; incluso alguna vez, con las llaves en el bolsillo, lo había llamado a palmadas para poder darle la propina de rigor. Algunos años después, la comunidad de vecinos lo había convencido para que ocupara el puesto de portero del inmueble. Ya no se oía por la noche el eco del bastón de madera golpeando el asfalto, pero al menos Benito seguía por el barrio.

—Ya sabe que su casa está en perfecto orden.

La hija de Benito la limpiaba una vez a la semana, y Sebastião le pagaba con transferencias regulares desde Londres. ¿Por qué mantenía la casa sin alquilar tanto tiempo? A menudo se lo preguntaba y al final, sin poder convencerse en un sentido u otro, dejaba la cuestión para otro momento. Otra de las razones de su viaje a Madrid era poner en venta la casa: el dinero no le vendría nada mal, y sus visitas a España en los últimos años se habían vuelto cada vez más infrecuentes. No se justificaba tener una pequeña fortuna inmovilizada.

—Me quedaré un par de días.

—¡Excelente! —exclamó Benito con grandes aspavientos—. En cuanto a la comida, ya sabe que mi María sigue siendo la mejor cocinera de Chamberí y puede dejarle platos preparados cuando quiera.

Sebastião se metió las manos en los bolsillos.

—Se lo agradezco, Benito. Bueno, me alegro mucho de verlo. Saludos a doña María —dijo, e hizo ademán de entrar en el portal.

—Ah, un momento. María acaba de darme un papel para usted por si aparecía. —Rebuscó por su chaqueta y extrajo una cartulina de color sepia—. Lo dejó un señor hace poco.

Sebastião cogió la nota. El membrete rezaba «Los Amigos de Cambridge», y escrito con pluma de trazo grueso se leía un mensaje que reconoció que era del puño de su tío Horacio Patakiola: «Esperamos que encuentres tiempo para visitarnos el lunes a las ocho de la tarde.»

«Los Amigos de Cambridge», sonrió Sebastião para sí y se quedó con la tarjeta en la mano unos segundos, inmóvil. La tertulia de pensamiento filosófico que supuso la llama de la alegría de los últimos años de la vida de su padre. Seis eruditos, genios, según algunos, que se reunían dos o tres veces a la semana en un viejo ático de Barquillo para hablar de filosofía, de matemáticas y de ciencia. Para arreglar el mundo, vamos.

Corría el año noventa cuando Sebastião se trasladó brevemente a Madrid desde Londres para investigar la relación entre el IRA y ETA y abrir nuevas vías de colaboración entre las agencias antiterroristas de ambos países. El destino lo había llevado a la misma ciudad en la cual vivía su padre, un extraño para él desde la muerte de su madre, veinte años antes. Nunca más le volvió a ver, y en ningún momento sintió la necesidad de llamarlo e interesarse por su vida. A veces, en los momentos en los que reflexionaba a solas en su habitación, se preguntaba si había hecho bien. Aunque no viera nunca a su padre, su tío Horacio Patakiola solía llamarlo para almorzar cada cierto tiempo. En esas ocasiones, mantenían siempre conversaciones cuidadas que evitaban mencionar temas tabú y sentimientos personales, y en ellas solían recapitular los hechos transcurridos desde la última cita. Y, sin embargo, no eran ni frías ni distantes. Desde que vivía en Londres, las echaba de menos.

Alguna vez había leído referencias a la tertulia en revistas especializadas de literatura o gacetas universitarias de grupos filosóficos, más frecuentes cuando su padre escribió sus primeros libros. Jamás compró ninguno. Se metió la tarjeta en el bolsillo y entró en el portal con una sensación de creciente angustia.

La casa estaba oscura, tal y como la recordaba, como la mayoría de las casas antiguas de Madrid. O quizá los recuerdos de la niñez se tiñen al cabo de los años de blanco y negro, pierden sus colores a medida que vamos envejeciendo. El largo pasillo con las habitaciones situadas en el lado derecho estaba grabado como una fotografía en su cabeza. Una gran alfombra persa se extendía perennemente arrugada sobre la moqueta de color marrón, y unas lámparas de araña adornaban las paredes a intervalos regulares. Se encendían apretando unos interruptores negros que no podían ser de este siglo. Sebastião había heredado la casa tras la muerte de su padre hacía ocho años; no la pisaba desde hacía casi treinta. Desde que murió su padre había vuelto a Madrid en varias ocasiones, siempre por motivos profesionales, y siempre había reservado habitación en algún NH; aducía comodidad cuando, en realidad, eran otras las razones. Pero esta vez se alojaría en Olavide: al fin y al cabo, era su casa. Y antes de ponerla a la venta debía poner orden en los enseres que allí había.

De la herencia y de las otras cosas de su padre se había ocupado en su momento Horacio; un gesto egoísta e inmaduro por parte de Sebastião, pero se excusó en el trabajo para eludir esa obligación.

Se detuvo en el vestíbulo de la entrada, amplio y frío con un enorme tapiz colgado de la pared. En el tapiz se representaba una escena romana: un banquete con uvas, caza, perros tumbados y armaduras relucientes. En el costado izquierdo del vestíbulo había una doble puerta corredera que daba al salón, y a la derecha, el pasillo. Su cuarto andaba por la parte trasera de la casa, junto a las cocinas (el plural pegaba perfectamente para describir aquellas mastodónticas habitaciones); tres en total: *office*, como se decía de forma elegante, cocina y una despensa enorme.

Entró en el salón y se detuvo en el centro de la habitación. «¡Dios mío!» No había cambiado nada. La hija de Benito se encargaba de mantenerla limpia, «como los chorros del oro», solía decir. No era fácil volver así, de golpe, a Madrid y quedarse impasible ante los miles de detalles de su pasado que lo asaltaban en tromba. Cerró los ojos y pudo oír la voz de su madre, llamándolo a la mesa o preguntándole a su padre si quería una taza de ese horrible Nescafé descafeinado que solían tomar. Recordaba el telediario en el viejo receptor de madera, y los programas infantiles tumbado en el suelo de parqué.

Se encaminó por el pasillo hasta encontrar su cuarto. El mismo color crema en las paredes. Dejó su bolsa de viaje encima de la cama. La encontró recién hecha, pero la ropa dejaba ver el paso de los años en sus fibras; el color de las mantas era el amarillo opaco que adquiere el blanco cuando envejece. Guardó sus escasas pertenencias en el armario vacío y el neceser en el baño. Hizo una mueca de satisfacción cuando comprobó que el agua caliente corría abundantemente y abrió el grifo de la ducha al máximo. A pesar de que la hija de Benito había tenido la precaución de asegurarse del buen funcionamiento de los radiadores, una ducha caliente le iría bien.

Dio una vuelta rápida por la casa sin detenerse mucho en el cuarto de sus padres. Cruzó con rapidez por las cocinas, por los cuartos de servicio y finalmente se metió en la ducha. Estuvo largo tiempo dejando que el agua corriera por su cuerpo, que el calor derrotara al frío exterior y limpiara mucho más que su piel. Finalmente, se secó y encontró un viejo albornoz colgado de la puerta, limpio y tratado con suavizante. Se anotó mentalmente darle una propina a la hija de Benito.

Más tarde, se sentó en un sofá del salón con los ojos cerrados hasta que se quedó adormilado.

31 de marzo, Domingo de Resurrección

El móvil lo sobresaltó tomándose un café en uno de los pocos bares que abrían en domingo por la mañana en la plaza de Olavide. Es curioso descubrir las cosas que se echan de menos cuando se vive en el extranjero, muchas de ellas, probablemente las más importantes, pequeños detalles que a uno le pasan desapercibidos en su ciudad. Tomarse un café y escuchar una conversación sobre el partido de fútbol del día anterior, la llamada de un amigo para tomar unas cañas en un bar el sábado a media mañana, organizar una cena improvisada en algún restaurante a las once de la noche. Eso era lo que más añoraba; la familia, la patria, eran cosas a las que uno se acostumbraba a tener lejos.

Rebuscó en su abrigo hasta que encontró el teléfono.

—¿Sí?

—¿Sebastião?

—Al habla. —Reconoció en seguida la voz de don Claudio.

—Soy Claudio Alacena. Perdona que te moleste a estas horas y en domingo, pero quería saber si habías tenido la ocasión de hablar con alguien. Sé que nos vimos ayer, pero...

—Me temo que por ahora no, aunque tengo un contacto trabajando en el tema —se apresuró a decir— y, bueno, espero alguna noticia en breve.

—He reflexionado y creo que fui un poco brusco ayer —se disculpó don Claudio—. No tengo derecho a pedirte este favor, máxime cuando acabas de llegar a la ciudad y probablemente tengas cosas importantes que hacer. Quería excusarme contigo.

Sebastião se sorprendió con la disculpa de don Claudio.

—En absoluto —repuso Sebastião—. Estoy encantado de hacer todo lo que esté en mi mano, aunque... —titubeó—... ya le dije que a lo mejor no es mucho.

La siguiente frase se entrecortó.

—Perdone, don Claudio, no lo he oído bien.

—Cualquier cosa, Sebastião, por poco que parezca, nos ayudará. Hay que coger a esos desgraciados y castigarlos.

—Claro —asintió.

—Bueno, te dejo. Sólo decirte que no sabes lo que te agradezco el esfuerzo. Espero tus noticias y gracias de nuevo.

Y colgó. Sebastião no pudo reprimir un sentimiento de compasión. ¡Qué calvario perder a un hijo en circunstancias tan violentas!

Se metió el móvil en el bolsillo interior de la chaqueta y cogió un churro. Al poco, volvió a sobresaltarse con el maldito teléfono. Era uno de esos modelos que zumban dos veces antes de sonar, y a él siempre le parecía que se le había metido una avispa en el bolsillo.

—¿Sí?

—¿Sebastião Silveira?

—El mismo.

—Buenos días, soy Beatriz Puerto. Le llamo a instancias de Morantes.

—Ah —dijo Sebastião. Qué efectividad la de su amigo.

—Tengo documentación para usted. ¿Podemos vernos esta tarde?

—Por supuesto —dijo—. ¿En su oficina?

«Maldita sea, si hoy es domingo.»

—No, no. Mejor en la plaza de Moncloa, debajo de los arcos. Nos vemos ahí a las siete.

—De acuerdo. —Quiso dar las gracias, pero la comunicación se interrumpió bruscamente.

Parecía que la mañana empezaba a moverse.

Sebastião almorzó tarde y, como restaban algunas horas para la cita con la subinspectora, decidió acercarse al casino de Torrelodones. Salió a la calle, desierta aquel domingo de fiesta, y aguardó unos minutos hasta que divisó un taxi. Desconocía la localización del fatídico descampado donde habían acabado con la vida de su amigo Juan, así que decidió comenzar, como se dice, por el principio: el aparcamiento donde fue secuestrado. Con toda seguridad, no iba a descubrir nada que la policía hubiera pasado por alto, pero el propósito de la visita era puramente egoísta: tranquilizar su conciencia. Sería mejor mojar los pies en la investigación, aunque fuera de forma superficial, y obtener una imagen propia del lugar de los acontecimientos que quedarse cruzado de brazos deambulando por la ciudad.

El taxi lo dejó en la puerta del casino a las cinco y cuarto, justo cuando se abrían las puertas al público. Un autobús del Imserso descargaba a un grupo de jubilados frente a la escalinata, dispuestos a dejarse la pensión ante las ruletas. Caminó a la derecha, dejando el gran edificio a su izquierda, y accedió al parking, donde distinguió una veintena de coches, probablemente pertenecientes al personal del casino. Caminó en dirección a unas señales portátiles de prohibido aparcar que divisó a lo lejos, casi al final del aparcamiento. Mientras, dejó que sus ojos vagaran por el solar, intentando memorizar cada detalle. ¿Dónde se habría colocado el asesino para poder vigilar la puerta hasta que Juan saliera de las salas de juego? Tendría que haber identificado dos puestos de vigilancia al menos; uno secundario, por si aparcaban vehículos en su línea de visión. Alcanzó las cuatro señales unidas por una larga cinta de color amarillo de la policía que delimitaba un rectángulo de tres metros por cinco, lugar ocupado, sin duda, por el coche en el que Juan había sido introducido a la fuerza. Sebastião se puso en cuclillas y observó con detenimiento la zona. Encontró rastros inequívocos de la presencia de la policía científica: polvos que todavía blanqueaban algunas chinas grandes en busca de huellas digitales del asaltante, por si éste, en la refriega, hubiera apoyado una mano en el suelo. Torció la cabeza y se aseguró de que el ángulo de visión de la entrada del casino era bueno. Gruñó con satisfacción. ¿Cuál sería otra posición idónea para el asesino?

Oteó a su alrededor y vislumbró unos arbustos a unos cincuenta metros hacia el interior del recinto que podrían ofrecer buena cobertura, y, si bien el ángulo de visión no permitía ver la entrada al recinto directamente, cualquiera que transitara entre la escalinata y el aparcamiento sería visto desde esa posición. Caminó hasta los setos y volvió a tomar referencias. Buena visibilidad. Apartó unas ramas y rebuscó por entre los arbustos. Con mucha suerte, encontraría alguna colilla que pudiera prestarse a un análisis de ADN. O una huella de zapato. Estuvo diez minutos rebuscando por entre la maleza, cuidando mucho donde pisaba. «Uno se sorprendería de la cantidad de pruebas que se pasan por alto en el lugar del crimen», solía decir uno de sus amigos de Scotland Yard en Londres. Permaneció en cuclillas unos segundos y suspiró. Aun ahora le sorprendía el camino recorrido por un profesor universitario, un portugués afincado en Londres, hasta llegar a colaborar con la policía de distintos países. A menudo su mundo se convulsionaba con la aparición de un asesino en cuya espiral de violencia acababa atrapado. Sonrió cínicamente.

Finalmente, se levantó y retornó al sitio donde había aparcado el coche el asesino. Se paró en un lado del cuadrado, giró noventa grados a su izquierda y comenzó a caminar con lentitud alrededor de la cinta; la parte interna habría sido peinada piedra a piedra por la policía y encerraría el volumen del coche y un metro a cada lado. Se movió con lentitud, dando pasos pequeños, con la vista clavada justo delante de sus zapatos. Cuando hubo recorrido el perímetro completo se apartó medio metro y repitió su periplo, aunque de nuevo sin éxito.

Se quedó de pie, con los brazos en jarras, dejando que su vista vagara por el cuadrilátero, hasta que un reflejo en el suelo al pie de una de las señales de prohibido aparcar atrajo su atención. Se agachó y reparó en unos cristales rotos que se entremezclaban con los guijarros alrededor de la base circular de la señal. Movió la señal con cuidado hasta que dejó libre el suelo que cubría. De un bolsillo interior del abrigo extrajo una pluma y removió entre más cristales y piedras, hasta que halló uno de mayor tamaño. Con cuidado, le dio la vuelta y pudo ver que aún conservaba parte de una etiqueta pegada al dorso. El vidrio no medía más de un centímetro cuadrado, pero pertenecía claramente a un frasco pequeño que se había hecho añicos, con toda probabilidad pisado por la rueda de algún coche. Miró de nuevo la señal y meneó la cabeza: ¡quién debía de haber colocado la señal con tan poca fortuna que había tapado aquel pedazo de cristal! Escudriñó con atención el trozo de etiqueta, intentando leer lo escrito: insul... Insulina. Arqueó las cejas. La etiqueta no estaba demasiado dañada, y los bordes del cristal seguían afilados, sin rastro de erosión, signo de que no llevaría mucho tiempo en el suelo.

—Oiga. No puede estar aquí.

Se quedó quieto para no perder la posición y levantó la cabeza.

—¿Por qué no?

El guardia, vestido con uniforme de empresa privada, porra y pistola, vaciló un instante.

—¿Va usted a entrar al casino?

—Por ahora, no—contestó Sebastião.

—Pues, entonces, no puede quedarse aquí. Es propiedad privada y, además, la zona está acordonada por la policía.

Sebastião sacó un portadocumentos y extendió el brazo sin moverse de su posición. El guardia, confuso, se acercó y examinó el documento.

—Interpol —aclaró Sebastião. Eso no le daba derecho a entrometerse en la investigación, pero el guardia no lo sabría.

—En ese caso —masculló el hombre, devolviéndole la acreditación—, —¿aviso al director?

Sebastião negó con la cabeza y dijo:

—No será necesario. Estaré sólo unos minutos.

Después aguardó a que el guardia se alejara unos metros antes de llamar su atención:

—Oiga. ¿Estuvo usted aquí el sábado por la noche?

El guardia se volvió.

—Sí. Ahora estoy de turno de día, pero la semana pasada hice noches. Ya lo saben los detectives.

—Aquí aparcó el coche el hombre que secuestró a la víctima —dijo, señalando con el índice—. Supongo que donde yo estoy ahora habría otros coches. Es decir, estaría lleno el casino aquella noche, ¿no?

—Efectivamente. También me lo preguntaron los policías. El aparcamiento estaba casi completo.

Sebastião asintió y le dio las gracias. Sacó un pañuelo de su bolsillo y envolvió el trozo de cristal con cuidado: un regalo para Morantes.

Quizá no fuera nada, pero nunca se deja de considerar cualquier indicio. Miró el reloj y recordó que a las siete había quedado en verse con la subinspectora.

Llegó puntual a la cita en Moncloa. Se metió debajo de los arcos grises de la plaza, las manos en los bolsillos del abrigo, y comenzó a pasear en círculos para combatir el frío. Le pareció que se estaba metiendo en un lío monumental. Había asistido a un funeral y ahora guardaba una posible prueba de homicidio en el bolsillo del gabán y se había citado con la policía en un lugar público, como si de una película americana de espías se tratara.

Moncloa se encontraba casi desierta; sólo había algún grupo de jóvenes del barrio desafiando el frío, como si hubiera llegado el calor y con ellos no fueran las inclemencias del tiempo y las prohibiciones del ayuntamiento relativas al consumo de cerveza en la vía pública.

Confiaba en no tener que esperar demasiado. Cayó entonces en la cuenta de que no sabía qué aspecto tenía su contacto, aunque por la voz determinó que era una mujer joven. Al cabo de cinco minutos, un SEAT rojo se acercó lentamente y aparcó subiendo las ruedas al bordillo. La puerta del pasajero se abrió con un ligero chirrido.

—Silveira.

Sebastião entró en el coche y se fijó en la policía. Era una mujer atractiva de grandes ojos marrones, de unos treinta años, supuso. Llevaba el pelo recogido en una coleta que le caía hasta taparle la nuca; vestía vaqueros y una gruesa chaqueta de nobuk, que la hacían parecer aún más joven de lo que era.

—El mismo. Beatriz Puerto, ¿no?

—Subinspectora Puerto, sí —matizó con tono seco. Se la veía contrariada. Se volvió y cogió una carpeta blanca del asiento trasero.

—Dele las gracias a su amigo Morantes.

—Y a usted —dijo Sebastião, aceptando el dossier.

Puerto se encogió de hombros.

—Si por mí fuera, esto no saldría de comisaría. De hecho, son fotocopias, y me quedo sólo un minuto para advertirle de una cosa —lo miró a los ojos con cierto aire de amenaza—. Este caso no es de la Interpol y nuestro departamento no ha solicitado su ayuda. Sé que usted sólo pretende echar una mano a la familia de Alacena, pero conoce los procedimientos. Esas hojas —indicó la carpeta con un dedo— son confidenciales. El dossier contiene los informes forenses y algunas pruebas periciales y algo de documentación relativa al caso. La única razón por la que se lo entrego es por petición expresa de Morantes. Profesor Silveira, hay datos sumamente confidenciales y delicados ahí. Quiero su garantía de que ese dossier no lo verá nadie más. Y que no llegará a manos de sus colegas en Londres.

—Se lo garantizo. Sin embargo, algo de información tendré que darle a la familia. Para eso estoy aquí.

—Estamos comenzando a indagar y... existe el peligro de entorpecer la investigación. Usted sabe que las familias siempre están inquietas en estos momentos, pero por el bien de todos debemos actuar con prudencia. El trato es que usted lea esta información, haga un resumen y me lo dé para que yo le eche un vistazo. Sólo entonces, si lo creo conveniente, lo autorizaré para que se lo entregue usted a los Alacena, ¿entendido?

—Totalmente.

Sebastião abrió la puerta y se apeó.

—Señor Silveira —prosiguió ella por la ventanilla—. Esto lo hago por Morantes, pero si rompe el trato o habla con alguien acerca de esto antes que conmigo, presentaremos una queja a sus superiores. Mi tarjeta está dentro de la carpeta. Cuando haya revisado el material, llámeme.

Y, con eso, bajó el coche de la acera y aceleró. Entendía la postura de la subinspectora, reticente a dejar documentación confidencial de un caso que su departamento debía de llevar con gran celo en manos de un colaborador de la Interpol. ¿Qué le debería a Morantes para romper las reglas de esa manera?

Tras la conversación, Sebastião localizó una farmacia de guardia y compró una bolsita de plástico con cierre hermético que serviría para mantener intacto el cristal del aparcamiento. Prefería entregar la prueba a Morantes antes que a la subinspectora Puerto.

Tomó un taxi, que lo llevó a su casa con la idea de comenzar a leer los informes. No disponía de mucho tiempo y más valía ponerse manos a la obra cuanto antes.

Lo primero que encontró fue la tarjeta de visita de Beatriz Puerto, subinspectora de policía. Vaya, con lo guapa que era, no acababa de imaginársela corriendo desenfrenada detrás de algún malhechor, pistola en ristre. Por otro lado, la señorita Puerto parecía saber valerse por sí misma. ¿O era señora?

Tras la tarjeta, el resumen del informe policial:

Acta de procedimiento

Caso: Homicidio - CM12A-1424

La víctima, Juan Felipe Alacena, de 32 años de edad, varón de raza blanca, fue encontrada el día 29 de marzo a las 7.20 horas. Una patrulla de la Guardia Civil, alertada por dos jóvenes (véanse nombres en descripción adjunta de testigos), se presentó en el lugar del crimen y procedió a precintar los alrededores en un radio de cincuenta metros. Se avisó al Grupo de Investigación de la Policía Judicial, a la policía científica, al juez instructor, a una ambulancia del SAMUR local y al departamento forense de la comunidad.

A las 7.50 horas, se presentaron los inspectores Ernesto Suárez y Herminio Lafuente, acompañados de dos dotaciones de coches radio patrulla y la ambulancia del SAMUR. Ratificaron el fallecimiento de la víctima y, posteriormente, que la zona de evidencia estaba cerrada. A las 8.05 se presentó un laboratorio móvil del Departamento Forense de la Comunidad de Madrid y dos miembros de la Brigada Técnica de Investigación, que inspeccionaron la zona del crimen (véase relación de pruebas de localización). A las 8.30, el juez instructor autorizó el levantamiento del cadáver, hecho que se produjo a las 8.45 horas, y se trasladó el mismo a las dependencias del Instituto Forense de Madrid.

Hasta aquí, todo bastante normal. Extrajo un pequeño bloc de notas y comenzó a resumir lo que estaba leyendo, como había hecho tantas veces en el pasado. En el lugar del crimen se presentaron un total de diez personas, sin contar con los tres miembros del SAMUR. «Demasiada gente», pensó. El peligro de contaminar la escena del crimen y de dañar o borrar valiosas pruebas es una de las mayores preocupaciones de cualquier investigador.

Pasó de hoja y levantó el resumen del informe forense. Adjuntas, encontró las fotografías de la Brigada Técnica, imágenes duras pero a las que estaba acostumbrado, tomadas en dos lugares distintos; algunas directamente en la escena del crimen, que retrataban a Juan Alacena esposado y retorcido en la arena. Su cabeza, rapada por completo con una afeitadora de barbero, estaba cubierta de una mezcla de sangre oscura, mechones de pelo y barro, lo que le confería un aspecto terrible. Tenía los ojos abiertos y en sus pupilas se reflejaba el miedo. Sebastião vio la escena con espantosa claridad. Juan tumbado en el suelo, maniatado e intentando razonar con el asesino, tratando de entender el porqué de los hechos. Probablemente acabó suplicando cuando la terrible certeza de lo que iba a ocurrir se adueñó de su alma. Las imágenes de la lapidación de su amigo pasaron delante de los ojos de Sebastião como una película a cámara rápida, y de inmediato sacudió la cabeza para deshacerse de la molesta visión.

Había otras fotografías, que pertenecían a la autopsia, y Sebastião las miró por encima; poco le dirían esas imágenes. Debajo de ellas encontró otro documento resumen, esta vez de los peritos en el lugar del crimen. El texto, o lo más importante del mismo, decía:

La víctima fue encontrada con las manos atadas a la espalda mediante un par de esposas (Smith & Wesson de acero y níquel - véase Anexo 1) y tumbada en posición decúbito supino en el suelo. Presenta múltiples contusiones en la zona craneal, con evidente pérdida de sangre y masa encefálica, y contusiones en la zona torácica, como demostró un rápido examen preliminar. El cráneo ha sido afeitado al cero y los cabellos que rodean el cuerpo pertenecen a la víctima. Fue visto por última vez en el casino de Torrelodones hacia las 3.00 horas. Los porteros evidencian un altercado a esa hora en el aparcamiento secundario, pero no se interviene (véase declaración adjunta). Interrogados los porteros, se identifica el lugar exacto del altercado, se delimita la zona que ocupaba el coche del/de los agresor/es, y se procede a su análisis. La relación de pruebas se adjunta. Como resumen, destacar que se está a la espera de los resultados de ADN de saliva en varias colillas encontradas en el perímetro. No se estima nada de mayor importancia. No se encuentra evidencia dactilar. No hay huellas claras de neumáticos.

Rebuscó por entre un catálogo de fotografías hasta que encontró las correspondientes al aparcamiento del casino. Habían sido tomadas el viernes, pero retrataban una imagen similar a la que había visto esa misma tarde. Se lamentó de nuevo por el poco cuidado del agente que había colocado las señales y recordó que tendría que llamar luego a su amigo Morantes para ponerlo al corriente de su descubrimiento.

Siguió leyendo con detenimiento el informe: que el agresor había llevado a la víctima al descampado en un coche grande y de color oscuro; que Juan había sido arrastrado al menos veinte metros hasta el lugar de su lapidación; que se habían encontrado huellas de zapato correspondientes el número 42 (una vez descartadas las de Juan) alrededor del cadáver; que había sangre 0 + (la de Juan) por todas partes; que en un radio de dos metros se encontraron varios dientes de Juan, indicativo de la violencia de los golpes; que la policía científica había hallado fibras de plástico (posiblemente guantes de látex) en varias de las rocas culpables involuntarias de la muerte de su amigo.

Y que, aproximadamente a un metro de la víctima, y dentro de una bolsa de plástico en la que había varias fichas de casino, se encontró un trozo de papel de impresora. El texto, escrito con letra courier de doce puntos, decía:

He fallado sin remedio al buscar la jugada genial. Mi acto no es desesperado, ni por él quiero pedir perdón. Es una liberación. Es la posibilidad de escapar de la tentación, la única vía de superar la esclavitud del dinero, la inutilidad del derroche. No cometo un crimen, ni un asesinato, ni una ejecución, y estoy seguro de que me entenderéis. Las palabras adquieren significados muy diversos según la boca que las pronuncia. El lenguaje encubre al pensamiento, lo engaña y lo reviste de una maldad que no tiene. Intentad entender la verdad que subyace a la violencia necesaria. La sociedad y las leyes no verán con buenos ojos este acto, pero ¿qué importa la sociedad cuando el átomo no es capaz de vivir con dignidad, cuando el propio individuo está esclavizado y sometido? Es el camino más claro, el sendero en la selva dentro de la comedia. La Fortuna ha querido que se liberen dos almas de un solo golpe.

Sebastião se sorprendió. El asesino había dejado una nota. ¿Qué podía significar? ¿Se trataba quizá de alguien que quería purgar un pecado? ¿Un vengador demente? ¿Tal vez fuera una prueba falsa para despistar? Siguió leyendo:

El análisis de ninhidrina y ALS sobre el papel no reveló huellas dactilares. El análisis crestográfico general de la escena también resultó negativo.

A dos metros de la víctima se encontraron rastros de amonia consistente con orina humana. Analizada por el laboratorio, resultó no concordar con el ADN de Juan. Al parecer, el asesino no pudo contenerse. Buscó por entre los papeles el análisis radioinmunológico de la orina que permitiría comprobar si el asesino se administraba insulina, lo que encajaría con el trozo de cristal que había hallado por la mañana. No lo encontró. Debía de ser demasiado pronto aún para que el laboratorio hubiera tenido tiempo de procesar esa información; aunque, bien pensado, los investigadores todavía no sabían nada de la insulina. Se anotó mentalmente preguntarle por ello a Morantes en cuanto lo viera.

Sebastião puso los codos sobre la mesa y cerró los ojos. Una idea fugaz le cruzó por la cabeza, apenas una sensación de que algo no encajaba. La experiencia en ese tipo de cuestiones solía ser una arma de doble filo; aportaba una veteranía imprescindible para vencer al criminal, pero abría el abismo de la deformación profesional y se acababa buscando monstruos donde no los había. Sin embargo, había visto informes muy parecidos en innumerables ocasiones. Era como si uno de los asesinos múltiples de su pasado asomara la cabeza a través de la bruma. Otro dato llamó su atención:

Se encontraron rastros de clorobenzolmalonotrilo (agente CS de aerosoles de defensa personal) en concentración del 45 %. (Nota del departamento: esta concentración de gas en aerosoles es ilegal, según el Reglamento de Armas.) El spray produjo inflamación característica en membranas mucosas, venas oculares, y afectó a la laringe con destrucción de tejido.

Un aerosol tan fuerte seguramente habría hecho gritar de dolor a Juan y, sin embargo, nadie corrió en su ayuda.

Sebastião permaneció pensativo, intentando resumir lo que le contaría a Claudio Alacena. Quedaba mucho del informe por leer, datos periciales, las conclusiones y, si la subinspectora Puerto había tenido a bien incluirlo, las vías de actuación policial en desarrollo. Pero era ya tarde y prefirió dedicarle la mañana del día siguiente. Redactaría su informe temprano, se lo entregaría primero a la policía y luego a la familia Alacena y volvería a Londres. Morantes lo mantendría informado.

1 de abril, lunes

Al día siguiente, lunes, se despertó a las siete por la fuerza de la costumbre y bajó a desayunar a un bar de la plaza. Entró y se acomodó a una mesa con un té, un croissant y un zumo de naranja recién exprimido. El té debía de ser aguachirle, igual que la paella *—pallela,* como la llamaban los ingleses— no había forma de encontrarla bien hecha en el extranjero.

Colocó el informe encima de la mesa y esperó a que se fuera el camarero antes de abrirlo. Las fotografías eran de una crudeza y una intimidad extremas, y no quería curiosos. Se saltó los textos que había leído la noche anterior y buscó el documento de conclusiones, el resumen de la investigación.

RESUMEN CRIMINAL

Nota del grupo de investigación: la víctima estaba incluida en las Listas de Protección de Abuso por Juego. Había sido dada de alta una semana antes del crimen.

Arqueó las cejas. Morantes le había dicho que Juan era un habitual del casino, pero se sorprendió que llegara al extremo de ser ludópata. Ése era un dato que desconocía de la vida de Juan, celosamente guardado por su familia; al parecer, su afición de juventud por las máquinas tragaperras se había transformado en enfermedad durante los últimos años de su vida. Una enfermedad, sabía, que afectaba a medio millón de personas en toda España, y a cincuenta mil en la Comunidad de Madrid. Las denominadas «Listas de Protección de Abuso del Juego» se establecieron para proteger los intereses de los familiares de jugadores compulsivos, adictos que llegaban a dilapidar fortunas con su obsesión. De no contar con el consentimiento explícito del afectado, se requería una orden judicial para ser incluido en él, y cuando eso sucedía, al desafortunado jugador se le vetaba todo acceso a salas de bingo y casinos de España. De la misma manera, Sebastião sabía que no era fácil salir de esa lista. Y, sin embargo, la noche de su muerte Juan había estado jugando en el casino.

El crimen guarda estrecha relación con los casos CM-AJO-23 (fecha: 11 de marzo) y CM-PSE-1578 (fecha: 27 de febrero) (véase documentación adjunta). En todos ellos se encontraron notas, aparentemente, de suicidio similares, redactadas presuntamente por los/las asesinos/as. El resto de las circunstancias periciales son diferentes en cada ocasión.

Sebastião se quedó helado, con un cuerno de croissant a medio camino entre el plato y la boca. Leyó la frase de nuevo una vez, dos veces, para asegurarse. ¡Tres crímenes en menos de un mes! Rebuscó por la carpeta hasta encontrar la última hoja.

En las escenas de los tres crímenes se encontraron notas similares. El papel es idéntico en los tres casos y la letra de impresora la misma (aunque común en impresoras Hewlett-Packard láser). El estilo es idéntico en todos los casos. El informe psiquiátrico indica que el autor de las notas es el mismo. No se ha establecido ninguna relación entre las víctimas, ni profesional, ni personal, ni criminal. El Departamento de Criminología recomienda que se evalúe como un caso de asesinato en serie.

—¿Señor?

Sebastião levantó la vista hacia el camarero.

—¿Sí?

—Le preguntaba si quería más té.

—No, no, gracias —hizo un gesto con la mano, y cuando el camarero se hubo marchado, volvió la vista al escueto informe que tenía enfrente, escueto pero que con tanta contundencia lo había sobresaltado. ¿Un asesino en serie? ¿En Madrid? Dios mío. ¿Cómo se le había pasado por alto el día anterior? Sacó su móvil del bolsillo y marcó apresuradamente un número.

—Morantes al habla —contestó la voz digital.

—Hola, soy Sebastião.

—Hombre, portugués, ¡qué madrugador! Iba a llamarte ahora.

Se dio cuenta de que eran apenas las ocho menos cuarto de la mañana.

—Ya. Acabo de leer el informe que me entregó la subinspectora Puerto.

—Sí, a mí también me hicieron llegar una copia.

—Morantes, ¡que estamos hablando de un asesino en serie! —exclamó Sebastião—. ¿Qué credibilidad le están otorgando al tema?

—Toda la que se te ocurra. De hecho, el sábado hay convocada una rueda de prensa. Parece ser que una revista, ya sabes, de las sensacionalistas, se ha enterado, y lo sacan la semana que viene. Los míos están pensando cómo suavizar el impacto.

—Se os van a echar los buitres encima.

—¿Y qué quieres? —contestó Morantes—. Pero tengo información que tú desconoces.

—¿Sí?

—He conseguido los dossiers de los otros dos asesinatos.

—Eres un genio, chico. ¿Cuándo me los das?

—Eh, no tan rápido, portugués. Que esto está muy caliente. Déjame que los lea yo primero y luego hablamos.

—Morantes, en Madrid no se cometen muchos asesinatos en serie. La velocidad y la frecuencia con las que actúa ese tío son desmesuradas. Los asesinos en serie suelen espaciar mucho más sus crímenes. Las últimas tres muertes se han sucedido apenas en unas semanas.

—Portugués, ya sé que eres el *number one* —lo pronunció con decidido acento español— en estos temas, pero comprende que este asunto es muy delicado.

—Bueno, tú dirás.

Morantes soltó una carcajada al otro lado del auricular; le estaba tomando el pelo.

—No te preocupes, que esta tarde quedamos. Te llamo luego y te digo dónde.

Sebastião rió.

—Eres el mejor. Pero temprano, que te conozco. Además, creo que tengo algo que podría interesarte.

Se refería al trozo de cristal encontrado en el aparcamiento del casino. No creía que fueran a encontrar huellas dactilares, pero trataba la prueba con el máximo cuidado por si acaso.

—No te prives.

—Cuando nos veamos.

—Lo que tú digas. Oye, una última cosa —dijo Morantes—. A que Beatricita está como un tren, ¿eh?

Al cabo de unos minutos, Sebastião recibió otra llamada de Morantes. Ésta, a la postre, lo obligaría a quedarse más tiempo en Madrid.

—Oye, Sebastião —dijo su amigo nada más descolgar el móvil.

—Dime.

—Tengo un pequeño problema para la cita de esta tarde. Debo ausentarme de Madrid un par de días, así que no voy a poder darte los otros informes.

Sebastião hizo chasquear la lengua. Debía volver al trabajo; al fin y al cabo, era profesor universitario y se acercaba la época de exámenes. La cátedra de antropología no contaba precisamente con un exceso de recursos humanos, y que uno de sus miembros se ausentara aunque fueran pocos días no sentaría muy bien.

—Qué se le va a hacer —dijo, resignado—. Puedes enviármelos por correo electrónico a Londres.

—Bueno. Pero tú te pierdes la rueda de prensa del sábado. Pensaba conseguirte entradas de palco, ¿eh? Como en el fútbol. Seguro que hay chicha. Lo que más siento es no poder despedirme de ti en persona.

—Yo también. Pero tengo un trabajo que me espera y un puñado de jóvenes mentes inquietas y arrogantes a las que enseñar a pensar como humanistas. De todas formas, estaremos en contacto. No me falles, que tengo un presentimiento extraño.

Hubo un silencio.

—¿Qué quieres decir?

—No sabría explicártelo. Una sensación que no acabo de concretar. Y te insisto: tengo algo que darte que puede ser importante —dijo, recordando el cristal de la ampolla de insulina—. Le dejaré un paquete a tu nombre a mi portero.

—Vaya, ahora te pones enigmático tú. Aquí nadie suelta prenda salvo servidora.

—Me leo las notas y te cuento más cosas.

—Sebastião, mira, podemos hacer otra cosa. Te envío un coche a tu casa con el informe resumen de los asesinatos. Todo no puedo dártelo porque no lo he acabado, pero algo para que vayas abriendo boca.

—Perfecto. Pero antes de una hora, que tengo que salir.

—De acuerdo.

No tuvo que esperar mucho a que llegaran las dos carpetas con la información de los otros asesinatos. Lo que le había dicho a Morantes era cierto: la frecuencia con la que actuaba el psicópata era sorprendente. En circunstancias normales, un criminal de esas características necesita un cierto tiempo tras cada crimen, hasta que sus impulsos maníacos vuelven a llevarlo a cometer otro asesinato. Como si de una gran olla de cocción se tratara, una vez liberada parte de la presión interior es necesario que vuelva a aumentar ésta antes de que suene el silbato.

Se sentó en uno de los sofás del salón. Extrajo los documentos del gran sobre blanco, miró el reloj y resopló. Dentro de menos de dos horas comenzaba la conferencia en la que debía participar y todavía tenía que llegar hasta la Universidad Autónoma.

Se trataba de dos grupos de hojas, separados por un clip y precedidos con una tarjeta de su amigo: «A ver qué sacas de esto», decía.

El primero era el informe referente a la muerte de una tal Vanessa Población, alias mademoiselle Noir, prostituta que ofrecía servicios *sadomaso* en su apartamento del Madrid de los Austrias. Actuaba, además, en un espectáculo lésbico en un tugurio de la capital dos veces por semana, lo que complementaba los honorarios que le reportaba su clientela habitual. Su apartamento, que daba al puente de Segovia, era una oda al esperpento, centrado alrededor de una sala de tortura en la que tenía cabida el más variado instrumental: máscaras y atuendos de cuero; cadenas y correajes; látigos y objetos de dolor; jaulas y potros. Su asesino había entrado en su casa, con toda seguridad tras haber contactado con ella a través de uno de los anuncios que aparecían en revistas especializadas. La había estrangulado con frialdad empleando una soga de seda, la había desnudado y había compuesto una escena terrible con varios de los artilugios que encontró por el piso.

Los policías que derribaron la puerta —alertados por los vecinos tras varios días de un fuerte olor— encontraron un segundo cadáver en la habitación: encima del cuerpo de Vanessa, el asesino había dejado un pájaro muerto. Enrollada alrededor de una de sus patas, una nota que hablaba de lujuria, condena y suicidio:

Si realmente quieres saber por qué he obrado así, descifra lo que aquí escribo. Un hombre libera sus más oscuras pasiones y se convierte en su propio lobo. Un hombre se interna en el huracán de la perversión y la lujuria y pierde irremisiblemente su humanidad. Un hombre se abandona a los placeres de la carne y no puede ser hombre, sino bestia. La única decisión que nos pertenece es escapar de este mundo por nuestra propia mano.

Tras el interrogatorio de los vecinos y de la clientela de la *mademoiselle* apareció un testigo que se había cruzado en la escalera con el que posiblemente fuera el asesino de Vanessa: describió una figura menuda, ataviada con una larga gabardina y un sombrero. El análisis forense describía que se había encontrado el mismo spray abrasivo de alta concentración que fue empleado para paralizar a Juan Alacena en los ojos y la garganta de Vanessa.

La investigación policial se centró en un primer momento en relacionar el crimen con algún cliente despechado o un desviado sexual movido por un impulso descontrolado, pero la aparición de otra nota de suicidio similar en otro asesinato días más tarde contribuyó a que surgieran las primeras teorías de un asesino en serie.

Sebastião no descubrió entre los documentos más información, y supuso que los informes periciales y forenses se encontrarían todavía en manos de Morantes. Lo que le extrañaba era la presencia del pájaro muerto encima del cuerpo de Vanessa. ¿Qué les estaba diciendo el asesino? Lo anotó mentalmente para considerarlo más tarde.

El segundo asesinato ocurrió en la noche del 11 de marzo en un chalet de las afueras de Madrid, en Guadalix de la Sierra. Julio Martínez, abogado y hombre de muchos amigos, había sido encontrado al día siguiente por su asistenta, muerto en su salón.

Julio trabajaba desde hacía años en un bufete de abogados de gran prestigio dedicado al asesoramiento legal de operaciones financieras complejas («es decir, al lavado de dinero y evasión de impuestos de sus clientes», pensó cínicamente Sebastião), apoyo en normativa legal a compañías extranjeras con inversiones en España y asesoramiento en fusiones y adquisiciones de empresas. Su sueldo era bueno y las horas largas, pero era un hombre en extremo metódico que contaba con el reconocimiento de sus superiores, y se rumoreaba que iba a ser nombrado socio de la firma al año siguiente. Y en esa empresa, los socios ganaban mucho dinero. Su inteligencia, sin embargo, no se correspondía con su físico: Martínez formaba parte de la franja de población obesa, y era un claro candidato a sufrir un infarto de miocardio. De hecho, sus superiores insistían con frecuencia en que siguiera algún tipo de régimen o que hiciera ejercicio en uno de los gimnasios cinco estrellas del barrio: no deseaban futuros socios con problemas físicos. No obstante, Martínez desoía sus sugerencias, y sus superiores, ante los espectaculares resultados a los que los tenía acostumbrados, se olvidaban del problema.

Sus compañeros del bufete lo tenían en alta estima: en el trabajo, era un jefe exigente pero justo. Fuera del despacho, era un hombre divertido y jovial, comedor y bebedor, y cuando el trabajo lo permitía, amigo de grandes juergas.

Tras algunas averiguaciones, la policía descubrió que el señor Martínez cometía más excesos de los que les constaban a sus superiores: las revisiones esporádicas a las que se sometía en una clínica de Madrid advertían que su hígado no iba por buen camino, y en su chalet se encontró una bodega excesivamente bien surtida.

Había tenido una muerte espantosa. Su chalet fue examinado de arriba abajo, pero no se hallaron signos de que las puertas o las ventanas hubieran sido forzadas, por lo que se creía que Julio conocía al agresor, o que había sido engañado para abrir la puerta. A partir de ese momento, el asesino comenzó su macabro juego, golpeando la cabeza de su víctima con algún objeto pesado y luego derramando en su cara una abundante cantidad de nitrógeno líquido.

Sebastião dibujó una mueca de asco.

El gas, a una temperatura de ciento noventa y siete grados bajo cero, congeló la boca, la laringe y la faringe de la víctima. Posteriormente, el asesino vertió otra cantidad de líquido sobre la garganta de la víctima y procedió a golpearla con un punzón (el punzón se encontró junto al cadáver, pero el análisis de huellas resultó negativo). El efecto sobre la piel y los órganos congelados no pudo ser más macabro; la carne se agrietó y la garganta se desgarró en varias zonas. La muerte se produjo por *shock* traumático y pérdida masiva de sangre.

El asesino dejó frente a la puerta de entrada de la casa un pequeño perro de peluche, como si de un guardián canino se tratara. ¿Qué podía significar eso? Dentro, se hallaron numerosas pistas, como fibras, pelos, sustancias importadas de la calle y algunos rastros de pisadas, pero fue imposible establecer un único perfil, a causa del exceso de información. En el salón reinaba un gran desorden tras la pelea que mantuvieron ambos: la mesa central de cristal se había roto al caer encima la víctima, y numerosos objetos aparecieron esparcidos por el suelo. La policía se topó con un importante hallazgo en el cuarto de baño de invitados cercano al salón: alguien había usado el retrete y había dejado rastros de orina en los bordes de la taza; un hombre, evidentemente, falto de puntería. La policía científica tomó unas muestras y comprobó que no eran de la víctima y, por lo tanto, podían corresponder al asesino. Esperarían al análisis de ADN de la orina encontrada en el descampado donde murió Juan Alacena para certificar si las muestras tomadas podían pertenecer al mismo hombre. En tal caso, el asesino habría dejado un rastro inconfundible que lo relacionaría con ambos crímenes.

Alrededor del collar del peluche se encontró una nota de suicidio, que decía así:

Sin vacilación, debo encontrar la salida a esta situación. Persigo con ahínco cada placer, pero nada está al alcance de la mano. Una maraña de pasiones, un laberinto de vicios, un infierno de inalcanzable paz. La salida se encuentra cruzando la puerta más difícil.

Su estudio sería de gran valía para la policía, que con las nuevas técnicas y la experiencia acumulada tras años de trabajo, obtendría un perfil psicológico del asesino bastante próximo a la realidad.

Sebastião acabó de leer el resumen saliendo a la carrera por la puerta del hotel, camino de la Universidad Autónoma. Tendría que esperar a la tarde para redactar el informe de lo sucedido y dejárselo a Benito en la portería, tal y como le había prometido a Morantes, junto con el trozo de cristal y una nota manuscrita de sus suposiciones, confiando que su amigo se lo hiciera llegar a la subinspectora Puerto y, luego, a los Alacena.

Poco más podía hacer; el hijo de don Claudio había muerto por la elección aleatoria de un psicópata, sin causas ni motivos.

Eran las ocho en punto de la tarde del lunes cuando Sebastião salió de la boca del metro de Gran Vía y, orientándose, se encaminó hacia el número dos de la calle del Barquillo. Como siempre, llegaba puntual, una de esas costumbres incorporadas a su vida tras años de estancia en Inglaterra. Sin embargo, en un país donde lo puntual era llegar media hora tarde, Sebastião solía sorprender a sus anfitriones dando los últimos toques a la cena o a punto de entrar en la ducha.

La conferencia en la Universidad Autónoma había ido bien; su intervención fue aplaudida con ciertas muestras de entusiasmo por los asistentes, y los contactos con sus colegas prometían brindar interesantes posibilidades para el futuro. Eso, por no hablar de sus honorarios como conferenciante que, como compensación del sueldo de un profesor universitario y colaborador ocasional de la Interpol, eran más que atractivos. Al salir de la universidad encontró la nota de la tertulia en el bolsillo de su abrigo y se acordó de su cita con su tío Horacio Patakiola. El tráfico en Madrid se había vuelto imposible con el fin de la Semana Santa y el cielo se encapotaba del mismo modo que en días anteriores. Según la información del telediario, el mal tiempo había sacudido el turismo con la misma fuerza que removía el agua de las playas. En la ciudad, los coches se agolpaban en un mar de luces rojas, bocinas y conductores cansados, hastiados o desesperados, sorteando la hora punta, que se veía agravada con las innumerables y eternas obras con las que el alcalde tenía a bien regalar a los ciudadanos de la capital. Zanjas, vallas amarillas y excavadoras por doquier martilleando, armando un estrépito atronador y convirtiendo las calles en estrechos embudos. Algunos coches estacionaban en doble fila, señoras con grandes abrigos se detenían en las tiendas («si es un momento sólo») y organizaban un guirigay de mil demonios. Los transeúntes sorteaban la confusión con la certeza de que la cosa no iba con ellos. Madrid y sus atascos.

Cuando Sebastião entró en el portal, un hombre se le acercó vestido con un mono azul de faena.

—¿Adónde va, por favor?

—Vengo a visitar a Horacio Patakiola —dijo—. En el ático.

—Ah, la tertulia. Efectivamente, está en el ático.

El portero le indicó el camino del ascensor, pero Sebastião prefirió subir por la escalera hasta el quinto piso. En la puerta distinguió una placa dorada con su correspondiente rótulo: «*Tertulia de "los amigos de Cambridge".*» Pulsó el timbre, y mientras esperaba a que abriesen, intentaba imaginar cómo sería aquel sitio del que tanto había oído hablar. Daba que pensar que Sebastião no conociera el ático de Barquillo de la tertulia, a pesar de que su tío lo había invitado en numerosas ocasiones. Se sorprendió de lo nervioso que se encontraba. Al cabo de unos instantes, oyó unos pasos que se acercaban y la puerta se abrió.

—Sebastião, me alegro de que hayas podido venir. Pasa, pasa. Anda, dame el abrigo.

Entró en un pequeño vestíbulo y le dió su prenda a Horacio.

—No podía dejar escapar esta ocasión —afirmó Sebastião—. Entre la conferencia y el asunto éste de los Alacena, no tengo mucho tiempo. De todas formas, ¿cómo iba a perder uno de tus famosos cócteles?

—Muy bien, muy bien —sonrió su tío—. Sígueme, que están todos desde hace un rato.

El ático era de esos que tienen el techo alto y un tragaluz. El vestíbulo de entrada daba paso a un pasillo a la izquierda, que debía de conducir a las habitaciones, a la cocina y los baños. Por otra puerta se accedía al saloncito donde se reunían los tertulianos, un cuarto mediano que era la quintaesencia de la comodidad. Varios butacones de cuero marrón muy usado pero de aspecto cómodo dominaban la habitación, rodeados de estanterías llenas de libros de tonos grises y marrones. Los butacones, junto a un sofá de tres plazas, se disponían en torno a una mesa baja de madera oscura de nogal, sobre la que descansaban revistas de filosofía, de matemáticas y varios periódicos del día. Dos grandes ventanales, cubiertos con visillos y pesadas cortinas marrones, dejaban entrever ríos de lluvia que se deslizaban por el cristal. Justo a la entrada de la estancia, un gran atril con una copia ilustrada del *Paraíso perdido* de Milton mostraba escenas bíblicas al carboncillo. En las paredes había algunos cuadros, entre los que destacaba un magnífico lienzo de Antonio López en tonos ocre, en el que un grupo de jinetes difuminados por la lluvia cabalgaban delante del Palacio Real; probablemente, la escolta de algún diplomático que iba a presentar credenciales. El suelo estaba tapizado con una moqueta beige sobre la que descansaban, con estudiado desorden, varias alfombras persas.

—Señores, tengo el placer de presentarles a Sebastião Silveira —dijo Horacio.

Y ahí, finalmente, al cabo de tantos años, estaba Sebastião, en el mismo lugar en que su padre había pasado sus últimos momentos.

Había cinco personas en la habitación, pero Sebastião sintió la presencia opresiva de su padre. Carraspeó.

En el diván de tres plazas se sentaba Iván Polskaian, de origen azerbaiyano, gran maestro internacional de ajedrez y escritor, o al menos, eso era lo que recordaba Sebastião de su biografía. En algún sitio había leído que su vida había sido de todo menos fácil; a muy temprana edad, tuvo que huir de su país junto a su familia, perseguido por sus ideales políticos. Presenció la muerte de su madre en una granja del este de Europa, fulminada por una neumonía, y junto al resto de sus hermanos y su padre inició un penoso viaje hasta París, atravesando Yugoslavia, el norte de Italia y una buena parte de la geografía francesa. Se apasionó con el ajedrez a temprana edad y su padre hizo lo imposible para pagarle clases e inscribirlo en la Asociación Infantil de París. El joven Iván Polskaian se entregó a su nueva vida con una pasión fuera de lo común, y fue escalando de manera fulminante puestos entre los federados, hasta ganar el campeonato de Francia a los quince años. Con cincuenta y cinco años, era el más joven de la tertulia, y como amante de las matemáticas y la filosofía racionalista aportaba el grado de locura y arrogancia que contrarrestaba con la sensatez de los otros. Iván lo miró con detenimiento y lo saludó con la cabeza.

A su derecha, de pie junto a la librería, se encontraba Oskar Schmidt, el segundo en edad de los tertulianos. De sesenta y ocho años, había pasado su vida viajando por países asiáticos trabajando como corresponsal para un periódico alemán, asimilando la cultura exquisita y formal de esos lugares. Con su gran barriga y sus rosadas mejillas divididas por un cuidado bigote, no podía ser más teutón. Vestía traje gris con chaleco, y a Sebastião se le antojó que un monóculo hubiera complementado perfectamente su imagen.

—Bien venido —dijo con un fuerte acento alemán, de esos que no se pierden pese a pasar toda una vida en otro país.

Sentado a la izquierda de Iván Polskaian, en el mismo sofá, reconoció a Emiliano del Campo, una eminencia dentro del mundo de la medicina. Conocía bien su currículum: doctor en psiquiatría, doctorado cum laude en Princeton y nombrado doctor honoris causa en algunas otras universidades, Del Campo había cosechado gran reconocimiento como investigador y pionero en el tratamiento de numerosas enfermedades mentales como la esquizofrenia, donde sus descubrimientos derribaron barreras importantes en el camino del entendimiento de aquella gran desconocida que era la mente. Debía tener más de setenta años, pero sus ojos negros bajo unas espesas cejas blancas denotaban un vigor mental sobrecogedor. Se quitó de la boca la pipa que impregnaba la habitación con un agradable olor a especia dulzona y la levantó a modo de saludo.

Sentado en uno de los cómodos butacones enfrente de este último, el quinto miembro en activo de «Los amigos de Cambridge», contando a Horacio, hojeaba unos papeles. Alberto Carnabucci había sido embajador de Italia, filósofo y escritor vocacional, pero al final, decía con orgullo, lo que le abriría las puertas del cielo era su condición de «amigo de Cambridge». Sebastião estaba a punto de preguntarle a su tío el motivo de tan curioso nombre para una tertulia, cuando Alberto se levantó dejando los papeles en la mesa central y le dio un fuerte apretón de manos. Sin duda, se enteraría más tarde.

—*Piacere*.

—Ahora ya los conoces a todos. —Horacio le indicó el butacón que quedaba vacío—. Siéntate y disfruta con el mejor dry martini de España.

Horacio se acercó a un mueble bar que estaba situado entre los dos ventanales y le sirvió el martini de una coctelera. Seleccionó una aceituna de un cuenco y le ofreció la bebida.

—Si en Londres encuentras algo mejor, trasladamos la tertulia allí.

Sebastião tomó el vaso y lo miró al trasluz.

—Es una pena que se esté perdiendo este arte.

—Amigo mío, ya quedan pocos sitios donde se puede tomar un buen cóctel. Ahora todo se hace con Coca-Cola y mejunjes modernos. Para el martini seco, lo fundamental es que la ginebra sea de primera calidad, y no esos disolventes para pintura que se venden hoy día, y agregar apenas unas gotas de vermut blanco. Aunque Alberto sostiene que el vermut no tiene por qué salir de la botella.

—El martini seco es, sin duda, la última bebida de caballeros de nuestro siglo —sentenció Alberto—. ¿Sabías que antaño la última toma del día en los estudios cinematográficos se llamaba «toma martini»? Las cosas es menester acabarlas con estilo.

—Ahora Horacio te contará que fue inventado en la década de 1860 al norte de California —apuntó Oskar—. Siempre el historiador, *ja?*

—Y añadirá que fue popularizado por James Bond —señaló Alberto con una sonrisa socarrona.

Alberto era un hombre alto, de cabellos rizados sobre la nuca y alguna cana que se asomaba rebelde. En ese momento limpiaba unas livianas gafas de montura de acero y comprobaba el efecto contraluz de uno de los focos halógenos del techo.

Horacio fingió un gesto de desprecio.

—El señor Bond tomaba sus martinis de vodka —repuso—. ¿Y sabéis por qué? Porque la marca Smirnoff adquirió en los años sesenta los derechos publicitarios de sus películas.

—Ah, y por el pequeño detalle de que Ian Fleming así lo escribió en sus novelas.

—Bah, ¿qué sabrán los ingleses de la buena bebida? —sentenció Horacio.

Alberto soltó una carcajada.

—Hay una anécdota muy célebre —continuó Horacio—. Raymond Chandler, en realidad no quería hacer el guión de la película *La dalia azul*, así que hizo un trato con el productor del filme: acordaron que escribiría el guión si su contrato especificaba que podía hacerlo ebrio. La Paramount tendría que proporcionarle limusinas y secretarias las veinticuatro horas del día, amén de un médico y enfermeras para ponerle inyecciones de vitaminas, pues él, por supuesto, no comía cuando bebía. Tras el almuerzo en el que el productor aceptó las extravagantes condiciones del novelista y en el que, cuenta la leyenda, Chandler se tomó tres martinis dobles y tres whiskys con crema de menta, el escritor se dirigió a su casa y terminó el guión en dos semanas.

Acabaron riendo todos. Al cabo de unos segundos, Horacio suspiró y se volvió hacia Sebastião.

—Por cierto, ¿has podido averiguar algo sobre lo del chico de Claudio Alacena? —le preguntó.

—Me temo que sí, y no es agradable.

Explicó en pocas palabras lo ocurrido hasta la fecha y lo que había averiguado la policía, lo que levantó exclamaciones de todo tipo y una expresión de asombro general.

—¡Un asesino en serie! —exclamó Alberto—. *É incredibile!*

—Es sólo una hipótesis.

—Entonces, ¿te quedarás para trabajar en el caso? —preguntó Horacio.

—No, no. El caso es competencia de la policía española; sería necesario que ésta solicitara nuestra colaboración de forma oficial. En estos asuntos hay unos procedimientos habituales que es menester seguir.

Hubo unos instantes de silencio, que rompió Emiliano del Campo:

—Es tremendo lo ocurrido. —Cerró un libro que había estado hojeando y alargó la mano para coger un gran balón de coñac de encima de la mesa de madera que tenía enfrente. Sebastião intentó mantener la mirada del médico, pero tuvo que apartar la vista; era como si lo atravesara, escudriñando sus más profundos pensamientos—. Tan brutal. Si hay algo que podamos hacer...

Del Campo apretó los labios; se lo veía muy impresionado con la noticia. Sebastião desconocía que Del Campo fuera tan amigo de los Alacena.

—Poco puedo hacer yo, salvo esperar que la pesadilla termine para don Claudio y su mujer cuanto antes.

—Reitero el ofrecimiento de Emiliano. Claudio Alacena es un buen amigo —dijo Oskar Schmidt.

—Por supuesto —asintió Sebastião.

—*Bene* —exclamó repentinamente Alberto Carnabucci—. Distraigamos a nuestro huésped. ¿Entramos en materia? Estoy ansioso por que veáis lo que tenemos.

—Espera, Alberto —lo interrumpió Horacio—. Nuestro joven amigo desconoce el pequeño proyecto que nos ocupa.

El maltés se levantó de su butaca.

—Hace cuatro meses hice el más feliz de los descubrimientos. Para abreviarte el relato, me encontraba de vacaciones en la ciudad italiana de Verona y por pura suerte me topé con algo que en seguida llamó mi atención. Aquella noche estaba cenando en casa de unos viejos amigos que no veía desde hacía muchos años; una cena de esas en las que se rememoran recuerdos de juventud y se dice aquello de «cómo pasa el tiempo». Acababa de fallecer la madre de Francesca, mi anfitriona, y les había dejado a ambos una herencia que no era baladí. En fin, no quiero aburrirte enumerando casas y fincas, porque lo que centró la atención de la cena fueron dos cajas llenas de antiguos documentos que querían que yo revisara por si había en ellas algo de valor. Eran dos cajas que la madre de Francesca había conservado en un ático desde la muerte, años antes, de su marido y que contenían objetos personales de éste, objetos que la madre, como digo, guardó en un trastero y que fueron olvidados hasta que la herencia los devolvió a la luz.

»En realidad, algo de valor sabíamos que sí contenían las cajas, dado que los tatarabuelos de mis amigos fueron miembros destacados de la realeza italiana y, por tanto, partícipes de la historia de la Italia del siglo pasado. Mis amigos se habían propuesto llevar los documentos a un museo para su estudio pormenorizado, pero conocedores de mi pasión por la literatura y el arte, decidieron sobornarme con una exquisita cena para obtener una primera opinión aquella misma noche.

»En la primera caja encontramos escritos de gran valor para los historiadores, pero tampoco te aburriré con los detalles. En la segunda descubrimos algo que nos dejó sin habla: tres hojas en perfecto estado. Nos sorprendió el cuidado que se había tenido con aquel documento, conservado cuidadosamente entre dos pesadas hojas de cristal que, a todos los efectos, mantuvieron el vacío alrededor de los folios. Ante mis preguntas, Francesca me contestó que poseía vagos recuerdos de la vitrina colocada encima de la mesa de despacho de su padre, pero nada más.

Horacio hablaba desde el otro lado de la habitación, de pie, junto a una cajonera sobre la que había un objeto de unos setenta centímetros de ancho y tres o cuatro de grosor cubierto por un paño de terciopelo negro. Sin duda, el famoso documento.

—Se trata de un documento fabuloso, no tanto por su contenido, que aunque ciertamente interesante, tampoco es la fórmula de la piedra filosofal, sino por su autor, uno de los más grandes poetas italianos de todos los tiempos. Quizá, el más grande. Dio la casualidad de que soy un apasionado de este personaje histórico y conozco bien su obra. Mis amigos me pidieron que, una vez asegurado y resueltos todos los trámites de la herencia, recibiera el documento en Madrid y lo estudiara con detenimiento, hasta cerciorarme de la veracidad de su autoría. De ahí que hayan transcurrido tantos meses entre su descubrimiento y esta presentación informal. Hasta ayer estuvo en el Prado, en manos de los mejores restauradores y analistas, algunos de ellos venidos ex profeso desde Roma. Hoy lo tenemos aquí, pero mañana mismo vuelve a Italia.

—Me tienes en ascuas, Horacio —confesó Sebastião—. ¿Puedo saber ya de qué se trata?

Horacio retiró el paño de terciopelo y Sebastião se acercó. La vitrina tenía, efectivamente, unos tres palmos de ancho y alto y se componía de dos hojas de dos centímetros de grosor, que aprisionaban entre ellas tres pergaminos amarillentos. Los cristales se apoyaban sobre un pedestal que los mantenía erguidos, aunque inclinados hacia atrás unos veinte grados de la vertical. Sebastião acercó la cara a la vitrina, iluminada por un foco desde el techo, e intentó leer unas palabras escritas sin duda siglos antes, con una tinta negra que se mantenía relativamente legible. El paso del tiempo había deteriorado los pergaminos, de suerte que algunos rotos y descosidos hacían ilegibles algunos de los párrafos. La tercera de las hojas se cortaba a dos tercios del final, y dejaba sin concluir la historia que pudiera contener.

—Dante Alighieri —anunció Horacio.

Sebastião giró la cara con la sorpresa dibujada en el rostro. Acto seguido, volvió la vista sobre la vitrina.

—Vaya —exclamó al finalmente—. Todo un hallazgo. Me muero por saber qué dice.

—Y nosotros también —declaró Iván Polskaian. Sacó una pitillera de plata de su chaqueta y ofreció un cigarrillo a Sebastião, que negó con la cabeza. «No fumo», dijo.

Horacio volvió y se sentó cerca de Sebastião. El comentario del azerbaiyano sorprendió a Sebastião: ¿era Horacio el único que conocía el contenido del documento? Parecía que los demás tertulianos sabían tanto como él.

—Efectivamente —confirmó Alberto Carnabucci—. Solamente Horacio y yo conocemos lo que encierra el documento, dado que sólo nosotros fuimos invitados a participar en su estudio junto a los expertos del Prado. Horacio, por supuesto, dado que fue su descubridor, y yo, porque me puse muy pesado. Como florentino, soy un incondicional de Dante. No podía dejar pasar la oportunidad de participar en su traducción.

—A los demás nos llamó Horacio en cuanto llegó a Madrid con la vitrina —dijo Iván—, y por tanto vimos el documento desde el primer día, pero no todos podíamos estar presentes en la traducción. Parece ser que ya está completa. Nuestros queridos compañeros han sido más herméticos que una ostra.

Se recostó en el sofá, dibujó un aro con el humo del cigarrillo y permaneció, observándolo hasta que desapareció unos segundos más tarde.

—A pesar de contar con novedosos sistemas informáticos, traducirlo no ha sido tarea sencilla; no tanto por el lenguaje arcaico del poeta, sino por la dificultad de lectura derivada de las imperfecciones del pergamino —explicó Horacio.

—Pues cuenta, viejo amigo, que ya estamos todos aquí —lo apremió Oskar.

Horacio se acomodó en la butaca y dio un sorbo a su bebida.

—Como tenemos tiempo, permitidme que cuente una historia para refrescar nuestras mentes y dejar que este viejo alardee de memoria —prosiguió Horacio—. Dante Alighieri nació en Florencia en el mes de mayo del año 1265, en una pequeña casa frente a la Torre della Castagna. Sus orígenes nobles se los debe a un tatarabuelo que fue armado caballero por el emperador Corrado III gracias a sus valientes gestas en las cruzadas. Su padre vivía en Florencia trabajando como banquero, aunque dicen las malas lenguas que se dedicaba a la usura. Su madre murió cuando Dante contaba pocos años de edad, y su padre volvió a contraer matrimonio casi de inmediato. Por desgracia, la mala fortuna no abandonaría a la familia, y también su padre murió poco después. Ahora bien, como era costumbre en aquella época, el padre había dejado una acta notarial de compromiso matrimonial por el cual Dante se vería obligado a casarse con una tal Gemma Donati.

—Florencia, que se encontraba disfrutando de su primera constitución democrática —continuó Alberto—, estaba dividida entre el partido papal de los güelfos y el partido imperial de los gibelinos. Antes del nacimiento de Dante, y por motivos que no vienen al caso, ambos partidos se habían enfrentado en sangrientos choques que habían concluido con la victoria de los últimos. La familia de Dante, partidaria de los primeros, tentó la suerte y se quedó en una Florencia hostil, controlada por los gibelinos imperialistas. Afortunadamente para ellos, el año después de nacer Dante, los gibelinos fueron derrotados en la batalla de Benevento, con lo que la familia vivió una temporada de tranquilidad. Florencia se alejaba cada vez más de la paz, toda vez que esta victoria güelfa trajo implacables persecuciones y destierros en los que, esta vez, las víctimas fueron los gibelinos. El rey Manfredo fue vencido, y su cadáver, encontrado tras la batalla, fue desterrado del reino.

La única luz provenía del fuego de la chimenea y de una lámpara de pie algo barroca que no desentonaba en absoluto con el resto de la decoración.

—Sus primeros años Dante los pasó en el colegio franciscano de Santa Croce, y ya a temprana edad destacó su pasión y su aptitud para las letras —continuó Horacio—. Entre el verano de 1286 y la primavera del siguiente, estudió derecho, filosofía y posiblemente medicina en la Universidad de Bolonia. Como sabes —dijo con la soberbia exenta de malicia propia del genio que presupone que la cultura básica de sus interlocutores incluye saber detalles como ése—, Florencia no contaba en aquella época con universidades como las de Bolonia o Siena y, por esta razón, Dante tuvo que trasladar su residencia.

—Te adelantas, Horacio —lo interrumpió Alberto Carnabucci con su suave acento italiano—. A los nueve años ocurrió en su vida un hecho de importancia capital: su primer encuentro con Beatrice di Folco Portinari, niña bellísima y un año más joven que él, y que se convertiría en la mujer que ocuparía sus sueños hasta el resto de sus días. Desgraciadamente para él, no volvió a ver a su amada hasta nueve años más tarde.

—Su amada en un sentido no tan moderno de la palabra. —Alberto y Horacio se turnaban para relatar la historia, y la mirada de Sebastião iba de uno a otro como si de un partido de tenis se tratara—. Beatrice se casó muy joven con un banquero acaudalado de la ciudad que se llamaba Simone Bardi. La chica murió a los veinticuatro años de edad.

—Esto supuso un duro golpe que casi lo llevó a la locura —prosiguió Horacio—. Escribió un poema, *Vita nuova,* en el noventa y dos. —Hizo una pausa—. En 1292, se entiende —agregó con una sonrisa—. Quizá un par de años después de la muerte de Beatrice. Pues bien, en este poema cantaba la historia de su amor por la joven. «Desde entonces digo que el Amor se adueñó de mi alma», comienza el libro. Bonito, ¿eh? Los años entre el primer encuentro con su amada y el segundo los pasó estudiando y en compañía de los poetas florentinos más afamados. Al final de la *Vita nuova,* Dante tuvo una visión extraordinaria en la que su amada se le aparecía en todo su esplendor, y fue entonces cuando germina la *Divina Comedia.* Pasaron, de hecho, diez años entre la muerte de Beatrice y el viaje de Dante al infierno en este libro.

Sebastião había leído dos o tres veces la obra, y su biblioteca de Londres contaba con varias copias. Frunció el ceño; una idea fugaz le había cruzado la cabeza, un destello al que no podía dar forma pero que su intuición le decía que era importante. Tuvo que hacer un esfuerzo para concentrarse en las palabras de Alberto.

—Antes —dijo el italiano—, concretamente en junio de 1289, combatió en la batalla de Campaldino, contra Arezzo y los gibelinos toscanos, y en agosto del mismo año participó en el asedio al castillo de Caprona. Ya sabes, locuras de la juventud. Y también en esos años se casó con Gemma, sobre la cual no escribió nunca ni una sola línea, y con la que tuvo tres hijos: Iacopo, Pietro y Antonia, quien, por cierto, acabó internándose en un convento a la muerte de su padre y adoptó el nombre de Beatrice.

Sebastião alargó la mano hacia la mesilla para coger su martini, pero encontró la copa vacía.

—Al cumplir los treinta —prosiguió Horacio, incorporándose y cogiendo el vaso—, nuestro sufrido héroe se metió en política una vez se hubo dado cuenta de que la vida militar no era lo suyo. —Horacio le sirvió otro cóctel—. Y digo «sufrido héroe» porque su nueva profesión le traería más de un disgusto. En aquella época, para que un noble pudiera entrar en política y ser elegido al Consejo del Pueblo debía pertenecer a un gremio. Dante se enroló en el gremio de médicos y especialistas, el más cercano a sus aptitudes intelectuales, poéticas y científicas, y durante los seis meses siguientes ejerció como uno de los treinta y seis miembros del Consejo Especial del Capitán del Pueblo. Su carrera se desarrolló satisfactoriamente, y cinco años más tarde fue elegido uno de los seis priores que gobernaban Florencia. Y ése fue el momento en que comenzaron sus problemas.

Uno de los troncos del fuego dio un fuerte chasquido que resonó en toda la habitación. Sebastião llevaba puesto un grueso jersey de lana, pero aun así, el calor de la lumbre no sobraba.

—La vieja enemistad entre los güelfos y los gibelinos reapareció en este momento reencarnada en blancos y negros, nombres que nada tenían que ver con el color de la piel de los habitantes. Dante, llevado por sus obligaciones como prior, intervino para tratar de solventar el conflicto desterrando a los líderes de ambos grupos, además de a algún que otro familiar suyo y uno de sus mejores amigos.

En ese instante la puerta se entreabrió y apareció una señora.

—¿Se puede? —preguntó.

Los amigos asintieron casi al unísono y la señora, una vieja ama de llaves que cuidaba del ático, entró con una gran fuente. En silencio, se acercó y depositó una fuente con pequeños sándwiches, tartaletas de *quiche lorraine* y quesos en la mesa central.

—Algo de cena —dijo Oskar—. Frugal pero exquisita.

El ambiente de la habitación se iba cargando irremediablemente con el aroma de la pipa de Del Campo, los cigarrillos de Iván y el olor a madera de la chimenea.

—La historia continúa. —Horacio alargó la mano hacia la fuente—. A pesar de la oposición de Dante y de los líderes blancos a la interferencia papal, el papa Bonifacio VIII invitó a Charles du Valois en 1301 a que entrara en Florencia para solventar las diferencias entre ambos grupos. Pero lo que hizo en realidad fue aupar a los negros al poder, con el problemático Corso Donati al frente, y así se sucedieron una serie de destierros entre los cuales se encontraba el de nuestro Dante, que, ante su negativa a pagar una multa considerable, fue condenado a morir en la hoguera si alguna vez se acercaba a Florencia. A partir de ese momento, viajó por toda Italia y se tiene constancia de que visitó la corte de los Scala, en Verona, y atendió una reunión en San Godenzo en la que se forjó una alianza entre blancos y gibelinos. Lo que sí se sabe es que, cuando estos últimos fueron derrotados brutalmente en Lastra, nuestro héroe no estaba. ¿Alguien quiere un poco de agua?

Horacio se inclinó sobre la mesa y comenzó a servir unos grandes vasos de agua con mucho hielo y limón.

—Sigo yo, pues —dijo Alberto—. Durante esos años se movió entre Bolonia y Padua, donde conoció a Giotto. También en esa época comenzó a escribir su obra *Convivio*, que pretendía ser un tesoro de conocimiento universal en forma de poemas y cuya inspiración provenía de Cicerón y Boecio.

—Y —Horacio tomó la palabra—: aquí es donde entramos nosotros. En esa época redactó esta carta, este diario de viaje que hemos traducido. Corría el año 1308 cuando Dante recibió una carta de un amigo suyo, Pietro della Bastogna, discípulo del célebre Leonardo de Pisa, más conocido como Fibonacci.

—Fibonacci, una figura que tanta trascendencia ha adquirido en tiempos actuales —terció Iván Polskaian—. Y que tantas pasiones ha despertado en esta tertulia nuestra. —Miró a Horacio—. ¿No es cierto, mi querido amigo?

El azerbaiyano apagó su enésimo pitillo con esmero, presionando suavemente la colilla contra el cenicero. Hablaba con un marcado acento, pero con una gramática perfecta, casi académica. Sebastião se percató de nuevo del gran vínculo que unía a los «tertulianos de Cambridge».

—No quiero desviar la atención de la carta, pero tengo una curiosidad que me gustaría que aliviaseis. —Dijo Sebastião.

—Adelante.

—¿Por qué el nombre de «Los amigos de Cambridge»?

—¿Nunca te lo explicó tu padre? —preguntó Iván con una lánguida sonrisa—. Interrumpamos, pues, el relato de Dante para contarte la razón que se esconde tras nuestro nombre; una historia que cambió la de estos viejos soñadores. A principios de 1900, un ilustre alemán llamado David Hilbert ofreció una conferencia en el Congreso Internacional de Matemáticos de París sobre problemas matemáticos abiertos. En su brillante alocución, revisó las tendencias del siglo que acababa de terminar y propuso veintitrés problemas matemáticos fundamentales cuyo resultado era desconocido en aquel momento; afirmó que esas cuestiones debían centrar la investigación matemática de los años venideros. Hilbert sostenía que la decisión sobre cuáles eran esos problemas era casi tan importante como su solución. Es decir, el mero planteamiento de la problemática, entender el camino que había que iniciar, aun a pesar de desconocer cómo comenzarlo, suponía en sí un gran avance. Sin duda, fue uno de los matemáticos con mayor influencia en el devenir de esta ciencia. El prestigio de este alemán hizo que destacados científicos aceptaran el reto y en la actualidad muchos de los problemas de Hilbert han sido resueltos; otros, sin embargo, sólo lo han sido parcialmente o continúan eludiendo a la comunidad científica.

—Hace poco —intervino Emiliano del Campo—, un instituto norteamericano, el Clay Mathematics Institute of Technology, enclavado en la ciudad de Cambridge, nombró siete problemas irresolutos que han desafiado a los matemáticos desde Hilbert, y ofreció siete millones de dólares por las soluciones, un millón por problema.

—Vaya —murmuró Sebastião.

—Los problemas se centran en la hipótesis de Riemann, la conjetura Poincaré, la conjetura Hodge, la conjetura Swinnerton-Dyer, la solución de las ecuaciones de Navier-Stokes, la formulación de la teoría de Yang-Mills y la determinación de si los problemas-NP son realmente problemas-P.

—Cinco viejos amigos aunaron fuerzas reconociendo que la solución a problemas tan abstractos se encontraría más allá de la ciencia pura —continuó Horacio—. Pusieron todo su empeño en aportar diversas visiones a un mismo enigma: la belleza de la matemática ajedrecística, mezcla de exactitud y pasión; el ingenio y la frescura de los clásicos; la sutileza de la filosofía oriental; el entendimiento psiquiátrico de los procesos mentales. El entusiasmo por la ciencia. Y resolvimos uno de los problemas.

—Un millón de dólares nunca viene mal —dijo Oskar con una gran sonrisa.

—«Los amigos de *Clay*» —probó a decir Sebastião—. «Los amigos de *Hilbert*.» «Los amigos de *Cambridge*.» —Sonrió—. Yo también habría escogido la última opción.

—Un pequeño homenaje a nuestros... mentores.

—¿Cuál de los problemas resolvieron? —preguntó Sebastião.

—Ampliamos los trabajos de Coates y Wiles de mediados de los setenta en relación con los números complejos para ofrecer una solución completa al planteamiento de Swinnerton. No te aburriremos con los particulares de esta compleja conjetura; solamente decirte que nos costó casi dos años de esfuerzo, y al final fue Alberto quien dio con la solución. Primos dobles y una sucesión de Smarandache.

—¿Smarandache?

Alberto describió un movimiento en el aire con las manos.

—Sucesiones numéricas. Nos centramos en la serie de Lucas, una secuencia de números enteros que se genera con una fórmula recurrente. Uno, tres, cuatro, siete, once, dieciocho, y así hasta el infinito...

—Un momento —interrumpió Del Campo, y se volvió hacia Sebastião—. ¿Cuál sería el siguiente?

Sebastião se quedó mirándolo con fijeza, mientras su mente revisaba la sucesión desde todos los ángulos. Del Campo no le quitaba ojo, mientras daba suaves golpecitos con la cazoleta de su pipa en su mano izquierda.

—Veintinueve —contestó por fin Sebastião—. Es una sucesión sencilla, donde cada término es la suma de los dos anteriores.

—Exacto —dijo el psiquiatra.

Sebastião asintió con una leve sonrisa en los labios.

—Bah, una ocurrencia que nos hace gracia. —Horacio se volvió hacia el italiano—. Venga, Alberto, sigue con el relato de Dante; no dejes a Sebastião con la intriga.

Alberto extrajo un documento de una carpeta que tenía delante.

—Ésta es la traducción del pergamino.

Alberto se colocó las gafas con montura de metal y comenzó a leer:

Es la voluntad de los ciudadanos de la más bella y famosa hija de Roma, Florencia, perseguirme fuera de su regazo. He viajado por todas las regiones en las que se extiende nuestra lengua, mostrando contra mi voluntad las heridas de la Fortuna. En esta ocasión, mi caminar se dirige a Pisa, ciudad de torre, al encuentro de mi amigo Paolo Gerardi, oyente del renombrado Leonardo di Pisa. Si Fibonacci cultivó sus conocimientos de las traducciones al latín del tratado Al-jabr wa'l-muqabala, *del ilustre matemático Al-Khwarizmi, o adquirió estos saberes de sus numerosos viajes por tierras remotas es dato desconocido, mas lo cierto es que transmitió con fidelidad sus saberes a mi amigo.*

Leonardo, hijo de Bonacci, me ha relatado a través de la voz de Paolo sus travesías por nuestro mar, hacia las costas africanas, al puerto de Bugia, y sus estudios profundos de las teorías de Abu-Kamil y Al-Karawi. Su obra Liber Abaci, *de todos conocida, atestigua sin reparos esta maestría.*

Mas es de Paolo de quien quiero relatar.

Hombre de mediana estatura, de caminar algo encorvado pero sereno. Viste siempre honestos paños, haciendo escaso alarde de ropas y de costumbres ostentosas. Al contrario, su conducta es invariablemente sobria y correcta. En la comida y bebida suele prodigarse poco, aduciendo que una ingesta frugal mantiene viva la mente. Sus alimentos son normales, aunque doy fe de que nunca me ha faltado de nada cuando he tenido el honor de ser su invitado.

Su rostro es largo, con la nariz algo aguileña, y el mentón prominente y fuerte; los ojos y la frente, grandes y despejados, vivos se diría; tez morena, propia de la región, cabellos morenos y abundantes tanto en cabeza como en barba. Pocas personas he conocido más preocupadas con el estudio y el saber, hasta tal punto que, si algo requiere su atención inmediata, deja de lado cualquier otro menester. Si el intelecto le aguijonea, corre presto a tranquilizarlo. Si un problema se presenta de difícil solución, lo ataca con ahínco hasta dar con ella. Sus cualidades están fuera de toda duda; memoria firme e intelecto sagaz, y su virtud intachable.

Estudioso del Liber abaci *de Fibonacci, ha editado manuscritos revisados con extraordinarias aportaciones. Maestro de técnicas matemáticas y de cálculo práctico y en teoría de ecuaciones cuadráticas, como las encontradas en los textos de Al-Khwarizmi Abu-Kamil, y al-Karawi.*

Había algo en las palabras centenarias que hicieron que Sebastião recordara la sensación que le rondaba el borde de la conciencia. Apretó los labios e intentó darle cuerpo, pero las piezas del puzzle se negaban a encajar.

—Un momento —interrumpió Horacio. Sebastião, desterrando sus pensamientos, le prestó atención—. Sería conveniente que aportáramos una explicación al margen sobre los conceptos matemáticos de la época. Es algo que no hemos hecho, pero creo que deberíamos incluirlo.

—No soy un experto —dijo Iván—, pero veamos. —Cerró los ojos un instante y continuó—: Paolo Gerardi escribió un libro llamado *Libro di ragioni*, un tratado de álgebra muy influyente en su momento. Contenía 193 ejemplos matemáticos retóricos, de naturaleza comercial la mayoría. Los últimos ejemplos describían nueve ecuaciones cúbicas, cinco de ellas irreducibles.

—Me temo que con lo de cúbicas irreducibles me he perdido —admitió Sebastião.

—Muy sencillo —Iván retomó el hilo—. Una ecuación de un grado describe una recta; una ecuación de segundo grado delimita un plano, como un folio, y una ecuación cúbica, un volumen. Por ejemplo, la aceituna de tu martini se describiría con una cúbica, en concreto, con un paraboloide simétrico. Las soluciones a estas ecuaciones, que hoy en día se estudian en el colegio, eran desconocidas en aquella época. De hecho, se consideraba que no tenían solución.

—Aparte de eso, nuestro Gerardi, que se jactaba de haber resuelto el problema, estaba equivocado en sus planteamientos. Dado que nunca comprobó sus resultados aplicándolos de nuevo a la cuestión original, no se percató de que sus soluciones eran erróneas. La problemática de este tipo de ecuaciones no se resolvería hasta el siglo dieciséis.

—Ahora bien, para aclarar un poco el resto de la carta —dijo Horacio—, debo refrescarte la memoria con respecto al emperador Enrique VII. El 27 de noviembre de 1308, siete *elettori* de Alemania, reunidos en un convento de Frankfurt, designaron al joven Enrique de Luxemburgo como sucesor de la corona imperial. En Italia había concluido hacía poco la guerra del Corso Donati, que mencionamos antes, y los políticos y los miembros más destacados de la sociedad observaban con interés todos los movimientos del joven emperador. Y lo primero que hizo fue reunir un ejército y comenzar el descenso por Europa hacia Italia. Pronto se dieron cuenta de que su motivo no era tan sólo retomar las ciudades del imperio, sino también se interpretó como un claro reto al papa Clemente V.

Iván volvió a tomar la palabra.

—Fue por esas fechas cuando Dante retornó de París, donde se encontraba, para apoyar a Enrique VII en su intención de liberar Florencia del dominio negro. Lo que está claro es que Dante se hallaba por entonces en la Italia septentrional y entró en contacto con personajes como Cangrande della Scala en Verona. Pero la esperanza de Dante de que el rey se encaminara hacia Florencia se desvaneció; éste dirige su ejército hacia Brescia, la encontró en revuelta y la asedió en el mes de mayo de 1311. La ciudad cayó en setiembre del mismo año. Acto seguido, se dirigió a Génova en vez de poner rumbo al centro de Italia. Allí permaneció hasta mediados de febrero de 1312, y un par de meses más tarde llegó a Pisa, acompañado de Dante, quien siguió con la intención de convencerlo de que invadiera Florencia cuanto antes. Y es aquí donde encontramos a Dante, en plena ciudad, hablando de matemáticas. Este fragmento habla de la torre de Pisa y despeja algunas incógnitas que hasta ahora han sido motivo de agrio debate, como el nombre del arquitecto. Creo que vamos a crear una pequeña revolución en la comunidad arquitectónica —declaró con una sonrisa maliciosa.

Tras respetar los maitines de los sacerdotes que nos acompañan, entramos en la ciudad al alba, dirigiendo nuestros pasos por el camino que conduce a la torre. La víspera del día anterior dejamos el río Arno a nuestra izquierda y pernoctamos en una posada a un día de la ciudad. Mis piernas están cansadas con el peregrinar de los últimos tiempos y me turbaba entrar en Pisa, enemiga mortal de mi querida señora Florencia, mas el recibimiento no pudo ser más caluroso. El emperador fue recibido con los honores que le otorgan su rango y la gracia de Dios. Antes de que llegue el mediodía, tendré la ocasión de acercarme a ver a mi amigo Paolo Gerardi. El reto dialéctico se llevará a cabo bajo la atenta mirada del Campanile, a medio construir, y ya torcido en dirección sur.

Sesenta monedas sirvieron para colocar la primera piedra el 9 de agosto del año 1173 de Nuestro Señor y trazar los planos de la pluma segura de Bonnano Pisano. Según mis averiguaciones, il Campanile experimenta una inclinación preocupante en dirección sur, hasta tal punto que la institución del Duomo ordenó al maestro di Simone en la primavera del año 1298 de Nuestro Señor la tarea de afianzar el terreno sobre el que se levanta; terreno arenoso en extremo. Ello es debido a que Tommaso di Andrea da Pontedera ya estableció que la inclinación del Campanile no tiene corrección posible. Esta inclinación es de dos brazos y medio.

Tras la última interrupción de construcción en el año 1284 de Nuestro Señor provocada por la guerra con Génova, la torre ha alcanzado su sexto nivel, de los siete planeados.

Mas el reto comienza ya presto en la plaza, y un gentío de importancia se congrega ante Paolo y el joven Gianlucca Isnenghi, osado aspirante al título que ostenta mi querido amigo. Ingenios de la matemática de comercio de solución difícil son presentados por Isnenghi, a los que mi amigo responde...

Alberto dio un chasquido con la lengua:

—Y aquí, amigos míos, se interrumpe el pergamino. Una pena, pero...

—Un segundo, que se tercia una explicación. —Horacio se volvió hacia Sebastião—. Un profesor de matemáticas de la época medieval italiana vivía en un mundo altamente competitivo. Se daba el caso de que los alumnos pagaban directamente a sus maestros por cada curso que recibían. De esta forma, el maestro corría el riesgo de que, si sus alumnos consideraban que la calidad de la enseñanza no era óptima, dejaban de pagarle. Hasta tal punto se jugaban su reputación que podía ocurrir que el profesor se viera forzado a dejar la universidad e incluso la ciudad. Así pues, para mantener intacto su prestigio, se enzarzaban en concursos públicos, como unas olimpiadas de la enseñanza. El vencedor conseguía aumentar su notoriedad, y si todo salía a pedir de boca, el número de alumnos. Normalmente, estos concursos los iniciaba el aspirante cuyo derecho a proponer una serie de problemas al que ostentaba la fama de gran maestro era incuestionable. Éste, a su vez, preparaba otros de igual naturaleza para su contrincante, y transcurrido un tiempo se reunían en un lugar público para la gesta. El que resolviera el mayor número de problemas se proclamaba vencedor.

Sebastião tuvo que hacer un esfuerzo para prestar atención; la historia le interesaba, pero había algo en el límite de su conciencia que seguía llamándolo. Una idea rondaba su cabeza como un picor en la espalda; pequeño, molesto e inaccesible.

—Así pues —intervino Iván—, el guardián de una nueva solución revolucionaria a un problema o aquel que hubiera descubierto una técnica matemática innovadora obtenía de facto una considerable ventaja competitiva. Dado el sistema y la atmósfera reinante, no era en el mejor interés de los estudiosos de la época el publicar hallazgos de importancia capital. Seguramente, debió de vencer Paolo Gerardi, pues es su nombre el que ha pasado a la historia, pero nunca lo sabremos.

En un segundo, como si de un fogonazo se tratara, la idea esquiva que llevaba rato rondando por la cabeza de Sebastião tomó cuerpo. Una palabra lo atormentaba desde que había llegado a Madrid y había leído los informes periciales, y nadaba en las oscuras aguas de su conciencia: «Comedia.» «Es el camino más claro, el sendero en la selva dentro de la comedia.» Esa frase formaba parte de la nota de suicidio de Juan Alacena, era la penúltima frase. «¡Comedia! Dios mío. La *Divina Comedia.*» Sebastião se quedó helado en la butaca. Las voces de la habitación se desvanecieron de improviso y su mente se llenó de una seguridad terrible. Sabía que estaba en lo cierto pero su instinto le pidió a gritos que contuviera la impaciencia y avanzara con cautela.

—Horacio —lo interrumpió en voz baja—. En la *Divina Comedia*, ¿cómo sufren los pecadores del primer círculo?

Hacía varios años que había leído el libro y los detalles exactos se confundían en su memoria. Recordaba situaciones y párrafos sueltos, pero prefirió consultar con Horacio su terrible idea. Hubo un silencio provocado por la tensión que despedía Sebastião. Horacio lo miró con aire inquisitivo.

—Tras pasar la antesala del limbo, y recordemos que Virgilio, el guía de Dante, era un habitante de esa zona, encontramos a los paganos virtuosos, en resumen, personas ajenas al cristianismo pero de irreprochable virtud. Su castigo es que nunca conocerán la bondad y la gloria de Dios. Cabe mencionar en este primer círculo el castillo de los sabios, donde moran los poetas clásicos Ovidio y Homero, entre otros. El antepurgatorio —prosiguió Horacio—, hasta la Puerta de San Pedro, se convierte en una forma de penitencia, y podríamos preguntarnos hasta qué punto alguien del limbo no podía estar de forma equivocada en lo que Dante llamó la esfera del aire. Si pensamos en toda la simbología asociada tradicionalmente a esos textos...

Sebastião asintió. Así lo recordaba.

—¿Y el segundo círculo? —preguntó.

Horacio, poco acostumbrado a que lo interrumpieran, se detuvo y parpadeó varias veces. Observó con interés a Sebastião.

—Allí se encuentran los condenados por lujuria —puntualizó con lentitud—. En este sentido, los temas carnales cobran especial relevancia. No sólo se trata de lujuria de acto, sino también de pensamiento. Para que te sitúes, recuerda que, en la época en que se escribió la obra, la influencia de Giovanni Fidanza, san Buenaventura, era grande. Sus meditaciones están consideradas obra clave teológica y moral del medievo. Así que una cosa era tan mala como la otra. Resulta curioso que sea la lujuria el círculo que sigue al limbo, antes que otras que podrían parecer menos importantes, como la gula. Esto te hace ver que, siendo un pecado capital, realmente la lujuria no estaba tan mal vista. Por ejemplo, aquí tenemos a Francesca da Rimini, que se vio obligada a casarse con el contrahecho Giovanni Malatesta, y que se enamoró más tarde de su cuñado Paolo. Sorprendidos ambos en sus amoríos, fueron asesinados por el marido. En este círculo, el castigo se aplica con vientos huracanados y arenas que azotan los rostros desnudos —hizo un aspaviento con la mano—. De forma muy escueta, claro está. Se podría discutir mucho acerca del tema. ¿Por qué?

Sebastião había clavado sus ojos en Horacio.

—¿El tercero? —continuó sin atender a la pregunta de su tío. Los versos del poeta se iban haciendo más claros en su recuerdo.

—Los glotones y los que se dejan seducir por la gula. Cuando se refería a esto pensaba en general en personas incapaces de compartir el sustento, de no poder sacrificarse por el prójimo merced a su apetito primario; personas que anteponían lo animal a lo humano. Su castigo es el frío, lluvias gélidas, granizo y nieve. Sebastião, ¿a qué viene este interés?

Sebastião tomó aire. Se percató que estaba sentado en el borde de la butaca y de que todos lo miraban con atención.

—¿Tienes una copia del libro aquí? —preguntó Sebastião.

—Por descontado —respondió Horacio.

Tomó un ejemplar de la biblioteca y se lo entregó. Sebastião estuvo un rato estudiando las páginas en silencio. Leyó con rapidez, buscando referencias concretas que recordaba vagamente.

—Por lo general —dijo al fin—, los asesinos en serie suelen seguir un patrón. No ocurre siempre, pero puede darse el caso. Jack *el Destripador* asesinaba exclusivamente a prostitutas para luego mutilarlas. Descubrir este patrón es el primer paso, y un paso esencial para acercarse al criminal. Nos está dejando pistas claras. Creo que el asesino de Juan Alacena se inspira en el texto de Dante —concluyó lentamente.

Sebastião salió a la calle y lo primero que hizo fue sacar el móvil y marcar el número de Morantes. Sonó cuatro veces hasta que contestó.

—Sebastião —la voz de Morantes llegaba cargada de tensión—, ahora no puedo hablar.

—Un segundo. Tengo algo importante.

—Ya, Sebastião, pero...

—Creo que he descubierto el móvil de tu asesino —interrumpió.

Hubo un silencio al otro lado de la línea que duró unos segundos.

—¿Morantes?

—Aquí estoy. Escucha, ahora no puedo hablar. Estoy metido un lío tremendo, pero llego a Madrid pasado mañana y te veo entonces.

—Pero si yo me voy mañana. Llámame a Londres y te lo cuento.

—Ni hablar, chico. Si tienes ese tipo de información, hay más de uno que va a querer hablar contigo. Mira...

De repente se oyó un sonido fuerte, como un disparo, que cortó la conversación en seco. Hubo gritos al otro lado del aparato.

—Mierda —gritó Morantes—. Portugués, espérame dos días en Madrid —y colgó de golpe.

Sebastião apagó el teléfono con aire preocupado. ¿En qué andaría metido su amigo? Cerró los ojos y se los frotó con el índice y el pulgar. Vaya fin de semana en Madrid. Abrió de nuevo el teléfono y llamó a la agencia de viajes.

2 de abril, martes

Quedarse en Madrid un par de días más no casaba bien con sus planes. Tendría que llamar a la universidad, conseguir que su ayudante lo sustituyera en su ausencia y que su secretaria cancelara sus citas. Y precisamente en el comienzo del último trimestre antes del fin de curso.

Aunque, por otro lado, ¿cómo iba a marcharse de Madrid con la información que poseía? Si había una próxima víctima, y no albergaba ninguna duda acerca de esta suposición, sería en parte culpa suya. Tendría que quedarse, hablar con Morantes y contarle lo que había deducido. Y convencerlo si no lo creía.

Estaba seguro de que el asesino actuaría pronto.

Por la mañana se acercó por segunda vez a la Casa del Libro, en el centro de Madrid, y compró la *Divina Comedia* y varios libros de análisis de la obra. También compró un libro de ornitología: creía saber a qué especie pertenecía el pájaro que el asesino de Vanessa Población (o mademoiselle Noir) había dejado en casa de la desafortunada, pero debía comprobarlo. Regresó a su casa, almorzó frugalmente y estuvo leyendo hasta caer la tarde. Pensó en llamar a la subinspectora Puerto para preguntar por Morantes, pero no lo hizo. Estaba seguro de que su amigo sabría cuidar de sí mismo.

Abrió el poema del italiano y comenzó a leer:

En mitad del camino de la vida
me hallé en el medio de una selva oscura
después de dar mi senda por perdida...

Era ya noche cerrada cuando Sebastião se apresuró a cruzar la plaza de Olavide e intentó divisar si la tienda de informática que había al otro lado estaba aún abierta. Dentro todavía se veía luz, pero el cartel de la puerta decía «Cerrado». Probó a empujar la puerta por si acaso, pero no hubo suerte. Miró al interior e hizo señas al dependiente, un joven con pelo largo y pendiente. «¿Está cerrado?», preguntó en silencio con un exagerado movimiento de los labios.

El joven pareció pensarlo unos segundos y finalmente sonrió y salió de detrás del mostrador.

—Estaba cerrando ya, pero siempre queda un minuto. —Lo dejó entrar.

Sebastião se lo agradeció.

—Andaba buscando un transformador para mi portátil. He traído este equipo de Londres y el transformador tiene clavija inglesa, es decir, cuadrada, en vez de redonda.

—Un segundo. —El joven desapareció por una puerta que daba, con toda seguridad, a un pequeño almacén, y volvió al cabo de un par de minutos—. Aquí lo tiene. Déjeme un momento el portátil y lo probamos.

Aquel joven tenía una sonrisa pegadiza y Sebastião sonrió también. El ordenador se encendió con un pitido.

—¿Qué? ¿Mucho curro? —preguntó mientras introducía el transformador en una bolsa.

—No, no demasiado, pero siempre falta la pieza tonta que paraliza el trabajo. En cualquier caso, muchas gracias por haberme abierto.

—Bueno —alargó la palabra y le colocó el acento en la «o»—. No hay de qué. —Miró en una lista de precios y le cobró. —Espero que le vaya bien. —Si tiene cualquier problema, me lo trae en seguida.

Sebastião asintió con la cabeza y salió de la tienda. Esa noche la pasó escribiendo resúmenes y recopilando información para el informe de los Alacena.

3 de abril, miércoles

Sebastião leía el periódico en el bar de debajo de su casa, las páginas internacionales, y sorbía el café que siempre pedía muy caliente. Pasaba las páginas una detrás de la otra, sin prestar demasiada atención. No podía dejar de pensar en Juan, Vanessa y Julio y, por extensión, en los centenares de inocentes que habían perdido sus vidas a manos de asesinos psicópatas. Durante muchos años había intentado comprenderlos, rebuscando en sus cabezas para encontrar algún sentido, por perverso que fuera, a las ansias y las motivaciones que los dominaban. Algunos compañeros aseguraban que era necesario convertirse en el monstruo para atraparlo, pero a él no le resultaba posible. Recordó otros casos de asesinos múltiples en los que había trabajado y en las decenas de informes que había leído. Se estrujó la cabeza intentando establecer paralelismos con el asesino que operaba en Madrid, pero sabía que cada caso era diferente, que cada asesino era un mundo perverso y retorcido que poco compartía con sus *ilustres* predecesores.

Marcó en su móvil el número de Claudio Alacena, que respondió en seguida; sin duda, esos días el amigo de su padre vivía pegado al teléfono. Le explicó que seguía en Madrid y que en breve tendría algo que contarle. La policía seguía sin soltar prenda, pero Sebastião recordó que Morantes le había informado de que el sábado se celebraría una rueda de prensa que revelaría la trágica verdad a los Alacena. Sintió la obligación de prepararlos para la noticia antes de que la prensa se deshiciera en detalles escabrosos. Lo primero, sin embargo, sería hablar con la subinspectora Puerto para evitar males mayores. Hecho esto, sacó su bloc de notas y compuso dos mensajes: uno para su secretaria y otro para un colaborador suyo. Debía pedir una segunda opinión de los hechos; si la subinspectora se molestaba, peor para ella. El único objetivo ahora era detener a la bestia. Sólo le quedaba encontrar una forma de enviar los correos electrónicos.

Se le ocurrió una idea. Se levantó y se acercó a una de las mesas del bar.

—Buenos días —dijo. El joven de la tienda de informática de la noche anterior movió la cabeza mientras tragaba apresuradamente media tostada. A su lado se sentaba una chica de su edad, es decir, de unos diecisiete años.

—No sé si te acuerdas de mí —preguntó Sebastião.

—Claro —hablaba con la boca aún medio llena—. El transformador de anoche.

—Exacto. Permíteme una pregunta: ¿sabes dónde podría encontrar un sitio para enviar un correo electrónico? Algún *workcenter* por la zona.

La chica, rubia y con el pelo muy corto, lo miraba sin pestañear.

—¿No tiene módem en el portátil? —preguntó, algo sorprendido, el joven.

Sebastião hizo una leve mueca.

—Me temo que no: es un ordenador viejo. Y, en realidad, no tengo cuenta de internet en España. En mi oficina ya está todo montado.

—Bueno tío, no hay problema. En nada abro la tienda y desde ahí lo enviamos.

—Muchas gracias —dijo Sebastião—. Acabo el café y me paso por allí.

Se dio la vuelta y volvió a su sitio en la barra. El café se había enfriado, por lo que lo dejó a medias y pidió otro. Al cabo de poco, la pareja de jóvenes se levantó y salió del bar. Sebastião esperó unos minutos más para dejarlos abrir la tienda, pagó el desayuno y los siguió.

Los encontró encendiendo luces y subiendo persianas cuando entró en la tienda. Saludó de nuevo y preguntó si molestaba. «En absoluto», contestó el chico.

—Lo enviamos desde éste —dijo, señalando con el mentón un ordenador que ya estaba encendido—. Pero lo que no entiendo es cómo no tiene conexión a internet desde su portátil.

La chica —Sebastião imaginó que era su novia— estaba sentada detrás del mostrador. Casi sin levantar los ojos de una revista, masculló:

—Vaya reliquia de bicho, ¿no?

Sebastião esperaba que se refiriese a su portátil. Quizá fue su maldita manía de explicarlo todo o tal vez una ayuda que quiso prestarle el destino, pero la siguiente frase cambiaría radicalmente el curso de las siguientes semanas, y de paso la vida de Sebastião.

—Sólo uso internet desde el ordenador de la oficina. En realidad, no tengo tanto tiempo para navegar como me gustaría —se encogió de hombros, casi excusándose. El joven lo miró con aire sorprendido.

—Vaya.

—Mucho trabajo —repitió.

Los jóvenes se miraron como si estuvieran frente a un dinosaurio pisando firme por el camino de la extinción. El chico envió rápidamente los mensajes de Sebastião y se volvió:

—Una pregunta —dijo. Sebastião levantó las cejas—. ¿En qué trabaja?

—Soy profesor universitario.

El joven abrió los ojos de par en par.

—¿Y no está todo el día conectado a internet? —espetó, incrédulo—. Tío, ¡con la cantidad de información que tendría disponible!

—No, hombre. Uso el correo a diario y tenemos una intranet bastante completa en la universidad, pero tengo que confesar que poco más. Buscar información de calidad en mi especialidad requiere un tiempo del que no dispongo. Leo la prensa digital española.

—¿Qué especialidad es ésa?

Sebastião pensó que el asunto se estaba alargando más de la cuenta. Se encogió de hombros.

—Quizá pudiera sorprenderlo —insistió el muchacho. Sebastião miró de reojo su reloj y comenzó a componer una excusa.

—Déjalo en paz, David —intervino la chica, y miró a Sebastião con cara de superioridad—. Junto con unos colegas, ha diseñado un buscador para páginas web españolas, y está que se muere por enseñárselo a todo el mundo.

David se puso rojo y apretó los labios, molesto. «Vaya por Dios», pensó Sebastião. Se le ocurrió una idea para rectificar la situación; el chaval bien merecía que le echara un cable ante su novia.

—Listas de ludópatas —dijo—. Es decir, si yo quisiera saber si una persona está incluida en una lista de restricción de juego, ¿cómo debería hacerlo?

—¿Listas de qué?

Sebastião había pasado la noche pensando en cómo el asesino había elegido a Juan Alacena para encarnar a los pecadores del cuarto círculo del infierno. Sabía que intentaría seleccionar con cuidado a su víctima para encajarla bien en el juego. Sebastião, al ponerse en la piel del criminal, querría un *derrochador pródigo* reconocido, y ¿qué mejor reconocimiento que el oficial? No le bastaría con un jugador ocasional. Y sabía que ese tipo de asesinos, obsesionados hasta tal punto con su macabro plan, dedicaban muchas energías a su propósito, buscando el detalle que les proporcionara elogios en la prensa o por parte de sus contrincantes policiales. Sebastião necesitaba saber más de aquellas listas: ¿cómo de sencillo era acceder a ellas? ¿Dónde se encontraban? Tal vez cabía la posibilidad de que el asesino tuviera acceso a ellas.

—Los colgados de las tragaperras —dijo la rubia desde el otro extremo de la tienda.

Sebastião la amonestó con la mirada.

—Dicho de una manera más elegante, personas que tienen su acceso a casinos y bingos restringido por orden judicial. Me gustaría saber quién tiene acceso a ellas, de qué organización dependen, etcétera.

El joven puso los ojos en blanco.

—Hombre, eso es más complicado. Me imagino que esas listas serán privadas, ¿no?

—Supongo que sí.

—¿Se pueden consultar desde hospitales o puede hacerlo la policía?

Sebastião se encogió de hombros.

—Eso es lo que quiero averiguar.

—Si así fuera, estarán en redes accesibles desde el exterior, de forma remota. Aunque, seguramente, bien protegidas. ¿Qué otra información necesita?

Sebastião le dio el nombre del hijo de don Claudio.

—Mira a ver si este nombre aparece en algún sitio.

—Joder. No será fácil.

Sebastião lo miró desafiante.

—Claro —dijo en tono fingidamente escéptico.

El joven levantó la mano, cogió un papel y se lo acercó a Sebastião.

—Hacemos un trato. Escríbame todo lo que sepa sobre esas listas, ya sabe, el colegio de médicos de esto o lo de más allá, y si le encuentro lo que quiere, me compra un módem.

Sebastião se lo quedó mirando unos segundos y finalmente sonrió.

—Muy bien, acepto.

Intercambiaron móviles y nombres (los chicos se llamaban Rosa y

David) por si surgía algo interesante y Sebastião salió de la tienda rumbo a su casa.

4 de abril, jueves

Esa noche durmió mal y se levantó sobresaltado. Tardó unos segundos en darse cuenta de que sonaba su móvil. Lo había dejado conectado toda la noche, cosa que no solía hacer. Se apresuró hasta el otro lado del dormitorio para contestar.

—¿Sí?

—Portugués, no puedo creer que todavía estés durmiendo —era la voz de Morantes.

—No, claro, ahora ya no. Vaya susto que me diste el otro día. ¿Cómo estás?

—Bah, volvieron a ganar los buenos. ¿Cómo quedamos?

Sebastião abrió con fuerza los ojos, intentando que el sueño, la modorra del recién despertado, se difuminara lo más rápidamente posible. Recordó que tenía que darle a Morantes el trozo de cristal que había encontrado en el aparcamiento del casino.

—Dame unos minutos y estaré listo. ¿Qué hora es? —Miró hacia su mesilla, pero el pequeño despertador estaba girado y no divisó bien la hora.

—Las siete. Pero yo soy como los marines. Te recojo dentro de media hora en la puerta de tu casa.

—Estaré listo.

Y la comunicación se cortó.

Media hora más tarde, más o menos, Sebastião salió con el pelo aún mojado a la calle. Comenzaba a clarear, aunque las farolas de la plaza aún estaban encendidas. El coche de Morantes estaba aparcado en el extremo opuesto de la plaza. Sebastião abrió la puerta de atrás y entró. El conductor, un agente al que no conocía, lo miró a través del espejo retrovisor y lo saludó con una inclinación rápida de la cabeza.

—Antes de nada, ¿qué ocurrió el otro día? —preguntó Sebastião.

Morantes, que iba sentado en la parte delantera, llevaba el brazo izquierdo en cabestrillo.

—Nada. Una inspección rutinaria que se nos complicó algo.

—Ya. ¿Y el brazo?

—La complicación. No te preocupes. Oye, gracias por quedarte, y lo siento si es mucha faena.

Sebastião se acercó al hueco entre los dos asientos delanteros.

—No importa. Tengo algo que decirte.

—Por eso hemos quedado —replicó el agente del servicio secreto.

Sebastião sacó una pequeña bolsa de plástico de su abrigo y se lo entregó.

—Encontrado en el aparcamiento donde secuestraron a Juan Alacena.

Morantes tomó la bolsa, encendió la luz interior del coche y acercó la prueba a la luz. Luego hizo girar la bolsa para inspeccionarla desde varios ángulos.

—¿Y bien?

Sebastião le hizo un somero resumen de su visita al casino y del trozo de cristal que había encontrado en el parking. Le explicó que de pertenecer al asesino, éste podría ser diabético; aunque bien podía ser de otro cliente del casino, o sencillamente una prueba puesta para despistar. Le confesó, además, su sorpresa cuando encontró el cristal debajo de la señal de la policía. Morantes blasfemó en voz baja.

—De todas formas —dijo—, el análisis radioinmunológico de la orina encontrada en el descampado revelará si el asesino padece hiperglucemia. ¿Tienen ya los resultados?

Morantes se encogió de hombros.

—Creo que no. Pero ya sabes que no soy más que colaborador extraoficial y no dispongo de todos los datos. Indagaré. Ibas a contarme el móvil de nuestro chico.

Sin andarse por las ramas, Sebastião dijo:

—Vuestro asesino podría estar siguiendo el patrón definido por un autor italiano del siglo catorce.

Morantes intentó volverse en el asiento, pero una mueca de dolor le cruzó la cara. Maldijo y se quedó sentado de espaldas a Sebastião.

—Repite —gruñó.

—No puedo poner la mano en el fuego sin tener más datos, pero he estudiado los informes de arriba abajo y no creo equivocarme. Éste es más retorcido de lo que calculáis.

—Portugués, en cristiano, por favor.

—Muy bien, empezaré desde el principio. ¿Sabes quién era Dante?

—El de la *Divina Comedia*. Lo leí hace un millón de años.

—En el libro relata su descenso al Infierno, acompañado por el poeta Virgilio. Dante divide el infierno en nueve círculos que se estrechan a medida que se desciende, como si —cerró los ojos en busca de un símil apropiado— de un abominable embudo se tratara. En la parte superior está la entrada, y en la inferior, el Maligno, Satán.

El conductor ajustó el espejo para poder mirar a Sebastião.

—Chico, me tienes absorto, pero no veo la relación —confesó Morantes.

—Tranquilo. Cada círculo se encuentra ocupado por hombres y mujeres que han cometido un pecado similar y sufren torturas y vejaciones específicas del círculo.

—Una joya, nuestro Dante —apuntó Morantes.

—No estás escuchando —replicó Sebastião con gesto de impaciencia—. En el segundo círculo del infierno, Dante coloca a los lujuriosos y los describe como una manada de estorninos.

Morantes ladeó la cabeza.

—El pájaro que encontraron en el cuerpo de mademoiselle Noir, Vanessa Población, era un estornino. Lo comprobé. Y de lujuria, creo que no podríamos enseñarle nada a la buena señora que ella no supiera.

—Sigue —ordenó Montantes.

—El tercer círculo contiene a los cobardes y a los que se dejan seducir por la gula. Por gula, Dante entendía cualquier tipo, no sólo el comer. Los glotones, digamos. Y su castigo es el frío, la gélida lluvia eterna que no cesa. —Sebastião volvió a enumerar las semejanzas—. Gula, incluida la afición exagerada a la bebida, y frío, como los más o menos doscientos grados bajo cero del nitrógeno líquido. Y la nota estaba enrollada en el collar de un perro de peluche a la entrada del chalé que bien puede representar a *Cerbero,* el guardián del círculo.

El conductor lo miraba sin quitarle ojo. No había pronunciado una palabra.

—Y finalmente, en el cuarto círculo sufren los avaros y los pródigos, los que gastan el dinero de forma *antinatura*. Su castigo consiste en pasar sus vidas empujando grandes cantos por una cuesta. Al llegar a la cima, se dan de bruces con los que vienen en sentido contrario y caen rodando por la pendiente para comenzar de nuevo.

Morantes ladeó la cabeza.

—¿Alacena? —dijo en tono incrédulo.

—Juan fue apedreado hasta la muerte. Y luego el asesino le rapó la cabeza, exactamente como se describe en la *Divina Comedia*. ¡Si hasta el asesino, en la nota, nos especifica la palabra *comedia*! Más claro no nos lo puede poner, y he sido un idiota al no haberlo visto antes. Ya sé que suena complicado, pero los signos son inequívocos. Si consideras todas las pruebas, te convencerás. Tienes un problema de mucho cuidado entre manos y su *leitmotiv* parece ser Dante. Que a lo mejor me equivoco, puede ser, pero merece la pena que al menos lo tengáis en cuenta.

—Portugués —dijo Morantes intentando girarse de nuevo—, creo que vas a tener que contarme algo más acerca de esa comedia tuya.

Capítulo 2

Y yo, que atentamente allí miraba,
fangosa gente vi en aquel pantano,
de airado rostro, que desnuda estaba.

5 de abril, viernes

El asesino encendió un cigarrillo y exhaló una mezcla de humo y miedo. Su coche se encontraba aparcado en lo alto de la colina que dominaba el barrio gitano, detrás de un grupo de árboles raquíticos que poca protección podían ofrecer a ojos curiosos. Llovía a mares, como si los más oscuros elementos hubieran decidido ayudarlo en sus propósitos. El coche estaba en marcha, las luces apagadas, la calefacción enviándole chorros de calor a la cara. Aun así, sentía frío.

Dudó.

Observó absorto el inútil esfuerzo de los limpiaparabrisas intentando contrarrestar la cortina de agua hasta que un escalofrío lo distrajo. No distinguía rasgo alguno del barrio, ni las chabolas, ni los Mercedes y las furgonetas que había visto los días anteriores, ni siquiera luz. «¡Mierda, mierda!» ¿Qué estaba haciendo allí? Un coche solitario a las cinco de la madrugada, frente a uno de los mayores centros de venta de droga del sur de Madrid no podía más que despertar sospechas. Rezó para que quien lo viera creyera que era un drogadicto más en busca de su ración. O un secreta de emboscada. Y lo dejaran en paz. Escudriñó el paisaje a su alrededor. Pero ¿qué pretendía, si no conseguía ver a dos metros?

La mano le tembló ligeramente haciendo que el humo danzara alrededor de sus ojos. Y, sin embargo... Sin embargo, su locura, dirían algunos, lo mantuvo firme. En su cabeza tenía fija la idea de que su salvación y la muerte iban por el mismo sendero.

El abrigo comenzó a molestarle, ahora le daba un calor insoportable y tuvo que contorsionarse para quitárselo. Llevaba un buen rato en el coche y tenía unas ganas tremendas de orinar; mucho más no podría aguantar. Sintió un leve mareo, producido por el agobio del calor del coche. «La medicación —pensó—. Me está haciendo polvo por dentro, pero ya queda poco para terminar el último ciclo. Una dosis más y todo habrá acabado.» El mareo, le explicaron, se producía por el aumento de azúcar en la sangre, consecuencia «de la otra puta pastilla». Metió la mano en el bolsillo interior del abrigo y extrajo una caja de insulina oral. Ingirió la dosis y con un acto reflejo entreabrió la ventanilla del pasajero y la lanzó al exterior. «La mierda a la calle, donde pertenece.»

Una figura pasó junto a su coche, la cabeza tan envuelta en un plástico para guarecerse de la tormenta que no veía por dónde caminaba y golpeó sin querer el espejo retrovisor. El asesino se sobresaltó y soltó un grito. El corazón le latía como una bomba neumática, dejándolo corto de resuello. Sintió el miedo en la boca; un sabor a latón que le secaba la saliva.

Al abrir la puerta del coche y sacar la cabeza, las gafas se le cubrieron de agua de lluvia, y tuvo que frotar uno de los espejos para ver algo. La figura se alejaba vacilante, como si estuviera ebria. Cogió algo del asiento del pasajero y salió a prisa, cerrando la puerta tras de sí. Echó un rápido vistazo a su alrededor y comenzó a correr, la vista ya clavada sobre la espalda de su víctima, el resto del mundo olvidado. «¿Qué estoy haciendo? —se preguntó. Sacudió la cabeza para despejar las dudas—. Es el único camino.» El sonido de la lluvia amortiguó el de su carrera, y al cabo de unos instantes alcanzó a su víctima; cada paso que lo acercaba al hombre afirmaba su convicción en el camino elegido y disipaba sus dudas.

El golpe lo propinó con toda su fuerza, el martillo rebotando en sus manos; el ruido asqueroso y seco del hierro contra el hueso lo dejó aturdido unos segundos. La víctima cayó al suelo y el asesino se abalanzó sobre el cuerpo caído. Con la adrenalina circulándole en las venas, apoyó una rodilla sobre la espalda del cuerpo que estaba tendido a sus pies. Venció la débil resistencia del hombre, y con sus manos enfundadas en guantes blancos, retorció la cabeza hasta que ésta quedó hundida en un charco de barro, y mantuvo la presión hasta que los movimientos cesaron por completo. Aun así, aguantó en esta posición casi un minuto, los ojos fijos en las manos de su víctima, para detectar el más mínimo movimiento. Su acelerada respiración tiñó de vaho sus gafas hasta que dejó de ver a la figura que tenía debajo. Continuó en esa postura varios minutos, hasta que el frío tacto de la muerte le acarició los dedos. Sacó de su chaqueta un objeto alrededor del cual había atado un papel y lo introdujo en el bolsillo trasero del pantalón del hombre.

Finalmente se levantó y, sin poder aguantar más, se bajó la cremallera, orinó contra un arbusto y volvió a subir al coche. Contempló a su víctima hundida en el barro durante un instante. Apagó la calefacción y se marchó.

6 de abril, sábado

Por segundo día consecutivo, Sebastião salió de su casa casi sin desayunar y con el tiempo justo. En la portería se topó con Benito, que le hizo una seña para que se detuviera.

—Don Sebastião —le dijo—, venga un momento. Han vuelto a dejarme otro sobre para usted. —Se levantó con esfuerzo de la silla de madera que tenía en el cuartucho donde solía pegarse a un diminuto televisor, apoyando las manos en los muslos para ayudarse—. Espere, que lo tengo dentro.

Benito entró sin prisas por unas puertas acristaladas adornadas con cortinas blancas de encaje y salió con un sobre blanco. ¿Otro misterioso comunicado de la tertulia?

—Me lo ha dejado el chico de la tienda de máquinas, ¿sabe?

Recordó la apuesta con el joven informático de hacía un par de días y se sorprendió de que hubiera encontrado respuesta tan rápidamente. Estuvo a punto de abrir el sobre allí mismo, pero el frío y la prisa le aconsejaron dejarlo para más tarde. Luego cogió un taxi que lo llevó hasta la comisaría de la calle Miguel Ángel, lugar donde se celebraría la rueda de prensa sobre los crímenes. «No llegues tarde, portugués —le había advertido Morantes—, que te quedas fuera.»

La prensa, siempre ávida de noticias, había obtenido la información relativa a los asesinatos por medio de alguna filtración desconocida, y la policía se había visto obligada a embarcarse en una política de contención de daños. Mejor explicar lo sucedido de forma controlada, y de paso quedar bien con los periodistas, que leer versiones aproximadas o en exceso imaginativas al día siguiente.

Un agente de uniforme lo dejó pasar por la puerta principal de la comisaría en cuanto mencionó el nombre de Morantes. Sebastião subió por una enorme escalera de piedra hasta el primer piso y allí encontró al agente del CNI, gabardina clara, pitillo encendido y apoyado contra la pared. Seguía con el brazo sujeto por el aparatoso vendaje.

—Portugués, mira que siempre llegas puntual.

—Ya. Esta vez me he retrasado unos minutos. Lo siento. El tráfico —dijo como excusa—. Oye, cuéntame otra vez cómo me has convencido para que me quede hasta el lunes que viene. Creo que el decano de mi universidad no estará nada contento cuando regrese.

Morantes sonrió.

—¿Cómo vamos? —preguntó el portugués.

Morantes dio una calada al cigarrillo y guiñó un ojo. Acto seguido, hizo un gesto con la cabeza hacia la puerta de la sala.

—Van retrasados. Jefes chupando cámara y los buitres del papel a ver qué carroña levantan.

—No te veo muy contento. —Sebastião miró a su alrededor en busca de alguna cara conocida.

—Bah. Por aquí no verás a nadie que conozcas, pero dentro tienes a un gran amigo.

Su tono de voz hizo que Sebastião lo mirase con alarma.

—¿Quién?

—Ya lo verás. No quiero fastidiarte la sorpresa.

Varias personas estaban entrando en la sala: policías, corresponsales de prensa, cámaras que llegaban en el último momento y que ya no gozarían de los mejores ángulos, y algún que otro técnico de sonido, batería en mano y cables rodeándole la cintura. Un nacional les hizo un gesto desde la puerta y Morantes se despegó de la pared.

—Empieza el show.

Entraron en la sala y se colocaron de pie junto a la puerta, «para largarse rápido si la cosa se ponía densa», le explicó Morantes. Enfrente había una mesa cubierta con una tela roja y micrófonos para varias personas. Tres hileras de sillas de madera, de esas de instituto, para la prensa, que estaba rodeada de un montón de cámaras. Al cabo de unos segundos se abrió una puerta y entraron tres personas. Delante de la subinspectora Puerto iba un hombre pequeño, con bigote y traje de saldo que Sebastião no había visto en su vida. Detrás de ella, el viejo conocido (en palabras de Morantes).

—Joder —mascculló Sebastião.

—Te lo dije. Una alegría, ¿eh?

—¿Qué hace González aquí?

—Es el nuevo jefe del grupo ese del que te hablé. Los que se encargan del caso.

—Pues qué bien —suspiró de mala gana.

Los tres se sentaron a la mesa, Beatriz en el extremo izquierdo. El primero de la comitiva dio unos golpecitos en el micrófono, que resonaron en toda la sala y se acoplaron con un pitido desagradable.

—Buenos días —dijo, encorvándose por encima de la mesa—. Soy el comisario De la Fuente. Antes que nada, les agradezco que hayan venido, y queremos asegurarles que el Cuerpo Nacional de Policía les prestará toda la colaboración que nos sea posible. Sin embargo, deben comprender que la investigación está todavía en curso y que hay detalles que no podemos revelar. Cedo la palabra al comisario González, máximo responsable de la investigación.

González dio una larga calada al pitillo y abrió una carpeta oficial.

—Como seguramente saben, en el espacio de mes y medio —consultó sus notas—, cuarenta y ocho días, para ser más exactos, se han cometido tres asesinatos.

Durante los minutos siguientes, mientras las cámaras rodaban y los redactores escribían furiosamente, González explicó de forma somera las muertes de Vanessa Población, Julio Martínez y Juan Alacena. No dio demasiados detalles y por supuesto ninguno referente a las notas de suicidio, por aquello de no dar facilidades a algún loco que quisiera atribuirse los crímenes, pero en cambio sí destacó la excelente actuación policial y la rapidez con la que se habían estudiado los tres casos. Cuando hubo acabado, González cerró la carpeta y carraspeó.

—¿Preguntas? —dijo. Alguna mano se alzó.

—¿Tienen ya alguna pista?

—Esa información es reservada —contestó González—. Sin embargo, podemos asegurarles que la DGP está haciendo grandes progresos.

—El asesino habrá dejado huellas. ¿Tienen ya su ADN?

—Hemos identificado algunos objetos que podrían pertenecer al supuesto agresor y están en manos de la unidad científica...

El reportero puso cara de decepción.

—O sea, que no.

—Yo no he dicho eso —repuso González—. Esa información es confidencial.

—¿No puede detallarnos si cuentan con algún indicio?

—En efecto, no puedo —dijo en tono seco González.

Otra mano se alzó:

—Sin embargo, el primer crimen ocurrió hace bastante tiempo. ¿Qué avances ha habido?

—Una vez más, me temo que esa información no se la puedo dar.

González se expresaba de tal forma que parecía que la policía tuviera más información de la que realmente tenía.

—¿Creen que se cometerán otros crímenes? ¿Deberían los ciudadanos extremar las precauciones?

—En respuesta a la segunda pregunta: en absoluto. La policía se ha movilizado con extremada celeridad y la seguridad para la ciudadanía está garantizada. No queremos desatar una ola de pánico, máxime cuando ésta sería infundada. Y, en respuesta a la primera, eso es algo que no podemos descartar.

—¿Tiene ya nombre el asesino?

—Todavía no conocemos la identidad del homicida —contestó.

—No. Me refiero a si se lo conoce de alguna manera. Ya sabe, el «Asesino de la Baraja» o algo así.

—¿De la baraja? —preguntó, confuso.

—Algo pegadizo.

González se quedó mirando fijamente al redactor, sin saber a ciencia cierta si estaría tomándole el pelo.

—No. Nada parecido —respondió finalmente—. Sin embargo, quiero expresarles que tengo plena confianza en que el caso se resuelva con celeridad.

—Oye —le susurró Sebastião a Morantes—, creo que te faltan un par de papeles por darme de los informes.

—Los tengo aquí. Nos tomamos un cafelito ahora y te los paso. ¿Qué te parece? —señaló la mesa principal con la barbilla.

—Me parece que no tienen ni idea de qué va el asunto.

—Lo mismo que a mí.

La rueda de prensa concluyó unos minutos después de las once de la mañana. Los reporteros gráficos, los cámaras y los técnicos de sonido comenzaron metódicamente la tarea de desmontar sus equipos, mientras que unos cuantos periodistas se reunían para chismorrear. Otros, los que trabajaban para diarios, se marchaban a desayunar para luego ir a la redacción a escribir la noticia.

Morantes le indicó a Sebastião que esperara y se dirigió al fondo de la sala. Al verlo, la subinspectora Puerto se acercó y comenzó a hablar con gesto preocupado. Sebastião volvió a preguntarse por la misteriosa relación que había entre los dos. Y en ese momento se percató de que González lo había visto y se acercaba. El portugués maldijo para sus adentros.

—Silveira, ¿qué hace aquí?

Olía a puro rancio y parecía haber envejecido desde la última vez que se habían visto. Las arrugas le surcaban el rostro como a un labriego, y rodeaban sus diminutos ojos con cientos de líneas; ojos oscuros y hundidos en las cuencas hasta tal punto que parecían mirar el mundo con antipatía. Llevaba una chaqueta marrón de cuadros que le quedaba demasiado grande y que acusaba el paso del tiempo y una camisa oscura que no acababa de combinar con la corbata anudada con nudo pequeño y prieto. Un pasacorbatas dorado mostraba el distintivo del cuerpo.

—Pasando unos días en la ciudad —contestó. Señaló a Morantes con la barbilla—. Visitando a viejos amigos.

—Ya. Eso en Madrid, pero ¿qué coño hace aquí dentro? —movió las manos para indicar la sala. Hablaba con acento basto y voz ronca, fruto de años de calle y tabaco negro.

—He conseguido una invitación y ya se puede imaginar, la curiosidad.

González se le acercó hasta que Sebastião casi pudo saborear el aliento a café y a tabaco barato. Le llegaba a la barbilla. Intentó alejarse, pero la pared se lo impedía.

—No quiero volver a verlo por aquí, ¿entendido? Esto es un asunto nuestro, y si mete sus narices en él, le aseguro que tendrá problemas.

—Estoy de vacaciones —dijo lo más tranquilamente que pudo.

Sabía que González podía crearle complicaciones si se empeñaba, o al menos darle algún que otro quebradero de cabeza, a pesar de sus credenciales de la Interpol. Era ese tipo de policía que por fortuna no abunda y que abusa de su poder sin contemplaciones, y que, gracias a golpes de suerte, se había ido aupando por el escalafón, inmisericorde con aquellos que se cruzaban en su camino. Una perita en dulce.

El comisario se lo quedó mirando unos instantes antes de darse la vuelta y marcharse. Por el camino, se cruzó con Morantes y Puerto y los detuvo, gesticulando con violencia en su dirección.

—Joder, portugués —dijo Morantes volviendo solo—. ¿Qué le das?

Sebastião se encogió de hombros.

—¿Qué te ha dicho? —quiso saber.

—Chorradas. Lo he mandado a tomar por culo. Bah, vámonos —decidió Morantes.

Al salir, giraron por Miguel Ángel y anduvieron calle abajo unos minutos hasta llegar a una cafetería.

—Oye, Morantes —dijo Sebastião—. Aquí yo no pinto nada. Tú ya tienes mis suposiciones y hay mucha gente competente involucrada en el caso.

—Muy bien, pero antes de que vuelvas al Támesis hemos quedado aquí con alguien. Le cuentas la historia y luego ya veremos.

—La subinspectora Puerto.

—Bea —sonrió Morantes.

Sebastião se limitó a chasquear la lengua.

—No la conoces. Es un encanto de chica, pero está sometida a una fuerte presión, y su jefe es un gilipollas.

No tuvieron que esperar más que unos minutos hasta que llegó Beatriz Puerto.

—Hola —saludó.

Se quitó los guantes y la bufanda y se sentó a la mesa con ellos. Pidió un café en vaso al camarero y se abrazó en un gesto de frío que a Sebastião le pareció tremendamente femenino.

—Vaya mesecito que llevamos.

—Tres muertos son bastantes —asintió Sebastião.

—Ya. Lo decía por el frío. —Beatriz se volvió hacia Morantes—. El jefe quiere verme antes de las doce, así que no tengo mucho tiempo.

—Sebastião tiene algo que contarte. A ver qué te parece.

—Antes, quiero agradecerte tu ayuda con la ampolla de insulina.

Sebastião miró de soslayo a Morantes, quien mantuvo el rostro impasible.

—Un error imperdonable por nuestra parte —continuó Beatriz.

Beatriz les informó de que seguían a la espera de los resultados comparativos de las muestras de orina de las diferentes escenas de los crímenes. Discutieron brevemente la posibilidad de que el asesino fuera diabético hasta que el camarero trajo otra ronda de cafés y varios vasos de agua y Sebastião comenzó a relatar sus sospechas con respecto a la *Divina Comedia*. Al cabo de diez minutos, Beatriz levantó la mano.

—Oye, oye —dijo—. Todo eso no son más que coincidencias y suposiciones vagas. A mí me parece que estáis buscándole tres pies al gato.

Sebastião miró de reojo a Morantes, soltó aire de golpe y se levantó molesto.

—Tienes razón. —asintió. Acto seguido, sacó un billete de diez euros y lo puso encima de la mesa.

—Sebastião, hombre. No es para ponerse así.

—Llevo demasiado tiempo aquí, desatendiendo mis responsabilidades en Londres. Esto no es asunto mío.

—Espera —dijo Beatriz, poniéndole una mano en el brazo—. Me he expresado mal. Morantes me ha hablado mucho de ti y conozco bien tu reputación. No es que no me lo crea, pero tienes que reconocer que lo de Dante es un poco rebuscado. No pretendía ofenderte.

En ese momento sonó el móvil de la subinspectora. Varias personas del bar se lanzaron hacia sus abrigos y bolsos.

—Un segundo... ¿Dígame?

Sebastião permaneció de pie, poniéndose el abrigo. El agente del CNI le guiñó un ojo. Pero Sebastião parecía no hacerle caso. Beatriz se había quedado muda, escuchaba atentamente a la vez que fijaba los ojos en el portugués.

—Entiendo —dijo, y apagó el teléfono sin apartar la vista de Sebastião—. Se ha cometido otro asesinato.

—¿Cómo ha sido? —preguntó Sebastião, dejando a un lado su enojo.

—Dímelo tú —replicó. Sebastião había estudiado el poema en profundidad durante esos días.

—Por orden, corresponde al quinto círculo. Los iracundos y los deprimidos, enfangados para siempre en la laguna Estigia. —Hizo una pausa antes de añadir—: ¿Ahogado?

—En un barrizal —contestó Beatriz. Se levantó y se enfundó el abrigo y la bufanda—. Tengo que irme, pero me gustaría que nos viéramos esta tarde para hablar. Y quizá para disculparme —añadió.

—Os invito a cenar a casa —dijo Morantes—. Sitio más tranquilo no vamos a encontrar y, además, he comprado una lubina fresquísima.

Beatriz sonrió y luego volvió la vista hacia Sebastião. Parecía que tardaba unos segundos en hablar cada vez que lo miraba... Con unos ojos que quitaban el aliento.

—Acepto encantada.

—Antes de irte, échale un vistazo al resumen que le daré a don Claudio —le pidió Sebastião—. Creo que tiene derecho a conocer la causa de la muerte de su hijo antes de que aparezca en los telediarios. Si te parece bien lo que pone ahí, me pasaré esta misma mañana por su casa.

Beatriz tomó la carpeta que contenía dos folios escritos y los leyó rápidamente. Cuando hubo acabado, se la devolvió.

—Pobre hombre —dijo—. Me parece todo correcto. Diles de nuestra parte que estamos haciendo todo lo posible. Nos vemos luego.

Al cabo de unos minutos, también se excusó Morantes. El trabajo lo requería.

Sebastião recordó entonces el sobre blanco del chico de la tienda de informática que llevaba en el abrigo y lo abrió. Contenía varios folios impresos con información sobre los listados de prohibidos: las primeras líneas apuntaban una serie de direcciones de internet desde donde su joven ayudante había logrado obtener la información y, tras éstas, datos sobre organismos controladores, reglamentación y acceso a las listas; información sobre la Comisión Nacional de Juego; número de personas con la entrada restringida en casinos: más de veintiocho mil; número de personas con la entrada restringida en bingos: casi veinte mil, etc. Finalmente, un párrafo con gramática oficial fechado varios meses atrás que declaraba que Juan Alacena era un jugador compulsivo y que se había solicitado que se le impidiera el acceso a las salas de juego. Y como contrapunto, al final de la hoja, la resolución médica que volvía a permitirle la entrada, entre otros sitios, al casino de Torrelodones. Una semana antes de su muerte. Lo que no especificaba era el nombre del médico que había firmado la resolución favorable a su exclusión de las listas, pero aun así le debía un módem. Si toda esa información era accesible a un joven informático, también podría conseguirla un asesino con un mínimo de recursos.

Salió del bar y tomó un taxi en dirección a la casa de don Claudio; por el camino llamó para avisarlos de que estaba al llegar. No tardó en encontrarse sentado en el salón del lujoso piso del empresario. «Los señores —lo informó una empleada vestida de uniforme— saldrán en seguida.»

El salón era grande, con tres ventanales que daban a la calle y que, si no hubiera sido por que las persianas estaban bajadas, habrían llenado el cuarto de luz. A un lado, una larga estantería de madera lacada en blanco albergaba decenas de volúmenes de todo tipo, y aquí y allá vio numerosos marcos de fotografías que relataban la historia de la familia. Se sintió un tanto *voyeur* mientras los observaba, en especial aquellos en los que aparecía Juan, y por un temor irracional a que pensaran que estaba fisgoneando, se retiró y acabó sentado en uno de los sofás, debajo de un gran retrato de don Claudio.

Pasaron cinco minutos hasta que llegaron don Claudio y su mujer. Entraron en la habitación y Sebastião se estremeció con el cambio que descubrió en ellos. Parecían haber envejecido desde la última vez que los había visto en el cementerio, apenas unos días antes. Se puso en pie para recibirlos.

—Sebastião, muchas gracias por venir. ¿Quieres tomar algo?

Don Claudio le estrechó la mano mientras la madre de Juan se sentaba en una butaca alta. Iba de luto, vestida con una larga falda negra y una chaqueta oscura. El hombre miró con gesto de preocupación a su mujer y luego lo invitó a tomar asiento.

—No, gracias, don Claudio. Acabo de tomar un café. He venido, como se imagina, para intentar explicarles lo que ocurrió. Pero me temo que traigo noticias turbadoras.

Don Claudio se sentó cerca de su mujer y la cogió de la mano. En su rostro se reflejaban las pocas horas de sueño de los últimos días y la tensión de la incertidumbre. La asistenta que le había abierto la puerta entró en el salón y preguntó si se ofrecía algo.

—Abra las persianas, por favor. Y tráiganos un poco de agua.

Claudio Alacena miró a Sebastião.

—Son momentos difíciles en esta casa: un padre nunca se hace a la idea de sobrevivir a un hijo.

—Lo entiendo, don Claudio.

La mujer de don Claudio permanecía en silencio. Era una mujer de gran belleza que el paso de los años había tratado con benevolencia; más incluso: la madurez se había ocupado de otorgarle una serena hermosura que convertía en difícil tarea precisar su edad. O, al menos, hasta la fecha. Esperaron en silencio hasta que la criada hubo levantado las persianas, empleando un mando automático instalado en la pared. Luego se retiró, indicando que volvería en seguida con el agua.

«¿Dónde te has alojado?» «¿Qué tal en Londres?» «Hablamos a menudo con Horacio, tu tío.» «Un gran hombre.» La criada regresó al instante con una gran jarra de cristal, una cubitera de plata y tres vasos grandes; les sirvió agua a los tres y se retiró sin pronunciar palabra.

Sebastião les relató entonces, evitando los detalles innecesariamente escabrosos, la última noche de Juan en el casino, su secuestro en el aparcamiento y su muerte. Intentó explicarles la irracionalidad de un asesino en serie y de que su hijo hubiera fallecido por el deseo caprichoso de una mente terriblemente enferma. La mujer de don Claudio se asía con fuerza a la mano de su marido; se le nubló la vista y al final de la explicación de Sebastião rompió a llorar.

—¿Juan estuvo en el casino aquella noche? —preguntó don Claudio.

—Sabemos que tenía una orden judicial que le prohibía entrar a las salas de juego, pero fue dado de alta una semana antes.

—¿Quién firmó el alta?

—Eso todavía lo desconozco, don Claudio, pero...

—Se equivocaron —dijo con rabia su mujer—. Aún estaría vivo si...

—No, Silvia —terció don Claudio—. Nuestro hijo no murió por ir al casino, sino porque lo mató un desalmado para el que no hay calificativos.

La cólera se reflejaba en el rostro de don Claudio.

—¿Qué hace la policía?

—Llevo varios días colaborando con los inspectores encargados del caso. Les aseguro que están haciendo todo lo posible para atraparlo.

Ante la insistencia de don Claudio, Sebastião tuvo que explicar lo que habían averiguado hasta la fecha, relatando los hechos tal y como eran. Les habló de las pruebas con las que contaban de la manera más aséptica posible y las vías de actuación que estaban desarrollándose.

—¿Cómo se llaman los investigadores? —preguntó don Claudio. Se acercó una pluma y un trozo de papel. Sebastião le dio el nombre de Beatriz Puerto y el de González, y añadió que ese último era el responsable del caso.

—De todas formas, don Claudio, le aseguro que el equipo de la subinspectora Puerto está volcado en detener al asesino de Juan.

—¿Y tú? —preguntó su mujer.

Sebastião se sorprendió y pestañeó varias veces.

—Sé que os conocíais poco, pero mi hijo siempre hablaba bien de ti; yo también confío en ti. Ayúdanos, por favor.

Era una súplica. Y Sebastião, en el fondo, se lo esperaba. Sabía que no podía irse en esos momentos, mientras las cosas estuvieran así. Atrapar asesinos en serie formaba parte de su trabajo y ahora uno había acabado con la vida de un amigo. Su mundo había sido invadido. Morantes le pediría que se quedara unos días, de eso estaba seguro, y él no se negaría.

—No sé cuánto tiempo podré quedarme. A veces este tipo de casos pueden prolongarse en el tiempo, pero estos días me quedaré en Madrid para ayudar. Hay otra persona, amigo mío y agente del Centro Nacional de Inteligencia, que también se ha involucrado en la investigación. Es un tipo de peso dentro del centro. Acabo de estar con él y nos veremos de nuevo esta noche.

—Soy consciente de que tienes un trabajo y una vida en Londres, y no quiero importunarte más de lo debido, pero confiamos en ti y nos sentimos mucho mejor si estás tú en Madrid. Me gustaría contratar tus servicios el tiempo que haga falta. Sebastião, por favor... —dijo don Claudio ante la expresión del portugués—. Nada más lejos de mi ánimo que insultarte, pero no creo que sea correcto...

—No es por corrección, don Claudio —lo interrumpió Sebastião—. No soy investigador privado y dudo que, aunque quisiera, pudiera cobrarle. Estoy aquí porque es lo que debo hacer. Porque tengo experiencia y no dormiría tranquilo si dejara suelto en Madrid a un asesino en serie, que además ha traído la tragedia a una familia querida y amiga. No, debo quedarme unos días, tanto por mí como por ustedes. Pero desconozco por cuánto tiempo...

Si el caso se alargaba, tendría que estar yendo y viniendo de Londres a menudo, y entonces no le vendría mal el dinero de don Claudio. Aceptaría si el asunto se complicaba.

—Bueno, Sebastião, ya hablaremos. De todas formas, cualquier cosa que necesites, a cualquier hora, estoy a tu disposición.

Claudio Alacena lo acompañó a la puerta; Sebastião se detuvo unos instantes. No sabía qué más podía añadir, con lo que hizo un gesto rápido con la cabeza y se marchó, prometiendo llamar pronto.

A las nueve y media de la noche, Sebastião dejó el taxi que le había llevado hasta la calle Príncipe de Vergara y llamó al interfono del edificio. Luego subió en el ascensor hasta el cuarto piso.

—Siempre tan puntual —le dijo Morantes, haciéndole un guiño al abrir la puerta.

Sebastião sonrió. Seguía haciendo un frío de mil demonios en la calle, y según los partes meteorológicos, no iba sino a empeorar. Le entregó el abrigo y siguió a su anfitrión hasta la cocina. Beatriz estaba sentada delante de una mesa de madera.

—Hola —lo saludó ella. Sebastião pensó en acercarse para darle un beso, pero se quedó inmóvil en el sitio.

—Te he traído una botella de blanco —le dijo a su amigo—. Para el pescado.

—Hombre, gracias. Tienes un sacacorchos en ese cajón. Haz los honores, que yo lo tengo más difícil.

—Espero que no sea nada —dijo Sebastião refiriéndose al brazo que Morantes aún llevaba vendado.

Su amigo hizo un gesto de desprecio.

—Tan sólo un rasguño, pero ya sabes cómo se ponen los médicos.

Beatriz no se había movido del sitio. Seguía a Sebastião con la mirada, con una media sonrisa acariciándole los labios. Vestía una camisa azul claro, desabrochada para mostrar un cuello largo adornado por una pequeña perla que colgaba de una cadena de oro, y unos pantalones de ante ajustados que acentuaban sus caderas.

—Oye, chico, esto huele que alimenta —dijo Sebastião.

Abrió uno de los armarios de madera de la pared y sacó tres copas.

—¿No estabais bebiendo nada?

—Te estábamos esperando —contestó Morantes—. Bea acaba de llegar.

Le acercó el vaso de vino a Beatriz y levantó su copa.

—Por las viejas amistades —dijo Morantes—. Que les seamos fieles y buenos.

Sobrevino un silencio cargado de emoción. Ésa era la frase favorita de Sol, la mujer de Morantes, y siempre, desde que Sebastião recordaba, se brindaba con esas palabras en esa casa.

—Bueno, oye, que no quiero ser aguafiestas —se apresuró a añadir—. ¿Qué tal te va por la gran ciudad?

Sebastião cogió una silla y se sentó frente a Beatriz.

—Bien.

—Me ha dicho Morantes que te has alojado en tu vieja casa —comentó ella. Sus ojos eran de un color marrón casi miel, y Sebastião se dio cuenta de que Beatriz era consciente del efecto que obraban en los hombres. Hizo un esfuerzo por mantener la mirada.

—Sí —respondió finalmente—. La casa de mis padres en Olavide. Bueno, en realidad, era de mi madre. Me trae viejos recuerdos.

—No todos gratos, según me han dicho.

—Qué discreta —gruñó el agente del CNI—. Siempre se le puede contar algo en confianza.

—Bah, no pasa nada. Tiempos pasados que en este caso no siempre fueron mejores.

—Bueno, esto ya está —dijo Morantes, inclinándose frente al horno.

Beatriz se acercó, sacó la lubina con la ayuda de dos manoplas y colocó la fuente encima de una bandeja de mimbre.

—Vamos al comedor —indicó el anfitrión.

—Yo paso un momento al servicio —dijo Beatriz—. Llevad vosotros las cosas, que hoy he decidido que las mujeres no trabajamos.

Morantes y Sebastião salieron de la cocina con la cena y el vino.

—Oye, portugués, contrólate, que se te cae la baba —le aconsejó Morantes con una sonrisa—. Hace mucho que no tengo baberos en casa.

—No sé de qué me hablas —mascculló Sebastião.

Paseó la vista por la habitación que hacía las veces de salón y comedor. Estaba llena de fotografías de Sol, de Morantes y de sus hijos. Se acercó a una estantería y levantó un marco de alpaca.

—¿Qué tal tus chavales?

—Bien —contestó Morantes—. Estudiando en el extranjero. Solete es una fiera; en Princeton, nada menos. Eso sí, con una beca, que si no...

Sebastião dejó el marco y cogió otro, esbozando una sonrisa.

—¿Te acuerdas de esa fiesta? —le preguntó Morantes.

—Claro.

Fue hace bastantes años, tras el desmantelamiento de uno de los comandos más sangrientos de ETA. Morantes recibió una condecoración, «una chapita», decía él, y un ascenso, y el departamento al completo se reunió para emborracharse sin mesura. Al final, Sebastião y dos amigos consiguieron llevar a Morantes a su casa, la condecoración clavada en la solapa de la chaqueta, donde los esperaba Sol con una sonrisa y una cámara. Sebastião soltó una carcajada.

—¡Menudo pedal que llevábamos! Lo que no entiendo es cómo no te rebanaron el pescuezo.

—Uf, tuve que pedirle a Sol permiso por escrito —dijo Morantes—. Y luego me pasé una temporada larga pagando el pato con la dichosa foto. De todas formas, Sol no puso una cara larga en su vida. Oye, pero no me hagas hablar de eso, que me pongo sentimental.

—¿Rememorando borracheras de hombres? —Beatriz entró en la habitación. Pronunció la palabra «hombres» de tal forma que no dejaba lugar a dudas sobre lo que pensaba de esas reuniones—. ¡Qué carcas! Eso ya no se lleva.

—Tú, que eres muy jovencita —repuso Morantes—. Antes, los polis de verdad nos juntábamos a darle al *drinking* tras nuestras brillantes detenciones. Hoy día todo tiene que ser políticamente correcto y aséptico. Los maderos no se emborrachan, no fuman y hacen ejercicio. ¿Adónde iremos a parar con una policía tan marica? —miró a Beatriz.

—Menos mal que te conozco y no entro al trapo, pero debería arrestarte por faltar a la autoridad.

Sebastião contemplaba el cruce de palabras con abierta envidia. Era tan natural y tan lleno de intimidad que le recordó que no tenía ni un sólo amigo en su vida londinense. Conocidos, muchos, pero amigos de verdad en Inglaterra, ninguno. Lo achacaba a que el carácter anglosajón y el latino mezclan como el aceite y el agua, pero sospechaba que era más bien culpa suya.

Cenaron espléndidamente, entre risas e historias de otra época, y al acabar se sentaron en el salón.

—Venga, ya que lo habéis hecho todo vosotros, el café lo sirvo yo

—dijo Beatriz. Al pasarle la taza, le rozó el hombro a Sebastião, y éste se dio cuenta de lo mucho que estaba disfrutando.

—Bueno, portugués. Al fin y al cabo, esta cena es un soborno para tirarte de la lengua —bromeó Morantes.

Beatriz se sentó en un sofá, cruzó las piernas y lo miró.

—Antes, cuéntame lo del cristal que encontraste en el aparcamiento del casino.

Por segunda vez, Sebastião describió rápidamente sus andanzas en el lugar del secuestro de Juan Alacena. A eso, Beatriz respondió que acababan de recibir los informes clínicos de la orina encontrada en el descampado donde fue hallado el cadáver.

—Contrasta —asintió Beatriz—. No me he aprendido la jerga técnica que lo explica, pero los chicos del laboratorio afirman que la orina apunta a una posible diabetes. Por ahora consideraremos que la ampolla de insulina que encontraste en el aparcamiento pertenecía al asesino. Estamos recopilando listas de diabéticos de todos los hospitales y clínicas de España, pero me temo que el número de enfermos será enorme. No sé si nos ayudará el dato. Y los de la científica dicen que no hay huellas en el cristal.

—¿Y del crimen de hoy? —preguntó Sebastião.

—Pablo García —entonó Beatriz—. Raza gitana, veintisiete años de edad y drogadicto habitual. Hallado muerto en un barrio de chabolas al sur. Causa de la muerte: asfixia y ahogamiento, amén de un fuerte golpe en la parte posterior del cráneo. Era el hijo menor de uno de los barones de la droga de la zona norte: papi no está muy contento, que digamos. Estamos tratando de evitar una masacre entre familias rivales.

—Antes dijiste que murió en un barrizal, ¿no? —preguntó Sebastião con cara de cansancio.

Beatriz asintió.

—Acordaos de cómo llovía anoche. El asesino lo golpeó por detrás para aturdirlo y luego metió su cabeza en un charco de barro hasta ahogarlo. Los de la científica han acordonado una área de cien metros cuadrados y peinan cada centímetro de terreno. Encontramos algunos objetos curiosos.

Sebastião levantó las cejas.

—Una caja vacía de insulina oral y una herradura de plata en el bolsillo de García.

—¿Tenía el chico una ganadería de élite? —preguntó Morantes.

—Muy gracioso. Nada de eso. La nueva nota estaba enrollada alrededor de la herradura. Lo que no entiendo es qué significa, y eso que me he leído el capítulo correspondiente de la *Comedia*.

—Filippo Argenti —intervino Sebastião—. Uno de los condenados del círculo que, según Boccaccio, fue un poderoso ciudadano de Florencia. Era célebre por su genio agresivo y por su vanidad; según la leyenda, sus caballos iban calzados con herraduras de plata.

Vio cómo la subinspectora ponía cara de contrariedad, molesta sin duda por no haber descubierto ella el mensaje que se escondía tras el misterio.

—¿Antecedentes? —preguntó Sebastião para cambiar de tema.

—Varias condenas por tráfico de estupefacientes y por agresión. Aunque yo, solamente por la familia a la que pertenece, lo hubiera encerrado sin pensarlo dos veces.

—¿Perfil psicológico?

—Te lo puedes imaginar: violento y con fama de tener la mecha corta. En la nota no hay huellas. —Beatriz se levantó, cogió un sobre de encima de una mesa y se lo tendió—. Una fotocopia —dijo.

Sebastião lo abrió y leyó el contenido en voz alta:

Si tu intención es descubrir el sentido o acaso una respuesta a mis actos, pensad que soy uno de los que lloran. No quiero comprensión porque mi violencia es mi fracaso. La violencia conduce irremisiblemente a la violencia; la pérdida de los nervios, al quebranto de la razón; la pasión sin control nos distancia del bien y nos acerca a los animales; nos aleja de la senda; nos separa de la verdad; nos mata. De esta manera, cometo mi último acto sin razón. La muerte otorga la vida y purga mis pecados. ¡Que Dios me perdone!

Se quedó pensativo unos instantes y dejó la nota encima de la mesa central de cristal. Luego sacó un ejemplar de bolsillo de la *Comedia* y pasó páginas hasta encontrar el capítulo correcto.

—No quiere que perdamos detalle —sonrió con amargura—. Una vez se introduce el concepto de Dante, todo es muy obvio. «Soy uno de los que lloran», además de aparecer en la nota que acabamos de leer, es un verso del quinto círculo.

»La nota vuelve a hablar de la senda, como la de Juan Alacena. Parece ser que el camino es importante para él. En psiquiatría, eso puede denotar confusión mental, estados graves de ansiedad, desdoblamiento de personalidad...

Se tomó unos instantes para pensar y al cabo dijo:

—¿Qué sabéis de asesinos en serie?

Beatriz puso cara de póquer:

—Algo, aunque no es mi especialidad, he de confesarlo.

—Como bien apuntaste tú, en España estas cosas no ocurren a menudo —señaló Morantes.

—Lo primero y fundamental es que el asesino en serie es sumamente inteligente —explicó Sebastião—. Está enfermo, es cierto, pero no hay que olvidar que no es un loco paranoico sin conciencia de sus actos. Son calculadores, caballerosos, seguros de sí mismos, encantadores e inmorales. El asesino en serie puede ser el abogado de la familia o el tendero de la esquina; el hombre tímido que nos encontramos en la parada del autobús o el seductor empedernido de la discoteca. Lo que quiero decir es que no es el clásico criminal estereotipado y ahí radica la dificultad en atraparlo. El hecho de creerse superior a sus víctimas lo convierte en el criminal más peligroso; piensa que es suyo el derecho de matar y violar, aunque sabe muy bien que sus actos son inmorales e ilegales. Su peligrosidad radica en que para nosotros es incomprensible; no actúa movido por móviles que podamos encajar en nuestros esquemas. El dinero, el poder y la venganza le son indiferentes.

Sebastião sorbió el café y luego prosiguió:

—Para esos monstruos, sus crímenes son como si de un serial televisivo se tratara. Cuando acaba el capítulo, uno se queda enganchado, insatisfecho por el desenlace y ansioso por ver el capítulo siguiente. Los asesinos en serie fantasean sobre cómo matar mejor, sobre qué aspecto podrían mejorar, y por esa razón raramente dejan de matar hasta que se los captura o se les da muerte. Son compulsivos, como alcohólicos o drogadictos, de tal forma que se ven prácticamente arrastrados a cometer sus atrocidades.

—Ya, pero no irás a decirme ahora que es la sociedad la que los empuja a ello —lo interrumpió Beatriz.

—Ésa es la teoría que sostenía Rousseau. No cabe duda de que confluyen en ellos factores sociales, como socioeconómicos, familiares, sexuales de índole edípica, pero estamos todos bastante de acuerdo en que la sociedad no crea al asesino. Aunque por lo general suelen haber sufrido infancias difíciles, malos tratos, abusos físicos y mentales, es cierto que un ambiente familiar adverso no desemboca necesariamente en la génesis de un asesino de esas características.

—¡Vaya! Qué erudito —exclamó Beatriz. Los ojos le brillaban.

—Es profesor —dijo Morantes en tono grave.

Sebastião puso los ojos en blanco.

—¿Sigo? —preguntó.

—Claro —respondió Beatriz con su eterna sonrisa pintada en los labios. Llevaba poco carmín, un rosa pálido que acentuaba su sensualidad. La suave luz amarilla de la lámpara la hacía aún más atractiva.

—Bueno. El asesino en serie no es, como muchos piensan, producto de tiempos modernos, aunque es ahora cuando ha adquirido notoriedad. Por ejemplo, el famoso conde Drácula era, en realidad, el príncipe Vlad Tepes, asesino en serie y purga de los invasores turcos en el siglo quince. Ostentó el sobrenombre de Vlad *el Empalador* gracias a su sangrienta costumbre de atravesar a sus enemigos con estacas y dejarlos morir lentamente mientras celebraba un banquete. Os advierto que soy profesor universitario y, por tanto, dado a la digresión y al rollo, así que detenedme si os aburro.

Beatriz soltó una risa corta y se acomodó teatralmente en el sofá.

—En aquella época de derechos de pernocta y sacrificios rituales, de Inquisición y caza de brujas, ser un asesino en serie era un concepto algo difuso. Lo cierto es que hasta nuestro tiempo, con sus leyes rígidas y sus sistemas para calificarlo y clasificarlo todo, no se puede catalogar con facilidad a uno de esos personajes como asesino en serie. Pero, como suele decirse, en tiempos pasados, asesinos en serie, haberlos, habíalos. Otro caso, por poner un ejemplo más, era la bestialidad despiadada de Gilles de Rais, que durante su vida mató y violó a más de doscientos niños.

—Qué animal —musitó Beatriz.

—La realidad supera con creces a la ficción —asintió Morantes.

—Así es. No obstante —continuó Sebastião—, el primer asesino en serie moderno fue Jack *el Destripador,* quien en un período de dos meses asesinó a un total de cinco prostitutas en el barrio londinense de Whitechapel. Las mutilaba terriblemente, dejando las cabezas prácticamente separadas del tronco, destripaba los ovarios, los intestinos y a veces también el útero, e invariablemente se encontraba una nota junto a los cadáveres que decía: «Yours truly, Jack the Ripper.» Algo así como «Suyo afectísimo, Jack *el Destripador*».

—Nunca lo cogieron —afirmó Beatriz.

Sebastião asintió con la cabeza.

—Hay numerosas teorías sobre quién fue, algunas curiosamente barrocas. La que tiene más visos de realidad lo pinta como un hombre normal, de clase media, que de día no llamaba la atención pero que, por la noche, daba rienda suelta a sus más negras pasiones. Y esto mismo, la idea de que una persona corriente pueda llegar a cometer unos crímenes tan monstruosos, es lo que ha convertido a esas bestias en héroes de la cultura pop.

—¿Y en nuestro país?

—Conocidos, tres o cuatro. El reciente Asesino de la Baraja, con seis víctimas en cincuenta y tres días. Arma de fuego. El Asesino de ancianas, que cometió dieciséis asesinatos; mujeres mayores a las que, además, agredía sexualmente. Era un hombre sádico, necrófilo y con un trastorno neurótico de la personalidad importante, pero de inteligencia normal. —Hizo memoria—. El Arropiero, Manuel Delgado Villegas, fue el mayor asesino de nuestra historia. Cometió cuarenta y ocho asesinatos en la década de los sesenta, aunque fue acusado de tan sólo veintidós. Violó repetidas veces a una de sus víctimas después de muerta, hasta que el cadáver fue localizado por la policía. El Mendigo Asesino —prosiguió, concentrado—, confeso de catorce crímenes: machacaba la cabeza de sus víctimas con una piedra y luego los decapitaba o les arrancaba el corazón. Era toxicómano, alcohólico, psicópata, bisexual, necrófilo y caníbal.

—Nunca deja de sorprenderme de lo que es capaz el ser humano —comentó Beatriz.

—Oye, Bea —intervino Morantes—. ¿Te apetece algo? ¿Una copita?

—Si te queda pacharán, te acepto un vaso. ¿Puedes?

—Claro. El día que un miserable rasguño en un brazo me impida servir una copa en mi casa será el día del juicio final.

Beatriz se quitó los zapatos y subió las piernas al sofá. El cabello le caía por la cara y le tapaba un ojo. Lo echó para atrás con un gesto que dejó al descubierto su largo cuello. La perla dio un saltito en el escote de la camisa, y a Sebastião le dio un vuelco el corazón.

—Yo prefiero un whisky con hielo —dijo el portugués.

Morantes abrió las puertas de un mueble bar y comenzó a servir las bebidas.

—Vaya, que nuestro chico es un chaval normal, no un engendro con cuernos —comentó.

—Así es. La estadística dice que la mayoría de los asesinos en serie son hombres de raza blanca, de edades comprendidas entre los veintisiete y treinta años, y de clase media. Nuestro chico, como lo llamas tú, seguramente tendrá un aspecto normal, incluso agradable.

—¿Y su comportamiento social? —preguntó Beatriz.

—Normal; la gran mayoría no presentan desórdenes mentales agudos. Han vivido infancias penosas, pero no están locos. Eso quiero que quede claro. Suelen ser extremadamente inteligentes —repitió.

—Pues yo sigo pensando que no puede andar muy bien de la azotea —dijo Beatriz.

—Pues es necesario desterrar esa idea, si queremos atraparlo. —Sebastião se dio cuenta tarde de que se había incluido en el grupo. Siguió—: Dado que su comportamiento no viene estimulado por la locura mental o por motivos clásicos como los económicos, y que, sin embargo, sí existe una recompensa en el acto de matar, los asesinos...

—¿Recompensa? —lo interrumpió Beatriz.

—No en el sentido de una gratificación material, sino psicológica. Decía que, a la vista de esto, los clasificamos en cuatro grandes grupos: los visionarios, que matan porque oyen voces en sus cabezas que así se lo ordenan; los que tienen una misión y creen que su deber es librar a la sociedad de un determinado grupo o etnia. Por ejemplo, los que odian a las prostitutas, como nuestro Jack. —Sebastião levantó un tercer dedo—. Los hedonistas, que persiguen emociones fuertes, un subidón de adrenalina con cada nuevo crimen. Éstos, a su vez, se subdividen en dos categorías: las viudas negras, que asesinan por posesiones materiales, y aquí me contradigo un poco con lo dicho anteriormente... No me refiero a los que matan por dinero, donde el móvil es el dinero en sí, sino que asesinan por el mero placer de hacerlo y reafirman su éxito con una consecución material.

Se detuvo un instante.

—Sí, sí; lo he entendido —asintió Beatriz.

—Es que la chica es mona pero no tonta —Morantes le guiñó un ojo.

—No, claro —dijo Sebastião, algo apurado—. Continuó, entonces. —Titubeó—. Ya no recuerdo por dónde iba.

—Por el primer subgrupo de los terceros. No me lo subdividas más, que me hago un lío —advirtió Beatriz.

—Cierto. El segundo subgrupo son los sexuales, los que realizan el coito con la víctima antes o después de la muerte. Finalmente, a la cuarta categoría pertenecen los que buscan el poder y el control sobre la víctima. Aunque mantengan relaciones sexuales con ellas, el placer se deriva del control ejercido, no del acto en sí. Ni que decir tiene que disfrutan con el sufrimiento de sus víctimas.

—Entonces, ¿dónde clasificamos a nuestro chico? —preguntó Morantes.

—Ahí comenzaron mis problemas. No encaja claramente en ninguno de los grupos. Una prostituta, un abogado, un funcionario, y ahora el hijo drogadicto de uno de los barones gitanos de la droga. No hay un patrón claro que tenga una explicación psiquiátrica satisfactoria. De todas formas, las cuatro categorías de antes son una simplificación; cada mente es diferente, única, y está compuesta por distintas escalas de grises. Es hedonista en el sentido que cada muerte le produce un intenso placer, pero también muestra una necesidad de controlar la situación. De hecho, disfruta con esa superioridad, y de ahí el juego que mantiene con la policía.

—Pero todo encaja en la *Divina Comedia* —señaló Beatriz—. Lo que sugieres es que el asesino sigue un guión único pero con múltiples patrones de comportamiento.

Sebastião asintió.

—Antes de continuar —dijo Morantes poniéndose en pie—, dejadme que os rellene las copas.

Beatriz se giró en el sofá y le entregó el vaso a su amigo. Sebastião se sorprendió mirándola de arriba abajo: era una mujer muy atractiva, y también peligrosa. Intentó concentrarse en ordenar los pensamientos y los datos que había encontrado en los libros de análisis de la *Comedia* que había comprado el martes anterior y en las explicaciones de *los amigos*.

—Sigue, que desde aquí te oigo —dijo Morantes.

—La *Divina Comedia* —prosiguió Sebastião recostándose en el sofá— es un poema escrito más o menos en la primera década del siglo catorce por el poeta italiano medieval por antonomasia: Dante Alighieri. El libro lo concibió como un viaje que emprendió movido por el dolor que sentía por la muerte de su amada Beatrice Portinari, y consta de tres partes: el infierno, el purgatorio y el cielo, pero la que nos interesa es la primera, que terminó por el año 1309.

—La historia me resulta familiar —dijo Beatriz.

—Dante sitúa la entrada del infierno en uno de los polos, y en su antípoda, una gran colina, el purgatorio, que corresponde con exactitud al gran agujero del mal. Todo ello está rodeado de los nueve círculos del cielo. Pues bien, lo importante es que la disposición de los condenados sigue una jerarquía meritocrática: a medida que se desciende hacia el centro, los pecados se tornan más horribles. Y también hay un contrapunto en los castigos, una regla según la cual la pena refleja la culpa, bien por analogía o por contraste. Siempre hay un nexo lógico entre el castigo y el pecado. El infierno es como un embudo hediondo, más amplio en la superficie y que va estrechándose hasta llegar al noveno y último círculo, donde se encuentra Satán.

»La acción comienza la noche antes del Viernes Santo del año 1300 —continuó—. En ese momento, Dante tenía treinta y cinco años. Todavía el sol giraba alrededor de la Tierra y los dragones acechaban a los marinos incautos que se aventuraban lejos de tierra. Tras pasar el vestíbulo o antesala del limbo, las almas de los pecadores se precipitan al abismo y llegan en seguida al primer círculo, que corresponde al de los paganos virtuosos y los que no recibieron el sacramento del bautismo. Su castigo es que nunca conocerán la bondad y la gloria de Dios.

—Hombre, a muchos lo del cristianismo los pillaba unos siglos después —protestó Beatriz—. ¿Qué culpa tenían de no conocer las enseñanzas cristianas?

—Ninguna, pero nuestro Dante era un hombre muy religioso, a la par que poco compasivo.

—Lo que no entiendo es ¿por qué el jueguecito de las adivinanzas? ¿Por qué no dejarlo más claro en las notas de suicidio?

—Precisamente porque es un juego de astucia. Considera que está lo bastante claro como para que un investigador avispado y que esté a su altura lo entienda. Sus contrincantes deben ser lo suficientemente listos como para captar el mensaje. De lo contrario, no hay reto.

Sebastião prosiguió con el segundo círculo, explicando que era la morada de los condenados por lujuria. Con breves palabras detalló el castigo: los cuerpos de los condenados son azotados por vientos huracanados y tormentas de arena que mutilan sus rostros.

—¿Se supone que aquí encaja la prostituta sadomaso, Vanessa Población?

—Eso es; una ocupación que se alimenta de la lujuria propia y ajena. Lo interesante es el objeto que nos dejó: el estornino. Dante dice:

Cual estorninos, que en los invernales
tiempos vuelan unidos en bandada,
acá, allá, acullá, por vendavales
la turba de almas malas es llevada,

»A lo mejor podría haberlo dejado más claro, pero tampoco le hace falta. Su placer no llega tanto por la recreación de la *Divina Comedia* como por la muerte de sus víctimas y el enfrentamiento con la ley.

—Sin embargo, estarás de acuerdo en que hay algunas cosas que no encajan —apuntó Beatriz.

—En efecto. Cada círculo por sí solo aporta un panorama incompleto, pero todas las muertes vistas en conjunto crean el contexto. En el siguiente círculo, el tercero, se encuentran los viciosos de glotonería. Los condenados padecen tormentas de lluvia helada y las carnes les son arrancadas de cuajo por *Cerbero,* el perro guardián del infierno. Encontrasteis un perro de peluche delante de la puerta, *Cerberus.* Otras semejanzas: frío, la garganta desgarrada.

—Según el informe —terció Morantes—, la víctima bebía y comía en abundancia. Creo recordar que pesaba algún que otro kilo de más.

—Sí, por decirlo de una manera elegante. Sobre todo lo que tenía muy machacado era el hígado. Principio de cirrosis, según la autopsia —añadió Beatriz.

—En tiempos del poeta italiano, un glotón.

—Sigamos —dijo Morantes.

—Los avaros y los pródigos residen en el cuarto círculo. Su tormento consiste en avanzar empujando grandes piedras con el pecho hasta chocar unos contra otros, y luego volver a comenzar su fatigosa labor. Hay una frase que Dante emplea aquí: «en gastar nunca fueron mesurados», refiriéndose a los segundos. Es decir, que malgastaban el dinero. La diosa Fortuna, por mandato divino, reparte los bienes entre gentes y naciones, y éstas los derrochan ciegamente. Un casino. Además, hay otros detalles que coinciden. En la nota de suicidio, que estaba dentro de una bolsa junto con fichas del casino, el asesino habla de un sendero en la selva; el primer canto del infierno relata el pavor de Dante al verse perdido en una selva. Creo que las palabras concretas son: «A mitad del camino de la vida / yo me encontraba en una selva oscura / con la senda derecha ya perdida.» La nota que dejó el asesino habla de una senda, al igual que la que acabas de darme y que encontraste en el barrio gitano. La nota también habla de la diosa Fortuna, que aparece en este cuarto círculo. Lo que todavía desconozco es si las notas encierran algún tipo de mensaje: un código secreto o algo por el estilo.

—¿Y el de hoy?

—El quinto círculo es el de los iracundos, que se hunden en el barro de la laguna Estigia, infernal masa de agua por la cual Carontes transportaba en una barca las almas de los condenados. Y por lo que me has contado, la víctima era bastante violenta.

—Había sido arrestado un total de treinta veces por robo con intimidación; cuantías pequeñas que lo libraban de la cárcel. En la actualidad tenía pendientes dos condenas por agresión —explicó Beatriz—. Su familia controla gran parte de la droga del corredor oeste, y no son gente particularmente amable. Y lo del barro encaja.

—Amén de la herradura de plata —añadió Morantes.

Sebastião asintió:

—Si bien es cierto que hay detalles que no concuerdan completamente, no tengo ninguna duda de con quién os enfrentáis. En 1969, la policía californiana comenzó a investigar los crímenes de un caballero que se hacía llamar el Asesino del Zodíaco. Los escasos supervivientes de sus ataques lo describen como un hombre encapuchado tocado con extraños símbolos en su túnica. Las cartas que enviaba a la policía y a periódicos de la zona iban firmadas con un círculo y una cruz, y un minucioso análisis por ordenador demostró que los lugares donde fueron encontradas sus víctimas trazaban una gran Z en el mapa. Nunca lo atraparon, pero lo cierto es que su afición al ocultismo hizo que jugara con los investigadores del caso, aportando pistas y jeroglíficos que seguían un tortuoso camino hacia los cadáveres. Es rebuscado pero real.

—O sea, que está jugando con nosotros —dijo Beatriz.

—Sin duda —contestó Sebastião.

—Entonces, ¿el siguiente? —preguntó Morantes.

—El sexto círculo: heresiarcas o jefes de sectas herejes. Aunque vete tú a saber cómo definirá nuestro asesino a un hereje.

Beatriz miró a Morantes.

—Eso podría darnos algo con lo que trabajar. Hablaré mañana con los que llevan los expedientes de sectas y asociaciones ilegales, a ver qué tienen. Trabajé en una investigación de satanismo el año pasado. Creo recordar que hay más de doscientas sectas en activo, con más de ciento cincuenta mil miembros. Eso, por no hablar de las sectas satánicas: en total hay alrededor de seis mil personas en grupos satánicos en España.

—Recuerdo haber leído en los informes periciales que a Juan lo inutilizaron con un spray antivioladores *ilegal.* —dijo Sebastião—. ¿Qué hay sobre eso?

Beatriz lo miró con sorpresa. «Está en todo», pensó.

—Los aerosoles legales tienen una concentración de gas CS no superior al 5 %. Según el forense, la concentración de agente irritante encontrado durante la autopsia de Alacena superaba el 40 %. Aquí se compran en armerías y es necesario facilitar el DNI, pero en Francia o Alemania se consiguen sin registro y a concentraciones muy superiores a las permitidas por el Reglamento de Armas. Hay poco control, y algunos listos compran fuera para vender al doble de precio en España. Estamos en ello.

Sebastião cogió el móvil que había dejado encima de la mesa. «Conozco un experto en internet —les dijo— que con un poco de suerte podrá ayudarnos.» Beatriz esperó paciente mientras Sebastião buscaba el número de David en la agenda del teléfono. Sonó tres veces hasta que el muchacho contestó. Sorprendido por la llamada de Sebastião, el chico le dijo que seguía trabajando para averiguar el nombre del médico que había firmado la orden de exclusión de Juan Alacena del listado de prohibidos.

—Estás haciendo un gran trabajo, David, pero necesito otro favor. ¿Podrías hacer un poco de tu magia en la red y buscar algún sitio en el que anuncien o vendan aerosoles de defensa personal ilegales?

Hizo una pausa y sonrió al auricular.

—Sí. Es importante que sea un aerosol ilegal. Apunta: debe contener clorobenzolmalononitrilo... —Tuvo que deletrearlo y luego prosiguió—: Con una concentración de gas superior al 40 %.

Escuchó unos instantes.

—Los homologados se venden en armerías, pero no creo que ninguna de ellas se arriesgara a perder la licencia vendiendo los de alta concentración. No sabría decirte, pero alguna tienda radical o algún particular... ni idea. Es sólo una corazonada.

Le agradeció la gestión y colgó. «Nunca se sabe», dijo y se encogió de hombros.

—Hay algo de lo que aún no hemos hablado —señaló Morantes, y se volvió hacia Sebastião—: El primer círculo.

—Es cierto. No creo que aporte datos útiles, pero yo investigaría muertes recientes de neonatos en circunstancias sospechosas.

—Me temo que me he perdido —confesó Beatriz.

—Tenemos cuatro fiambres, cada uno de los cuales corresponde a un círculo del segundo al quinto, pero nos falta el primero. El primer círculo encierra a paganos virtuosos y almas sin bautizar —recordó Morantes—. Entre otros, neonatos.

—¿Y qué ocurrirá cuando llegue al noveno círculo? ¿Se detendrá? —quiso saber Beatriz.

—Lo dudo. Como te dije antes, los asesinos en serie no son capaces de controlar sus ansias. Podría dejarlo por un tiempo, pero volvería con otro guión —explicó Sebastião.

Beatriz asintió despacio con la cabeza. Los tres se quedaron callados hasta que habló Morantes:

—Deberías confiar más en él.

Beatriz se quedó mirando a Sebastião durante un rato largo. Finalmente pareció tomar una decisión.

—Me gustaría contar con tu ayuda en el caso —dijo al fin.

Sebastião se sorprendió.

—¿Oficialmente? —preguntó.

—No, mi jefe no lo aceptaría nunca; creo que no hay mucho amor entre vosotros. De forma extraoficial y sin recompensa.

—¿Por qué?

Hubo otra pausa larga.

—Me cuesta admitirlo, pero has avanzado más en el caso en cuatro días que nosotros en un mes. Y tu currículum te avala. Y... hay algo más.

Sebastião levantó una ceja y esperó a que Beatriz prosiguiera.

—Tenemos un sospechoso.

Sebastião miró a Morantes con gesto de sorpresa. El agente del CNI lo observaba con atención.

—No lo entiendo —confesó—. Si tenéis un sospechoso, ¿a qué viene tanto misterio? Creía que estabais en blanco.

—Y lo estamos. Verás, todos los indicios apuntan a un hombre. Hay móvil, huellas y oportunidad, pero no puede ser un asesino en serie.

—Beatriz, explícate mejor, por favor.

La subinspectora sonrió.

—Hacemos un trato: yo te cuento todo lo que sabemos, tú me ayudas a atraparlo y después te invito a cenar en el mejor restaurante de Madrid.

Sebastião sonrió.

—Qué tentador. Pero sigues sin contestarme.

—Mañana te lo cuento todo. ¿Qué dices?

—¡Qué remedio! ¡De lo contrario, nunca descubriré el misterio del asesino que no lo es!

Beatriz rió. Era una risa sincera y abierta, contagiosa.

Su decisión de quedarse le resultó más sencilla de lo que esperaba; descuidaría sus obligaciones docentes, pero años de carrera profesional, de estudio y de trabajo lo convertían en uno de los expertos más cualificados fuera del Grupo de Estudios de Conducta del FBI. Si se marchaba y se cometía otro asesinato, ¿no sería en parte culpa suya? Y, por qué no decirlo, la emoción de la caza, la oportunidad de medir fuerzas contra un psicópata sumamente inteligente, lo fascinaba. La persecución silenciosa del adversario, con el dulce añadido de salvar vidas humanas, era un plato al que Sebastião no podía resistirse. Y la policía, aunque fuera de forma poco ortodoxa, se lo estaba pidiendo.

Aquella decisión cambiaría su vida para siempre.

—De acuerdo —dijo, a medio camino entre el entusiasmo y la resignación—. Me preocupa la frecuencia con la que actúa; estoy convencido de que pronto tendremos noticias suyas. Lo que necesitamos es un centro de operaciones, una pizarra y copias de las pruebas que tengamos hasta el momento.

Morantes levantó las manos.

—No tan rápido, portugués —exclamó, y soltó una breve risa—. Ya es un poco tarde. ¿Qué tal si seguimos mañana?

Beatriz negó con la cabeza.

—Mañana tengo que salir de Madrid. Volveré dentro de tres días, el martes a mediodía. Si queréis, le dedicamos la tarde.

—Mi casa es zona neutral —dijo Sebastião—, y tengo sitio de sobra para dejar trastos, así que os propongo que quedemos allí.

La noche se había disuelto en la mañana del día siguiente. Hacía mucho tiempo que Sebastião no se sentía tan vivo; una nueva investigación en su ciudad natal, el calor de la amistad de Morantes y la sensualidad cada vez más evidente de Beatriz actuaban como un estimulante.

—Me parece estupendo —asintió Morantes.

—¿Qué? —preguntó Sebastião. No lo había escuchado.

—Que me parece estupendo, Romeo. Que estás en Babia. Que mañana nos vemos.

Así acabó el día, con un beso en la mejilla que duró algún instante más de lo estrictamente formal y un taxi.

Aquella noche, el viejo regresó tarde a su casa. Llegaba cansado e invadido de un dolor que le aprisionaba la sien y que le vaciaba la fuerza del alma. Subió lentamente la escalera de la casa que ocupaba en el barrio de la Latina, deteniéndose unos instantes en cada rellano hasta alcanzar el cuarto piso. El ascensor llevaba años estropeado y nadie se había preocupado de arreglarlo; el cartel que colgaba del pomo se había vuelto amarillo con el paso del tiempo. ¡Cómo si la comunidad tuviera dinero para volver a poner el viejo trasto en marcha!

Al entrar en la habitación se acercó a la ventana y se quedó inmóvil. No encendió la débil luz del techo. La lluvia se deslizaba por el cristal de la ventana, formando pequeños ríos que desembocaban en la repisa. Un sofá raído ocupaba parte de la estancia, junto con una mesa de madera vieja y un par de sillas desvencijadas. El viejo televisor había perdido la batalla hacía meses, pero la radio aún daba las noticias entre graznidos estáticos.

Miró a su alrededor; la casa era una pocilga que había alquilado seis meses atrás con el acuerdo de no emplearla durante el día, momento en el que se convertía en improvisado abrevadero para putas dominicanas de la zona. Todas las mañanas, un negro enorme lo despertaba dando fuertes manotazos en la puerta hasta que ésta cedía a los golpes, que más que sonar amenazaban con echarla abajo. Al menos las fulanas eran limpias: guardaban las sábanas en un armario del salón y solían dejar el piso aseado antes de que él regresara por la noche.

Bendijo a la Seguridad Social que, sin pagar un duro, lo había puesto en manos de su salvador. El hombre que lo iba a curar. Su salvador.

Su gabardina todavía goteaba pero no se la quitó. Hacía un frío de mil demonios. Entrecerró los ojos y miró sin ver a través del cristal el patio interior, la luz tenue de un vecino y la pintura desconchada de la fachada de enfrente. Las caras seguían estando ahí, reflejadas en el cristal; blancas, mortecinas y burlonas. Aparecían en sus sueños, en los reflejos de la noche, en los charcos del asfalto, como fantasmas que reclamaban su presencia en otro lugar. Caras desfiguradas por la ira. Lo esperaban y sabía que sólo existía una manera de librarse de ellas. Cuando se lo dijo la primera vez, el doctor se puso serio: «Es muy importante que no huyas de ellas —fueron sus palabras—. Son tus miedos, tu furia interior que pugna por salir. Es parte de ti, mas no debes permitir que te dominen. Lucharemos juntos contra esos rostros», había sentenciado. El doctor sabía qué hacer.

Se acercó al radiador y pasó la mano por encima. Estaba templado.

Metió la mano en el bolsillo de la gabardina y sacó un papel. De inmediato lo tiró al suelo como si estuviera infectado con una enfermedad contagiosa, y se apartó de él con los ojos desorbitados. Maldijo el centro de acogida de inmigrantes árabes del barrio de Chueca y sus panfletos religiosos.

Había llegado a las nueve de la noche esperando que la ceremonia hubiera acabado. Necesitaba observar el terreno, hacerse una idea de la dificultad de su empresa y de paso comer algo, pero el encargado se presentó tarde. «Encargado, ayatolá o lo que sea, pero lo cierto es que cura no es», pensó. Un hombre delgado de espesa barba y enormes gafas de concha negra que se resbalaban constantemente por la nariz durante el sermón. Lo ponía histérico verlo hacer a cada minuto el gesto para colocárselas en su sitio. El cuerpo lo cubría con una *dish-dasha* marrón sobre varias capas de ropa que le caía hasta las sandalias. El centro ocupaba un edificio completo de la zona trasera de Gran Vía, un edificio sucio, de ventanas oscuras protegidas con redes metálicas contra el vandalismo, que hacía las veces de refugio de desamparados y centro de información a los miles de inmigrantes ilegales que deambulaban por la ciudad.

Levantó la comisura del labio superior al recordar la cuadrilla de pordioseros e indeseables que se reunían allí todas las noches para aguantar el sermón a cambio de unas míseras migas de pan y un vaso de leche caliente. ¡Que no le dijeran que existía verdadera devoción en aquella cuadrilla de indeseables! Conocedor profundo de la condición humana, o al menos así se definía, no lo creía ni por un instante. No hizo falta que lo confirmara el doctor. El doctor salvaría su alma.

Su tez oscura y las ropas que llevaba lo ayudaron a pasar desapercibido entre el centenar de personas que se apiñaban en la sala comunal. El encargado, ayatolá o lo que fuera, se abrió camino entre los congregados hasta llegar a una mesa de madera sobre la cual se apoyaba un magnetófono Sony. Introdujo una cinta y el canto del muecín comenzó a sonar a través del estéreo japonés. *Allah u-akhbar*. Tuvo que soportar toda la ceremonia entera, arrodillado en una mugrienta alfombra, mientras escuchaba la lectura metálica de los suras del Corán. El hombre que se hallaba a su derecha se había quedado dormido con la frente apoyada contra el suelo, y estuvo un rato fantaseando con la idea de su muerte. La sala semejaba un comedor militar en el que las mesas habían sido retiradas para dar paso a hileras de personas rezando en dirección a La Meca. «Personas. Por llamarlos de alguna manera», pensó. Pero mantuvo el tipo: se inclinaba sobre sus rodillas con el resto de la congregación cuando era menester y fingía recitar las palabras infieles. La suciedad de su rostro y su barba de varios días se le antojaban suficientes para hacerse pasar por árabe.

Al finalizar la ceremonia se retiraron los bancos y comenzó la cena alrededor de una barra de madera situada al otro extremo de la sala. Las voces subieron de volumen. «*Jalás*», gritaba el camarero cuando consideraba que había servido suficiente a uno de los que se agolpaban contra la barra. Cuando salió a la calle seguía lloviendo. Se había apretado la gabardina y había regresado a casa, ignorando a los pocos que lo saludaron en lengua ajena sin demasiado ánimo.

Respiró hondo, miró fijamente aquellos rostros blancos que bailaban entre las gotas del cristal y al cabo de unos segundos separó los labios en un rictus. Ésa era su primera sonrisa —aunque más bien se tratara de una mueca— en años. Ahora el doctor le había proporcionado un plan.

7 de abril, domingo

Los asesinos siempre vuelven al lugar del crimen. Sebastião se sentía incómodo, recorriendo los distintos puntos de Madrid tras los pasos de Caín. Habían acordado llamarlo así: Caín; no habían encontrado nombre más siniestro y lleno de odio. Un nombre era el primer paso para atraparlo.

Se veía poca gente por la calle. El frío y la débil lluvia que caía, añadidos a lo temprano de la hora, conseguían mantener a los vecinos de la zona en sus casas. Aun así, el portugués sentía una presencia maligna a su alrededor que le erizaba los pelos de la nuca. Cruzó el puente de Segovia en dirección a la calle de la Morería, caminando con lentitud por encima de la ronda de Segovia. Miró a su izquierda hacia el Madrid antiguo y vislumbró al fondo el comienzo de la calle del Nuncio.

¿Qué motivaba a un hombre como Caín? Sebastião se sorprendía siempre con las razones que encontraba un ser humano para entregarse con tanta violencia a crímenes tan desgarradores. Había leído innumerables libros, informes, tesinas y conferencias que intentaban desvelar el misterio, y lo cierto era que seguía sin poder dar el salto mortal necesario para comprender la mente de sus adversarios.

¿Quién sería el siguiente?

Según el esquema planteado por la *Divina Comedia*, un heresiarca, que para un Dante con la conciencia religiosa del medievo podía significar cualquier cosa. ¿Se ceñiría Caín a una definición moderna y buscaría entre las sectas con sede en Madrid o se ajustaría a los cánones medievales en los que cualquiera que no siguiera de forma ferviente (e intachable) a Cristo tenía los días contados? Con seguridad, elegiría la primera opción, pues el reto lo era todo.

Cruzó el puente y al llegar al final dobló a la derecha por Las Vistillas. Se internó por entre los árboles hasta que pudo vislumbrar los coches que circulaban bajo el viaducto y se detuvo debajo de unas ramas en busca de cobijo. Dejó escapar una bocanada de vaho mientras recordaba el pasado lejano. Su madre se había suicidado unos días antes de su duodécimo cumpleaños, con el regalo comprado y escondido en uno de los armarios de su cuarto. Sebastião lo encontró unos meses más tarde, rebuscando en el armario por alguna razón que no conseguía recordar. Se llamaba Sofía, y a pesar de los años transcurridos, la recordaba como si una fotografía se hubiera alojado detrás de sus ojos. Era guapa, alta y estaba llena de vida; la misma plenitud que perdió su marido al morir ella. Enrique Silveira, profesor de literatura y escritor admirado. Su padre. El hombre que a partir de ese momento se alejó de su vida inexorablemente, zambulléndose en sus estudios, sus libros y su tertulia, hasta el punto de abandonar el mundo terrenal. Una reacción normal, al menos comprensible, para un hombre que había perdido la razón de levantarse por las mañanas, pero imposible de entender para un muchacho de su edad.

Un año después de la muerte de su madre regresaron a Lisboa y Sebastião pasó allí los siguientes dos años de su vida, cuidándose a sí mismo con la ayuda vaga y evasiva de algún familiar. A los quince lo enviaron a un internado de Londres. No recordaba mucho de aquella época: la comida inglesa que nunca le llegó a agradar, algún amigo cuyo nombre ya había quedado en el olvido, y las vacaciones en Sotogrande, en casa de sus abuelos. La universidad y su primer trabajo pasaron inadvertidos en su casa. Y, al final, su padre murió. El único familiar que le quedaba era Horacio Patakiola, primo hermano de su madre y guardián del cariño que le faltó en su adolescencia.

—Sebastião Silveira.

Sebastião levantó la vista sorprendido y se quedó mirando a su interlocutor. La cara le era muy familiar, pero no conseguía recordar su nombre.

—Me alegro de verte —dijo el hombre. Era más bien pequeño, feo y bastante flaco. Tenía unos pómulos muy marcados, que le conferían el aspecto de un ratón mal nutrido o, mejor, de una comadreja. Hablaba con un pronunciado deje andaluz, filtrado a través de un espeso constipado.

Sebastião hizo una mueca para excusarse.

—Tendrá que perdonarme —dijo—, pero no recuerdo su nombre —y sonrió para restarle importancia al olvido.

—Harry Álvarez —respondió. Hizo una pausa y sacó veloz un pañuelo sucio del bolsillo del abrigo. Su cuerpo se estremeció de un estornudo que no tuvo la cortesía de tapar, y Sebastião puso algo de distancia entre ambos. El hombre se sonó ruidosamente y continuó—: Sí, hombre, nos conocimos hace unos años en aquel caso del comando Madrid. Trabajo en la revista *El Confidencial*. —Desplegó una gran sonrisa y se acercó a él, dándole una leve palmada en el hombro. Sebastião maldijo.

—Ahora lo recuerdo —dijo secamente. Álvarez era un periodista de sucesos que lo había atormentado durante su participación en la detención de algunos miembros de un grupo terrorista. Sus crónicas se decantaban más por el sensacionalismo que por el periodismo, más por la exageración que por la veracidad. Creía recordar que era de Gibraltar.

—Menuda sorpresa encontrarnos así. Hace una eternidad que no nos vemos. Espero que no me guardes rencor.

Sonrió y dejó entrever unos dientes manchados por el tabaco. Sebastião asintió, sospechando de las intenciones del reportero.

—Tenemos poco de que hablar, señor Álvarez... —comenzó a excusar su retirada.

—Te vi ayer en la rueda de prensa.

Sebastião se lo quedó mirando esperando a que hablara.

—Voy a serte sincero —dijo, aplicándose de nuevo el lino húmedo a la nariz—. No nos hemos encontrado por casualidad. Estoy cubriendo el caso del asesino en serie para la revista y me interesó tu presencia en la sala. Espera...

Se apresuró a colocarse delante de Sebastião, que había comenzado a decir:

—Perdóneme, pero tengo un poco de prisa.

—Déjame que te explique un minuto —prosiguió Álvarez—. Hay un psico en la capital y eso es noticia. He hablado con el comisario González y me gustaría... —Volvió a estornudar con violencia, un espasmo que hizo que le sonaran los bronquios—. Perdona... decía que me gustaría contar con tu punto de vista.

Sebastião hizo un gesto de sorpresa.

—¿El mío? Éste es un asunto de la policía. ¿Dónde entro yo?

—No quiero molestarte —y tuvo la sensación de que no le importaría nada hacerlo—, pero creo que cuando el profesor Silveira aparece en una sala donde se celebra una rueda de prensa por un asesino en serie y luego conversa con el inspector encargado del caso y con su ayudante y sale acompañado de un agente del servicio secreto —tomó aire—, pues, se puede suponer que está ocurriendo algo, ¿no?

—Insisto que esto es un caso policial. Yo estoy al margen. No puedo ayudarlo.

Álvarez endureció la mirada.

—O quizá no quieres.

Sebastião se encogió de hombros.

—Lo siento —dijo y se apartó.

—No quisiera tener que decirle a González que has hablado conmigo.

La temperatura, ya de por sí bastante baja, pareció descender unos grados.

—¿Cómo ha dicho? —preguntó Sebastião. Su expresión se endureció.

—De todos es bien sabida tu animadversión hacia el comisario. Y viceversa, claro está. Sé que unos años atrás tuviste un encontronazo con él y que te la tiene jurada. Estoy seguro de que no le gustará saber que hablas con la prensa.

Sebastião se quedó mirando fijamente al periodista y éste dio un paso atrás. Álvarez se mojó los labios y se apretó la bufanda contra el cuello. Con un gesto automático, se secó un moquillo que le resbalaba por debajo de la nariz. Sus ojos bailaban en todas direcciones, como queriendo asegurar una vía de escape.

—Mira —dijo—, yo sólo hago mi trabajo y estaremos de acuerdo con que los lectores tienen derecho...

—No tengo ninguna intención de hablar con usted —gruñó Sebastião—. Amenazarme es un camino poco prudente.

Y, con esto, se apartó de él sin quitarle ojo y siguió caminando calle abajo, procurando no mirar atrás. Que un buitre como Álvarez lo hubiera localizado no hacía presagiar nada bueno. Álvarez era de los que consideraban la ética periodística como una leve molestia y a los inocentes que pudieran verse afectados por sus crónicas como bajas inevitables en la batalla de su ascenso en las filas del periodismo.

Sebastião tomó el primer taxi que encontró por si Álvarez lo seguía y pidió que lo llevaran a Olavide. Antes, pasó por un Vip's para comprar la prensa y algunos víveres con los que subsistir los días siguientes.

Al llegar a su casa, sonó su móvil. Era David.

—¿Tienes algo para apuntar?

Percibió el tono de satisfacción en la voz del joven y se apresuró a ir a por un bolígrafo y un bloc de notas.

—Ha sido muy rápido el asunto —aseguró David.

Sebastião esperó paciente, la punta del bolígrafo planeando sobre la hoja de papel. ¿A qué asunto se referiría? ¿Al nombre del médico que había firmado el alta de Juan de los listados de prohibidos o al aerosol ilegal? En seguida saldría de dudas.

—Entré en Google y en Altavista... —dudó— ... buscadores de internet —dijo por si Sebastião no lo había entendido. «Oye, que soy viejo pero no tanto», replicó Sebastião—. Dos direcciones —continuó David— en las que se pueden buscar páginas que contengan palabras clave, y sólo tuve que probar con varias combinaciones del agente ese hasta que localicé una tienda donde lo anuncian: clorobenzolmalonotrilo, spray antivioladores de alta potencia.

David le dictó las direcciones de varias tiendas con sus respectivos nombres.

—Con toda seguridad, habrá más tiendas por la ciudad donde se pueda conseguir el spray, pero en la web solamente se anuncian las que te he dicho. En Madrid. En Barcelona he encontrado otras siete y en Bilbao también algunas. Si quieres, puedo enseñarte los sitios web de las tiendas, pero son locales ultra y con diseños gráficos que son una porquería. He tardado diez minutos en confeccionar la lista —dijo, orgulloso.

Sebastião le agradeció la información con palabras de elogio. Según David, cualquiera con un mínimo de conocimientos de la red le podría haber ayudado de igual manera; lo sorprendente era que ese tipo de productos ilegales se comercializaran abiertamente en internet. «Si hay peña que vende hasta su hígado en eBay», dijo.

El portugués colgó y acto seguido llamó a Morantes.

—Chico, no dejas de asombrarme —dijo cuando Sebastião le hubo relatado el nuevo descubrimiento—. ¿Has hablado con Bea?

—No.

—Estaré abajo dentro de un cuarto de hora.

—¿En domingo? Dudo que vayamos a encontrar la tienda abierta.

—Tampoco tienes otra cosa que hacer esta tarde —repuso Morantes.

—Vale, te espero abajo.

Y con eso colgó, no sin antes oír una risotada de su amigo.

El listado de David incluía cinco locales, a los que Morantes, con un par de llamadas añadió otros tantos. Pasaron por varios de ellos, los más cerrados, pero los que encontraron abiertos no les proporcionaron ningún dato de interés. Morantes presionó y amenazó a los dependientes, pero sin éxito. No era tarea sencilla que individuos con poco amor por la ley confesaran la venta de sustancias ilegales. Al final, la tarde transcurrió sin mayores novedades, hasta que varias horas después Sebastião llegó de vuelta a su casa.

Al día siguiente, Morantes lo recogió temprano y, acompañados por el agente que había conocido unos días antes de madrugada en la plaza de Olavide, recorrieron el resto de las direcciones. Aunque con la misma fortuna, a excepción de dos tiendas que tuvieron que dejar para el martes.

9 de abril, martes

—El número 82 es éste.

Sebastião detuvo el coche de Morantes (que, aquejado por molestias en su brazo herido, había cedido el volante a su amigo) ante la dirección del último local que quedaba de la lista. Como en los días anteriores, Morantes lo recogió temprano en su casa y consultaron en un callejero la dirección de la tienda, que, esta vez, se encontraba al sur de la capital. Durante el trayecto desde Olavide hasta Getafe charlaron sobre varios aspectos del caso, dándole vueltas a los datos que había recabado el CNI. Sebastião intentó sonsacar a su amigo sobre el sospechoso de Beatriz, pero éste se cerró en banda y le guiñó un ojo críptico: «Portugués, no seas impaciente. Esta tarde hemos quedado para trabajar en tu casa y Beatriz te pondrá al día.» Recordó la rueda de prensa y cayó en la cuenta de que González, el jefe de Beatriz, no había mentido. Tenían, efectivamente, alguien en el punto de mira. ¿Por qué andaban, entonces, tan perdidos que requerían su ayuda?

Se abstuvo de relatarle a Morantes su encuentro poco casual con el reportero de *El Confidencial*, pensando que era mejor dejarlo estar y ver qué hacía el gibraltareño antes de ponerse nervioso. Y Morantes en ocasiones podía reaccionar de forma imprevisible cuando del cuarto poder se trataba.

Bajaron por la Castellana hasta Atocha, conduciendo sin prisas, dejando que el coche se deslizara bajo la lluvia, esquivando socavones y zanjas con cuidado. Morantes, que iba sentado junto a Sebastião, vestía pantalón vaquero y un grueso jersey debajo de una gabardina clara. El brazo lo sujetaba con un pañuelo que intuyó pertenecía a Beatriz.

Aparcaron delante del portal y bajaron del coche. La tienda contaba con una puerta que se abría hacia el exterior, a la derecha de un pequeño escaparate de apenas un metro de largo en el que se exhibían algunos objetos que les llamaron la atención. El cristal del aparador escondía la suciedad detrás de media docena de hojas pegadas con celo desde el interior, en las que se anunciaban convenciones, charlas y cursos de defensa personal, pasquines de política ultra y convocatorias a manifestaciones bajo lemas provocadores. En ese momento se abrió la puerta del local y de él salieron dos jóvenes rapados, ataviados con la indumentaria apropiada: cazadora de cuero, botas militares y medio kilo de cadenas y tachuelas de adorno. Se sorprendieron con la presencia de los dos hombres, le dirigieron una dura mirada a Morantes y se marcharon con las manos en los bolsillos y las cabezas inclinadas por la llovizna.

Sebastião se acercó al escaparate y consideró los objetos que se exponían sobre el mueble de media altura: libros de política ultraderechista, puños americanos, navajas de todo tipo, algunas armas orientales y bandejas llenas de *piercings* de las más variadas formas. Se fijó en uno en forma de calavera. A su lado, otra bandeja ofrecía *piercings* anales y clitorianos. Dibujó una mueca de dolor.

A su lado apareció el reflejo de su amigo:

—Interesante, ¿verdad?

Sebastião miró a Morantes, que estudiaba el interior de la tienda a través de la vidriera, sopesando las posibles complicaciones que pudieran surgir. «Magnífico», masculló. Morantes escudriñó su reflejo y se secó el poco pelo que le quedaba en los laterales de las sienes con la palma de la mano. Sonrió a un hombre que los miraba desde detrás del mostrador con aire de desprecio y se irguió.

—Vamos —dijo.

Entraron y se dirigieron hacia el mostrador, donde el dependiente-skin los observaba sentado en una silla de madera, el respaldo apoyado contra la pared. Morantes se acercó dando un rodeo. Se detuvo ante una estantería de metal repleta de libros y seleccionó uno. Ojeó la cubierta con fingido interés y lo abrió, empleando con cuidado el brazo herido. Se detuvo en varias páginas y al final lo cerró y se volvió hacia el dependiente.

El local era pequeño, con las paredes decoradas con pósters de música heavy y punk, algún oriental en posición de combate y promoción del material que se vendía. Morantes se acercó al hombre y le brindó una amplia sonrisa. (La sonrisa podría haberse comparado con la de un escualo, pero eso no habría sido justo para el tiburón, pues sólo serviría para agravar la fama del animal.) Morantes despedía un aire de amenaza que impresionó a Sebastião, a pesar de que estaba acostumbrado a policías duros.

A la izquierda, una cortinilla de tiras de plástico colgaba del dintel de una puerta que daba al interior, de donde procedía música de guitarras distorsionadas y percusión a ritmo de martillo neumático.

—¿Sabes cuál es la multa por venta de CD ilegales? —sonrió Morantes.

El dependiente colocó una mano encima del mostrador y Sebastião se percató de que llevaba cada letra de la palabra «odio» tatuada en los dedos, desde el meñique hasta el índice. Se quedó inmóvil en su sitio pero no le devolvió la sonrisa a Morantes. Iba vestido de cuero negro de los pies a la cabeza, y lucía una ristra infinita de imperdibles en las cejas, las orejas y los labios. Sebastião, de pie a la entrada de la tienda, observó como una sombra se movía detrás de la cortinilla. Había alguien allí detrás.

Morantes se quedó inmóvil, sin pronunciar palabra, mirando fijamente al dependiente. Trascurrió un minuto completo en el que la tensión dentro del local fue aumentando, hasta que Sebastião notó una gota de sudor que le resbalaba por la espalda. La puerta de la tienda se abrió de improviso y el portugués se llevó un susto de muerte. Dos chicos entraron y, al ver la situación, giraron sobre sus talones y salieron del local sin mediar palabra.

Morantes no se había inmutado. Al cabo de lo que pareció una eternidad, Sebastião vio cómo el skin tragaba saliva.

—No quiero problemas, tronco —dijo.

—Claro que no —asintió el agente—. Y tu amigo de detrás de la cortina tampoco. Para eso sólo necesito que me contestes a una preguntita de nada. No se trata de nadie que conozcas, con lo que no creo que te importe. Y yo me olvido de los CD que estáis estampando ahí dentro, de la mierda de aquí fuera y de darte la lata durante los próximos doce meses hasta que tengas que buscar negocio nuevo en Australia.

El chico lanzó una mirada de soslayo hacia la cortina, luego a Sebastião y finalmente se centró en Morantes. Levantó la barbilla para mantener algo de dignidad y preguntó:

—¿Qué quieres?

Morantes seguía sin quitarle ojo.

—Primero, que salga tu amigo. Me pongo nervioso con gente que no veo.

El dependiente-skin lo pensó unos instantes hasta que soltó un «Javi, sal», en dirección a la puerta con la cortina. Un chico más joven, de unos quince años pero con pinta de peligroso, salió y se quedó apoyado en la jamba, improvisando una pose entre casual y de estudiada dureza juvenil.

Morantes, que seguía imperturbable, prosiguió:

—Hay un cabronazo suelto al que quiero atrapar. Compró un aerosol de defensa personal de los especiales, ya me entendéis, en esta tienda hace un mes o un par de meses.

Dejó la frase ahí.

El dependiente-skin compuso un gesto de ignorancia y abrió la boca para hablar, pero Morantes se le adelantó:

—Sólo tienes una oportunidad. Si no me gusta la respuesta, allá tú, pero plantéate a quién prefieres tener como amigo: al tío que te compró el spray o a mí.

El dependiente cerró la boca de golpe y pareció sopesar las opciones. Finalmente se decidió:

—Eso lo compra mucha gente.

—De acuerdo —dijo Sebastião desde la puerta. Consideró lo que sabían del asesino: un hombre que conocía a Dante y al que Julio Martínez abriría la puerta de su chalet—. Alguien a quien no conocieras del barrio. De mediana edad, bien vestido...

El dependiente meneó la cabeza.

—¿En el último mes? Colega, no me paso la vida aquí metido. A veces, mi primo Caco, a veces Javi...

—Caco me dijo que un viejo *trajeao* estuvo aquí comprando un spray de esos hará dos meses.

Sebastião miró al chico que seguía apoyado contra la puerta que daba al interior. Tenía las manos metidas en los bolsillos de unos pantalones vaqueros estrechos y desgastados. El pelo, largo y lacio, le caía sucio por la frente.

—¿Un viejo? —preguntó Sebastião.

—Tronco, yo qué sé —contestó el joven encogiéndose de hombros—. Caco dijo que era viejo, pero ése es un *colgao*. *Pa* él, todos son viejos. Es su manera de hablar.

—O sea, que lo atendió el tal Caco. ¿Amigo vuestro?

El joven buscó la aprobación del dependiente-skin para seguir hablando, pero éste no le quitaba ojo a Morantes, que no había dejado de mirarlo desde que había entrado en la tienda.

—Sí, tío. Un amigo. Pero está fuera de Madrid. Se ha largado con los colegas a Marruecos.

—¡Javi! —exclamó el dependiente-skin. El joven levantó la comisura de un labio.

—Eso ya no es ilegal, ¿no? Pillar costo, ¿no?

—Me importa un carajo —dijo Morantes—. Por mí, como si pilla una venérea. Lo que yo quiero saber es cómo localizar al que os compró el spray.

El joven hizo un ruido sibilante que acabó en una media risa entre dientes.

—Me dijo Caco que era médico, pero ya te digo que suele andar bastante *fumao*.

—¡Joder, Javi! —El dependiente-skin se envalentonó y comenzó a levantarse hasta que Morantes apoyó una mano encima del mostrador y dijo un «siéntate» muy bajito. Sebastião esperó un par de latidos de corazón. El skin tragó saliva y retornó a su posición inicial.

—¿Por qué médico?

El chico sonrió con media boca.

—Caco toma no sé qué mierda de medicina y tenía la caja encima de la mesa mientras fumaba un porro. El tío ese le dijo que no lo hiciera, que reducía el efecto de la medicina o algo así. El caso es que lo dijo con la misma jerga técnica que los de la Seguridad Social. Ya sabes, palabras de esas imposibles, tronco. ¿Me entiendes? Al menos, eso me dijo *Caco*. Pero está *colgao* la mitad del tiempo —volvió a repetir.

—¿Palabras imposibles? ¿Te refieres a la composición de producto o a la descripción de la enfermedad?

—Joder, no sé, tío. Caco tiene un mal rollo raro que no hay quien lo pronuncie. Ese tío sabía de qué iba. Por eso Caco dijo que era médico.

—¿Hay por aquí alguna caja de la medicina de Caco? —preguntó Sebastião.

El joven negó con la cabeza mientras sacaba un cigarro negro y lo encendía. Cerró el Zippo con un movimiento experto y se lo guardó en el bolsillo trasero del pantalón.

—¿Caco tiene familia? —preguntó Morantes.

El dependiente-skin tomó la palabra:

—Mira, tío. Caco es legal. No tiene a nadie por aquí. Su familia dicen que es de Zaragoza, pero yo no los conozco. Trabaja por aquí de vez en cuando y le pagamos algo. Se lía sus porros y deja a la gente en paz.

Morantes se quedó inmóvil unos segundos y luego se irguió:

—Bueno —dejó escapar lentamente y soltó una tarjeta encima del mostrador—. Si aparece Caco por aquí, llámame en seguida. Si me entero de que ha vuelto y no me has llamado...

Dio media vuelta y se detuvo cuando el dependiente-skin le preguntó:

—El tío ese que buscas. ¿Qué ha hecho?

—Tocarme los huevos —respondió Morantes, abriendo la puerta de la calle.

El timbre de su casa sonó unos minutos antes de las cinco de la tarde. Cuando Sebastião abrió la pesada puerta de madera que daba a la calle se llevó una sorpresa.

—Maldita sea —exclamó—. Se me ha olvidado por completo lo del módem.

Delante de él estaba la joven pareja de la tienda de informática.

—No, si no venimos por eso —dijo el muchacho—. He conseguido algo más de información sobre lo de las listas de jugadores, y como la tienda está aquí al lado... —dejó la frase en el aire—. Benito estaba en el portal y nos ha dicho el piso.

—Vaya —dijo Sebastião, sorprendido. Se apartó de la puerta y les indicó que entraran—. Os agradezco mucho que os hayáis molestado en venir.

Entraron ambos, el muchacho rebuscando por el bolsillo de su cazadora hasta que encontró un papel arrugado. Lo desdobló y se lo entregó a Sebastião. David llevaba el pelo largo, más largo que su novia, teñido de rubio (aunque Sebastião creyó ver algún color adicional debajo del gorro de lana), y un pendiente en la oreja izquierda. Usaba ropa amplia, como dictaba la moda callejera (o al menos lo que dictaban las teleseries), pantalones algo caídos, camiseta de colores, cazadora vaquera y un gorro de lana. Era de estatura media, flaco, y como todo madrileño que se precie en invierno, de tez blanquecina. Rosa, con el pelo mucho más corto e igualmente rubio, iba embutida en unos pantalones vaqueros imposiblemente estrechos, zapatillas de deporte y un grueso chaquetón negro.

Sebastião les indicó que lo acompañaran hasta el salón y les ofreció algo de beber.

—No, gracias —respondió David. Observó la habitación con curiosidad hasta que su mirada se detuvo en un punto en concreto—. Bonito tablero.

Sebastião volvió la vista hacia un tablero de ajedrez de grandes dimensiones que se encontraba encima de una mesita de madera situada a la izquierda de David, entre él y el gran ventanal que daba a la calle. Las figuras, exquisitamente talladas en marfil y ébano, reflejaban la posición de una antigua partida.

—¿Te gusta el ajedrez?

—¡Uf! Se pasa todo el día conectado a internet, jugando —contestó Rosa.

David arrugó la frente en señal de paciencia y tomó la palabra.

—No paso de ser más que un simple aficionado. ¿Tú?

—Hace mucho que no juego —contestó Sebastião—. Entonces, conocerás a Iván Polskaian.

—¡Claro que sí! —exclamó David, adelantándose a su novia—. Es el mejor jugador de la historia.

—Estuve con él esta semana pasada. Un tipo interesante.

—¡En serio! ¿Cómo es?

Sebastião rió.

—Un genio de los de verdad. Te mira y en sus ojos hay algo indescriptible; como si estuviera calculando cada uno de tus movimientos. Da miedo. Si tengo la oportunidad, algún día te lo presentaré.

Rosa le dio un leve codazo a su novio.

—Ah, como ayer por la noche tenía algo de tiempo, me puse a navegar por internet hasta que encontré ese nombre —explicó David, indicando el papel que sostenía Sebastião.

El portugúes miró la hoja donde figuraban las palabras «Hospital Ramón y Cajal», e inmediatamente después, el nombre de «Emiliano del Campo», el afamado psiquiatra que formaba parte de la tertulia de «Los Amigos de Cambridge». Levantó la mirada con sorpresa.

—Conozco los dos nombres. ¿Qué relación tienen con Juan?

—El médico y la clínica que dejó libre al tío ese de las listas —dijo David sin rodeos.

Sebastião enarcó las cejas.

—¿Esa información se encuentra en internet?

—No está al alcance de cualquiera —respondió David—. Hay que saber llegar hasta ella. Además, me ayudó un grupo de amigos informáticos que conozco. Piratas que *hackean* de vicio.

—Anda, pero si todo el trabajo lo hiciste tú —exclamó Rosa. David se sonrojó.

Sebastião se quedó mirando el papel durante unos segundos y soltó aire. Le asaltaron varias preguntas: ¿por qué no le había contado el doctor que trataba a Juan Alacena? En retrospectiva, tenía cierta lógica. El Ramón y Cajal es uno de los dos centros públicos en la comunidad especializado en el tratamiento de la ludopatía y Del Campo, como jefe de su unidad de psiquiatría clínica, sería el máximo responsable de la suerte de Juan Alacena. Pero no encontraba explicación a que el tertuliano no lo hubiera puesto al tanto de su relación con Juan, a menos que fuera uno de sus adjuntos el que tratara el caso y que el estricto cumplimiento del secreto profesional lo hubiera mantenido al margen. Eso, sin embargo, se le antojó poco probable, pues su nombre aparecía en el acta.

—Oye, ¿estás investigando algo? —preguntó David.

—Así es —confesó Sebastião—. Colaboro en una investigación policial.

—Qué pasada —murmuró el chico—. ¿De qué va?

—Siento no poder contártelo. Ahora bien, te aseguro que me has ayudado más de lo que te imaginas. Y te debo un módem —dijo Sebastião levantándose.

—No hace falta —replicó David, alzando las manos—. De verdad.

—Ah, no. Un trato es un trato. Has hecho un buen trabajo y es justo que cobres.

Sebastião rebuscó por su cartera, sacó los billetes y le pagó el precio establecido por un módem («barato, pero de los buenos», según David).

El joven se guardó el dinero en una cartera deshilachada y le aseguró que le daría la factura en cuanto se vieran de nuevo.

—Ya te bajaré el portátil para que me lo instales —dijo Sebastião—. En lo que se refiere a informática, soy la máxima expresión de la inutilidad.

—Si necesitas ayuda en la investigación, quizá pueda echarte un cable.

—¡Qué idiota! —exclamó Rosa, dándole un golpe en el hombro—. ¿Cómo vas a ayudarlo?

—David ha aportado datos muy valiosos para la investigación —se apresuró a decir Sebastião. El chico miró de soslayo a su novia con aire ofendido—. Es más, tu búsqueda por internet de las tiendas que venden aerosoles ilegales también resultará de gran importancia. Considerando tu eficacia, por descontado que si necesito más información recurriré a ti —le aseguró.

Cuando se marchaban, Sebastião pudo oír en el descansillo a David que le recriminaba las palabras a su novia. «Eres una borde», le dijo. «Ya, pero me quieres», respondió ella. Le pareció que Rosa tenía a David enroscado en su dedo meñique y que le llevaba años de madurez; pobrecito.

Sebastião volvió al salón y continuó leyendo un informe forense. Luego llamó a don Claudio.

—Necesito confirmar un dato con usted: ¿sabía que Juan era paciente del doctor Emiliano del Campo?

—Por supuesto. Emiliano es un gran amigo y se interesó personalmente por mi hijo. ¿Algo va mal?

—No. Sólo que me extraña que el doctor no nos diera esa información.

—Entiendo —dijo don Claudio. Su voz se tiñó de tristeza—. Mi hijo quiso afrontar la enfermedad como una prueba. Me pidió que lo pusiera en contacto con Emiliano, pero decidió ir solo. Juan tenía muchos defectos, pero demostró una serenidad de ánimo enorme en esos momentos difíciles. Y quería mantenerlo en secreto pues suponía que en el CNI no se tomarían a bien su... —buscó la palabra dolorosa— condición. ¿Es relevante para la investigación?

—Lo desconozco, don Claudio. Cualquier dato es siempre relevante.

Hablaron unos instantes más y colgó, molesto con que tanta gente antes que él estuviese al corriente de una información tan delicada.

Media hora más tarde llegaron sus dos invitados. Saludaron y entraron hasta el salón, guiados por Sebastião. Beatriz llevaba una caja de cartón repleta de papeles y carpetas apoyada contra el pecho. Se veía que era una caja pesada, a juzgar por cómo se inclinaba hacia atrás para compensar, pero no aceptó el ofrecimiento de Sebastião de relevarle el bulto. Morantes, con el brazo bueno, portaba una bandeja de pasteles de Mallorca.

—Buenas —dijo entregándole la bandeja—. Pastelitos, idea de Bea.

—Hombre, se agradece.

El salón de la casa tenía dos butacones y un sofá beige que rodeaban una mesa de cristal llena de piedras de vivos colores. Una en especial era de un azul casi eléctrico, con la forma de medio pomelo lleno de pequeñas estalagmitas. Pesaba un quintal. Desde esa habitación, una entrada en forma de arco daba paso al comedor, ocupado casi en su totalidad por una enorme mesa de caoba y ocho sillas inglesas. Sebastião sospechaba que su origen era inglés a raíz de la afición que su madre había profesado por los muebles victorianos y, en realidad, por cualquier trozo de madera que proviniera de la isla. Durante la temporada que vivieron en Madrid, su madre había sido propietaria de una de las primeras tiendas de antigüedades del barrio de Salamanca, sita en la calle de Lista. Recordaba vagamente la historia del traspaso del local por menos de un millón de pesetas, historia que invariablemente se alargaba en detalles que le costaba seguir con atención. Por alguna razón que nunca supo, su madre vendió la tienda, dejando atrás un negocio floreciente y un pequeño entresuelo lleno de ilusión.

Una gran cómoda antigua donde se solía guardar la mantelería flanqueaba la mesa; colgaba de la pared del fondo un tapiz gemelo al de la entrada (figuras romanas con sandalias, perros escuálidos y uvas) y un par de baldas que exponían la plata, que a pesar de los cuidados de la hija de Benito mostraba un tinte negruzco adquirido con el paso de los años.

Sebastião había cubierto la mesa de caoba con un mantel. Le indicó a Beatriz que dejara la caja en un extremo, cerca de su portátil y de varios cuadernos que había comprado por la mañana. Beatriz apoyó la caja con cuidado en la mesa y con la mano derecha se atusó un mechón rebelde escapado de la coleta. No llevaba apenas maquillaje y vestía unos cómodos vaqueros.

—Bea está al tanto de lo de esta mañana —señaló Morantes, refiriéndose a la información obtenida en la tienda de Getafe.

—He puesto en marcha una orden de detención para el tal Caco —dijo Beatriz—. Con el mote y los antecedentes por consumo de estupefacientes que tiene, no ha sido difícil localizar su ficha en el ordenador. Efectivamente, está en Marruecos. Tenemos el registro de salida en la aduana. En cuanto ponga pie en suelo español, lo enganchamos por el pescuezo y lo traemos para Madrid.

Sebastião asintió y dijo:

—He estado pensando en la posibilidad de que el asesino sea médico, como parece pensar el tal Caco. Si eso es cierto, habremos dado un gran paso adelante en la investigación. La otra cara de la moneda es que nos esté llevando por un callejón sin salida con pistas falsas. ¿Encaja —hizo una pausa y continuó con cierta sorna— con ese misterioso sospechoso vuestro?

—Me temo que no.

Beatriz se quitó la chaqueta que llevaba puesta, dejó al descubierto un ceñido jersey burdeos de pico cuidadosamente estudiado para provocar un infarto, y comenzó a sacar el contenido de la caja. Morantes tomó asiento a la derecha de la subinspectora y Sebastião se quedó de pie, apoyado contra la gran cómoda de cajones que presidía la pared izquierda de la estancia.

—Como te dije —comenzó Beatriz—, hay alguien que tiene todas las papeletas para haberse cargado a Martínez, pero por desgracia no puede ser el asesino en serie que buscamos. Basta decir que me tiene hecha un lío. Déjame que te relate la penúltima noche de Martínez. El día antes de su muerte nuestro obeso abogado ofreció unas copas en su casa, a las que fueron invitados sus colaboradores directos: jefes, abogados del despacho, consultores, la secretaria del departamento, el chico de la fotocopiadora, etcétera. Martínez buscaba cualquier excusa para organizar un buen sarao. Dieciocho personas en total, entre los que se encontraba un individuo llamado Jacobo Ros.

Rebuscó en uno de los archivadores y extrajo una delgada carpeta azul. La abrió y leyó en voz alta:

—Jacobo Ros, veintinueve años, y currante del equipo de Julio Martínez. Abandonó sus estudios de abogacía en el primer año y en la práctica trabaja, o trabajaba, de chico para todo en el departamento del desdichado fiambre, atendiendo el archivo, ayudando algo en investigación preliminar, haciendo recados. Ros, que no es precisamente un lumbreras, entró en el bufete porque el padre de alguien le debía un favor al padre de otro alguien, y se dedicaba a trabajos de poca importancia. Otro rasgo suyo, y que resalto porque viene al caso, es que pesa unos ciento cincuenta kilos y no es precisamente lo que una llamaría un adonis.

Siguió consultando su documentación:

—Casado en su juventud con una chica de su pueblo natal —prosiguió—, se separó recientemente sin descendencia. En realidad, lo abandonó su mujer; por lo visto no la satisfacía sexualmente lo que, a juzgar por lo que he leído, no me extraña lo más mínimo.

Beatriz tomó aire y continuó:

—Sus compañeros nos contaron que Ros profesaba una tirria de primer grado a Martínez, hecho que fue corroborado por el psicólogo forense que lo entrevistó. Según éste, Ros padecía una fuerte paranoia que se traducía en un intenso odio hacia su jefe, que fue aumentando con el paso del tiempo hasta convertirse en el motivo central de su existencia. Ejemplificaba todo aquello que Ros no era: simpático, exitoso, con dinero y, a pesar de que ambos eran obesos, Martínez tenía fama de mujeriego. Recordad que Martínez era, en palabras de Dante, un glotón, pero un glotón con grandes dotes sociales y mucha pasta, lo que atrae a cierto tipo de mujeres. Continúo: el motivo de aquella reunión era festejar el fin de un contrato particularmente lucrativo para la firma de abogados, y Martínez fue espléndido con el alcohol que sirvió a sus comensales. Vino del mejor, tequila, whisky; de todo y por su orden. Martínez tenía motivos para estar contento: como gestor del contrato, se llevaba un buen pellizco en concepto de comisión de éxito. Pero cometió un descuido imperdonable que a la postre provocó su muerte: se mofó de Ros delante de sus compañeros. Según nos relataron los testigos, gastó una broma pesada a su subordinado que no le hizo mucha gracia a éste.

Sebastião seguía la historia sin saber adónde quería ir a parar Beatriz: *¿Ros era el asesino en serie?* No podía ser.

—La noche siguiente, un coche aparcó enfrente del chalet de Martínez y el hombre que habría de acabar con su vida descendió de él. Llamó a la puerta y entró sin que la víctima opusiera resistencia. Si era Ros, Martínez lo habría invitado a entrar sin problemas. Hubo una pelea y todos sabemos cómo acabó. Os ahorraré los detalles, pero las huellas de Ros aparecen por todas partes.

—¿Y qué hay de raro en eso? —exclamó Sebastião—. ¡Estuvo invitado en su casa el día anterior!

—Cierto —asintió Beatriz—. No me refiero a huellas dactilares, dado que nuestro asesino suele llevar guantes de látex. En el informe que te entregué no se menciona este dato, pero encontramos un mechón de pelo en el suelo, como arrancado de la cabeza de un atacante en medio de un altercado violento, y que, a decir de los del laboratorio, proviene sin duda de la cabeza de Ros. El análisis forense reveló que bajo las uñas de Martínez había piel que concuerda genéticamente con la de Ros. Y se confirmó tras un cuidadoso análisis de ADN que la orina encontrada en la taza del váter, váter que, por otro lado, se había limpiado aquella misma mañana (hablamos con la asistenta), provenía de Ros.

Beatriz guardó silencio y dejó a Sebastião estupefacto. Al cabo de un minuto, el portugués descruzó los brazos, abandonó su posición al lado de la cómoda y se sentó en una silla. Ros parecía ser el asesino, pero...

—¿Y los demás crímenes?

Beatriz se reclinó en la silla.

—He ahí la cuestión. El día en que murió Vanessa Población, Ros estaba en Sevilla. Y la noche en la que fue secuestrado Alacena se encontraba en casa de sus padres, en su pueblo. En ambas ocasiones hay bastantes testigos. Quizá tiene un ayudante o los testigos de sus coartadas mienten.

—¿Y Dante? ¿Y las notas de suicidio? ¿Y el supuesto médico que compró el aerosol? Ros no pudo ser.

—Eso mismo creo yo —dijo Beatriz—. Si no fuera por tus averiguaciones, Ros estaría ya en un calabozo en el fondo del mar. Cada prueba que sale del laboratorio forense y de la científica lo incrimina. Nuestro asesino misterioso.

—Yo también tengo noticias —informó Sebastião—. Juan Alacena fue excluido del listado de prohibidos una semana antes de su muerte con la autorización de un médico del hospital Ramón y Cajal.

—¿Del Ramón y Cajal? —exclamó Beatriz.

Sebastião frunció el ceño.

—¿A qué viene tanta sorpresa?

—Continúa y luego te lo cuento —dijo Beatriz.

—Pues bien, dicha autorización fue firmada por el jefe de la unidad de psiquiatría, el doctor Emiliano del Campo.

—¿Quién es? —preguntó Beatriz.

Sebastião hizo un somero resumen del expediente del tertuliano.

—Hablaré con el doctor mañana mismo. Era un buen amigo de mi padre. Es más, estuve con él hace poco.

Sin saber por qué, a Sebastião le resultó embarazosa la confesión.

—¿Ah, sí? —se interesó Morantes.

Sebastião se encogió de hombros. En pocas palabras explicó la relación del doctor Del Campo con su tío Horacio Patakiola y la charla mantenida en la tertulia de Barquillo.

—No tengo su teléfono —prosiguió—, aunque mañana puedo conseguirlo.

Hizo una anotación mental para llamar a su tío Horacio al día siguiente. Beatriz sacó un bolígrafo de su bolso y apuntó algo en un cuaderno. A Sebastião le molestó que el nombre de tan prestigioso médico apareciera en la libreta de la subinspectora, pero poco podía hacer. Beatriz consultó su reloj y anotó la fecha y la hora junto a la entrada; luego se recostó en la silla.

—Sí que es interesante —comentó—. Quisiera hablar con tu amigo Del Campo para averiguar si firmó personalmente el alta de Alacena. A lo mejor comenzamos a acercarnos a alguien. Veréis, ésta no es la segunda coincidencia médica, sino la tercera —dijo con aire de satisfacción. Esperó la reacción de sus contertulios, y cuando quedó satisfecha con el tiempo de su pausa, continuó—: En casa de Morantes me hablasteis del primer círculo, y que la víctima podía ser un neonato. Investigué y averigüé que hace unos meses apareció un recién nacido muerto en un contenedor de basura de un hospital. Los investigadores encontraron un trozo de papel sucio grapado a la manta que envolvía al bebé, pero como era la primera muerte se aparcó en el depósito de pruebas. Dado que hemos tratado las notas con la máxima reserva, el equipo de investigación no lo relacionó hasta que anduve rebuscando y haciendo preguntas en otros grupos operativos. Burocracia.

Beatriz le entregó un trozo de papel fotocopiado a Sebastião.

Si lo que te rodea no es lo que has pensado para ti, no tiene sentido venir a este mundo. Todavía no has pecado y ya arrastras, como yunque inmenso sobre tus pequeños hombros, el mal de tus antepasados. Todavía no has pecado y tu futuro ya se llena de sufrimiento, esfuerzo vano y labor sin sentido. Todavía no has pecado y tu destino está escrito. ¿Para qué vivir si no es posible vivir?

A sabiendas de la respuesta, Sebastião preguntó si el hospital era el Ramón y Cajal. Beatriz sonrió: «Premio para el caballero.»

—Señores y señoras, el siguiente paso está claro. Se impone una visita a tan distinguida clínica cuanto antes —entonó Morantes.

Sebastião asintió y quedaron los tres en verse al día siguiente por la mañana en la misma puerta de entrada. Hablarían con el gerente e indagarían lo que Morantes ya denominaba la *conexión médica.*

Eran ya las siete de la tarde cuando Sebastião fue a la cocina a por unas cervezas. Aprovechó el largo pasillo para intentar poner algo de orden en el misterio. Si Ros había asesinado a Martínez, entonces, ¿quién había asesinado a los otros? Y ¿quién era el enigmático médico de la tienda ultra de Getafe? Eso sí, el Ramón y Cajal cobraba cada vez mayor protagonismo. De la nevera seleccionó tres Heineken y las puso en una bandeja, junto con otros tantos vasos de tubo. Hizo acopio de un bote de cacahuetes y unas patatas y lo llevó todo con cuidado camino del comedor.

Entró en la sala y dejó la bandeja encima de la mesa de caoba. Mientras servía las cervezas, preguntó:

—¿Padece Ros de diabetes?

Recordó el cristal de ampolla de insulina del aparcamiento del casino.

—Buena pregunta —señaló Beatriz—, y la respuesta es afirmativa. Como te dije, cada prueba apunta a nuestro hiperglucémico y obeso señor Ros.

—Si fueran asesinos diferentes, todos tienen diabetes. Y dejan notas iguales de suicidio en la escena del crimen. Y siguen el mismo esquema de la *Divina Comedia*. Pero todos no pueden ser, a menos de que tengan el don de la ubicuidad —expuso Morantes.

Sebastião abrió las botellas y acercó vasos y cervezas a sus invitados.

—Beatriz, ¿dirías que Ros tiene la inteligencia suficiente para organizar este entramado macabro?

La subinspectora hizo un gesto ambiguo que venía a decir: «Ros es bastante lerdo, aunque cosas más raras se han visto.» Sebastião se atusó el pelo y cerró un instante los ojos.

—Es posible que sean varios —dijo Beatriz despacio—. ¿Un juego de rol?

—¿O una conspiración de Diabéticos Unidos? —Morantes puso los ojos en blanco—. Lo que a mí me gustaría saber es cómo has averiguado tú lo del hospital y el médico ése.

—Lo he sacado de internet y de unos avezados tórtolos quinceañeros de la tienda de informática que hay al otro lado de la plaza. No me preguntes cómo los lié ni cómo lo descubrieron.

—Convendría hablar con ellos, aunque no sea nada —indicó Morantes—. Dime dónde está la tienda.

—Está en el otro lado de la plaza. El chico que atiende se llama David.

—Perfecto. Mientras, prepara algo de cenar; yo vuelvo en seguida.

—Jopé, Morantes. Pero no me los asustes.

Morantes lo miró con cara inocente.

—*Moi?*

Tardó poco en regresar y lo hizo acompañado de la joven pareja. Los chicos entraron en la casa con cara de asombro y a Sebastião no le costó imaginar la historia que les relatarían a sus amigos (conociendo a Morantes, les habría enseñado su documentación del servicio secreto). Durante el rato que estuvieron solos, Beatriz y Sebastião organizaron la información disponible: informes de la policía científica, notas de suicidio, declaraciones de testigos, fotografías y vídeos de los lugares y de los hechos tomados por los equipos de investigación. Todo el esfuerzo de Sebastião se concentraría en pintar el perfil psicológico del asesino e intentar ahondar en su relación con la *Divina Comedia*.

En la cocina prepararon algo de cena; unos sándwiches calientes, quesos y patés comprados por María, la hija del portero, y una ensalada de tomate y mozzarella.

—¿En qué piensas? —preguntó Beatriz.

—Pensaba en médicos y hospitales —dijo Sebastião.

—Mañana veremos.

—Hola, chavales —saludó Sebastião cuando abrió la puerta a David y Rosa. Les dirigió una amplia sonrisa para tranquilizarlos, aunque no parecían preocupados. Al contrario, David sonreía con cierto aire de timidez y Rosa se comportaba como siempre, algo distante e indiferente. Los acompañó de nuevo al salón y se sentaron en los mismos sitios que habían ocupado un rato antes.

—Os presento a la subinspectora Puerto —dijo Morantes—. Es la agente encargada del caso que os comenté y tiene algunas preguntas para vosotros. Tranquilos y sed sinceros.

Beatriz se acercó y se sentó en el brazo del sofá. Sebastião pensó que, de estar viva su madre, se hubiera llevado una reprimenda.

—A ver, contadme.

David, interrumpido con frecuencia por Rosa, estuvo hablando largo rato, con frases cortas e inseguras que pintaron algo confusamente la apuesta con Sebastião, el reclutamiento de sus amigos piratas de la red, su búsqueda por el ciberespacio y el hallazgo final del nombre del psiquiatra. Confesaron que habían entrado en varios servidores privados, saltándose los sistemas de seguridad, pero eso sí, sin alterar nada. Finalmente David se interrumpió, se encogió de hombros y dijo:

—Eso es todo.

—¿Sabéis que la piratería informática es un delito? —Beatriz los miraba sin pestañear. Hubo un silencio que duró unos segundos hasta que suspiró y, apuntándolos con un dedo, dijo—: No os metáis en líos, ¿de acuerdo?

Ambos asintieron con la cabeza. Sebastião notó cómo David tragaba saliva, pero Rosa mantenía una mirada desafiante, los ojos algo entornados y la comisura del labio algo levantada. Estaba seguro de que iba a decir algo e intervino para evitar una escena desagradable.

—Chicos, muchas gracias por vuestra ayuda. Tenemos mucho trabajo por delante así que luego nos vemos. —Se levantó y los acompañó hasta la puerta.

Ya en el descansillo, Rosa se volvió.

—Un encanto, la poli —comentó en voz baja. Sebastião ignoró el comentario.

—Oye, aunque ésa se ponga pesada, seguimos dispuestos a ayudar —dijo David desde el ascensor.

El portugués asintió con gesto de gratitud

—Tengo el número de tu móvil. Si se me ocurre algo, te llamo.

Se despidió del chico haciendo una seña por encima del hombro con el pulgar.

—Y procurad que no acabemos todos en la trena.

Sebastião regresó al comedor y se sentó en una de las sillas, mientras Morantes usaba su teléfono.

—Estaría bien no ir aterrorizando al barrio —dijo. Beatriz le dirigió una sonrisa y luego soltó una carcajada.

—Profe bueno, poli mala.

Sebastião arqueó la espalda e hizo una leve mueca de dolor.

—¿Tenso? —preguntó Beatriz.

Sebastião negó con la cabeza.

—No es nada. Por cierto —continuó, tomando aire—, esta noche me apetece salir de casa. Llevo varios días encerrado y necesito descomprimir un rato. He visto en el periódico que hay un buen concierto de jazz en el café Central. ¿Te va?

Beatriz sonrió, los labios carnosos torciéndose en las comisuras pero sin que llegaran a despegarse:

—Claro.

Morantes colgó el teléfono y dio una sonora palmada.

—¿De qué hablamos? —dijo, irrumpiendo la conversación.

—Del último fiambre —respondió Beatriz sin pestañear—. Seguimos por ahí.

—Muy bien —asintió, aunque Sebastião creyó notar cómo una leve sonrisa se le dibujaba en la boca al agente del CNI—. Hablemos de ello mientras cenamos, que estoy desfallecido.

—El quinto círculo —entonó Sebastião, distribuyendo platos por la mesa—. Un gitano violento con innumerables detenciones sobre sus espaldas, iracundo, en palabras de Dante, envuelto en el mundo de las drogas y que muere ahogado en un barrizal. ¿Qué encontrasteis en la escena del crimen?

Beatriz recitó de memoria:

—Evidentemente, la herradura de plata con la nota. Hay varias tiendas en Madrid donde se pueden encontrar objetos similares; por ahora, no ha habido suerte. Aparte de huellas de pisadas y de neumáticos, algunos pelos. Parece que García ofreció algo de resistencia. No hubo ni un solo testigo. Tuvimos a una persona interrogando a los habitantes del barrio gitano durante dos días y allí todos son ciegos, sordos o amnésicos. Lo de siempre.

—¿Con raíz? Me refiero a los pelos, claro —preguntó Morantes.

Beatriz asintió con la cabeza y Sebastião sonrió. Sin la raíz era prácticamente imposible establecer factores de importancia; el sexo no se puede determinar con precisión, ni tampoco la edad, y el color del pelo, considerando las variaciones en la pigmentación, puede confundir más que ayudar. A pesar de que las posibilidades de que un pelo de dos personas coincida son escasas, sin la raíz no se puede llevar a cabo una prueba de ADN, lo que lo invalida como evidencia forense en un tribunal.

Sebastião repartió los sándwiches, la ensalada y el paté, y finalmente llenó las copas con una botella de rioja.

—Bien. ¿Cuándo tendremos el análisis de ADN?

La comparación del ADN de la orina encontrada en los escenarios de los crímenes de Martínez y Juan Alacena con el que resultara de los cabellos encontrados les permitiría afianzar la participación del asesino en los tres crímenes.

—Tardará varios días. Los del laboratorio tienen entre manos un tema relacionado con ETA que es de alta prioridad —dijo Beatriz. La prueba definitiva contra Ros tendría que esperar.

—¿La nota? —preguntó Sebastião.

—Como de costumbre, ni rastro de huellas. Y esta vez se empleó un láser para analizar el papel. Lo que sí encontramos fue una caja de insulina oral.

La cajita, explicó Beatriz, estaba en medio del camino, cerca del cadáver y debía de ser un sustitutivo de la insulina inyectable que se administraba el asesino. Tiró un dossier encima de la mesa con gesto de cansancio.

—La nota de suicidio parece proceder de la misma impresora, y está escrita en Courier de doce puntos; una tipografía poco habitual en los procesadores de texto, que por defecto se configuran con Times New Roman o Arial. Tuvimos algo de suerte: encontramos huellas de pisadas que el asesino dejó en tierra blanda justo debajo de unos matorrales, que las protegieron de la lluvia. Nos han revelado hasta la marca del calzado, y lo que es mejor o peor, según se mire, el tamaño del pie.

—¿Y? —preguntó Sebastião.

—No coincide con ninguna huella tomada en los otros lugares de los crímenes. ¿Otro asesino más?

Sebastião se levantó de golpe y comenzó a pasear por la habitación. Apretó los labios con fuerza y dejó que el aire se le escapara lentamente por la nariz.

—Me parece que tenemos que cambiar el chip. Aquí estamos lidiando con varios asesinos.

—Muy coordinados —intervino Morantes—. La prueba definitiva serán los resultados del análisis del ADN de la orina.

—Estoy metiendo prisa al tema, aunque hay atasco en el laboratorio —dijo Beatriz—. Los tendremos en breve.

Guardaron entonces silencio hasta que Morantes dijo:

—Lo que a mí me parece, chicos, es que algo hemos avanzado. Según el libro de marras, el siguiente podría ser alguien perteneciente a una secta. Pensando a lo grande, Caín podría decantarse por cepillarse al mismísimo jefe de alguna secta. Lo que, dependiendo de quién, merecería mi respeto.

Sebastião resopló y se colocó las manos detrás de la nuca, reclinándose contra la silla y haciendo sonar las cervicales.

—He estado haciendo los deberes y existe otra posibilidad: un musulmán —explicó—. Veréis, aunque la influencia del islam no era patente de forma clara en la sociedad medieval, su impacto se dejaba sentir en la vida intelectual y científica del momento. Las matemáticas, el álgebra, la trigonometría, la medicina y la astronomía avanzaron de forma espectacular una vez comenzaron a traducirse textos de Oriente. En contra, la Iglesia católica mantenía un especial rechazo hacia el mundo musulmán por motivos varios; motivos que Dante compartía de todo corazón. De hecho, Dante sentía un profundo desprecio por esta religión, no sólo porque se alejaba de la única y verdadera religión católica, sino por el cisma que produjo en el seno de la misma. Dante la culpaba de la pérdida de fieles en Oriente, capturados por las enseñanzas de Mahoma, que durante la Edad Media era considerado un cristiano apóstata. Sin entrar en grandes detalles, Mahoma tenía un gran respeto por la figura de Cristo y llegó a considerarlo un gran profeta. Sin embargo, cuando en el año 610 después de Cristo Mahoma comenzó a predicar, la Iglesia católica lo rechazó como hereje.

—¿Y todo eso adónde nos lleva?

—Bueno. La primera vez que se encuentra alguna referencia al mundo musulmán en el infierno es en el canto VIII, que corresponde al quinto círculo. Dante y Virgilio llegan a la ciudad de Dite, donde se discernían «bermejas mezquitas». La segunda referencia tiene lugar en el canto XXVIII, que corresponde al octavo círculo, donde encontramos a Mahoma y a Alí, yerno del primero, ambos sufriendo terribles tormentos, rajados desde el mentón hasta la frente. Si yo fuera el asesino, sería una referencia demasiado clara como para no aceptarla. Y musulmanes en Madrid hay unos cuantos.

Pasaron el resto de la tarde hablando de lo mismo, considerando y reconsiderando todas las pruebas. Acabaron la cena y a las once de la noche Morantes se excusó; madrugaba al día siguiente y prefería irse a dormir. Beatriz y Sebastião salieron junto con él de Olavide en dirección al café Central.

El viejo salió a la calle y se dirigió con decisión a la boca del metro de la Latina. Eran las once de la noche pasadas y las putas dominicanas habían desalojado su apartamento, pero transcurrirían varias horas antes de su merecido descanso. Antes, era menester reconocer el terreno del centro de acogida de musulmanes del barrio de Chueca para poder llevar a cabo el plan con garantías de éxito; como si de una operación militar se tratara, nada podía dejarse a la improvisación. Todo bien medido, una y mil veces, cada detalle tenido en cuenta, cada opción considerada. ¿Estaba loco? No creía en la locura, sino en el destino. ¿Cómo se definía la locura? ¿Quién establecía los parámetros? ¿La sociedad? ¿Los médicos? Esos chupasangres no tenían el derecho moral de juzgarlo. Salvo el doctor, pero él no juzgaba: lo alentaba, lo entendía. Los rostros de los espejos le hablaban, lo atormentaban día y noche, pero eso no era signo de locura. Eran rostros de su pasado y su destino era librarse de ellos. Su destino. Su locura.

Se movía con paso apretado, empujado por la valentía que otorga una decisión firme que ha tardado en llegar. En el metro se apresuró a entrar en el último vagón y se sentó a cierta distancia de los escasos viajeros que encontró. Odiaba profundamente el metro; un tubo estrecho en las entrañas de la tierra. En los pozos de la tierra. En las cañerías de mierda de la tierra. Lleno de escoria. Olía mal, a cárcel opresiva. El convoy se detuvo en una estación y entraron tres árabes: un hombre sucio, su mujer y un niño pequeño. La mujer era enorme, vestida de negro como en las películas y llevaba al niño agarrado de una mano. «Joder, que se sienten en el otro lado —gritó en su cabeza—. ¡Viene hacia aquí! No, por Dios, no.» El niño se soltó de su madre, llegó corriendo a su lado del vagón y se sentó de golpe enfrente del asesino. Lo miró con cara traviesa y le sacó la lengua. La mujer llegó tambaleándose con el traqueteo del vagón y se dejó caer pesadamente en el asiento contiguo al suyo, agarró al niño y lo sentó en sus rodillas. Olía a mil rayos. El asesino intentó apartarse discretamente, poner distancia entre ambos cuerpos y el suyo, pero su asiento era el último de la fila y la barra de seguridad le impedía distanciarse más. El niño volvió a sacarle la lengua y su madre escupió algo en una lengua ininteligible.

Ocurrió hace muchos años. El asesino había sido legionario en Ceuta y como muchos de sus compañeros buscaba algún ingreso extra con negocios, por llamar a los trapicheos de alguna manera, con la comunidad colindante. Pasaba costo a los de la Península que se bajaban al moro, protegía a algún moraco importante cuando era menester y, en fin, se las ingeniaba para obtener pasta y diversión. Fueron años largos y duros, y su odio hacia sus vecinos fue acrecentándose a medida que transcurrían los meses. Una noche en la que debía ayudar a desembarcar de madrugada un cargamento de hachís en la playa de Ceuta, las cosas salieron mal; se habían juntado una docena de personas alrededor de una lancha rápida: tres de sus compañeros legionarios, media docena de lugareños y otros de nacionalidad variada, entre los que creyó distinguir algún español y puede que uno o dos sudamericanos. La llegada de la patrullera de la Guardia Civil armó la marimorena. Aparecieron de la noche como si nada, con los focos encendidos y los altavoces escupiendo instrucciones; cuatro chavales haciendo la mili contra un pequeño ejército armado hasta los dientes. El resultado fue que, en pocos minutos, la patrullera estaba ardiendo sin control y flotando a la deriva, sus ocupantes muertos o moribundos en cubierta. Acabaron de descargar, pero los árabes estaban seguros de haber sido traicionados por los legionarios, y cuando terminaron la faena abrieron fuego contra ellos. El asesino fue el único que se salvó; sus compañeros fueron acribillados por las balas de los mercenarios contrabandistas. Quedó tendido en la playa, desangrándose lentamente hasta que llegaron los refuerzos de la Guardia Civil. El asesino fue detenido, juzgado por asesinato, contrabando, narcotráfico y varios delitos más (aquejado por delirios febriles en el hospital, lo confesó todo), y pasó diez años en una mierda de cárcel de Ceuta, rodeado de moros que descargaban en él su odio hacia la comunidad española. Todas las noches recordaba las torturas y las violaciones. Veía los rostros burlones de sus compañeros de prisión que llegaban a por él; ésa era su diversión nocturna. Y todas las mañanas despertaba empapado en sudor.

Evitó mirarse en las ventanas oscuras enfrente de él, no fuera que los rostros volvieran a aparecer junto a su reflejo. Fue un alivio bajarse del vagón y dejar atrás a la familia de moros. Tuvo que hacer dos transbordos hasta llegar a la estación de Callao, donde descendió del convoy y emergió en la Gran Vía. Se pegó a la parte interior de la acera, acariciando las fachadas de los edificios mientras miraba a su alrededor con desconfianza. Cruzó sus pasos con dos chicas que se apresuraban a una cita y se volvió para observarlas. La de la derecha tenía mejor silueta que su amiga y por debajo de la cazadora pudo distinguir cómo se le pegaba la ropa al culo. Al cabo de unos metros se detuvieron y entraron en un bar. El sonido rítmico de la música moderna invadió la calle por unos instantes y lo despertó como de un sueño. El asesino reanudó su camino. Meneó la cabeza con firmeza. Concentración. Necesitaba más concentración. No podía dejarse distraer por el entorno. Hoy se limitaba a reconocer el terreno, pero mañana su periplo sería real. Mañana llevaría a cabo su cometido con frialdad («con exactitud clínica», había dicho el doctor), dejaría la nota y su vida podría comenzar de nuevo.

En ese preciso momento y en otro lugar de la ciudad, un joven profesor y su acompañante entraban en un club de jazz. El café Central se encuentra en la plaza del Ángel y desde fuera unos grandes ventanales dejan entrever las mesas redondas que rodean el escenario. En la puerta, un gran cartel anunciaba el cuarteto. A pesar de que el frío era intenso en la calle, la gente que se agolpaba en el interior del local generaba el suficiente calor para que tuvieran que quitarse los abrigos nada más entrar. Sebastião se felicitó por el acierto de reservar mesa esa tarde por teléfono y se abrieron paso entre la muchedumbre hasta localizar a un camarero.

La banda, contrabajo, piano y batería, capitaneados por el neoyorquino Bob Sands al saxo tenor, se desperezaba con los primeros compases de *All the things you are*, una pieza lenta que permitía que los dedos entraran en calor. Sebastião y Beatriz siguieron al camarero hasta una mesa y se acomodaron.

—¿Qué vas a tomar? —preguntó él, y acabó pidiendo dos gin-tonics—. He estado pensando en Caín —comenzó. Beatriz enarcó las cejas.

—¿Es que nunca descansas? —le preguntó.

—Durante la investigación, no. Soy consciente de que la regla número uno es no involucrarse y saber mantener la distancia, pero me levanto todas las noches pensando en que una hora de sueño extra puede suponer una vida menos.

El camarero los interrumpió con las bebidas y después permanecieron unos minutos en silencio, escuchando el saxofón. Sebastião miró a Beatriz de reojo, pensando que a cada minuto la encontraba más guapa. Había dejado de ser meramente atractiva para adornarse de una sensualidad abrumadora. Con aire distraído y la cara vuelta al escenario, Beatriz giró el contenido de la copa con el dedo índice, haciendo que los cubitos de hielo tintineasen contra el vaso y levantando una pequeña explosión de burbujas de tónica. Luego se llevó el dedo a la boca y se lo chupó para secárselo. Se volvió de improviso y Sebastião apartó la mirada de golpe. Cuando volvió a mirarla, Beatriz seguía observándolo con media sonrisa. Sus ojos, ya fuera por la imaginación de Sebastião, ya por los reflejos de las luces tenues del local, lanzaban destellos líquidos.

—Hay algo que quiero preguntarte desde la rueda de prensa.

Sebastião la invitó con un gesto a que continuara.

—¿Por qué le caes tan bien a mi jefe?

El portugués dibujó una mueca de resignación.

—Hace unos años, en una investigación de la Interpol, viajó a Londres como enlace de un caso en el que yo trabajaba como asesor. Un ciudadano español particularmente salvaje; se comía a sus víctimas y guardaba sus cabezas en la nevera para hacerse felaciones con ellas. En fin, una joyita que finalmente cometió un error y lo cazamos. Un día, me encontré a tu jefe en casa de una de las víctimas, husmeando como Pedro por su casa, contaminando la escena del crimen sin apenas preocuparse. Hasta llegó a echar ceniza por el suelo. Monté en cólera y conseguí que lo retiraran del caso. No creo que le sentara muy bien.

Beatriz levantó las cejas.

—¡Dios santo! —exclamó—. No, no creo que le sentara bien. Por cierto, he tenido que contarle tu teoría.

Sebastião cerró los ojos y resopló.

—¿Qué quieres? Es mi jefe, y si llega a enterarse acaba con mi carrera de un plumazo —se excusó ella—. O me arresta por obstrucción. Ya sabes cómo se las gasta González.

El grupo, tras abandonar los compases lentos y melodiosos de las primeras piezas, había acelerado el tempo con *Round midnight,* de Thelonius Monk. Sebastião despegó la vista del escenario y dejó que sus ojos se posaran en Beatriz, en el jersey burdeos de pico, en sus grandes ojos marrones y en las manos de dedos largos y uñas perfectas que sostenían su barbilla.

—Nos creará problemas. ¿Qué le contaste?

—Casi todo: lo de Dante, que habías colaborado con las investigaciones psicológicas iniciales...

—¿Iniciales? —preguntó Sebastião. Dejó la copa en la mesa y se acercó a Beatriz, que le sonrió con malicia.

—Hombre, todo, lo que se dice todo, no se lo iba a contar. —Se echó a reír—. Tonta no soy. Sospecha que andas husmeando por ahí pero que no te hacemos caso. Por ahora, no le estorbas.

—Si se entera, puede ponerse muy pesado.

Beatriz dejó de sonreír.

—Si se entera, mi querido profesor, puede ponerse algo más que pesado.

La puerta del bar se abrió y dejó entrar una corriente de aire y a una figura pequeña envuelta en un pesado abrigo. El hombre se dirigió a la barra en silencio, colocándose de tal forma que se veía protegido por una de las columnas de la sala. Pidió un whisky con hielo y dejó los guantes y la bufanda encima del mostrador. Sacó un pañuelo del bolsillo y se sonó ruidosamente la nariz.

Le costaba mantener la mirada. A pesar de ser bastantes años más joven que él, sus ojos ya lucían la promesa de algunas arrugas; Beatriz reía a menudo y cuando lo hacía se le iluminaba la cara. Tuvo que apartar la mirada y buscar refugio en el quinteto.

—Tengo que confesarte una cosa —dijo.

—Adelante.

—He estado indagando sobre tu pasado. ¿Te sorprendería saber que hay bastante información sobre ti en internet?

—Esto de la red de redes es la leche —dijo Sebastião.

—Hay fuentes mejores.

—¿Cuáles?

—Llamé a un amigo de las altas esferas y me proporcionó una copia de tu historial. Hasta con fotografías de tu graduación.

—No fastidies que los del servicio secreto me andan investigando.

—¡No, hombre! Es un informe estándar de tu archivo de la Interpol. Consultó el ordenador y ahí estabas. No hace falta ser James Bond para tener acceso al informe.

—Qué desilusión.

—Ya ves. El informe es bastante impresionante. En el extranjero eres una eminencia. Un tipo famoso en el FBI.

Sebastião se encogió de hombros.

—Colaboré hace años con ellos y todavía me llaman cuando hay algo con la Interpol. Pero lo que realmente soy es un profesor universitario sin pretensiones.

—Eso no me lo creo yo.

—Pues créetelo. Doy clases, escribo libros y, cuando la Interpol me necesita, estudio informes. Me gusta la música y odio la televisión. ¿Y las otras fuentes?

—Morantes. Ahí tienes un gran amigo. Más que eso: te quiere como a un hijo.

—Nos conocimos hace una eternidad durante una breve estancia mía en España para echar un cable con un comando de ETA que operaba en el sur. Le debo mucho.

—Morantes me contó lo de tu padre —soltó Beatriz de golpe—. Una relación que te ha marcado hasta la médula.

Sebastião se volvió para mirarla.

—Perdona, chico —dijo al verle la expresión—. No sabía que el tema estuviera aún tan a flor de piel.

Sebastião se quedó mirando el borde de la mesa, siguiendo los destellos que dibujaban las luces sobre los adornos de cobre. La música dejó de sonar y el público aplaudió con entusiasmo. Esperó a que comenzara la siguiente pieza.

—Mi madre se quitó la vida cuando yo tenía tan sólo doce años. No dejó nota alguna, y mi padre nunca quiso hablar de ello, así que no sé por qué lo hizo. Lo único que sí sé es que ingirió una sobredosis de barbitúricos y...

Se había quedado mirando al escenario mientras hablaba. Levantó la bebida y dio un trago largo.

—Durante mucho tiempo estuve obsesionado con ello. Comencé a estudiar psiquiatría con no sé qué intención. Es difícil entender el suicidio: la mezcla de valor y cobardía que hace falta. La debilidad que te lleva a la decisión y el aplomo necesario para llevarlo a cabo. Me imagino que me di cuenta de la inutilidad de mi propósito y abandoné esos estudios en favor de los de humanidades. No pretendo culpar a mi padre de su muerte; quizá mi madre no estuviera bien, pero al menos podría haber luchado por ella. Existen posibilidades en la psiquiatría para tratar a los suicidas. Tampoco llego a entender por qué guardó tal mutismo conmigo. He llegado a pensar que tenía algo que ocultarme. Algo terrible. Nunca lo sabré.

Hizo una pausa.

—Indagué en mi familia. Nunca la llevó a un médico. La relación con mi padre dejó de tener sentido a partir de ahí. No quedaba nada por aprender de él; la luz que guía a todo hijo se apagó antes de tiempo. Ya ni siquiera pienso en que, si volviera a empezar nuestra relación, cambiaría una o dos cosas. Quizá exagero, pero no consigo cambiar mis sentimientos.

Beatriz lo miraba con atención desde apenas un par de palmos de distancia.

—No soy quién para decirlo... pero es una actitud bien amarga.

—Trató de ser positivo. No es fácil.

—Yo también veo mucha mierda en mi profesión —dijo ella—. Pero hay gente que tiene la obligación de luchar y ser feliz. Me refiero a los que estamos al otro lado de la barrera.

—¿Barrera?

—El dolor, la violación, el crimen, la injusticia... Lo que quieras. Peor lo tienen otros.

Sebastião se encogió de hombros.

—A veces actúo a la tremenda. En realidad es una etapa superada hace tiempo.

A Sebastião le pareció que Beatriz se había acercado aún más y que casi podía oler la suave fragancia de su champú en los mechones de pelo que se le escapaban de la coleta.

—¿Puedo seguir preguntando?

—Miedo me das.

—Estuviste casado —era una afirmación.

Sebastião asintió.

—Poco tiempo. Incompatibilidad de caracteres. Quizá fue culpa mía. No lo sé; en realidad, procuro no pensar en ello. Fue una insensatez.

—A mí me pareces un hombre bastante sensato —señaló Beatriz.

—Sensato suena a aburrido. A veces cometo alguna que otra locura.

—¿Tú? Tendría que verlo para creerlo —dijo riendo.

Sebastião acortó la distancia entre ambos.

—Pues déjame que haga una ahora.

Acercó su cara a la de Beatriz y apoyó la nariz contra la suya, mirándola a los ojos desde escasos centímetros. Rozó su boca y luego dejó que se le escapara la lengua por entre los labios. Con los ojos entrecerrados, se recreó en la imagen de los labios de Beatriz, los reflejos de su saliva sobre el carmín.

—Eh —separó algo la cara ella—. No sé yo si es lo más conveniente.

Sebastião no se apartó.

—Es una locura, ¿recuerdas? —y asiéndola de la barbilla volvió a besarla, esta vez hasta quedarse sin aliento.

A Harry Álvarez, periodista de la revista *El Confidencial*, sentado a la barra detrás de una columna, se le arqueó el labio superior en una mueca que pocos confundirían con una sonrisa. Extrajo un pañuelo usado del bolsillo justo a tiempo para interrumpir el final de un estornudo que dejó gotitas encima de la barra de espejo. «Vaya, vaya», se dijo, mientras bajaba del taburete camino de la puerta.

10 de abril, miércoles

Sebastião se levantó tarde el miércoles, la cabeza latiéndole como un tambor gracias a una resaca monumental. Salió de la cama con un gruñido de dolor y lo primero que hizo fue tomarse dos aspirinas y dirigirse a la ducha. Dejó que el agua se calentara y estuvo un rato largo debajo del chorro, aprovechando para afeitarse a conciencia. El agua abundante y los analgésicos comenzaron a hacer su efecto al cabo de poco rato, y Sebastião salió del cuarto de baño renovado. Un café y sería casi persona. Tampoco había bebido tanto la noche anterior. ¿O sí?

Estuvieron largo rato en el café Central hablando sin parar de sus historias personales y dejando de lado el caso que los había unido. No sabría precisar la hora a la que la subinspectora lo dejó en su portal, con un beso que podría haber llegado a más y que no lo hizo, pero le pareció que la noche comenzaba a clarear cuando introdujo la llave en la cerradura del portal. Hablaron de todo: de sus infancias, de sus vivencias, de los momentos amargos y de los retos superados; de las razones por las que Beatriz había entrado en el cuerpo de policía y de los noviazgos fallidos de Sebastião. De Londres y de Madrid.

Se puso el albornoz y, ya en la cocina, puso café a calentar junto con dos tostadas. Miró la hora: las diez y media. Había quedado con sus dos amigos dentro de una hora en el hospital Ramón y Cajal. Mientras se iba haciendo el desayuno, conectó el móvil y llamó a su tío Horacio. Contestó a la tercera llamada.

—Horacio, buenos días. Soy Sebastião.

—Hola, Sebastião. ¿Cómo van las cosas?

—Bien. Te llamo porque tengo una pregunta que hacerte: necesito ponerme en contacto con Emiliano del Campo, ¿tienes su teléfono?

—¿Qué ocurre?

—No creo que sea nada importante. Resulta que Juan había estado en tratamiento en el Ramón y Cajal, en el departamento de Del Campo, y querría hablar con él unos minutos.

Hubo un silencio al otro lado.

—¿Y cómo es que Emiliano no nos dijo nada de esto?

Horacio las pillaba al vuelo.

—A decir de su padre, Juan quiso enfrentarse solo a la enfermedad. Lo sabía poca gente y no quisieron divulgarlo.

—Entiendo. Puedo darte su número ahora o mejor te invitamos a tomarte un café después de comer aquí, en la tertulia, y charlamos un rato. Estaremos Iván, Alberto y yo; los demás no podrán venir hoy. Así nos vemos un rato.

—Me parece bien. ¿Qué tal acabó lo de la vitrina de Dante?

—Pásate por la tarde y te lo cuento —dijo Horacio con una risotada.

Sebastião bajó del taxi delante del hospital a la hora exacta. En recepción preguntó por gerencia y se acomodó en una butaca con vistas a la entrada en espera de la llegada de sus dos amigos. ¿Podía ser allí donde trabajara Caín? Según Morantes, era una posibilidad sólida; había muchas coincidencias que apuntaban en esa dirección, y el agente del CNI, como nunca se cansaba de repetir, no era amigo de la casualidad.

Las butacas de la sala de espera, a la derecha de la cafetería de la planta cero, dejaban ver una célebre cita del ilustre médico que daba nombre al hospital: «Todo hombre puede ser, si se lo propone, escultor de su propio cerebro.»

Al poco entró Beatriz. Llevaba unos vaqueros, una chaqueta marrón y esta vez el pelo le caía por los hombros. Sebastião recordó de pronto el beso de la noche anterior y se sintió inseguro ante la reacción de Beatriz.

Al verlo, la subinspectora sonrió y se dirigió hacia él; una sensación de alivio lo invadió. Se detuvo enfrente de él, le ofreció una mejilla y le dio los buenos días.

—¿Y Morantes? —preguntó Sebastião.

—Se ha ido a Cádiz. Esta mañana temprano lo avisaron de que la policía de La Línea tiene localizado a Caco, el de la tienda de los *piercings* que vio al médico. Está por llegar desde Marruecos en *ferry*.

—Buena noticia —sonrió Sebastião.

Se encaminaron por un pasillo en dirección a la zona de administración, donde los esperaba el gerente del hospital, previamente informado de la visita por Beatriz. Su secretaria los recibió en el antedespacho y les abrió de inmediato la puerta del despacho de su jefe. El doctor Jerónimo Alonso era un hombre de corta estatura pero de formidable corpulencia, de pelo blanco que coronaba una gran cara rectangular y de precisión suiza en las maneras y los ademanes. Rodeó su mesa de despacho y se acercó con la mano extendida y una sonrisa amable, destinada a desaparecer en breve.

—Ustedes dirán —dijo, yendo directamente el grano—. ¿En qué puedo ayudarlos?

Sebastião y Beatriz se acomodaron en sendas butacas de cuero repujado. El gerente colocó dos fuertes manos encima del escritorio y los miró, alternando la mirada entre uno y otro.

—Tenemos razones para creer que alguien relacionado con este hospital podría estar cometiendo unos homicidios particularmente violentos —soltó Beatriz a bocajarro.

Las cejas del gerente se alzaron como resortes y permaneció mudo.

—¿Ha oído hablar usted de varios crímenes cometidos en Madrid por un asesino en serie?

El gerente reflexionó unos segundos y luego asintió:

—Primera página de los periódicos, sí. Tres o cuatro víctimas.

—Efectivamente —dijo Beatriz—. Varios compañeros nuestros estuvieron aquí hace algunas semanas, investigando la muerte de un recién nacido. ¿Lo recuerda?

—Sí, claro.

—Podría ser que ambos casos estuvieran relacionados.

El gerente frunció el ceño

—Le ruego que se explique mejor. ¿En qué puedo ayudarlos?

—Trabajamos con una hipótesis —advirtió Sebastião—, pero podría ser que el asesino al que perseguimos conociera a sus víctimas en este centro. Por el modo en que las escoge, tiene que ser alguien con acceso a los archivos, a los historiales médicos de los pacientes.

Jerónimo Alonso resopló y se recostó en la butaca. Sonó el teléfono y descolgó el auricular.

—No me pase llamadas —dijo escuetamente—. Me dejan ustedes sin palabras. Quiero que sepan que estoy a su completa disposición.

Sebastião fijó la vista en Beatriz, que hizo un leve gesto de agradecimiento con la cabeza.

—Se lo agradezco. Necesitamos acceder a esos mismos archivos. ¿Están informatizados?

—En parte, sí —respondió el gerente—. Estamos inmersos en un proyecto de cambio de todos nuestros sistemas informáticos, modernizándonos como requieren los nuevos tiempos. Parte de los archivos se están transfiriendo a las nuevas bases de datos y algún departamento del hospital ya emplea los nuevos sistemas, pero es mejor que hablen con nuestro jefe de informática. Sin duda, les será de más utilidad que yo.

—Nos gustaría verlo cuanto antes —dijo Beatriz.

—Lo encontraremos en su despacho. Los acompaño, si no tienen más preguntas para mí.

Beatriz se levantó.

—Le ruego que no discuta este asunto con nadie —pidió—. Las noticias corren como la pólvora y no queremos crear una situación de pánico ni poner sobre aviso al hombre que buscamos.

El doctor Alonso los acompañó a la sección administrativa del hospital, en la misma planta, y cruzaron de nuevo por delante de la recepción. Allí encontraron las secciones de gestión económica, suministros, la unidad técnico-jurídica, la subdirección de recursos humanos y la unidad de desarrollo. En el hospital reinaba el usual ir y venir de personal sanitario, médicos en batas blancas, enfermeras, familiares y enfermos.

Entraron en el área técnica por una puerta de cristal opaco y accedieron a una sala en la que una isla de mesas albergaba a varios jóvenes en atuendo informal que se afanaban con lo que parecían ser complicados programas.

—Consultores de IBM —explicó el director—. Este tipo de tareas se subcontratan a empresas especializadas.

Al final de la sala, otra puerta daba al despacho del responsable de la sección. El gerente llamó y entró sin esperar respuesta en una pequeña estancia en la que se encontraba el jefe de informática del hospital. La habitación estaba ocupada por una mesa de trabajo, dos sillas, unos archivadores y una pequeña mesa redonda para reuniones. El hombre se sorprendió al ver entrar a su jefe y dejó de teclear en el ordenador.

—Doctor Alonso —dijo—. Buenos días.

El gerente presentó a la pareja y explicó el motivo de la visita de los dos investigadores. El informático abrió mucho los ojos y finalmente exclamó:

—Virgen santa.

—Necesitamos su colaboración y su silencio al respecto.

—Sin duda alguna —respondió.

—Nos sería de gran utilidad averiguar los nombres de las personas que hayan podido acceder a los historiales de ciertos pacientes —dijo Sebastião—. ¿Es eso posible?

—Perdonen que los interrumpa —intervino el doctor Alonso—. Si no es necesaria mi presencia, prefiero esperarlos en mi despacho. Un hospital como éste requiere una gran atención y tengo varias reuniones esta mañana. En cuanto acaben, si lo desean, avísenme.

El gerente se despidió, no sin antes recordarle a Mostaza —así se llamaba el jefe de informática, Juan Gómez Mostaza— que prestara su más diligente colaboración. Cuando cerró la puerta, Mostaza les indicó que tomaran asiento:

—¿Por dónde comienzo? —y, sin tomar aire, continuó—: El hospital está en pleno proceso de cambio tecnológico. Actualizando e incorporando nuevos sistemas para mejorar casi todos los procesos internos, desde compras y suministros hasta la gestión interna de pedidos y, por supuesto, los historiales de los pacientes. ¿Puedo ofrecerles algo de beber? ¿Agua o café?

Ambos pidieron agua. El tiempo parecía estar cambiando y los meteorólogos pronosticaban que la primavera estaba de camino y el clima invernal de días anteriores desaparecería para el fin de semana. Lo cierto es que comenzaba a hacer calor, lo que, conjugado con una resaca que seguía latiéndole en las sienes, le daba a Sebastião una sed insoportable.

—Antiguamente, los historiales médicos se redactaban y se guardaban en papel, al pie de la cama o en voluminosas carpetas en el archivo central. El sistema actual funciona con una PDA como ésta —sacó un pequeño ordenador no más grande que una agenda de bolsillo. Sebastião reconoció el modelo—. El médico introduce los datos del paciente en la PDA, junto con el diagnóstico, el tratamiento y cualquier otra información relacionada. Todos esos datos se transmiten por medio de conexiones inalámbricas a un servidor central, en donde se archivan. La PDA está siempre conectada al servidor, de tal forma que el médico puede introducir cualquier detalle en cualquier momento, pero también consultar datos desde cualquier punto del edificio. Mejora, como ven, el proceso de buscar información, la toma de decisiones y, por tanto, la seguridad de los pacientes, amén de una mejor gestión del tiempo de los médicos.

—¿Todo el hospital lo emplea?

El informático negó con la cabeza:

—Estamos en fase de instalación. No es tan sencillo habituar a todo el personal médico a su empleo. Dense cuenta de que aquí hay un gran número de médicos y enfermeras trabajando. Además, seguimos realizando pruebas de carga.

—¿Desde cuándo funciona el sistema?

—Desde hace tres meses. Esperamos trabajar a pleno rendimiento dentro de seis meses, para después del verano.

—Imagino que existirá un sistema de contraseñas —interrumpió Sebastião—; entiendo que no todo el mundo podrá ver toda la información que haya en el servidor.

—Así es. Cada usuario tiene su propia clave.

—Y esas claves, ¿se registran con cada entrada?

Mostaza asintió con la cabeza.

—En un servidor típico, cada entrada, cada acceso a un dato, queda registrado en un fichero denominado *log*. Cada consulta graba la fecha y la hora, el nombre del usuario y la ficha del paciente consultado. Se hace por motivos de auditoría interna y cumpliendo con las leyes de protección de datos. Pero esa información es totalmente reservada.

Beatriz enarcó las cejas:

—¿Qué prefiere? Una orden judicial o llamamos al doctor Alonso.

El informático levantó las manos en un gesto de impotencia.

—Entiendo la gravedad y la urgencia del caso, pero no quisiera cometer un delito por violar datos privados —declaró.

—No se preocupe por eso —le aseguró Beatriz. El hombre dudó unos instantes y al final asintió.

—Desde esta terminal podemos acceder al sistema. Poseo una clave maestra.

Sebastião tomó un post-it de la mesa y escribió en él dos nombres.

—Dos pacientes. ¿Sería posible cruzar los datos para ver quién ha consultado ambas fichas?

Mostaza cogió el papel amarillo.

—Llevará algo de tiempo. Y espero que nos ciñamos a los tres últimos meses, porque como ya les he dicho antes el sistema es reciente.

—Probemos a ver —lo animó Sebastião.

El informático tecleó el nombre de Vanessa Población en el ordenador y luego empleó el ratón para pulsar opciones del programa. En silencio, los tres esperaron a que el programa accediera a sus bases de datos y seleccionara la información requerida.

—Ya tenemos los datos del primer nombre. Ahora, haremos lo mismo para —consultó el post-it— el señor Alacena. El tema consiste en cruzar los datos; en realidad, el programa no está diseñado para esa tarea, con lo que tendremos que hacerlo a mano, cotejando las listas resultantes. No creo que sean muy largas.

El informático hizo una pausa para encenderse un pitillo.

—Pensaba que en un hospital estaba prohibido fumar —comentó Beatriz.

El hombre se encogió de hombros y dijo que, de lo contrario, estaría en la calle cada diez minutos. Los racionaba cuanto podía. Al cabo de un rato, la impresora se puso en marcha.

—Ya tenemos las listas.

—Compruebe otro nombre, por favor —pidió Sebastião—. Jacobo Ros.

—Aquí está —dijo tras pulsar unas teclas—. Departamento de Endocrinología. Tratamiento de obesidad. ¿Les imprimo el historial?

—No es necesario —dijo Sebastião—. Solamente la lista de los que hayan consultado su ficha. Con ésta, ya tenemos tres.

Estudiaron la docena de nombres resultantes buscando uno que apareciera en todas las listas. Beatriz dejó que una uña se deslizara por el listado, hasta que se detuvo en un nombre.

—Una cosa más —dijo con una mueca de satisfacción—. La lista completa de todas las fichas consultadas por el doctor... Luis Montaña.

Ya en la calle, Beatriz sacó el móvil y pidió un registro completo de todas las llamadas efectuadas o recibidas desde el teléfono fijo y móvil del doctor Montaña. Ordenó que recopilaran su ficha completa, datos de la Seguridad Social, antecedentes penales (si los había) y su dirección, y finalmente se puso en contacto con Morantes. «Tenemos otro nombre», dijo. Le expuso brevemente cómo lo habían conseguido y luego despejó un torrente de preguntas: sí, tenían la lista de los otros historiales que había consultado Montaña, y Sebastião se pondría a cuadrarlos con la *Divina Comedia* por si alguno parecía interesante. Sí, ya había pedido una orden de registro de la casa del doctor y había ordenado una vigilancia discreta de su domicilio. Por supuesto, cualquier información que tuviera el CNI acerca del doctor sería de gran utilidad. Morantes les dijo que, al parecer, Caco todavía no había aparecido y que se quedaría hasta el domingo esperándolo en Cádiz.

Beatriz dejó a Sebastião en su casa de Olavide y se marchó a su oficina, con la promesa de llamarlo más tarde. Aquella noche no podría cenar con él, a pesar de la insistencia de Sebastião, porque el trabajo atrasado amenazaba con desfondar su mesa.

Sebastião pasó el resto de la mañana leyendo notas y dándole vueltas a la cabeza. Por la tarde, de camino a la tertulia de «Los amigos de Cambridge», se topó con David, que cruzaba la plaza en dirección a la tienda de informática.

—No estás en clase —afirmó Sebastião—. No quisiera parecer carca, pero soy profesor y no puedo evitarlo.

—Bah. No tengo problemas con las notas. Los miércoles no tenemos clase por las tardes. He venido para hacer un trabajo en internet para el club de ajedrez y necesito usar los ordenadores de la tienda.

—¿Qué es eso del club de ajedrez?

David hizo un gesto de modestia.

—Formo parte de un equipo municipal de ajedrez.

—Eso no me lo habías contado —dijo Sebastião—. Más que aficionado, diría entonces que te las apañas muy bien.

—¡Qué dices! Estamos entrenando para los campeonatos municipales y si nuestro equipo gana pasamos a los de la comunidad. Con un poco de suerte podremos entrar en el torneo nacional este año —explicó con orgullo.

—Pues, mira, te propongo un plan. He quedado para tomar un café aquí cerca con unos amigos algo dinosaurios para ti, pero me consta que estará Iván Polskaian. ¿Te apetece conocerlo?

Aquello sería una pequeña recompensa por la ayuda prestada; además, el chico le caía bien. David se detuvo y puso cara de sorpresa.

—¿En serio?

En esta ocasión fue el ama de llaves la encargada de abrir la puerta del ático de Barquillo. Casi sin preguntar, los llevó hasta el salón e hizo notar su presencia a los tertulianos con un discreto carraspeo.

—Pasa, Sebastião. Veo que has traído compañía.

Horacio, Iván y Alberto se encontraban tomando café cómodamente sentados en los sofás de la sala. Según le dijeron, Oskar y Emiliano del Campo estaban fuera, el uno por motivos personales y el otro atendiendo su consulta.

—Es un joven amigo que me ha ayudado recientemente con unas gestiones —explicó Sebastião, al tiempo que hacía un gesto de complicidad hacia el muchacho—. Os presento a David, experto internauta y apasionado del ajedrez.

—Ah, estupendo —dijo Iván Polskaian.

—Aprovechando vuestra invitación a tomar café, me he permitido invitarlo para que te conociera, Iván. Espero que no te importe.

—En absoluto —respondió el azerbaiyano, levantándose de la silla. David le dio la mano y casi inclinó un poco la cabeza.

—Encantado —murmuró.

Iván lo cogió por el brazo.

—Vamos a ponerte en un apuro —dijo—. Te reto a una partida rápida.

A David se le pusieron los ojos como platos. Miró a Sebastião con sorpresa y se dejó conducir hasta un tablero que se encontraba en el otro extremo de la pequeña habitación.

—Pasa, anda, y siéntate —le dijo Horacio a Sebastião—. Aprovechando que estás aquí, quería invitarte a la presentación de un libro mío en la Casa del Estudiante este viernes. ¿Podrás venir?

—Claro. No sabía que estuvieras escribiendo.

—Unas modestas ideas sobre economía que un editor ha considerado merecedoras de vagar entre las tapas de un libro.

—Un tratado sobre economía al que asiste el ministro y el gobernador del Banco de España —interrumpió Alberto—. Vamos, viejo amigo, no seas tan modesto.

Horacio levantó la mano para restarle importancia y se dirigió de nuevo a Sebastião.

—Me honraría tu asistencia.

Su sobrino asintió, mientras se le dibujaba una sonrisa en los labios. Tras estudiar en la London School of Economics, Horacio Patakiola había dedicado numerosos años de trabajo en asesorar al secretario de Economía de Inglaterra, peleando cada paso del génesis y la constitución de la Unión Europea, entonces conocida como la CE. Estaba seguro de que el libro sería de sumo interés histórico y, conociendo al escritor, meritorio de los más altos elogios.

—Cuéntanos —dijo Horacio—. ¿Qué tal va todo? ¿Cómo va tu investigación? Tengo que confesar que es una cuestión que ha dominado nuestras últimas tertulias.

—Ayer hablé con don Claudio para ponerlo al día. Hacemos progresos, pero debo admitir que no va a ser fácil. Nunca lo es. Lo que me trae aquí, como te comenté por teléfono, es obtener el número de Del Campo. Juan estuvo en tratamiento psiquiátrico en el Ramón y Cajal y me gustaría preguntarle al doctor acerca de él.

Alberto le sirvió una taza de café:

—Ya nos ha contado Horacio que Emiliano trataba a Juan. ¿Por qué no nos dijo nada?

Sebastião se encogió de hombros y les explicó el deseo de Juan de mantener su tratamiento en secreto. Luego Horacio le anotó en una cuartilla los números de teléfono del móvil y de la consulta de Del Campo, y le ofreció su aparato para realizar la llamada. Sin embargo, Sebastião prefirió ponerse en contacto con él más tarde.

—No creo que tenga mayor importancia, pero en el Ramón y Cajal ocurren cosas que dan que pensar. Uno de los sospechosos —se refería a Jacobo Ros— también pasó por allí, aunque por diferentes motivos. Estaba en tratamiento por su obesidad. Además, hace tiempo hubo otro asesinato de un bebé que podría ser el correspondiente al primer círculo. El cadáver lo encontraron en el hospital. Y para mayor coincidencia, uno de los médicos ha estado consultando en fechas recientes las fichas informáticas de varias de las víctimas.

Sebastião relató cómo habían llegado hasta el doctor Montaña, y cuando hubo terminado Alberto preguntó:

—¿Qué piensas al respecto?

—Bien podría ser que el médico en cuestión esté seleccionando a las víctimas a través de la base de datos del hospital. Aunque él no es el asesino material.

Sebastião resopló y pensó en Jacobo Ros. Les habló a los tertulianos de las pruebas que había contra él.

—Eso explicaría un círculo, pero no los restantes. Por mi parte, he sugerido que la próxima víctima podría ser un miembro de la comunidad musulmana, incluso alguno de los religiosos de una mezquita.

Horacio y Alberto se miraron con satisfacción.

—A esa misma conclusión llegamos nosotros —dijo el italiano—. Las referencias en los cantos VIII y XXVIII no dejan demasiado margen de error.

Terminaron al tiempo la conversación con los tertulianos y la partida de ajedrez.

—Has jugado bien —dijo Iván—. Pero cometiste dos errores: perdiste la diagonal del alfil y dejaste al descubierto tu flanco de dama; errores fatales que deberás tener en cuenta en el futuro. Permíteme que te dé algunos consejos para la apertura que has empleado.

«Inflexible —pensó Sebastião—. Un maestro internacional contra un aprendiz y sigue apuntando a la yugular.» Pero cuando el joven se levantó de la mesa al cabo de poco lucía una sonrisa de oreja a oreja.

—He aguantado dieciséis movimientos —comentó por lo bajo. Sebastião le guiñó un ojo.

—Mi intuición me dice que estamos perdiendo demasiado tiempo —continuó Sebastião—. Me resisto a creer en un grupo coordinado de asesinos diabéticos, pero tampoco me siento cómodo con la idea de que tanta evidencia dispar sea obra de una única persona.

—¿Intuición?

Sebastião miró a Horacio y asintió.

—Haces bien en no despreciar la intuición como herramienta de trabajo —terció Iván—. La intuición opera sobre la base de mecanismos mentales que toman y retoman información almacenada en nuestra memoria y le dan una nueva forma. Las sensaciones de *dejà vu* tienen mucho que ver con esos procesos y, sin embargo, a la hora de resolver un asesinato, la experiencia de un buen profesional es insustituible y ningún método de trabajo que no se apoye en ella dará buenos resultados. Como detective cuentas con dos armas: las pruebas y tu intuición. Debes dejar que la información te empape, y tus procesos mentales filtrarán los datos, asociándolos a pesar tuyo. De pronto, un día te das cuenta de que sabes qué es lo que ha pasado, pero no cómo demostrarlo.

Alberto, que estaba arrellanado en uno de los butacones, se incorporó:

—Muy cierto, amigo mío, pero no olvides que no debes darles forma a las pruebas. Son hechos en su naturaleza intrínseca, independientes de ti, y como ya sabes, los problemas arrecian cuando uno se acerca a ellos con ideas preconcebidas.

Sebastião se puso en pie y se acercó a la ventana. La débil lluvia de la mañana había dado paso a una tarde soleada, que iba perdiendo luz a medida que descendía la noche. Siguió con la mirada a una pareja que caminaba deteniéndose ante los escaparates de las tiendas de sonido y electrónica que daban fama a la calle de Barquillo. ¡Qué situación tan curiosa! Por un lado, se encontraba en Madrid, ciudad de recuerdos esenciales y dolorosos; por otro, había conocido a una mujer que le interesaba, algo que no le había sucedido en años. La ciudad que vio morir a su madre le traía ahora a otra mujer. Y, por si fuera poco, esos pensamientos nacían desde el que fue antiguo feudo de su padre: la tertulia de «Los amigos de Cambridge». Al mismo tiempo, perseguía a un asesino en serie.

—Sebastião —dijo Alberto—. ¿Te apetece un oporto? —Se acercó al mueble bar y sacó una botella—. Espero que no te aburramos, pero tenemos tendencia a irnos por las ramas. ¿Por dónde íbamos? Ah, sí, confiar en la intuición.

—Hubo un hombre que tuvo mucho que decir respecto al conocimiento intuitivo: Kurt Gödel.

Sebastião fijó su mirada en Iván, gran maestro internacional de ajedrez y matemático aficionado. Esa tarde llevaba unos pantalones de pana y una chaqueta de lana gris, y en esos momentos jugueteaba con una pitillera plateada. Sacó un cigarrillo y lo encendió con una larga calada.

—Sin duda, Gödel es el matemático que más ha influido en el pensamiento del siglo veinte gracias a su forma de entender la ciencia y, por tanto, de conocer el mundo. Demostró que la matemática, tal y como se entendía desde los tiempos de *La aritmética* de Euclides, se basaba en métodos que no permitían descubrir todas las verdades asociadas al conjunto de los números naturales. A partir de sus afirmaciones, los cimientos de las matemáticas temblaron, y sus efectos se dejan sentir aún hoy en día. Tengamos en cuenta que sus artículos se publicaron en los años treinta. Aunque no es el momento para extenderse con razonamientos simbólicos, Gödel llegó a demostrar que existían enunciados ciertos relativos a los números naturales y que, sin embargo, no se podían demostrar. Lo que consiguió fue desmontar el sueño mecanicista de David Hilbert, cuya finalidad era reducir las matemáticas a una suerte de logicismo.

»La intuición matemática que plantea Gödel, y que se convierte en enunciados verdaderos, se apoya en el llamado *principio de reflexión*, un procedimiento de tipo general, según lo definen los propios lógicos, que nos permite codificar la intuición transformándola en nuevos enunciados verdaderos no deducibles de los axiomas y las reglas en los que se apoya el principio. Pero hay que tener cuidado, porque estos principios trabajan a veces sobre razonamientos que implican a conjuntos infinitos que podrían llevarnos a paradojas tipo Russell. Utilizando con habilidad los razonamientos de Gödel, podemos escapar de la rigidez de la lógica formal para concluir con nuevas verdades matemáticas.

—A veces, amigo Iván, no te entiendo ni yo —intervino Horacio.

—En resumen, la mayor enseñanza que podemos sacar del trabajo de Kurt Gödel es que los procesos deductivos no pueden mecanizarse y que debemos dejar un espacio a la intuición. Aplicar contextos inusuales para atacar un problema puede generar soluciones creativas.

Dejó el encendedor encima de la mesa central y dirigió su mirada a Sebastião.

—En ese sentido, me gustaría saber cómo dirigiría un banco un oceanógrafo, cómo realizaría una campaña publicitaria un vulcanólogo, o... cómo resolvería un crimen un antropólogo.

Sebastião hinchó los carrillos. Del bolsillo interior de su chaqueta sacó un sobre blanco que había preparado aquella mañana.

—Con un poco de ayuda, espero. Me he permitido traer unos documentos algo extraños: unas notas de suicidio que el asesino deja en cada escena del crimen. Ni que decir tiene que no son notas de suicidio per se, es decir, son más bien notas de muerte. Escritos que deja para justificar sus pecados, tentarnos y exculparse ante su propia conciencia. Me gustaría contar con vuestra opinión.

Sebastião le alargó el sobre a Horacio, advirtiendo que eran fotocopias de los originales. Su tío abrió el sobre con delicadeza, como si fuera la caja que contuviera el secreto de Pandora, y extrajo las cinco hojas dobladas en tres partes iguales. Desdobló con cuidado las cartulinas y las leyó con atención. Al terminar miró a Sebastião.

—En efecto, alarmante. Deberemos estudiarlas con esmero. Dentro de unos días podremos decirte más.

Dejaron la charla en ese punto y Sebastião y David se marcharon de Barquillo.

—Entonces, Omar, ¿lo tenemos claro?

El despacho de González en la brigada era grande y estaba dominado por una mesa moderna de color crema sobre la cual reposaban innumerables papeles. Las copas de los árboles alcanzaban su ventana del segundo piso. A través de ella, el cielo se veía despejado, a la espera de librar una dura batalla con un ejército de nubarrones que se amontonaban en el horizonte. Las paredes del cuarto estaban forradas de paneles de color gris claro y sobre ellas el policía había colgado diplomas (pocos, a decir verdad), fotografías con alguna personalidad y un par de mapas llenos de chinchetas. Era una habitación moderna y funcional, pero lo cierto es que también era fría y sin personalidad.

Nadie podía negar que González no fuera trabajador. A veces, alguien se atrevía a insinuar, siempre por lo bajo, que tal afición al trabajo servía para suplir su inutilidad manifiesta, pero lo cierto es que era tarde y él seguía sentado tras su mesa.

—*Por zupuesto.*

Omar, en realidad, se llamaba Francisco Franco Abdullah, hijo de inmigrantes marroquíes y soplón en activo. Sus padres le habían dado un nombre español (por pura suerte habían conseguido papeles durante la época de la dictadura) con la idea de que eso ayudaría en su integración en la España de principios de los sesenta, pero nadie lo llamaba Francisco Franco. Lo del nombre compuesto no le gustaba, pero tampoco el sobrenombre árabe que le aplicaba González. En la calle era Abdullah, hombre de tez renegrida, de cuarenta y bastantes años, aspecto inconfundiblemente árabe, flaco, con la cabeza rapada y flequillo pelón, pequeño y descuidado en sus tareas de higiene. Lo que peor llevaba González era la negrura de sus dientes, pero era leal (y para asegurar su lealtad González tenía suficiente documentación como para mandarlo a la sombra durante bastante tiempo), peligroso y muy escurridizo. El candidato ideal para la importante labor que le había encomendado.

—Pues repítemelo.

—*Er sujeto é Sebastião Silvano. Anda metiendo la narice en nueztro azunto y eztaría mejor en er hoyo.*

—El sujeto es Silveira —repitió González con paciencia—. Y, si te lo cargas, te parto en dos. ¿Me has entendido? Lo único que tienes que hacer es vigilarlo. Mantenerme informado de cada vez que vaya a mear, pero sin que te vea.

—*Ezo eztá hesho.*

—Es muy listo —advirtió el policía. Entornó los ojos detrás del humo del Ducados que le colgaba del labio. Le parecía un gesto duro y lo ensayaba con frecuencia—. No me lo subestimes, que la tenemos liada.

González asió el cuello de un botellín de cerveza y dio un trago largo. Al dejar de nuevo la botella sobre la mesa, la presión le jugó una mala pasada y la espuma se derramó sobre los papeles que tenía delante. Dio un respingo e intentó salvar los documentos.

—¡Joder! —exclamó—. ¡Me cago en diez!

Capítulo 3

El fuego entre las tumbas se reparte
y así están todas ellas encendidas,
que al hierro no caldea más el arte.

11 de abril, jueves

Cuando Sebastião salió a la calle se encontró con un mensaje urgente de David; se lo entregó el portero, Benito, a quien halló limpiando el piso del portal. El hombre rebuscó por entre los bolsillos de su mono de faena y sacó un papel doblado por la mitad. Sebastião lo desdobló y leyó las palabras que le pedían que visitara la tienda de informática antes de dirigirse a otro lugar.

La noche anterior había conciliado el sueño con dificultad. Sentado a la mesa del comedor hasta el amanecer, pasó las horas entre sus notas. Estuvo un rato largo hablando de esto y aquello por teléfono con Beatriz, que había preferido quedarse en comisaría repasando papeles, hablando con los del laboratorio por si pudiera acelerar los trámites de las pruebas de ADN y, más tarde, dando una vuelta por la noche madrileña con su compañero para hablar con sus soplones habituales; quería volver a tomarle el pulso a la ciudad.

Mientras se dirigía a la tienda de informática de David, pensó en la posibilidad que había apuntado Beatriz de que se tratara de un juego de rol. En la documentación que iba acumulando del caso, Sebastião incluyó un recorte de prensa que su secretaria, después de bucear por sus archivos, le había dictado por teléfono desde Londres aquella misma mañana.

La sala de lo penal del Tribunal Supremo confirmó la sentencia dictada el 25 de junio de 1998 que condena a cuarenta y dos años y seis meses de cárcel a Javier Rosado Calvo, cerebro del denominado crimen del rol.

Los hechos se remontan a la madrugada del 30 de abril de 1994, cuando Rosado asesinó en un parada de autobús de Madrid, de forma alevosa y con ensañamiento, a Carlos Moreno, una víctima elegida al azar, de acuerdo con las instrucciones del juego de rol Razas, *ideado por el propio Rosado.*

El Tribunal Supremo ratifica en todos sus pronunciamientos la sentencia de la Audiencia Provincial de Madrid del 12 de febrero de 1997 y en la que condena también a Félix Martínez Reséndiz, el acompañante y cómplice de Rosado, a doce años y nueve meses. Félix quedó mejor librado porque la Audiencia le aplicó el atenuante de menor de edad (tenía diecisiete años). Este segundo condenado no recurrió en casación ante el Supremo.

La sala de lo penal rechazó uno por uno los ocho puntos en que se basaba el recurso de Rosado, incluido el eximente o atenuante de locura.

(La Vanguardia, *1998)*

¿Qué sabía de los juegos de rol? El primero en hablar de ellos fue H. G. Wells en 1915, en un libro titulado *Pequeñas batallas*, aunque se popularizaron a raíz de la publicación de la novela de Tolkien *El señor de los anillos* en 1954. Un grupo de jugadores, armados de lápices, papel, dados y algunos otros elementos de similar naturaleza, se internaban en mundos fantásticos asumiendo las personalidades de monstruosas criaturas o héroes temerarios, en busca de aventuras ficticias. En algunos casos, la ficción invadía el mundo real. Sebastião sabía que siempre existía una figura central, el director de juego, que establece las reglas que guían a los jugadores en sus aventuras. ¿Podría ser Caín el director de juego de un juego de rol basado en la *Divina Comedia*? ¿Era Montaña Caín?

Y así, dándole vueltas al asunto, llegó a la tienda de David. Al menos llevaba dos días sin llover y lucía un sol espléndido. Esquivó tres o cuatro charcos y consiguió mantener los zapatos libres de barro. Entró y encontró al chico atendiendo a un hombre de mediana edad. Esperó con paciencia mientras el cliente se entretenía con interminables preguntas. David lo miró y arqueó las cejas.

—Un segundo, ahora termino.

Sebastião asintió con la cabeza y caminó hasta el fondo de la tienda. Con las manos a la espalda, se acercó a curiosear las cajas de CD-ROM que se encontraban expuestas en una estantería: enciclopedias, aplicaciones didácticas y, sobre todo, juegos de ordenador. Deseó que todo el asunto de los asesinatos se pudiera reducir a un sencillo videojuego. La partida acaba, se totalizan los puntos, se declara un vencedor y basta con comenzar de nuevo. Nadie muere.

Sentía una mezcla de fascinación e inquietud al ver cómo todos los días los juegos se tornaban más reales y violentos. Las nuevas técnicas informáticas conseguían transmitir una experiencia tan real que el límite entre la realidad y la ficción perdía definición. Recordó entonces una conferencia reciente cuyo tema giraba en torno a la violencia en los juegos por ordenador. El conferenciante se preguntaba si esa violencia podía llegar a condicionar las reacciones de una mente juvenil. Si esa violencia electrónica podía convertirse en verdadera, trastocando la percepción de la realidad de una mente en crecimiento hasta modificar su comportamiento social. «Todos hemos soñado alguna vez con hacer daño a alguien. La única diferencia entre un asesino y tú es que tú lo soñaste y él lo hizo.» Una célebre frase que, sin embargo, no compartía.

Mientras esperaba, se decidió a llamar a Emiliano del Campo. Rescató la cuartilla que le había dado Horacio con los teléfonos del médico y marcó el número del móvil. Saltó el buzón de voz. A continuación, probó en su consulta. Ahí lo localizó y franqueó a la recepcionista asegurándole que era amigo personal del doctor. Al cabo de pocos segundos, distinguió la voz grave del médico:

—Sebastião, soy Emiliano del Campo. Buenos días.

—Buenos días, don Emiliano. Lo llamo para consultarle dos asuntos que han surgido en relación con el homicidio de Juan Alacena.

—Por supuesto. Estoy a tu entera disposición.

Decidió no andarse por las ramas:

—He podido averiguar que Juan estuvo en tratamiento en el Ramón y Cajal en su departamento. Ludopatía.

—En efecto —respondió escuetamente.

—De hecho, su firma aparece en el alta del listado de prohibidos, don Emiliano.

—Eso es —dijo sin más. Sebastião se sorprendió ante las respuestas, cortas, del médico.

—Lo llamaba precisamente para preguntarle por qué no pensó que esa información podría resultar importante para nosotros —empleó un tono duro; estaba molesto por la falta de colaboración del doctor, tan prometida por otro lado.

—Sencillamente, Sebastião, porque no podía. El secreto profesional y una promesa al pobre Juan me lo impedían. Aunque debo confesar —prosiguió Del Campo— que había recapacitado y tenía la intención de hablar contigo durante la presentación del libro de Horacio. Espero que esto no sea un contratiempo en la investigación.

—Toda la información de un caso es importante. Preferiría haberme enterado de otra forma.

—Sebastião, tienes razón. Te reitero mi más firme voluntad de ayudarte en la medida de mis posibilidades. Y, por descontado, cuenta con la ayuda de todos los miembros de mi departamento. ¿Crees que alguno de mis pacientes puede ser el causante de esos terribles crímenes?

—No lo sé, don Emiliano.

Quedaron en verse al día siguiente en la presentación de su tío.

El cliente por fin se decidió por un modelo de última generación, el más potente, y David rellenó con esmero la nota de pedido. Unos segundos más tarde se quedaron solos en la tienda.

—Buenos días —lo saludó Sebastião.

David alargó la mano hacia una repisa que tenía a su espalda y cogió una revista. Estaba muy serio, y Sebastião se alarmó.

—Hay algo que no te va a gustar —advirtió el chico. Le entregó la revista al portugués y le indicó que la abriera por la página 82.

Sebastião miró la portada y se alarmó cuando leyó el nombre de la publicación: *El Confidencial*. Pasó las páginas desde atrás hasta encontrar la que le había indicado el muchacho y se quedó helado. Los maquetadores de la revista habían dividido la página 82 en tres secciones. En la central, la cara desfigurada y grisácea del vampiro Nosferatu de Murnau lo observaba con un rictus de odio, ocupando casi la totalidad del folio. A su izquierda, una fotografía de cuerpo completo lo retrataba saliendo de su casa de Olavide. En la imagen, Sebastião se ajustaba el abrigo al cuello mientras dirigía su mirada a la derecha, como si esperara a alguien. La tercera foto, situada a la derecha de la efigie del vampiro, le arrancó una maldición: era Beatriz, vestida de fiesta y sonriendo a la cámara, bellísima y bastante escotada. Sebastião supuso que la fotografía, recortada para incluirla únicamente a ella, habría sido tomada en alguna fiesta particular. Alguien, a cambio de unas monedas, había vendido a Beatriz a los lobos. A pie de página, el título rezaba: «El monstruo y el romance.» A partir de ahí, un artículo de dos páginas describía con detalles inciertos, la mayoría suposiciones descabaladas, los eventos de cada muerte y la secuencia que seguían las investigaciones policiales. Lo peor era, sin duda, las líneas dedicadas a especular sobre el supuesto romance entre un joven y apuesto «experto europeo en criminología» y la subinspectora encargada del caso.

—Malditos —murmuró Sebastião. Apretó la mandíbula para no blasfemar y se sentó en una silla hasta que terminó de leer el artículo. Buscó la firma y la encontró al final: «Texto: Harry Álvarez.» La próxima vez que lo viera, le rompería la cabeza.

El artículo iba a complicar la investigación. Y habría que ver cómo se lo tomaba Beatriz.

Agradeció la información a David y salió de la tienda prometiendo hablar con él más tarde. Sacó su móvil del bolsillo y marcó el número de la subinspectora. Sonó tres veces hasta que saltó el contestador. No dejó ningún mensaje.

A las ocho y cuarto de aquella misma tarde, pero en otro lugar de la ciudad, otras manos abrían la misma revista y se detenían en la misma página con igual estupor. La imagen del monstruo del cine mudo lo observaba con una mirada desafiante. El dueño de aquellas manos se quedó mirando con fijeza aquellos ojos llenos de muerte hasta que tuvo que apartar la revista.

Tenía su casa en la urbanización de La Moraleja, en una de las zonas más exclusivas de la ciudad. Desde la calle, una verja metálica bellamente ornamentada daba paso a un largo camino de piedras flanqueado por sauces que terminaba en la lujosa mansión. A la izquierda, un seto delimitaba el terreno de la parcela contigua, y a la derecha, el jardín, grande y cuidado como un *green* de golf, albergaba una gran piscina que en otra época se llenaba a diario con el griterío de los niños; sobrinos e hijos de primos. Aquel hombre nunca se había casado y no tenía descendencia.

El camino de grava terminaba en un óvalo ante la entrada, lugar en el que sin duda se detendrían los coches de acaudalados e ilustres invitados cuando se celebraran cenas, y que daba paso, tras cuatro o cinco escalones de piedra, a la puerta principal de la casa.

Tras ésta se abría el vestíbulo, donde varios trofeos de caza, cráneos blancos con grandes cuernos montados en lustrosas placas de cobre, daban la bienvenida al visitante. Al fondo, dos enormes colmillos de marfil testimoniaban el fin de un paquidermo sin suerte. Varios cuadros realistas cubrían el resto de los huecos de las ya sobrecargadas paredes; un entendido hubiera descubierto a Rubio, Romeu o Gris entre aquellos marcos. A la derecha, al otro lado de un arco, se encontraban el salón y un hombre enfurecido.

Sus dedos finos lucían una inmaculada manicura y en el anular derecho llevaba un gran sello de armas grabado en una amatista con engaste de oro; el sello de la familia, legado de padres a hijos desde tiempo inmemorial. Estaba sentado en un cómodo sofá, frente a una gran chimenea encendida que ofrecía calor y bailes de sombras al que quisiera estar en compañía de aquel hombre. A su izquierda, sobre una mesita de madera de nogal, un balón del más fino cristal arropaba un par de centímetros de coñac francés. Junto a la copa, un libro de historia napoleónica había perdido repentinamente su interés.

Había cenado ya, a pesar de lo temprano de la hora, y se disponía a leer alguna de las decenas de revistas que solía devorar a la semana: algunas profesionales, otras económicas y pocas de sociedad, como *El Confidencial*; nunca se sabía qué podía encontrar entre sus páginas que resultara de interés.

La rueda de prensa, la pantomima circense del telediario de la comunidad, lo había llenado de indiferencia. La policía no comprendía nada en absoluto. Se percató del burdo intento de insultarlo (como si pudieran hacerlo desde sus patéticas cámaras y anticuadas teorías psicológicas), insinuando que estaban a punto de interrumpir su proyecto. Si albergaban la esperanza de detenerlo con tácticas baratas que conocía como si las hubiera escrito él mismo... Se permitió una leve sonrisa, hasta que su mirada volvió a posarse en la revista. ¿Qué sabrían ellos con sus arcaicos métodos? ¿Cómo iban sus mentes a poder asimilar los conceptos que él manejaba? Su ánimo no era matar y hacer daño, sino curar. No era destruir tanto como crear y liberar.

Durante años había jugado con la idea de iniciar su odisea particular, pero el necesario sufrimiento que debía infligir en las víctimas lo detenía una y otra vez, mientras que la presión interior iba acumulándose en su pecho. Y ahora, que la decisión estaba tomada, no había vuelta atrás; debería llegar hasta el final.

Al otro lado de la imagen de Nosferatu la cámara retrataba a dos personas, una de las cuales conocía bien: Sebastião Silveira. La mujer, en la otra fotografía, le pareció tremendamente atractiva.

Leyó la noticia mientras una nube negra iba creciéndole en las entrañas, alimentada por los insultos que salpicaban los párrafos. No es que le molestara que lo llamaran monstruo, al fin y al cabo lo era, sino que lo hiciera gentuza sin intelecto y sin derecho a insultarlo. ¿Quiénes eran ellos para juzgar sus acciones?

Cerró la revista y la tiró con rabia a una papelera de mimbre, que volcó con el golpe. Tomó aire y se tranquilizó. Apoyó las manos en el brazo del sofá y se levantó lentamente. Luego se acercó al cesto, se agachó, lo enderezó y colocó la revista en su interior con cuidado. Quizá la policía era más lista de lo que pensaba; no acostumbraba a perder el control de esa manera. Si de algo se jactaba era de su sangre fría y del dominio racional de los sentimientos.

Se recostó de nuevo en el sofá y formó una pirámide con los dedos de las manos, apoyando las yemas unas contra otras debajo de la barbilla. Durante largo tiempo había albergado dudas acerca de su trabajo. Y aún ahora, en las horas más negras de la noche, una escondida parte de su ser se rebelaba a las atrocidades. Pero la ciencia no trataba con la moral. La ciencia avanzaba con el sufrimiento del hombre, con las guerras y los desastres económicos. La vida y el progreso surgían de la muerte. El hombre se tornaba más humano cuando se enfrentaba con su propia naturaleza y conseguía vencerla. Era entonces cuando el hombre, esa pequeña hormiga de la creación, se acercaba a Dios.

Aplastó sus dudas y volvió los ojos a la revista arrugada en el cesto. Sus ojos se entornaron y una sonrisa se esbozó en sus finos labios, rodeados por una blanca barba. El camino ya estaba trazado y era tarde para reescribir el final del guión.

Beatriz subió la escalera de la comisaría hasta la segunda planta y, al llegar al descansillo, torció por el pasillo de la derecha en dirección a la zona que ocupaba su grupo operativo. Por el camino se cruzó con un par de compañeros que la saludaron sin levantar la vista de los papeles que llevaban en las manos. Finalmente llegó a unas puertas dobles y empujó la barra horizontal para que se abrieran. La sala del grupo era cuadrada y grande, y estaba repleta de mesas ordenadas en pequeñas islas que definían grupos operativos diferentes: coordinación con agencias internacionales, homicidios en serie o grupos de colaboración con unidades antiterroristas, entre otros. Las paredes estaban recubiertas de planos, mapas y fotografías en color de rostros huraños y tablones de anuncios rebosantes de información. Algunos relojes digitales marcaban las horas en diversos lugares del mundo: Nueva York, Londres, Moscú y Hong Kong.

Una veintena de personas ocupaban la sala, sentadas delante de ordenadores, leyendo documentos o hablando por teléfono. El trabajo discurría entre conversaciones apagadas e impresoras que escupían ristras de papel con el silencio del láser. Beatriz se detuvo en su mesa y tecleó la contraseña en su ordenador. Esperó a que el sistema arrancara y con un movimiento del ratón comprobó que no tenía ningún mensaje de correo electrónico. Levantó la vista y la mirada de un compañero se cruzó con la suya.

—Te buscan los del laboratorio —le dijo—. Ah, y el jefe ha preguntado varias veces por ti. Está que trina.

Beatriz asintió y decidió pasar por el sótano antes que por el despacho de González; el jefe no podía tener más que malas noticias. Cogió el ascensor hasta el sótano y salió en dirección al despacho del responsable de la unidad científica.

Allí encontró a un hombre calvo, de pequeña estatura y grandes gafas de concha, vestido con bata blanca. Luis Renat se afanaba en reducir la montaña de papeles que dominaba su mesa. Era un hombre dedicado a su trabajo, y tenía reputación de ser una persona seria y eficaz. Beatriz lo saludó desde la puerta.

—Puerto, pasa y siéntate. Tengo algo que enseñarte.

—¿Limpiando papeles?

El hombre resopló.

—Llevo un retraso de aúpa. No sé cuándo acabaré.

Rebuscó entre los montones, apartando los restos de un bollo y un café de máquina y sacó una carpeta de color azul. Beatriz la abrió y echó un vistazo.

—¿Qué tenemos?

—Un lío importante. Otra prueba que incrimina a Ros en el asesinato de Martínez, pero que lo aleja de los otros. Y confirmar que tu idea de que no hay un único asesino en serie es cierta. Observa.

Se levantó, cogió un fajo de fotografías de la carpeta y las extendió por algunos de los huecos libres de su mesa.

—La garganta y la nuca de Pablo García, la última víctima. El gitano ahogado en el barro —dijo a modo de aclaración.

—Sé quién es, Luis.

Las fotografías habían sido tomadas con luz violeta y Renat indicó con un bolígrafo Bic zonas de interés.

—Observa aquí y aquí —daba golpecitos en zonas concretas de las imágenes—. Son las huellas de presión que hizo el asesino para mantener la cabeza de la víctima en el barro. No hay huellas digitales merced a los guantes de látex que llevaba puestos, pero algo de información nos ha dejado: el asesino tiene las manos grandes. Fíjate dónde apoyó las falanges delanteras de los dedos y luego el pulgar. Una mano grande, sin duda —repitió.

Beatriz observó con detalle las fotografías y asintió con la cabeza.

—Pero —prosiguió Renat a la vez que extraía otra fotografía— ésta es de una huella encontrada en la casa de Martínez. Parece ser que, en el forcejeo, ambos cayeron sobre una mesa central de cristal, que se hizo añicos. Al levantarse, Ros pudo apoyarse en uno de los trozos de cristal y dejó su impronta. Como siempre, no tenemos huellas digitales, pero sí una muestra clara del tamaño de la mano. Observa la diferencia entre ambas.

—¿Cuándo han llegado estas fotos?

—Esta mañana temprano. No hemos podido ir más de prisa.

Renat se sentó en el borde de la mesa y recogió las fotografías. Las puso en vertical y dio con ellas unos golpecitos en la mesa para alinear los bordes. Del bolsillo de la bata sacó un paquete de cigarrillos y encendió uno. Dejó que el humo saliera despacio de sus pulmones.

—Ah, y acaban de llegar los resultados de ADN de las escenas de los crímenes. No coincide ninguno.

—Muchas gracias —gruñó Beatriz, poniéndose en pie.

Renat se levantó de la mesa y volvió a su silla. Miró por encima de sus gafas y le guiñó un ojo.

—Dales duro.

Beatriz salió del cuarto dándole de nuevo las gracias a Renat y tomó el ascensor en dirección al despacho de González. Al parecer, Ros había asesinado únicamente a Martínez. Los otros habían muerto a manos de compinches, colegas en el infierno o lo que fueran. Y a Ros le sacarían la información a guantazos si hacía falta. Se tocó el bolsillo de la cazadora donde llevaba la lista de las llamadas telefónicas del doctor Montaña del último mes, obtenida en pocas horas gracias a la colaboración de un juez amigo. Hablaría con Sebastião para preguntarle si había conseguido relacionar de alguna manera la lista de pacientes consultada por Montaña y entregada por el informático del Ramón y

Cajal con la *Divina Comedia*. Una lista de nombres que, sin duda, contenía la clave de la siguiente víctima.

Por el camino se topó con otro de los investigadores asignados al grupo. Lo detuvo y le preguntó por los resultados del equipo de informática. El policía era un cuarentón al que le irritaba que su jefa en este caso fuera una mujer considerablemente más joven que él. La lucha por acceder a escalafones cada vez superiores en un trabajo donde reinaba el machismo era un reto no exento de dificultad. La carrera de Beatriz iba bien, y ella intentaba suplir su juventud con una dedicación sobrenatural al trabajo. Además, por qué no decirlo, las cuotas de participación de mujeres en cargos públicos y la buena imagen que daba al departamento también ayudaban.

—Tenemos ya las listas de diabéticos, de pacientes de psiquiátricos y de personas que han comprado gorros o guantes de látex en los últimos meses. De herraduras de plata, nada. Y el perro de peluche se vende en cualquier todo a cien. El problema es que tenemos que introducir a mano muchos de los datos, lo que lleva mucho tiempo. Tengo a cinco personas trabajando en ello. A ver si mañana puedo decirte algo.

Beatriz le agradeció la información.

Al llegar al despacho de González llamó discretamente a la puerta y la abrió sin esperar a recibir confirmación.

—¿Quería verme?

González asintió con la cabeza y le indicó que entrara. Continuó leyendo unos documentos y Beatriz esperó pacientemente de pie frente a su mesa. Al cabo de unos segundos, González levantó la vista y le señaló una silla.

—Tenemos un problema. —González abrió un cajón, sacó una revista y la tiró con desdén en su dirección.

Beatriz la abrió por donde indicaba un clip. Pasaron unos segundos hasta que levantó la vista.

—Podría apartarla ahora mismo del caso —continuó González—. De hecho, podría empaquetarla por insubordinación grave. Y, posiblemente, arrestarla por filtrar información clasificada.

González seguía reclinado en su butaca. Parecía divertirse, y así era. La subinspectora era una espina clavada en su costado desde hacía tiempo; desde que en dos ocasiones la había invitado a cenar, veladas profesionales que, según él, servirían para mejorar la carrera de la joven policía (y que acabarían, según sus fantasías, en un tórrido *affaire*). Ambas proposiciones corrieron la misma suerte: una negativa casual y, a su juicio, insultante.

—Silveira no tiene jurisdicción en este caso, y menos en mi departamento. —González la miró con sus diminutos ojos llenos de sospecha—. ¿Qué sabe?

Empleaba ahora un tono conciliador. Beatriz se dijo que aquél era terreno peligroso y convenía pisar con sumo cuidado.

—Fue consultado al comienzo de la investigación. El profesor Silveira ha trabajado extensamente en la investigación de asesinos en serie en la Interpol y fue él quien sugirió la teoría de Dante. Más allá de eso, nada. —Beatriz midió mucho sus palabras, teniendo cuidado de mantener un tiempo verbal que no la involucrara directamente. Si González andaba buscando alguna cabeza que cortar, no pretendía estirar el cuello.

—Según se desprende del artículo, parece que ustedes... se entienden muy bien. —Beatriz creyó detectar un cierto aire de reproche en aquella frase.

—No creo que ése sea asunto suyo ni del departamento. Lo que haga en mi...

—No si hablan del caso mientras se la tira —la interrumpió González.

Beatriz no pudo reprimirse.

—¡Cómo se atreve! —procuró no alzar la voz—. Aunque sea mi superior...

—Cálmese, Puerto. Esta investigación es de suma importancia y usted y este grupo se juegan mucho en ella. Un fallo, un desliz, y la pongo de patrulla urbana en Chiclana.

Beatriz sentía que la sangre comenzaba a hervir en sus venas. Era su vida privada, maldita sea, ella decidía a quién besaba y no el departamento. Sin embargo, decidió guardar silencio; un traspié ante González podría acabar con su carrera. Su superior seguía hablando, mientras indicaba la revista con la barbilla.

—Ese reportaje no hará sino complicar las cosas. Ésta es mi investigación y no quiero gente de fuera que venga a tocarme los cojones. ¿Cómo se dejó embaucar de forma tan inocente?

Beatriz sintió por un instante que iba a perder el control. Pero no dijo nada.

—¿Qué sabemos de nuevo? —prosiguió el comisario.

Beatriz dejó escapar lentamente aire.

—Estamos vigilando a Jacobo Ros día y noche. Hay una nueva evidencia que lo incrimina, pero seguimos a la espera de que contacte con alguno de sus compinches. Su teléfono sigue intervenido. Hemos investigado a todos sus conocidos y familiares, su pasado, sus finanzas, hipotecas, cuentas bancarias, relaciones sexuales y actividades culturales, que son pocas. De arriba abajo. El laboratorio ha recibido las pruebas de ADN, y los asesinos de Alacena, Martínez y Pablo García son todas personas diferentes. Seguramente, los otros también lo sean.

González dio una larga calada a un pitillo.

—Me fastidiaría que estuviera ocultándome algo, Puerto.

Beatriz dio un respingo ante el tono suave y amenazador de su superior.

—¿De qué habla?

—No se ponga chula, subinspectora. Mucho avanza este Silveira, ¿no?, y nosotros a rebufo.

—Está usted equivocado —respondió Beatriz—. Toda la información consta en mis informes diarios y lo mantengo puntualmente...

—Cállese —interrumpió González—. ¿Y el siguiente?

Pasaron unos segundos tensos.

—Tenemos bajo vigilancia todos los centros musulmanes de importancia de la ciudad. El Centro Cultural Islámico de la Mezquita, embajadas y centros de acogida de inmigrantes. Hablamos a diario con nuestros contactos para ver qué información circula por la comunidad islámica.

—Hablar no es suficiente, Puerto. Exprímalos. Quiero que todo soplón y ratero de mierda sepa que, si alguien se guarda información, ya puede ir mudándose de ciudad. Quiero que la sangre llegue al río si hace falta. ¿Me entiende?

Beatriz asintió sin decir palabra. González se quedó unos momentos pensativo.

—Muy bien. Quiero que este caso se resuelva cuanto antes —dijo finalmente, concluyendo la entrevista—. Y, Puerto, déjese de líos de pantalones, que tiene mucho trabajo por hacer.

El viejo trazó la misma ruta que el domingo anterior. La única diferencia era que en esta ocasión acarreaba ocho litros de gasolina debajo del abrigo. Había liado unas cuerdas alrededor de los cuellos de cuatro botellas de coca-cola y se las había colgado alrededor de los hombros, una a cada costado, una delante y otra detrás. Debajo del grueso abrigo apenas abultaban, y solamente algún amigo notaría la pesadez de su andar y la corvadura más pronunciada de su espalda. Pero no conocía a nadie a quien pudiera llamar amigo, con lo que estaba a salvo.

Salió como en días anteriores por la boca de metro de Callao y se dirigió Gran Vía arriba. Pasó por debajo de unos andamios y tuvo que apartarse para dejar paso a un grupo de africanos que caminaban en sentido contrario, cuidando de no chocar con ellos; la gasolina la cargaba el diablo. El viejo rió entre dientes con la ocurrencia. Giró a la izquierda por Mesonero Romanos hasta llegar a Desengaño; un nombre acertado para una calle donde la miseria se acostaba con las drogas a diario. Una prostituta vieja y desdentada, con la cara pintada de rojos y azules y los pechos asomando por el escote del chaquetón, se le acercó.

—Hola, mi amor. ¿Qué tu quiere un poquito de cariño?

El hombre la ignoró. Ni siquiera la despreció, como hubiera hecho cualquier otro día. Tenía una misión, la más importante del mundo.

De repente se detuvo; un violento mareo lo sacudió y lo hizo tambalearse. El doctor le había dicho que la medicación podía provocarle una hipernoséqué, una putada de náuseas. Joder, con el tratamiento. Se apoyó contra una pared, con cuidado de no agitar las botellas, y sacó un paquete de insulina oral. Abrió la caja y se tomó una pastillita, la última. Estaba harto de meterse mierda en el organismo, pero el doctor había sido tajante. Si quería acabar con los rostros, debía hacer exactamente lo que le ordenaba. El doctor había sido muy preciso en detallar sus tareas, programando cada una de ellas con suma atención e insistiendo en que las memorizara con exactitud. Dejó caer la caja vacía en la acera, como equipaje sobrante tras un viaje concluido.

La puerta trasera del edificio de Gran Vía, 32, la que correspondía a la entrada y salida de camiones de los viejos almacenes Sepu, había sido tomada por varios vagabundos que, con tres cartones y varias mantas raídas, se guarecían del frío. Dos mendigos, sucios como el carbón, yacían en el suelo con la apariencia de estar muertos. El viejo supuso que dormían, pero con el frío de la noche nunca se sabía. Otros se agolpaban cerca de un barril, en cuyo interior latía una débil llama. Varios palés de ladrillos y un contenedor de escombros entorpecían el paso de los peatones; una pequeña hormigonera ocupaba su puesto entre los materiales de construcción. Un potente hedor a orina, drogas y miseria le invadió las fosas nasales.

—¡Te voy a esperar en tu portal con unas tijeras! —gritó una de aquellas mujeres.

El hombre se sobresaltó y pegó los brazos al cuerpo, protegiendo aún más sus litros de salvación. Miró a su alrededor y pudo ver la causa del altercado: dos prostitutas se había enzarzado en una tremenda discusión, haciendo grandes movimientos con los brazos. Inmersas en el clásico baile de acercarse y alejarse, se insultaban, tratando por todos los medios de no llegar a las manos. Sus chulos, un par de negros de aspecto peligroso, las observaban con indiferencia e incluso con cierto aire de diversión desde el capó de un viejo coche, como el que va al boxeo a ver correr la sangre.

—¡Puta! La puta trafica con droga —informó a gritos la segunda mujer a quien quisiera escuchar.

El viejo aceleró el paso y bajó por la calle de la Ballesta. Transcurridos una veintena de metros, se detuvo ante una puerta y empujó el picaporte con cuidado. Como siempre, estaba abierta. Del piso superior llegaban sonidos de cantos árabes. Al franquear el umbral topó de frente con un mendigo que salía a trompicones del edificio. Luego se volvió para mirar con odio la figura que se alejaba como si el diablo cabalgara a su espalda. «Malditos pordioseros extranjeros.»

El olor a gasolina le llegó de pronto. Se desabrochó el abrigo y comprobó con alarma que una de las botellas estaba rota; una diminuta raja por la cual el líquido iba escapándose. «El golpe con el mendigo», maldijo para sí. ¡Lo había estropeado todo! En ese momento finalizó la ceremonia; el canto del muecín se interrumpió de forma brusca y comenzó el vocerío del comedor y el ruido del hambre. Lo tomó como una señal e hizo lo posible por detener la hemorragia de la botella, apretando la fisura con el pulgar.

En la planta baja había dos puertas que sabía encerraban la oficina del edificio y un cuartucho de limpieza. Las dos habitaciones se cerraban con llave (lo había comprobado en la anterior ocasión). Enfrente de él, una estrecha escalera de madera vieja conducía al piso superior y a la estancia que hacía las veces de lugar de oración y comedor. El piso de arriba se dividía en unas cuantas habitaciones donde dormían algunos mendigos cuando quedaba sitio en el refugio.

Enfiló la escalera y subió al segundo piso, procurando hacer el menor ruido posible. El crujido de la madera con cada paso le pareció el repicar de las campanas del apocalipsis. No encontró a nadie en su camino y pudo llegar hasta el tercer piso sin ser visto. La escalera terminaba en un rellano que desembocaba en un pasillo muy estrecho desde el cual se accedía a las habitaciones. Contra un costado se agolpaban varios camastros recubiertos de mantas desordenadas. Una señora de avanzada edad estaba sentada en uno de ellos, mirando sin mirar la pared y royendo un trozo de pan con las encías. Tuvo cuidado de no molestarla al pasar junto a ella y finalmente llegó al último cuarto. Entró en una estancia pequeña ocupada por media docena de camas, se tumbó en una de ellas y se cubrió con las mantas. Había dejado la botella rota en el otro extremo de la habitación, colocada de tal manera que no perdiera más preciado líquido y, tumbado con las mantas cubriéndole la cabeza, comenzó a rezar para que el olor no lo delatara.

Y las caras volvieron, burlonas, envueltas en un torbellino de furia y dudas. Aquellas caras que atormentaban sus sueños y que aparecían en los cristales de los espejos o en las ventanas lluviosas. Se le escapó un gemido de terror.

Permaneció en la misma posición casi una hora, sin atreverse a levantar la cabeza. Al cabo de ese tiempo comenzaron a desfilar gentes por la habitación. El hombre se mantuvo firme, a pesar de las protestas que levantó su usurpación del camastro, pero los asistentes del centro no acudieron a comprobar el motivo del alboroto, y el viejo pudo salirse con la suya. El supuesto dueño del lecho salió de la habitación murmurando por lo bajo en busca de descanso en otra parte.

Tuvo que esperar una hora más hasta que el edificio se sumió en el silencio. Con el mayor sigilo, se destapó y miró a su alrededor. Junto a él, cinco mendigos ocupaban la habitación. Eran viejos y débiles, y despedían un tremendo olor a pobreza, alcohol y drogas. «Y gasolina», maldijo por lo bajo. Salió de la cama, rescató la botella rota y se dirigió a la puerta con las tres botellas restantes colgando del cuello.

Un alarido lo sobresaltó de tal manera que casi dejó caer la botella de coca-cola medio rota. Se volvió, pensando que su plan había sido descubierto. Uno de los mendigos gritaba en sueños, compitiendo con los sonoros ronquidos de los otros. Abrió la puerta y salió a toda prisa del cuarto. Una única bombilla que colgaba de un largo cable eléctrico ofrecía más sombras que luz para descender al piso inferior. Entró en el comedor, ya vacío, y, sin prisas pero con una determinación implacable, se despojó del abrigo y comenzó a verter la gasolina por el suelo. Ocho litros (siete y tres cuartos, para ser más exactos) que dejaron empapada la madera del suelo, las mesas, las sillas y la barra del local y que, cuando por fin pudo encender el fósforo medio húmedo, prendieron con tal rapidez, que tuvo que salir a la carrera.

Bajó la escalera y llegó a la puerta de la calle. Se dio la vuelta por última vez y miró escaleras arriba, donde adivinó un resplandor amarillo.

Y con toda certeza supo que el doctor tenía razón: los rostros no volverían jamás.

Beatriz tamborileó los dedos sobre el volante y al cabo de unos segundos volvió a entreabrir la ventanilla de su SEAT rojo. Unas gotas pesadas y perezosas se obstinaban en empañar el parabrisas. El viento frío despejó un poco el habitáculo, que tras más de dos horas andaba bastante congestionado.

El coche se encontraba aparcado en la calle Galileo, frente a la residencia de Jacobo Ros, sospechoso de asesinato en un caso cada vez más complicado, tanto por los inesperados cambios de rumbo que tomaba cada pocos días como por las crecientes presiones que se cernían sobre los investigadores. La prensa amarilla se lo estaba pasando en grande especulando sobre las posibilidades macabras de un asesino en serie. Lo que no había trascendido era que, en realidad, se trataba de un grupo. «Joder, y todos diabéticos.» ¿Cómo era posible que varias personas estuvieran tan organizadas?

Beatriz sospechaba que parte del mal humor de González tenía algo que ver con las miradas furtivas que lanzaba cada vez que ella pasaba y sus constantes negativas a salir a cenar con él.

Pensó en Ros. Ros era el responsable de la muerte de Martínez y aun así debía dejarlo en libertad algunos días más, con la esperanza de que éste se pusiera en contacto con los demás asesinos. Ros sufría esquizofrenia y un gran complejo de inferioridad, según se detallaba en su informe psiquiátrico. Un hombre obeso, con un complejo patológico de persecución y odio por sus superiores.

Repasó una vez más los datos que conocía de Ros: cuenta corriente escasa; dos tarjetas de crédito (VISA Electron y VISA Clásica) que empleaba con frecuencia para pagar material pornográfico; tarjeta de El Corte Inglés que no usaba desde hacía catorce meses; factura telefónica alta, merced a llamadas frecuentes a teléfonos eróticos; pocos amigos; su padre y su madre vivían en un pueblo de Sevilla y mantenía con ellos un contacto poco frecuente; había estado en tratamiento por obesidad con un endocrino del Ramón y Cajal, dato aportado por el informático del sanatorio.

Esperaba que Ros se pusiera en contacto con alguien. ¿Pero con quién? Beatriz se encogió mentalmente de hombros. Quizá con el organizador de la trama o con otro de los asesinos. Ros estaba ya tan preso como si estuviera entre rejas, pero lo necesitaban en la calle para seguir avanzando en el caso. Eso los dejaba en la difícil posición de buscar a cuatro asesinos más, los correspondientes al neonato, a Vanessa Población, a Juan Alacena y a Pablo García. Pero ¿cuántos más podía haber? Según la estructura anular de la *Divina Comedia*, un total de nueve. Nueve asesinos operando de forma coordinada, siguiendo el mismo guión, dejando las mismas notas.

Esperaba que las listas que procesaban los ordenadores del laboratorio dieran resultado; solamente necesitaban un nombre que estuviera de alguna manera relacionado con Ros para avanzar significativamente en el caso. Beatriz rezaba para que la lista de nombres no fuera demasiado extensa y para que la docena de investigadores asignados al caso pudieran digerirla en tiempo récord. Lo único que tenía claro es que Ros podía conducirlos hasta los otros asesinos y por ello no pensaba quitarle el ojo de encima. Por otro lado, estaba el flamante doctor Montaña. Un hombre que había consultado electrónicamente demasiados historiales ajenos a su departamento. Hoy tocaba Ros y mañana se ocuparía de Montaña, vigilado esta noche por otros dos policías.

Y ésa era la razón por la que Beatriz se encontraba a las diez de la noche aparcada en pleno barrio de Argüelles, a una veintena de metros del portal del sospechoso. Vigilancia en el turno de noche; quedaban ocho horas para el relevo.

La puerta del coche se abrió y entró su compañero, un hombre de treinta años recién cumplidos. Pablo, que así se llamaba, llevaba el pelo largo recogido en una coleta y tenía aspecto de niño.

—Joder, cómo llueve. Dice la tele que es la primavera más lluviosa del último siglo. Al menos, hace menos frío.

Pablo se metió una mano en un bolsillo de la cazadora y sacó un paquete de tabaco.

—No pretenderás fumarte eso aquí dentro —advirtió Beatriz.

—No me fastidies, Bea. No me vas a tener toda la noche sin fumar, ¿no?

—Claro que no. Sal del coche y métete en ese portal.

—Venga, mujer. Abro la ventanilla y ni te enteras. Además, este coche ya huele a tabaco.

Beatriz resopló. «Vaya listillo». Miró en dirección al portal de Ros. La puerta de la calle se abrió y una pareja cruzó el umbral. El hombre se detuvo un instante para abrir un paraguas y ofrecerle el brazo a su compañera antes de que ambos se fueran caminando calle abajo. Beatriz los siguió con la mirada hasta que doblaron la esquina.

—Deberíamos entrar a registrar el piso —dijo Pablo.

Beatriz observó cómo su compañero se encendía un Marlboro y echaba el humo por una rendija en la ventanilla.

—La ceniza también por la ventanilla —ordenó ella—. Lleva tres días metido en su apartamento sin salir ni siquiera a por pan. Por eso no podemos entrar.

—Me parece que estás algo tensa —comentó Pablo—. Si quieres morder, te ofrezco un dedo.

Beatriz sonrió y exhaló aire.

—Lo siento, chico. Problemas varios.

—Ya, la revista. Qué pedazo de cabrón, el periodista ése. ¿Quieres mi opinión?

—No.

—Es tu vida, compi. Nadie puede decirte lo que tienes que hacer. Aunque me imagino que nuestro bienamado jefe estará haciéndote la vida imposible.

—Te he dicho que no quería tu opinión.

—¿Para qué están los compañeros?

Harry Álvarez, redactor de *El Confidencial*, encabezaba su lista negra. Era un maldito entrometido que había conseguido complicarle la vida con unas cuantas hojas de periodismo infame. Apenas dos horas después del enfrentamiento con González, éste había vuelto a llamarla a su despacho: el subsecretario de Interior exigía su retirada inmediata del caso. Beatriz se había quedado helada en la butaca observando a su superior. Al cabo de unos segundos, calculados con precisión matemática, González había suavizado su expresión. Lo que Beatriz no llegaba a comprender era la repentina ayuda de su jefe. Que González la defendiera, avalándola ante el subsecretario para que siguiera encargándose de la investigación, no podía por menos que esconder una razón perversa. ¿Le exigiría algún día un pago a cambio del favor? «Como esté pensando en acostarse conmigo por el apoyo, lo capo.»

Y Sebastião. Un maldito lío de una noche y su carrera se tambaleaba. Un beso y su compañero andaba diciendo frases como «es tu vida». Le gustaba, eso era cierto. No acertaría a decir por qué, siendo como era el polo opuesto a los hombres que frecuentaba. «Quizá por eso te gusta», susurró un pequeño angelote regordete sobre su hombro derecho. Se sentía a gusto con él, sin rastro de situaciones forzadas ni risas fingidas. «Olvídate de él; si hay algo que no necesitamos son problemas», contradijo el diablo rojo sobre su hombro izquierdo. Mas cierto beso seguía rondando su cabeza con insistencia.

—Lo que no entiendo es por qué Ros no sale ni a por tabaco —comentó Pablo.

Beatriz agachó un poco la cabeza para poder ver la fachada del edificio. Una luz brillaba en el cuarto piso.

—El señor Ros tiene un comportamiento la mar de raro —asintió Beatriz.

Tenía dos mensajes en el móvil de parte de Sebastião. En el primero dejó su nombre nada más, pero el tono de voz denotaba con claridad que estaba al tanto del artículo de Harry Álvarez. En el segundo le decía que había hecho un descubrimiento importante para el caso y que necesitaba hablar con ella. Todavía no le había devuelto la llamada. Morantes estaba ilocalizable, fuera de la ciudad.

Beatriz alargó la mano y sacó el móvil de la guantera de su coche. Comenzó a marcar el número de Sebastião.

—Compi, novedades —dijo entonces Pablo.

Miró por la ventana y pudo ver cómo la luz se había apagado. Colgó el teléfono con el número a medio marcar. Al cabo de un par de minutos, el portal se abrió y Ros salió a la calle.

—Daría mil pelas por saber adónde va. —Pablo tiró la colilla por la ventana.

Beatriz arrancó el coche mientras la figura obesa de Ros se acercaba a un Renault viejo, abría la puerta del conductor y entraba con dificultad.

—Euros, Pablo. Ahora funcionamos con euros. ¿Crees que tiene una cita para cenar?

Su compañero se encogió de hombros.

—A ver si va a estar huyendo.

—¿De qué? No está acusado de nada. Y no creo que sea lo bastante listo como para saber que le pisamos los talones.

—Joder, a lo mejor si tenemos suerte y va a alguna reunión secreta de los diabéticos criminales. Habrá algún jefe de la panda. A ver si estamos ante alguna organización secreta.

Beatriz no dijo nada. Había pensado ya en la posibilidad de que alguien fuera el organizador de los crímenes, pero seguía sin entender el porqué. Metió la primera y dejó que su coche se deslizara detrás del Renault. Bordearon la manzana hasta llegar a Cea Bermúdez. Allí giraron a la derecha en dirección a la Castellana. Al llegar al cruce con Bravo Murillo, el Renault se detuvo en seco con el semáforo en ámbar. Beatriz, que conducía una cincuentena de metros por detrás, maldijo; era ya tarde para frenar, y los coches cercanos aceleraron al unísono para saltarse el semáforo. Continuó y se detuvo a la derecha del coche de Ros, volviéndose en ese instante hacia Pablo.

—¿Qué haces?

Beatriz se abrazó a su compañero y acercó sus labios hasta que parecía que estuvieran besándose.

—Disimular, idiota. ¿Tú qué crees?

Se quedaron así todo el tiempo que el semáforo permaneció en rojo.

—Oye, mi amor, que ya está verde —le dijo Pablo—. Sé que soy irresistible...

—Vale, donjuán.

Beatriz rezó para que Ros no se hubiera dado cuenta de que lo seguían; por si acaso, decidió dejar más distancia entre ambos coches. Al llegar a la Castellana giraron a la izquierda en dirección a la plaza de Castilla y las torres gemelas de la puerta de Europa.

—Parece que va de viaje —dijo Pablo cuando entraron unos minutos más tarde en el carril de incorporación de la carretera de Burgos—. ¿Llevamos gasolina?

Beatriz se fijó en la aguja indicadora.

—Sólo medio depósito. No pensaba que fuera a ocurrir esto. ¿Llamamos a jefatura?

—Esperemos a ver adónde se dirige. Si va más allá de Alcobendas, llamamos.

Beatriz gruñó y aceleró para no perder de vista el Renault.

Ros conducía con prudencia, sin excederse del límite de velocidad y empleando el intermitente en cada cambio de carril. Al cabo de tres kilómetros salió de la carretera y se incorporó a la vía de servicio.

—Bueno, pues a La Moraleja o a Alcobendas —dijo Pablo—. ¿Apuestas?

—¿Ros? ¿A La Moraleja? Estás de broma. Hace falta mucha pasta para vivir ahí. No creo que encontremos a sus compinches en ese barrio.

Los ojos de Beatriz expresaron incredulidad al ver a Ros tomar, contra su pronóstico, la salida de la zona residencial de La Moraleja.

—Vaya. A ése cada día lo entiendo menos. ¿Qué amigos puede tener ese muerto de hambre aquí?

—Diabéticos, asesinos y con pasta —murmuró Pablo—. Qué cosas.

El paseo de entrada a La Moraleja, una vía de cien metros flanqueada de abetos, desemboca en una plaza adoquinada al fondo de la cual unos arcos dan paso a la zona residencial. En el centro de la plaza hay una rotonda. Al llegar a ella, el coche de Ros viró bruscamente y dio media vuelta, desandando el camino. Beatriz maldijo por segunda vez.

—¡Vaya, hombre! —exclamó Pablo—. ¿Nos habrá visto?

Beatriz negó con la cabeza. Había sido muy discreta, había seguido el coche de Ros a una distancia prudencial, camuflada por el tráfico de salida de Madrid. No creía probable que un patán como Ros los hubiera descubierto.

—A lo mejor ha llamado a alguien y le han dicho que ni se acerque. Que se vuelva a su casa —conjeturó.

En ese preciso momento sonó su móvil. Beatriz giró el volante con la mano izquierda para rodear la rotonda y salir en persecución de Ros mientras con la derecha intentaba sacar el teléfono del bolso.

—Beatriz, dame el bolso, ya contesto yo —dijo Pablo, alarmado.

Enderezó el coche al tiempo que conseguía alcanzar el móvil. Miró de soslayo a Pablo y sonrió ante la cara de susto de su compañero.

—Diga.

El coche de Ros viajaba a gran velocidad, a juzgar por la distancia que había ahora entre ambos. Beatriz pisó el acelerador a fondo y tuvo que soltar el volante para cambiar de marcha.

—¿Subinspectora Puerto?

—Soy yo —dijo, cambiando de nuevo.

—Secretaría de la brigada. Se ha declarado un incendio en la calle de la Ballesta. El comisario González ordena que se presente allí de inmediato.

—¿Un incendio? Dígale que ahora no... —dio un volantazo para esquivar un BMW y pudo divisar el Renault de Ros cien metros por delante, saliendo de nuevo de la carretera en dirección a otra rotonda. Desaceleró.

—Parece ser que está relacionado con su caso. El comisario me ha dicho que el incendio es en un centro de acogida de inmigrantes árabes.

Beatriz maldijo.

—Voy para allá.

—¿Qué ocurre? –preguntó Pablo.

Beatriz se lo explicó.

—¿Y Ros?

—Ése no va a ningún sitio, y no creo que nos haya visto. De todas formas, avisa a la central para que nos releven en su casa. Quién sabe, a lo mejor se ha puesto nervioso por algo y ha llamado a alguien desde su casa. Di que revisen sus llamadas de esta noche.

Pablo sacó la sirena y, abriendo la ventana, la fijó al techo del SEAT.

—Vale, compi. Pero despacito, ¿eh?

El SEAT entró en la Castellana a más de ciento treinta kilómetros por hora. Las manos de Beatriz bailaban entre el volante y la palanca de cambios; redujo la velocidad y se colocó en el centro de la avenida. A esa hora, las diez y media de la noche, el tráfico era ya fluido, aunque todavía circulaban coches que llevaban a sus dueños a cenas tardías, o de vuelta al hogar, tras largas jornadas de trabajo.

A su lado Pablo se aferraba con fuerza al salpicadero, intentando aparentar normalidad. Beatriz aceleró hasta que el motor aulló una protesta. Cambió de marcha y pisó el acelerador a fondo.

—¿Bea?

Redujo la velocidad pero se mantuvo en el centro de la calzada.

—Gracias —dijo Pablo.

Tardaron poco en llegar a la Gran Vía, y menos aún a la esquina con Mesonero Romanos. Allí, varios coches de policía cerraban el acceso a la calle, dejando paso únicamente a ambulancias y coches de bomberos. Las luces de las sirenas reflejaban azules y rojos en los escaparates de las tiendas, compitiendo con los neones de los bares y de los sex-shops de la zona. Una débil llovizna creaba diminutos arco iris sobre las manchas de gasolina en el asfalto, pero no lograba disuadir a las decenas de curiosos que se agolpaban con la esperanza de ver un poco de espectáculo.

Beatriz y Pablo se acercaron al cordón policial y mostraron sus placas para franquearlo. Caminaron a paso rápido hasta que llegaron a Ballesta y allí se detuvieron.

—La leche —exclamó Pablo.

De cada ventana del edificio brotaban largas lenguas de fuego que amenazaban con extenderse a la acera opuesta. Dos camiones de bomberos se habían apostado a cada lado de la puerta del edificio y lanzaban chorros de agua sin cesar. Hombres vestidos con pesados uniformes negros luchaban con las llamas, acercándose todo lo posible para dirigir sus mangueras a las ventanas y hacia el interior del edificio. La calle se llenaba de humo negro del incendio y agua vaporizada por la elevada temperatura del interior del bloque. Pequeñas virutas de ceniza flotaban por el ambiente como si de nieve se tratara, y a pesar del fresco de la noche hacía un calor insoportable en las inmediaciones del fuego, que ardía como el infierno. Beatriz tuvo que cubrirse la boca y la nariz con un pañuelo para evitar un ataque de tos.

Una multitud de policías, bomberos y miembros del SAMUR prestos a socorrer a quien pudieran encontrar todavía en el edificio se congregaban alrededor de los camiones cisterna. Los habitantes de la zona ya habían sido evacuados a una distancia prudencial. Beatriz miró el edificio y dudó de que aún quedara alguien con vida en su interior. Estaba segura de que el bloque tenía los días contados, y los bomberos se afanaban ahora en salvar las edificaciones vecinas.

«Dios mío —pensó Beatriz—. Podría arder toda la calle.»

—¡Puerto!

Fue un grito seco, procedente del otro lado de la calle. Beatriz divisó a González rodeado de agentes pegados a teléfonos móviles. Le dio un codazo a Pablo y señaló en dirección a su jefe. González colocó las manos a modo de megáfono.

—¿Teníamos esta casa vigilada? —gritó.

A Beatriz la asaltó la duda. El departamento no tenía suficiente personal para vigilar todas las zonas sospechosas, seguir a Ros y continuar la investigación. Hizo memoria: la mezquita, los centros culturales más importantes, un par de exposiciones de arte árabe en dos centros de la capital y las residencias de destacados miembros de la comunidad islámica estaban cubiertas, y la Guardia Civil había sido alertada en embajadas y consulados. No daba para más; desde luego, no para un olvidado centro de acogida de inmigrantes. La subinspectora negó con la cabeza.

—¡Me cago en diez! —exclamó González.

Pablo hizo señas a uno de sus compañeros para que se acercara.

—Cuéntame cosas —dijo, indicando las llamas con un gesto de la cabeza.

—Comenzó hace más de una hora y, por lo que dicen los bomberos, el edificio está jodido. Estamos intentando desalojar a todo el vecindario, pero quedan los que no se quieren largar. Algún loco gilipollas que prefiere arder antes que dejar su casa de toda la vida. Lo de siempre.

—¿Testigos? —preguntó Beatriz.

—Uno. Ya se lo han llevado a comisaría. Dice que un hombre se le acercó y le entregó una nota para nosotros. Concuerda con las otras notas de suicidio. En comisaría están los de retratos robot, a ver qué tal. Pero está difícil: el testigo tiene una pinta de ido alcohólico que tira de espaldas; te aseguro que ése no recuerda más allá de la última botella.

—¿Víctimas?

El policía miró el edificio y se encogió de hombros.

—A saber cuánta gente había dentro. Ahora están retirando a los curiosos, no sea que esto se venga abajo y la liemos.

De pronto Beatriz tuvo una inspiración y comenzó a correr hacia Gran Vía, donde se agolpaba la gente tras unas barreras metálicas colocadas por Protección Civil. Oyó los pasos de Pablo pisándole los talones y supo que habían tenido la misma idea. El asesino podía estar todavía entre la multitud, ansioso por ver los frutos de su trabajo. Su enfrentamiento con los investigadores era parte integral del juego; su necesidad de sentirse superior. La adrenalina que sentiría al ver a sus impotentes contrincantes ante el infierno de su creación sería una droga dulce a la que no podría resistirse. «Aquí estoy, delante de vuestras narices. Y no tenéis ni idea.»

Ambos salieron en tromba a la calle y Beatriz se detuvo enfrente de la muchedumbre, mientras su compañero se deslizaba entre los curiosos por si espantaban a la prensa. El sabueso y el cazador. Beatriz escudriñó las caras de la gente: rostros jóvenes con los cabellos de colores chillones se mezclaban con las caras sucias de los vagabundos que el fuego había desalojado. Varios grupos de extranjeros, coreanos, chinos o de alguna etnia oriental se refugiaban detrás de los objetivos de sus cámaras. Saltaron media docena de flashes hasta que Beatriz hizo un ademán para que pararan. Al ver la expresión de su cara, todos obedecieron de inmediato. Se fijó con especial cuidado en los ojos de todos ellos, queriendo descubrir locura en alguno, pero sólo divisó curiosidad, preocupación y, en algunos casos, entretenimiento.

De pronto Beatriz vio a un hombre que se alejaba por la calle a paso veloz y gritó el nombre de su compañero.

—¡Por ahí! A la derecha.

La subinspectora se lanzó contra la barrera y se abrió camino entre el mar de personas que se agolpaban tras las vallas amarillas. Gritaba para que se apartaran, pero el grupo era numeroso y no fue fácil dejarlos atrás. La fauna de Gran Vía era la apropiada para un jueves por la noche: jóvenes en busca de diversión rápida y halcones urbanos a la caza de presas fáciles. Se detuvo y miró a su alrededor en busca de la figura. El corazón le bombeaba en el pecho y tuvo que respirar hondo para recobrar el resuello. «Venga, venga, necesito un poquito de suerte.»

El hombre cruzaba la calle y se dirigía con paso rápido en dirección a Callao.

—¡Allí está! —le gritó a Pablo—. En la otra acera.

Beatriz comenzó a correr entre los coches que circulaban por el único carril que la Policía Municipal había dejado abierto al tráfico; la Gran Vía se llenaba de furgones de policía que intentaban acordonar la zona y desviar el tráfico hacia calles vecinas. En la plaza de España, los coches eran obligados a dar marcha atrás y subir por Princesa. En la acera opuesta de Gran Vía, cientos de vecinos se agolpaban para ver el espectáculo y Beatriz tuvo que abrirse camino a codazos entre las blasfemias de los que pugnaban por mejorar su sitio. En ese momento llegaban varias ambulancias y coches cisterna. El lío era tremendo.

Trató de mantener los ojos fijos en la figura que se abría paso entre el mar de personas a unos metros por delante de ella, hasta que ésta dobló la esquina de la plaza y desapareció.

—¡Quítese de en medio! ¡Policía!

Volvió la esquina y se detuvo en seco. «Maldita sea. ¿Dónde se ha metido?» Sintió cómo Pablo llegaba a la carrera y se detenía a su lado.

—Coño. ¿Lo ves?

Beatriz negó con la cabeza mientras miraba en todas direcciones.

—El metro —dijo al fin—. Puede que haya entrado en el metro.

Pablo corrió hacia la escalera y desapareció bajo tierra al cabo de pocos segundos. Beatriz se acercó al centro de la plaza. El hombre podía haberse refugiado en cualquiera de los restaurantes de comida rápida que ofrecían menús sintéticos a los viandantes. A su izquierda, un Pans&Company, y enfrente un Rodilla. A cada lado de este último, dos calles se abrían en dirección este. Beatriz dudó unos instantes; si se equivocaba, lo perdería. Buscó la gabardina oscura en derredor y finalmente se decidió por uno de los *fast-food*, el más cercano a la esquina. Entró con la pistola oculta bajo la chaqueta para no alarmar a la escasa clientela que se apresuraba con sus bocadillos antes de salir a la calle. Media docena de personas se agolpaban ante el mostrador, mientras otros pocos comían en sus mesas. Algunos le lanzaron miradas curiosas. Un grupo de jóvenes se quedó mirándola con descaro, examinándola con detalle de arriba abajo. Beatriz escudriñó desde su posición cada rincón de la planta baja, intentando distinguir al asesino. ¿Dónde estarían los servicios? ¿Al fondo? A su derecha, una escalera daba acceso al piso superior. Subió los peldaños de dos en dos.

El golpe lo recibió en la cara. Fue con una silla, y la suerte hizo que fuera con el asiento de plástico. Aun así, perdió el equilibrio y cayó rodando por la escalera. Aturdida, se levantó con el tiempo suficiente de ver cómo un hombre sucio y con un abrigo oscuro brincaba por encima de ella y salía a trompicones por la puerta. Los clientes del local gritaron de asombro. Beatriz blasfemó y se incorporó. Un dolor agudo la hizo pensar que se había roto una pierna. Apoyó el peso lo suficiente como para asegurarse de que sólo era una magulladura, tomó el aliento y salió renqueante a la plaza.

El sospechoso había desaparecido. Vio a Pablo subir corriendo de la boca del metro, y lentamente se apoyó contra la pared. Otro grupo de agentes, alertados por su compañero, se acercaban a la carrera. «Ha estado tan cerca. Maldita sea.»

Dieron aviso por radio y al cabo de poco aparecieron dos docenas de policías nacionales y municipales, que se afanaron en registrar sin éxito cada rincón de la plaza. Al cabo de veinte minutos, Beatriz y Pablo regresaron juntos a un improvisado puesto de comandancia, junto al coche de González. El fuego seguía fuera de control, a pesar de que una veintena más de bomberos se habían unido a la lucha. Uno de los camiones desplegaba una escalera sobre la que se encaramaban dos bomberos, que vertían miles de litros por las ventanas del cascarón ennegrecido. Varios heridos se recuperaban sentados por la aceras, intoxicados por el denso humo que despedía el incendio.

Antes de que llegara González, se pusieron a organizar una caza imposible. Todas las dotaciones, coches patrulla y policías de barrio recibirían en instantes una descripción detallada del sospechoso. La misma descripción se enviaría por radio a todos los vigilantes jurados del metro. Cualquier persona que se pareciera al sospechoso debía ser arrestada de inmediato. Había una expresión para eso, pensó Beatriz: Ponerle puertas al campo.

González no tardó en llegar.

—¿Qué ha pasado, Puerto?

Pablo interceptó al comisario y le explicó lo ocurrido. Luego estuvieron una hora más contestando preguntas hasta que pudieron irse a descansar. Poco más podían hacer. El asesino se les había escapado como arena entre los dedos.

12 de abril, viernes

—Ya sabes cómo es Horacio: finge indiferencia pero es un orgullo para él. Te agradecemos que hayas venido.

Oskar Schmidt hablaba con su habitual acento alemán. El salón de reuniones de la Residencia de Estudiantes estaba magníficamente decorado para la ocasión. La presentación del libro de Horacio Patakiola, *Nuevos retos económicos*, había atraído a numerosas personalidades del mundo de la economía. El ministro, el gobernador del Banco de España y varios economistas cuyas efigies aparecían con frecuencia en la prensa especializada formaban pequeños corros con otros invitados ilustres.

La Residencia de Estudiantes abarca una manzana completa del centro de Madrid y consta de varios edificios bajos rodeados de pinares. La sala donde se celebraba el acto, de altos techos y grandes ventanales que dejaban entrever las hojas recientes que la primavera iba regalando a los árboles del jardín, ocupaba la planta inferior de uno de los edificios del complejo, al que se accedía tras recorrer un largo camino desde la garita de control. Varias hileras de sillas de madera revestidas con lona blanca y dispuestas en dos falanges a cada lado de la sala acomodaban a los más de doscientos invitados. Al fondo de la sala, una mesa central elevada sobre una plataforma sentaba al invitado de honor y al presidente de la Comisión Trilateral, que se ocuparía de la presentación. Sebastião llegó en taxi con el minutero de su reloj marcando la hora precisa y distinguió, nada más franquear la entrada, a los tertulianos: Alberto, Iván, Emiliano del Campo y Oskar Schmidt, el único al que pudo saludar; los demás charlaban con Horacio y el ministro de Economía y no quiso interrumpirlos.

—Tienes reservado un puesto en la segunda fila —le dijo el alemán—, justo detrás de nosotros. Te acompaño.

Oskar, asiéndolo por el brazo, lo condujo hasta el fondo de la sala, mientras que a su alrededor el público comenzaba a sentarse y el barullo bajaba de intensidad. Saludó velozmente al resto de los tertulianos y ocupó su lugar detrás de ellos.

—Señores y señoras, si son tan amables... Ruego su atención.

El público guardó silencio ante la petición del presentador y los discretos golpecitos que daba en el micrófono. Hablaba con acento francés, pero en correcto castellano. Alguna que otra tos rompió el silencio durante los veinte minutos que duró su discurso de presentación, y al término cedió la palabra al autor:

—Soy amigo de Horacio Patakiola desde hace muchos años y cuento con la fortuna de haber podido leer todos sus libros, sus ensayos y sus tesinas. Cuando me pidió que viniera a Madrid a presentar este libro, acepté encantado. Termino, pues, y los dejo con su autor. Muchas gracias.

Horacio había leído una docena de folios de su intervención cuando Sebastião vio cómo Oskar se volvía en la silla, cosa que hizo con cierta dificultad, dado su volumen, y le indicaba que se acercara. El portugués se inclinó hacia adelante en la silla y Oskar le colocó una gruesa mano rosada en el hombro y le dijo, *sotto voce*:

—Hemos analizado las notas de suicidio. —El susurro sonó como un escopetazo en los oídos de Sebastião y éste lanzó una mirada furtiva a su alrededor, para comprobar si alguien había oído la confidencia. Oskar prosiguió, los ojos escondidos tras unas pobladas cejas negras y brillando con fuego intenso—: Es menester que discutamos un hallazgo de suma importancia. Una clave que reside en las notas y que bien podría ser un mensaje cifrado del asesino. De hecho, estamos seguros de que Caín nos está lanzando un nuevo y turbador reto.

En ese momento, una frase de Horacio arrancó una ovación del público y Oskar se giró para aplaudir con entusiasmo. Al cabo de poco, los aplausos cesaron y el alemán le indicó de nuevo que se acercara.

—Diría más: hemos llegado a una conclusión terrible. Cuando acabe la presentación debemos hablar de ello.

Sebastião tendría que esperar al final del acto para despejar esos interrogantes. ¿A qué se referiría el tertuliano?

La presentación duró algo más de una hora y finalizó con aplausos, corrillos de gentes saludándose mientras esperaban los obligados canapés y los refrescos, y el autor firmando ejemplares sonriente.

Sebastião y el resto de los invitados fueron conducidos a un salón contiguo. Una camarera le ofreció algo de beber de una bandeja repleta de vasos; eligió una tónica. De reojo, observó a los tertulianos, esperando con gran impaciencia el momento de abordarlos. Su frustración iba en aumento, y se preguntaba qué podrían haber descubierto que resultara tan crucial. Al cabo de poco, observó a Emiliano del Campo excusarse con una señora que hablaba sin cesar, para dirigirse en su dirección. El médico sorteó a un grupo de personas que reclamó su atención y llegó a su lado en pocas zancadas. Como siempre, le impresionó la fuerza física que despedía aquel hombre de setenta años cumplidos. El médico vestía un impecable traje gris de tres piezas que dejaba entrever una cadena dorada de reloj de bolsillo enganchada al chaleco, una corbata de Bvlgari de temporada y, como único detalle fuera de lugar, una bufanda estampada de la que no se había desprendido.

—Sebastião, me alegro de verte. ¿Qué te ha parecido?

—Es un placer asistir a actos de esta categoría —respondió—. Horacio es un gran orador.

—Así es —asintió con la cabeza Del Campo, e hizo una pausa; su semblante se tornó serio y dibujó una mueca de preocupación. Al cabo, prosiguió—: He estado pensando profundamente en nuestra conversación telefónica del otro día. Como sabes, el interés de todos nosotros es ayudarte en lo que podamos, en aras de esclarecer este horrible suceso. Esta mañana he llamado a Claudio Alacena y le he asegurado que removeré Roma con Santiago para llegar al fondo del asunto. Como te puedes imaginar, estoy muy consternado por mi torpeza al no confiarte el hecho de que Juan había sido paciente mío, y creo que mi celo profesional me ha jugado una mala pasada. Como sabes, a instancias de Claudio, yo mismo inicié las diligencias para evitar que Juan pudiera seguir accediendo a salas de juego, trámite que logramos sin dificultad. En ese momento, creo recordar que en la segunda semana de enero hablé con Claudio y le recomendé que convenciera a su hijo para que viniera a verme a mi consulta, pero al parecer Juan montó en cólera y se negó.

Del Campo dio un sorbo a su copa de vino tinto. Con la otra mano, se llevó una servilleta de papel a la barba y secó las imaginarias gotas que se pudieran haberse aferrado a ella.

—El enfado e incluso la cólera son reacciones normales en este tipo de situaciones. El enfermo siente vergüenza de su adicción y un fuerte rechazo a aceptar la necesidad de tratamiento clínico; no es agradable admitir que uno padece un trastorno mental. De todas formas, Juan demostró ser un hombre valiente, y finalmente recapacitó y se puso en contacto conmigo, y me pidió que mantuviera su tratamiento en el más estricto secreto. Los únicos que lo sabríamos seríamos sus padres y yo.

—¿Por qué decidió sacarlo del listado de prohibidos?

—Él me lo pidió y me pareció apropiado. Digamos que como tratamiento de choque. Pensaba que podría vencer la tentación.

—«Horacio me ha contado que sospechas que alguien del hospital puede ser el asesino —dijo a bocajarro.

Sebastião sopesó lo que debía decir:

—Es una posibilidad.

Del Campo observó a los invitados antes de dar un sorbo a su copa. Ladeó la cabeza casi imperceptiblemente y esbozó media sonrisa.

—No querrás confiarme quién.

—Sabe que no puedo, don Emiliano.

—Claro —dejó que la sonrisa se ampliara.

Sebastião se encogió de hombros.

—¿Ha hablado de este asunto con la policía?

—Por ahora, no. Pensaba que la investigación en lo que a nosotros concernía estaba en sus manos. Si lo crees necesario, te rogaría que me pusieras en contacto con ellos para concertar una reunión sin demora.

Sebastião escudriñó el rostro del médico, intentando averiguar qué se escondía tras aquella mirada que parecía diseccionarlo a uno como si de un bisturí se tratara. ¿Preocupación? ¿Sinceridad? Era difícil de decir. Aquel rostro era impenetrable.

—Así lo haré.

Sebastião estaba tan sumido en la conversación que no se percató de la presencia de Horacio hasta que éste le puso una mano en el hombro.

—Me alegro de que hayas podido venir.

Sebastião miró a su tío y sonrió. Una nube negra se despejó en el horizonte. Al instante, el resto de los tertulianos se unieron al grupo.

—Enhorabuena, Horacio, por el libro y por la presentación. Sobre el libro todavía no puedo opinar, aunque me apresuraré a leerlo, pero el acto ha sido excepcional.

El maltés inclinó levemente la cabeza en señal de agradecimiento.

—Una pequeña alegría para un escritor amateur —dijo.

Acto seguido, cogió del brazo a Del Campo y se dirigió a él:

—¿Habéis hablado del hijo de Claudio?

El médico asintió y le hizo un breve resumen de la conversación que había mantenido con Sebastião. Horacio asentía con gesto preocupado y al final soltó aire. Su sobrino se percató del dolor que había causado la irrupción de Caín en las vidas de aquellos hombres. La mirada de Horacio se ensombreció.

—Tenemos noticias turbadoras. Me cuenta Oskar que te ha puesto al día.

—En realidad, no me ha dicho gran cosa —respondió Sebastião, con una copa de cava en la mano que no había probado.

Horacio asintió gravemente. Los restantes amigos se mantuvieron en silencio esperando a que continuara.

—Antes de contarle nuestras nuevas suposiciones, háblame de vuestros progresos.

—La policía tiene un sospechoso para uno de los crímenes.

Brevemente, el portugués relató los avances de las últimas horas y habló de los caminos que tomaba la investigación.

—Lo tienen bajo vigilancia continua. No niego que no tengan razón, pero está claro que detrás hay otra persona. Mi intuición me dice que el verdadero asesino, el que mueve los hilos, conoce bien a todos los ejecutores. Lo suficientemente bien como para convencerlos de la necesidad de cometer los crímenes.

Horacio movía la cabeza.

—Estamos de acuerdo. Hay una mente maquiavélica que controla a los ejecutores. Caín existe, y sus manos están tan manchadas de sangre como las del resto de los asesinos. Además, estamos convencidos de que te conoce.

Sebastião recibió la noticia como un puñetazo en el estómago.

—¿A mí?

—Déjame que te cuente lo que hemos descubierto. Tenemos cinco notas dejadas por los asesinos, una para cada asesinato; cinco confesiones que encierran los motivos ocultos tras las razones que mueven a los asesinos a matar y por las que han elegido a sus víctimas, ¿de acuerdo?

Sebastião asintió.

—Pero hay algo más, algo realmente extraño y turbador. Tras analizar las notas con sumo detalle hemos descubierto que siguen una fórmula matemática clara y que encierran un mensaje críptico; mensaje que no tengo ninguna duda va dirigido a ti. Verás, muchos autores dejan mensajes en sus obras, a través de juegos con las letras de las frases. En este caso que nos ocupa, el mensaje se extrae aplicando la sucesión de Lucas al conjunto de las notas.

—¿Qué?

Horacio tuvo que interrumpir su discurso durante unos instantes para saludar a una pareja que se marchaba, pero en seguida retomó el hilo de la conversación. Sebastião, con la cabeza dándole vueltas con la nueva información, dirigió su mirada a Alberto, Iván, Oskar y Emiliano, que lo observaban en silencio. No podía ser una mera coincidencia que Caín aplicara precisamente la sucesión de Lucas para dejar un mensaje en las notas. Beatriz le había comentado que los ordenadores del departamento trabajaban sin éxito para intentar hallar algún mensaje oculto en las notas. ¿Qué habían descubierto los tertulianos?

—Recordarás que la sucesión de Lucas es una lista de números desde el uno al infinito que sigue la siguiente secuencia: «1 – 3 – 4 – 7 – 11 – 18 – 29 – 47 – 76...» Y así hasta el final. Si recuerdas lo que te contamos en Barquillo, empleamos esta sucesión para resolver el reto de la Universidad de Clay. ¿El millón de dólares?

Sebastião asintió, mudo.

—Pues bien, si juntamos la primera palabra de la primera nota, la tercera palabra de la segunda, la cuarta de la tercera, la séptima de la cuarta y la undécima de la última que tenemos, y así sucesivamente con las que con toda seguridad nos serán entregadas por Caín, podemos leer una frase que sin duda tiene un significado perverso.

Sebastião mantenía la mirada clavada en su tío, pendiente de cada palabra.

—Observemos la primera nota: «Si lo que te rodea no es lo que has pensado para ti, no tiene sentido venir a este mundo.» Sigue una disquisición paranoica que poco importa; lo que nos interesa es la primera palabra, el uno de la sucesión de Lucas: «Si.»

—Y la segunda nota, la encontrada entre las las ropas de Vanessa Población —terció Alberto—, comienza de la siguiente manera: «Si realmente quieres saber por qué he obrado así, descifra lo que aquí escribo.» La sucesión nos pide el número tres: «Quieres.»

—La tercera nota dice así: «Sin vacilación, debo encontrar la salida a esta situación» —prosiguió Horacio—. Y Lucas nos dice que anotemos la cuarta palabra, o sea, «encontrar».

Volvió a hablar Alberto, como si de un partido de tenis verbal se tratara:

—«He fallado sin remedio al buscar la jugada genial.» —Levantó las dos manos, mostrando siete dedos, correspondientes al siguiente número de la fórmula matemática—. «La.»

—«Si tu intención es descubrir el sentido o acaso una respuesta a mis actos, pensad que soy uno de los que lloran» —dijo Horacio—. La undécima palabra es «respuesta».

—«Si quieres encontrar la respuesta...» —habló de nuevo Alberto, y se mojó los labios con un sorbo de cava—. Cinco notas, cinco palabras. El resto es el enigma. O, posiblemente, no.

—Verás, Sebastião, hay más —continuó Horacio—. Tu padre basó uno de sus libros más conocidos en una frase: «Si quieres encontrar la respuesta, analiza todas las posibilidades.» Una frase sencilla, pero que define el núcleo central del pensamiento lateral.

Sebastião cerró los ojos y respiró profundamente para combatir el repentino mareo que sintió. Caín. Su padre. La tertulia... ¿Qué estaba ocurriendo?

—El descubrimiento que hizo Horacio de la vitrina de Dante fue recogido por la prensa especializada hace ya meses —intervino Alberto—. Recuerda que tardamos tiempo en recibir la vitrina, esperando a que fueran resueltos ciertos problemas de herencia, y entremedias la noticia del hallazgo se extendió entre la comunidad literaria. Se publicaron reseñas en algunos diarios, aunque tanto los dueños de la vitrina como nosotros mantuvimos un prudente silencio. Cualquiera pudo relacionar los hechos y contar con el tiempo suficiente para planear los crímenes.

—Eso implicaría que el asesino nos conoce y su intención era involucrarnos en este macabro juego desde el principio —explicó Horacio.

—¡Santo Dios! —exclamó finalmente Sebastião. La cabeza le daba vueltas a causa del terrible giro que tomaban los acontecimientos—. ¿Y la frase oculta?

—Estoy seguro de que estás familiarizado con el pensamiento lateral —dijo Horacio.

—Conozco bien las teorías de Edward de Bono —contestó Sebastião—. El pensamiento lateral consiste en generar soluciones novedosas a problemas de toda índole. Dicho de otra manera, existen muchos problemas que requieren perspectivas diferentes para poder solucionarlos con éxito. Desconocía que a mi padre le interesaran los trabajos de De Bono.

—Pues así es —dijo Horacio—. Ambos hablaban con cierta frecuencia. Tu padre trabajó extensamente sobre esa teoría y publicó varios libros y ensayos al respecto, uno de los cuales comenzaba con la frase que parece entretejerse en las notas de suicidio que deja Caín. Fíjate que la frase está formada exactamente por nueve palabras.

Sebastião maldijo por lo bajo. Hablaron durante algunos minutos más y quedaron en que le harían llegar una copia del citado libro. Sería el primero que leería de su padre. El destino, una vez más, mostraba su faceta más irónica.

Sebastião alcanzó la puerta de salida a la calle sin prestar atención a la gente que salía a su alrededor. Respiró hondamente el aire frío y sintió cómo su cabeza dejaba de girar poco a poco. Se quedó unos segundos observando sin mirar el juego de las luces de las farolas sobre las ramas de los árboles, y al cabo oyó la voz barítona de Oskar.

—Sebastião, espera. Se me ha pasado comentarte un tema molesto al que no queremos restarle importancia. Esta mañana hemos tenido una visita inesperada en Barquillo: un reportero llamado Harry Álvarez. ¿Lo conoces?

Sebastião hizo una mueca de contrariedad.

—Me temo que sí. ¿Qué pretendía?

—Información. Lo que quieren todos. Acerca de la investigación.

—Es una sabandija que trabaja para *El Confidencial* —advirtió Sebastião—. Esta semana ha publicado un artículo sobre el caso que es una vergüenza. ¿Hablaron con él?

—Por descontado que no —respondió Oskar—. Y creo que no le sentó muy bien. Incluso se permitió amenazarnos. —Esbozó una sonrisa cruel—. Él nos amenazó a *nosotros*.

Realmente Harry Álvarez estaba poniendo a prueba su paciencia. Sebastião se estremeció al pensar en el siguiente número de la revista.

—No tiene escrúpulos a la hora de publicar información sin contrastar. Ha hecho bastante daño a la investigación. Ese tipo de criminales buscan notoriedad, el *glamour* del ojo público, y Álvarez se lo está sirviendo en bandeja. Si los asesinos querían fama, ya la tienen. Es más, el hecho de publicar información errónea no hace más que exacerbar la furia de los responsables de los asesinatos.

No mencionó el daño que le había hecho a Beatriz. Otra más que le debía.

Caminó hasta la garita de control y salió del recinto de la Residencia de Estudiantes a la vez que encendía el móvil. Se encontró con un mensaje nuevo de Morantes, que le había devuelto una de sus múltiples llamadas. Había pasado el día fuera, «luchando contra los malos, pero he recibido tus mensajes. Llámame cuando quieras».

Colgó el teléfono y comenzó a caminar hacia la Castellana en busca de un taxi.

—Oye, profesor.

El tono familiar le anudó el estómago.

—La subinspectora perdida —dijo en tono fingidamente seco.

Beatriz, vestida con una larga falda negra que le cubría parcialmente unas botas de tacón alto y un jersey de cuello vuelto debajo de una chaqueta de cuero oscuro, estaba apoyada contra el lateral de un coche, las manos metidas en los bolsillos y las piernas cruzadas por los tobillos.

—¿Cómo van las cosas? —Algo le dijo que era mejor mantener las distancias. Llevaba el pelo suelto y la cara sin maquillar. No le hacía falta: la tenue luz de la calle acentuaba con sombras sus bellísimos rasgos. Señaló la entrada de la Residencia con la barbilla.

—Una conferencia de un tío mío. No he podido contactar contigo en todo el día. Tengo cosas que contarte —terminó. Desde la aparición del artículo de *El Confidencial*, había dejado varios mensajes en el contestador de Beatriz, pero ella no le había devuelto las llamadas.

Un destello de algo indescriptible cruzó la mirada de la subinspectora.

—¿También tengo que darte explicaciones a ti? —replicó

Sebastião se quedó plantado con las manos en los bolsillos.

—¡Eh! —exclamó—. Soy inocente.

—Tienes razón. —Se frotó el puente de la nariz con dos dedos—. Lo siento, ha sido un día muy duro.

Beatriz se despegó del coche y se acercó hasta que pudo oler su perfume.

—Perdona. Ese maldito artículo me tiene alterada. He estado siguiendo a Jacobo Ros, el sospechoso número uno. Debería haberte devuelto las llamadas.

Varias personas del cóctel pasaron por su lado. Beatriz guardó silencio unos instantes.

—Casi me retiran del caso —dijo finalmente, resoplando.

Sebastião no dijo nada, pero apuntó una más en su cuenta particular con Harry Álvarez.

—Vaya día —repitió.

Lo cogió por el brazo y juntos comenzaron a caminar hacia el coche de la policía.

Al pasar por debajo de una farola, Sebastião se fijó en el moratón que nacía en la frente de Beatriz. Al verlo, cayó en la cuenta de que también cojeaba ligeramente.

—¿Qué te ha pasado? —preguntó con alarma.

—Tuve un encuentro con Caín.

—¿Qué? —Sebastião se detuvo y la agarró con fuerza del brazo. El estómago le dio un vuelco.

Beatriz le relató todo lo sucedido el día anterior hasta la agresión en el restaurante de Callao. Su mirada se teñía de cansancio. Sebastião juró para sus adentros que no cesaría en su empeño de atrapar a Caín.

Ella lo miró unos instantes sin pestañear. La luz de la farola dejaba patente el agotamiento en su rostro.

—Bueno, uno de los asesinos de Caín. Esto de tener que atrapar a nueve criminales me tiene cabreadísima.

—Tarea complicada —asintió Sebastião—. ¿Qué tenéis?

Tras enumerar las pruebas provenientes del laboratorio, Beatriz concluyó:

—A Ros lo tenemos vigilado día y noche y vamos a comenzar a presionarlo. Con un poco de suerte, quizá se ponga en contacto con alguno de sus compañeros. Así, podría llevarnos al que está detrás de todo esto.

—Me parece una buena idea. Caín es listo, pero el eslabón débil de su cadena puede ser Ros. ¿Dejaron alguna nota en el incendio?

—Un mendigo nos la entregó. Mañana te hago una copia.

Sabía cuál era la siguiente palabra: «analiza.» «Si quieres encontrar la respuesta, analiza todas las posibilidades.» Quedaban tres crímenes. Levantó la mirada hacia el cielo oscuro. Ya no llovía, pero el vaho de la tierra mojada formaba remolinos a la luz de las luces de la calle. Beatriz se llevó una mano a la nuca; el golpe con la silla y la tensión de los últimos días se traducían en una rigidez insoportable en el cuello.

—Lo último es que tenemos a gente por los clubes de juego de rol de la ciudad, por las universidades y por algunos tugurios de juego ilegal —explicó—. También estoy a la espera de que los ordenadores escupan listas de sospechosos con los que trabajar.

—¿Los análisis de ADN han llegado ya?

Beatriz suspiró:

—Sí. Confirman que todas las muestras de ADN son distintas.

Guardó silencio y Sebastião tomó aire.

—Beatriz, hay otra cosa. Es posible que el asesino esté jugando conmigo o con mis amigos de la tertulia de Barquillo. Mi tío cree haber descubierto un mensaje oculto en las notas que podría ser una referencia clara a unos trabajos de mi padre. Voy a pasar unos días en Londres buceando en mis archivos, a ver si encuentro algún nombre de mi pasado que podamos relacionar con Caín.

—¿Enemigos del pasado?

—No sé. Necesito pensar en esta nueva conexión. También darle vueltas al nuevo círculo. Necesito hablar con amigos de la Interpol.

«Y necesito ropa —pensó—. Y aparecer un día por la universidad antes de que me pongan de patitas en la calle.»

La calle se llenaba de invitados que salían de la Residencia de Estudiantes. Sebastião pudo ver cómo los miembros de la tertulia se subían a un coche grande y oscuro; un Audi que pertenecía a Alberto. El coche de Beatriz —reconoció el SEAT en seguida— estaba aparcado unos metros más adelante, con la sirena encaramada al techo.

—¿Cuándo te vas?

—Mañana mismo.

—No puedo llevarte al aeropuerto. Esta noche descanso y mañana me espera un día de aúpa. Mi jefe, además, anda haciendo el imbécil y piensa que le oculto información.

—Ten cuidado con él.

—Gracias. Sé cuidarme solita.

Se acercó a él y Sebastião sintió el magnetismo de sus labios. Inspiró largamente.

—Pasa la noche conmigo —dijo él, y que fuera lo que Dios quisiera. Ella sonrió, doblando una comisura del labio. Se puso de puntillas y lo besó, deslizando la lengua entre sus labios y presionando el cuerpo contra el suyo. Sebastião la apretó entre sus brazos y sintió cómo le llegaba la sangre a borbotones, provocándole una erección instantánea.

—No puedo —respondió ella con voz cansada—. Me quedaría dormida al minuto. Estoy agotada y necesito dormir, pero te prometo —dijo susurrándole al oído— que cuando vuelvas de Londres no habrá excusas.

Llegaron al coche y Beatriz se puso a buscar las llaves en el bolso.

—Por cierto —añadió Sebastião—, Emiliano del Campo espera tu llamada para hablarte de Juan Alacena y de Ros.

—Por la mañana lo llamo. Sube, que te llevo a casa.

Sebastião le abrió la puerta y esperó a que ella entrara. Luego rodeó el coche por delante y subió a su vez. Beatriz sonrió cansina y metió la llave en el contacto. El coche arrancó a la primera.

—No me has preguntado si ha muerto alguien en el incendio.

Sebastião suspiró. El cansancio se iba apoderando de todos.

—Los responsables del centro dicen que esa noche dormían casi treinta personas en el edificio. Veintidós consiguieron salir. En total, hay ocho desaparecidos.

Omar se despegó del coche en el que había estado casualmente apoyado vigilando a Beatriz y Sebastião. Llevaba una sonrisa en los labios. González estaría contento. Y cuando González estaba feliz, el mundo de Omar mejoraba. El investigador y la policía. Contempló con detenimiento la figura de la mujer entrando en el coche y arrugó la boca en una mueca de satisfacción. Un par de horas con ella y le demostraría lo que un hombre de verdad era capaz de hacer. Un par de horas para demostrarle las habilidades de un semental árabe.

—Oye, guapo. ¿Quieres algo de mí?

Omar se volvió. Una minifalda de leopardo cubría con dificultad los atributos masculinos del travesti. Las botas, de tacón imposible y de color rojo fuego, alcanzaban los muslos, y para retener dos enormes globos de silicona, una chaqueta de piel, más falsa que la feminidad de aquella aparición infernal, se ceñía a su cintura. Una mano enfundada en terciopelo negro rescató un cigarrillo que colgaba de una boca de enormes labios, primos hermanos de los colosales senos.

—Que si quieres pasar un buen rato —repitió el travesti sin demasiada convicción. Conocía otras zonas que sin duda tenían material más adecuado para el gusto del pequeño árabe que tenía delante.

Omar se escabulló entre dos coches entre las risas de las compañeras de calle de aquella aparente mujer. Cuando hubo puesto suficiente distancia, se detuvo. La imagen de Beatriz y la promesa de sexo fácil era demasiado y tuvo que doblarse por la cintura para estar más cómodo.

¡Bah! No tenía dinero para disciplinar a aquella mujer diabólica en el arte de amar.

Volvería otro día, cuando González le pagara.

13 de abril, sábado

El doctor Montaña tenía cuarenta y cinco años. Era esbelto, tenía los cabellos adornados con las suficientes canas como para distinguir sin envejecer, estaba en buena forma física, gracias a un gimnasio de elevada factura mensual que frecuentaba al menos tres veces a la semana, divorciado sin hijos, tenía dinero y era un traumatólogo de prestigio. Un hombre que aparentemente lo tenía todo, pero que había consultado demasiadas fichas electrónicas y se había colocado en el punto de mira de cierta subinspectora.

«Huele a rata», pensó Beatriz. No sabría decir por qué, pero se le erizaba el vello del cogote cuando pensaba en Montaña.

Llevaba dos días vigilado por la policía tras la conversación con el jefe de informática del Ramón y Cajal, y ya habían descubierto que el buen doctor tenía sorpresas ocultas que hacían torcer la comisura del labio de Beatriz, emulando el gesto del gato que observa al ratón que, inconsciente, se ha alejado demasiado de la madriguera. La primera sorpresa era un gusto por la cocaína que —tras un breve pero intenso interrogatorio por parte del equipo de vigilancia al camello que le llevó una bolsita a su casa por la tarde, es decir, hacía unas cinco horas— más que un acto casual de fiesta de fin de semana, parecía ser una adicción que nada positivo podía traerle al buen doctor.

La segunda gran sorpresa estaba aún por llegar.

Beatriz apagó el motor y las luces y dejó que el coche se detuviera en silencio en una de las calles que daba a la plazoleta en la que había aparcado Montaña. Acababan de darle el relevo al equipo que llevaba vigilando a Montaña durante el día. Beatriz había pasado la mañana en la oficina y luego había dormido una siesta para estar despejada por la noche. Había hablado fugazmente con Sebastião antes de que éste tomara el avión a Inglaterra. Lo echaría de menos.

La plaza donde se encontraba encerraba numerosos chalés adosados de dos plantas y multitud de castaños de hojas verdes. En el centro, rodeada por una calle adoquinada por la que cabía un único coche, se erguía una pequeña estatua de algún ilustre personaje sobre un pedestal. La plaza era más bien pequeña y no se podían contar más de una treintena de pasos de lado a lado. Sin embargo, Montaña estaba tan absorto que no reparó en la presencia del coche rojo de la subinspectora, el motor tintineando amortiguado a medida que se enfriaba con la humedad de la noche. Hacía menos frío que en días anteriores, pero la lluvia no cesaba; si seguían así, los estanques de la comunidad acabarían desbordándose.

El coche del médico se detuvo delante de la puerta del garaje, que se abrió silenciosa, y entró en él sin mayores problemas.

—Llama y averigua a quién pertenece la casa —ordenó Beatriz.

Pablo asintió y cogió su móvil.

¿Y Sebastião? Tampoco era culpa suya el lío que tenía con González. ¿Y Caín? Cada vez se acercaban más a él. Olía la sangre como el tiburón hambriento. ¿Qué estaría haciendo el portugués?

Reflexionó sobre la noche anterior y chasqueó la lengua con rabia. Había faltado poco para cazar a otro de los asesinos, y había sido por culpa suya. Algo más de agilidad y aquel viejo harapiento no se habría escapado. Pensó en Ros y en su huida nocturna. También había faltado poco, pero algo lo espantó. ¿Tal vez una llamada? Pronto lo sabría, pues se había puesto en contacto con la compañía telefónica para averiguar los números con los que Ros habló aquella noche. ¿A quién había ido a ver a La Moraleja? Beatriz sintió que Lucifer en persona estaba detrás de la trama, riéndose desde algún lujoso chalé de las afueras.

Se acomodó en el asiento del coche; aún le dolía el golpe en la frente y las contusiones recibidas al rodar escalera abajo. Nada roto, salvo el honor.

—Curioso. La casa está registrada a nombre de una sociedad de la isla de Mann —dijo Pablo una vez colgó el teléfono móvil.

Beatriz, sin dejar de observar la casa, preguntó:

—¿Curioso, por qué?

Pablo lanzó una bocanada de humo por la ventana, ignorando la mirada airada de su compañera.

—La isla es un paraíso fiscal. Ya sabes. —Hizo ademán de mirar por el cristal empañado—. No parece que haya mucha actividad en la casa. No hay ni una sola luz encendida. ¿A qué habrá venido?

Beatriz se encogió de hombros.

—Mañana recuerda pedir información sobre la curiosa compañía ésa y llama también a los de Prosegur.

Pablo la miró y Beatriz se limitó a señalar con la barbilla en dirección a la casa.

—En la ventana del segundo piso.

Efectivamente, allí se veía un cartel de la empresa de seguridad y Pablo se maldijo por no haberlo visto antes. El día anterior, mientras Beatriz y Pablo vigilaban a Ros y eventualmente perseguían al asesino pirómano, otro equipo de vigilancia se había apostado delante del chalé de Boadilla del Monte propiedad del traumatólogo, a una treintena de kilómetros de Madrid. La fiesta con dos señoritas había durado hasta las cuatro de la madrugada, hora en que ambas salieron del domicilio del médico. Éste no se marchó hasta las nueve, rumbo a su trabajo en el hospital. Unas horas más tarde llegó la asistenta, que permaneció allí hasta el mediodía, momento en que la casa se quedó sola. Los policías aprovecharon para revisar la basura que había sacado la mujer de la limpieza y descubrieron varias colillas de porro de marihuana y una papelina de cocaína. Fueron los mismos policías los que por la tarde vieron llegar al camello, un conocido de la sierra madrileña, a la misma casa (una vez retornó el sospechoso tras la jornada laboral) y los que lo invitaron a especificarles su relación con el susodicho. «Conclusión: a Montaña le va mucho la juerga», pensó Beatriz.

Ahora, Montaña llegaba a un adosado de El Viso, propiedad de una empresa sita en un paraíso fiscal.

Y lo más novedoso, la segunda sorpresa que los esperaba a ambos era el nuevo invitado que hacía su aparición en un coche de gran cilindrada y aparcaba ante la puerta de metal verde, descendía y pulsaba el botón del interfono.

Pablo sacó unos prismáticos de infrarrojos y observó al recién llegado. Soltó una exclamación.

—¿Qué ocurre? —preguntó Beatriz.

Pablo ajustó el enfoque y observó fijamente al personaje.

—No te lo vas a creer: Francisco Horcajo, *in person*.

—¡No fastidies! —soltó ella, y le reclamó los prismáticos.

Francisco José Horcajo era uno de los peores. Condenas por proxenetismo y tráfico de estupefacientes contaban como sus mayores logros sociales, aunque una buena conducta en la cárcel y abogados caros lo mantenían en la calle. Beatriz reconoció la cicatriz que le surcaba la mejilla derecha, de frente a mentón, como una gran falla geológica. Ahora llevaba el pelo más corto, perilla y un filo de barba uniéndose con las patillas, pero el rostro de lobo peligroso era inconfundible. Vio, a través de los primáticos de color verde chillón, cómo Horcajo se inclinaba ante el portero automático y esbozaba una amplia sonrisa. La puerta se abrió, pero en vez de entrar, el delincuente retrocedió hasta el coche, abrió la puerta del pasajero y alargó una mano hacia el interior.

A Beatriz se le cortó la respiración.

Luis Montaña paseó impaciente por el salón de la casa de El Viso que le prestaban para esas ocasiones especiales. Especiales e infrecuentes. Y también adictivas, recapacitó; demasiado adictivas. Sabía que era pecado, ilegal y mal rollo, pero no podía contenerse. La mezcla de adrenalina, testosterona y *purita vitalidad*, como dirían algunos amigos suyos del D. F., era más adictiva que cualquier otra sensación que hubiera experimentado a lo largo de su vida; más que su primera operación, un accidente múltiple que lo sorprendió al final de una larga guardia, cansado pero eléctrico. Más que los gramos de polvo blanco que se metía cada vez con mayor frecuencia; más que las mil señoritas, algunas de pago y otras no, que pasaban por su cama con la misma asiduidad. Decir que aquello lo hacía sentirse vivo era como decir que el capitán Achab mostraba una leve inclinación por los cetáceos blancos.

Dejó la habitación a oscuras, pero al cabo de poco se arrepintió y se abalanzó a encender todas las lámparas. Echó un vistazo por la estancia: los sofás y las butacas de estampados claros; la chimenea con el falso leño de gas; los cuadros caros; la biblioteca, en la que no había ninguna fotografía. Reparó en que alguien —tal vez el servicio de limpieza— había rellenado los jarrones con flores frescas. Subió por la escalera, tapizada con moqueta de rafia hasta el piso superior, y entró en el dormitorio principal. Chasqueó la lengua al ver que todo estaba como siempre. La cama, grande y con dosel de madera del que colgaban ligeras cortinas de hilo, estaría vestida con sábanas nuevas, perfumadas. Descendió de nuevo al nivel inferior y se acercó al mueble bar, en el que se guardaban dos docenas de botellas para todos los gustos. ¿Quién más emplearía ese sitio? Abrió una botella de un malta escocés de cuarto de siglo y rellenó un vaso bajo con dos hielos de una cubitera repleta —¿otra vez el servicio de limpieza o tal vez se ocupaba *él* directamente?— y luego vertió una generosa medida de licor.

Paseó nervioso por el salón hasta que no aguantó más la tensión. Dejó el vaso sobre la mesa de centro y hundió la mano en el bolsillo de su chaqueta, elegante y cara. Desdobló la papelina con cuidado sobre la mesa de cristal y con la ayuda de una tarjeta de crédito, VISA oro, compuso dos rayas de fino polvo que sabía que era de excelente calidad. El chute, cuando llegó, fue como un tren de mercancías. Arrodillado frente a la mesa, Montaña echó la cabeza hacia atrás y cerró los ojos, dejando que la sensación le atropellara los sentidos. Sintió la erección pulsándole contra la bragueta, urgiendo salir antes de tiempo, y que, unida a sus compañeros de viaje —polvo blanco y licor ámbar—, prometía llevarlo en breve al Paraíso. Con mayúsculas.

Sonó el timbre del interfono.

—Hijo de la gran puta.

Beatriz observó la escena con la sangre hirviéndole en las venas. Pablo, que había bajado la ventanilla, sacó la cabeza para ver mejor y blasfemó. Francisco Horcajo se irguió y se acercó a la puerta del adosado acompañado de la mano de una niña que no tenía más de siete u ocho años. La niña, de larga coleta rubia, se asía insegura a su mano. Los dos desaparecieron tras la puerta.

—Tenemos que entrar —murmuró Pablo.

Beatriz, muda, dudó. Permaneció inmóvil durante unos instantes, sopesando la situación. El médico seguía siendo una baza importante para descubrir a otros asesinos, pero no podía dejarlo hacer. «No tenemos más remedio, aunque descubramos nuestra jugada con Montaña.»

Salieron del coche y llegaron en pocos pasos a la verja. Probaron la puerta pero estaba cerrada a cal y canto. Beatriz le indicó a su compañero que la ayudara a subir formando un estribo con las manos. Se encaramó por encima de la tapia y finalmente consiguió aterrizar con poco ruido en el interior del recinto. Pablo la siguió, doblando el cuerpo por encima de la verja y al fin, sin emular a los grandes gimnastas pero con notable efectividad, se reunió con ella. En dos zancadas ganaron la puerta y alargaron el cuello para otear por la ventana que daba al salón. Horcajo se encontraba cómodamente recostado en uno de los sofás, una pierna cruzada sobre la otra, leyendo la prensa del día e inmune a la obscenidad que estaba teniendo lugar en el piso superior.

Beatriz probó con tiento el pomo de la puerta y vio que cedía; probablemente Horcajo consideraba que la seguridad de la verja era suficiente, debía de ir armado, y era bicho peligroso. Ambos entraron en la casa con sigilo, y Horcajo, absorto en su diario, no se percató de su presencia. Pablo sacó su arma, apuntó al delincuente con ella y carraspeó. El resultado fue menos que espectacular: Horcajo permaneció inmóvil. Luego dobló con lentitud la esquina del periódico, miró por encima de él y se encontró con el cañón del arma y con Pablo, rodillas ligeramente flexionadas, asiéndola con las dos manos. Este último movió la cabeza imperceptiblemente hacia la escalera: «Ve tú», le dijo sin palabras a su compañera.

Beatriz se encaminó en silencio hacia el piso superior, dejando a Pablo vigilando al peligroso criminal. Al llegar arriba, la subinspectora sacó también su pistola y miró a su alrededor. La escalera terminaba en un amplio descansillo con tres puertas. Se acercó a la primera sin hacer ruido y la entreabrió con cuidado. Un cuarto vacío. Se dirigió a la segunda e hizo lo mismo. Una estancia amplia en la que había una cama con dosel y cortinas de hilo, y una puerta abierta que daba a un cuarto de baño de mármol con un espejo de cuerpo completo. En la cama, la niña permanecía sentada inmóvil, apenas vestida con una camiseta sin mangas y los ojos idos. Beatriz dio dos pasos hacia el cuarto de baño, pero la chica no la siguió con la mirada. «Dios santo, está drogada», pensó. En el baño, Montaña le daba la espalda, desnudo salvo por una toalla que le rodeaba la cintura y doblado sobre el mueble del lavabo. El médico aspiró con fuerza el polvo blanco que había preparado sobre la encimera y se irguió de golpe. Dio un respingo al ver la imagen de la policía reflejada en el espejo y se giró en redondo. Se apoyó contra el mármol, ambas manos asiendo la fría piedra. Beatriz reparó en el fino rastro de cocaína que le adornaba las fosas nasales.

—¿Quién es usted? —balbuceó Montaña.

Beatriz lo apuntó con el arma y le mostró la placa en silencio. Por el rabillo del ojo miró a la niña, que seguía en la misma posición, sentada sobre el edredón sin inmutarse ante la escena.

—Queda usted detenido. —Beatriz tuvo que contener la rabia para no pegarle un tiro allí mismo a aquel desalmado.

El hombre temblaba y un mechón del flequillo escapó a la gomina y le cayó sobre la frente.

—No es... no es lo que parece. No he hecho nada —las palabras se atropellaban para salir de su boca—. De lo único que puede acusarme es de consumir. —Se pasó un dedo por la nariz y resopló. La lengua salió de la boca en un rápido gesto, como de una serpiente, y se lamió el labio superior—. A la chica no le he puesto un dedo encima.

Beatriz mantuvo la pistola en alto, apuntando al pecho del médico.

—Vanessa Población, Juan Alacena y Julio Martínez. Jacobo Ros. Sabemos que fuiste tú —dijo, e improvisando— y los otros también.

El ceño del médico se frunció con el cambio de tercio y pasaron varios segundos antes de que hablara.

—¿El Ramón y Cajal? —rió estrepitosamente, algo histérico—. ¿Esos perdedores? —y volvió a reír, escupiendo pequeñas gotas de saliva. Rió hasta que un achaque de tos lo frenó—: ¿Y qué?

—¿Qué hiciste con la información?

Al hombre le cambió la expresión del rostro y Beatriz reparó en las gotas de sudor que le perlaban la frente. La cocaína hacía su efecto y las venas del cuello comenzaban a abultársele. Su respiración se aceleró.

—Nada —dijo casi inaudible.

—Mientes —escupió Beatriz. Dio un paso al frente—. Si no te pego un tiro aquí mismo, pasarás el resto de tus días entre rejas, de eso me ocuparé yo. Y ya me aseguraré de que tu afición se conozca entre tus nuevos compañeros. ¿Sabes lo que les pasa a los pederastas en la cárcel?

—Él me lo ordenó —respondió Montaña.

—¿Él?

—No tenía posibilidades de negarme. Me hubiera matado... o peor —las palabras le salían temblorosas de la boca—. Conocía mis... necesidades... y me ayudó. —Parecía como si fuera a sufrir un colapso—. Solamente quería unos nombres —respiraba a espasmos—, hasta que me enteré de lo del bebé.

Blasfemó, levantó la cabeza y Beatriz se quedó helada; en los ojos del médico ya no se veía cordura. Estaban desencajados, abiertos como si fueran a salírsele de las órbitas. La cara se le empapó de sudor y vio que el pecho de Montaña se le cubría de humedad.

—Hasta que fue demasiado tarde.

Montaña se despegó del mueble y se incorporó, amenazador.

—¿De quién estás hablando? —Beatriz mantuvo la posición y el médico rió de nuevo.

—¿Qué más da?

«No puedo dejarme atrapar», se dijo el hombre. Alargó una mano hacia la izquierda y cogió un neceser de cuero marrón. Beatriz amartilló el arma.

—¡No te muevas! —ordenó.

El médico hizo caso omiso e introdujo la mano en la bolsa de viaje.

—No lo vas a conseguir, Montaña.

«Mantén la calma —pensó—. Transmite seguridad.»

El hombre parecía no escuchar, a pesar de que sus ojos, blancos y grandes, estaban fijos en la subinspectora. Sacó una jeringuilla del neceser y soltó con los dientes la capucha que protegía la aguja.

—Montaña. ¿Qué leches haces? Si te acercas con eso, te meto un tiro.

Calculó que, si el médico se abalanzaba sobre ella, no quedaría más remedio que disparar. Beatriz sabía defenderse bien con las manos, pero aquel hombre estaba fuerte como un toro y no podría con él.

—No puede atraparme —dijo casi en susurros. Dejó que la cabeza se hundiera sobre el pecho y entonces Beatriz supo lo que iba a ocurrir.

—¡No! —exclamó, aunque demasiado tarde.

Montaña, en un gesto de extrema violencia, se clavó la hipodérmica en el brazo derecho y presionó hasta que todo el contenido desapareció. Se desplomó al instante.

—¡Pablo! —gritó, y se acercó con cautela al hombre. Guardándose la pistola en la parte posterior del vaquero, se arrodilló junto al médico y le cogió la cara con ambas manos. Se la echó hacia atrás e intentó abrirle los ojos. Su cuerpo comenzó a sacudirse con violentos espasmos y le brotó un reguero de espuma por la boca. Cuando su compañero estaba entrando por la puerta de la habitación, Beatriz maldijo.

—¿Quién es *él*? ¡Contesta! —le gritó a Montaña

Le soltó una bofetada tremenda y volvió a chillar la pregunta:

—Maldito cobarde, ¿quién te ordenó buscar en esas fichas?

Sacudió la cabeza del médico contra el mueble del lavabo pero el hombre, con los ojos en blanco, había dejado de temblar. Beatriz le gritaba a la cara a una distancia de escasos centímetros, repitiendo la misma pregunta una y otra vez, hasta que Pablo la asió por los hombros.

—Éste no va a decirte nada —masculló.

Capítulo 4

Latas alas, y cuello y rostro humanos
tienen; garras, y plumas en los vientres;
ayes dan en los árboles malsanos.

15 de abril, lunes

Sebastião pasó el fin de semana y el lunes siguiente en Londres. El vuelo de British Airways tomó tierra un poco pasadas las diez y media de la noche del mismo viernes en que Montaña se quitaba la vida. El portugués sorteó la riada de pasajeros que se disponían a armarse de paciencia para la siempre incierta espera del equipaje delante de las cintas transportadoras. Él pudo saltarse el trámite, porque su ropa, al fin y al cabo, se encontraba en su apartamento londinense y no llevaba más que una pequeña bolsa de viaje con el ordenador portátil. Entre otras cosas, necesitaría llevarse una maleta a Madrid, si pretendía permanecer allí más tiempo.

Se dirigió a la terminal del metro y eligió la línea que lo llevaría en poco tiempo desde el aeropuerto hasta el West End, la parte oeste de la ciudad; tomar un taxi suponía una hora de viaje y una pequeña fortuna. A su alrededor, cientos de personas retornaban a la ciudad tras una semana de duro trabajo en algún otro lugar del mundo. Hombres trajeados y mujeres con trajes chaqueta oscuros, las manos aferrando portafolios y carteras de trabajo, de vuelta a sus hogares. «A sus hogares», pensó Sebastião. ¿Cuál era el suyo?

Británicos de tez blanca, indios y pakistaníes, orientales, africanos... un crisol de pieles y razas reflejo de la cultura cosmopolita de

Londres y que no se ve con tanta intensidad en ninguna otra ciudad europea. Sebastião pensó que en ese sentido Madrid era mucho más plana; le faltaba el colorido, la diversidad, las opciones.

Compró el billete en una de las máquinas automáticas y se dirigió al andén. Durante el vuelo desde Madrid había intentado relajarse pensando en Beatriz y en su abrumadora sensualidad; en Morantes, lobo solitario desde la muerte de su mujer y embarcado en su particular cruzada contra el mal; en los tertulianos, viejos amigos de su padre, y en el involuntario papel en el que se veían inmersos. En Caín.

Había un detalle de los crímenes que pesaba como una losa en su mente; un detalle que desafiaba la casualidad y que lo irritaba como una esquirla clavada en su subconsciente. Pensó en ello mientras subía al tren, dejaba su bolsa de viaje con el ordenador portátil debajo del asiento y se acomodaba para el trayecto de apenas veinte minutos.

«En tres de los lugares de los crímenes se encontraron evidencias de que los asesinos padecen hiperglucemia o diabetes.»

El viernes por la noche, el sábado y el domingo se entretuvo en su apartamento de la ciudad recopilando enseres para llevarse a Madrid, pensando y leyendo el libro de su padre sobre el pensamiento lateral, por si alguna pista enrevesada se encontrara entre sus páginas. No halló nada relevante, pero pensó que el libro era magnífico.

Finalmente, llegó el lunes. Salió de la estación de tren de Warren Street y se dispuso a caminar los diez minutos que lo separaban de la universidad. Reparó en que la mañana era espléndida; lucía el sol, y a pesar de estar en pleno centro de Londres, el aire era limpio y fresco en la ciudad del *smog*. Solamente unas lejanas nubes se amontonaban hacia el oeste. La primavera se había instalado con decisión en los árboles, y la ciudad se engalanaba de verdes intensos. Los londinenses, amantes apasionados de la naturaleza, sacaban sus macetas a los balcones. La primavera es sin duda la mejor estación de Londres. Luego llegaría el verano, la humedad del Támesis y la polución de trece millones de habitantes.

El University College of London fue fundado en 1825 a instancias del poeta escocés Thomas Campbell, quien solicitó a Henry Brougham, miembro del Parlamento, una universidad para la capital de la nación. Por aquella época, Inglaterra contaba únicamente con dos universidades: Oxford y Cambridge, exclusivas para miembros de la iglesia protestante. El University College of London sería la primera institución que permitiría el acceso a estudiantes de todos los credos, lo que en la época le granjeó ácidas críticas.

Caminó desde el metro por Gower Street, cruzándose en el camino con estudiantes de varias nacionalidades; algunos de ellos se detenían en las terrazas de los *coffee-shops* para aprovechar el magnífico día, otros se apresuraban a acudir a sus clases. Un par de chicas indias salieron riendo del edificio Darwin de biología y, al reconocerlo, lo saludaron.

Gower no es una calle ancha, apenas dos carriles flanqueados por edificios de tres alturas pertenecientes en su mayoría a la universidad, y en ella se encuentran facultades, bibliotecas y residencias de estudiantes. No es una arquitectura particularmente agradable, pero cumple su función. El complejo encierra un gran número de manzanas y contiene docenas de edificios y solares, incluyendo el British Museum, la British Library y el antiguamente llamado London Hospital. La entrada principal es espectacular: un ancho camino de arcilla roja rodeado de amplios jardines y pinos formidables conduce a la fachada principal, una mole victoriana con una gran cúpula y diez columnas que se pierden en las alturas. En la universidad trabajaban más de cuatro mil profesores que impartían clases a más de diecisiete mil alumnos. Pero Sebastião sintió que ya no pertenecía a ese mundo. Su vida, tan ordenada y meticulosa (y aburrida) de los últimos años, se había derrumbado como un castillo de naipes tras su paso por Madrid. La escuela le resultaba ajena, extraña.

Giró desde Gower hacia Torrington Street y dejó que sus pasos lo encaminaran de forma automática hacía el Departamento de Antropología, situado enfrente de la librería Watson y del Museo de Arqueología Egipcia, que ocupa un edificio de principios de siglo; sus fachadas de ladrillo rojo y sus grandes ventanales, cubiertos con un colchón de enredadera verde, albergan las ramas de Antropología Biológica, Cultura Material y Antropología Social, esta última, motivo por el que Sebastião vivía en Londres.

Escaló los peldaños hasta llegar a la entrada, y se preguntó qué le depararía el destino. Recorrió lentamente el camino de su despacho en el piso superior, sus pisadas retumbando contra el duro suelo de piedra. El reloj no marcaba las doce de la mañana cuando abrió la puerta de su despacho y encontró a Sherryl, su secretaria, sentada delante de su ordenador. Apartó la mirada del monitor que ocupaba gran parte de su mesa y dejó de teclear. Levantó las cejas.

—Tienes a toda la universidad llamándote día y noche —le informó con su inglés del norte. Era escocesa, pelirroja, y su piel era casi transparente.

Sebastião se quitó la gabardina y la colgó en el viejo perchero que se escondía detrás de la puerta.

—Pongámonos manos a la obra —dijo.

Sherryl no era su secretaria en exclusiva; trabajaba para el gabinete del departamento, pero Sebastião le dejaba usar su ordenador siempre que quisiera. Sus compañeras eran fumadoras empedernidas y ella, como suele suceder con los ex fumadores, no soportaba el humo denso que parecía flotar perennemente en el ambiente. El despacho de Sebastião era su refugio.

Se trataba de un cuartucho situado en la segunda planta del edificio; estaba muy desordenado y repleto de libros, diplomas y colecciones de papeles que se amontonaban por todos los rincones del suelo. Varias sillas de madera sostenían pilas de revistas que algún día se dedicaría a clasificar. Su ventana daba a la parte posterior del edificio y por ella se veía un rectángulo arbolado donde algunos estudiantes solían almorzar cuando no llovía. El jardinero, un hombre mayor que parecía pertenecer a la historia de la universidad, se ocupaba de mantener en perfectas condiciones el jardín y la buganvilla que adornaba la fachada.

Sherryl se levantó de la silla y le cedió el puesto a Sebastião delante del ordenador. Luego quitó un montón de revistas de una silla, las dejó en una estantería y tomó asiento enfrente de él, al otro lado de la mesa. Mientras Sebastião introducía su contraseña en el ordenador, Sherryl abrió un bloc de notas y recitó sus recados.

—El jefe del departamento te ha llamado unas cien veces —dijo para terminar—. Se me agotaron las excusas a la semana. —Lo miró por encima de las gafas de concha—. Te vas a un funeral y acabas envuelto en una investigación sin petición de la Interpol. ¿Qué tal en Madrid? No vuelves muy moreno.

Sebastião, como el resto de los miembros académicos del programa de evaluación patológica de la Interpol, participaba a menudo en investigaciones criminales, pero siempre previa petición oficial. Así funcionaba el sistema.

—Estaba lloviendo a mares. No tuve más remedio que quedarme, pero hablaré ahora con el jefe. Creo que ha llegado el momento de pedir unas vacaciones.

Sherryl arqueó las cejas y puso cara de sorpresa.

—¿Mister adicto al trabajo? ¿Unas vacaciones?

Su secretaria llevaba una temporada larga animándolo a tomarse un merecido descanso. Los últimos años habían sido frenéticos, agotadores: investigaciones y colaboraciones con agencias de policía siempre faltas de personal y a cuyas peticiones de ayuda nunca sabía negarse; varios libros editados que lo habían obligado a trabajar por las noches, y clases, conferencias y mil asuntos que no le dejaban tiempo libre para ordenar su vida. Sherryl, que a ratos le hacía de madre (una vez a la semana aparecía con algún pastel de carne o un rosbif crudo), le tenía prohibido trabajar en fin de semana y lo regañaba con frecuencia cuando lo encontraba en la oficina tras haber pasado la noche sin dormir ensimismado en algún proyecto.

—También tienes llamadas de otros profesores —dijo, y acto seguido leyó una lista de nombres—. Peter anda como loco buscándote. Le he dicho que estabas en Madrid, pero no le ha hecho mucha gracia tener que ocuparse él solo de todos tus asuntos.

Sebastião cerró los ojos, se apretó las sienes y emitió un leve gruñido. Peter era su suplente, un joven profesor adjunto al que Sebastião confiaba sus clases cuando tenía que ausentarse de la ciudad.

Caín y Beatriz. Madrid era un huracán que lo había absorbido. Su ordenada y aburrida vida en Londres le pareció tremendamente monótona en comparación con los eventos de las últimas semanas.

—¿Dónde está Peter?

—En clase. Antropología de segundo grado.

Una de las clases de Sebastião. El portugués suspiró y pensó en cómo recompensarlo.

—¿Está Andrews en su despacho? —preguntaba por el jefe del departamento.

Sherryl asintió con la cabeza.

—Muy bien —dijo Sebastião, poniéndose en pie—. Voy a hacerle una visita, y si localizas a Peter dile que me espere aquí. Vuelvo en seguida.

Salió del despacho y subió hasta la tercera planta, donde se encontraba administración. La reunión con el jefe del departamento no fue bien. Estaba molesto, y con razón, por la desaparición de uno de sus profesores, una vez más por motivos de investigación criminal. Desconocía que el caso no hubiera sido encargado expresamente por la Interpol, y Sebastião no quiso sacarlo de su error. Al final, se retiró con la promesa de dejar sus temas bien atados mientras se encontrara fuera y de mantener a su secretaria al corriente de sus idas y venidas. Salió del despacho de su jefe con la victoria debajo del brazo y se fue en busca de su sufrido ayudante.

Al mediodía evitó el restaurante indio donde solían reunirse sus compañeros a comer, y en su lugar acudió a un sushi-bar que se encontraba a dos manzanas de distancia. No tenía ganas de charla mundana ni le apetecía contestar a preguntas curiosas. Deseaba acabar cuanto antes con sus obligaciones para regresar a Madrid y proseguir con la investigación, y quién sabía si iniciar una nueva vida. Desde pequeño estaba acostumbrado al desarraigo, a la soledad, y a viajar sin rumbo. La muerte de su madre y el abandono de su padre iniciaron una larga etapa de su vida que no acababa de agradarle. Echar raíces se le antojaba tarea imposible.

El trabajo en la universidad no le entusiasmaba, pero le entretenía, y la relativa tranquilidad del UCL, frente a otras universidades más competitivas. Le permitía alargar las horas en el despacho persiguiendo sus proyectos personales.

Alguna que otra mujer se había cruzado en su vida en esos años pasados. Sebastião era un hombre atractivo y con éxito, pero su sensación de soledad se acrecentaba con cada despedida. Pensó en Beatriz y en lo poco que tenían en común; la pasión por la investigación policial y una noche compartida con unos acordes de jazz. El beso tras la conferencia de Horacio y la promesa susurrada al oído le aceleraban el ritmo cardíaco. Había sido un beso tranquilo, sin el agobio de las situaciones preparadas. Espontáneo. Cerró los ojos y se imaginó los ojos almendrados de Beatriz, color marrón claro, casi miel, llenos de una fuerza tal que resultaba difícil mantener la mirada. En la transición de su eterna media sonrisa en risa franca. Beatriz sonreía con los ojos, desde el interior del alma.

Acabó de comer a la una y media y volvió a su despacho. Sherryl no estaba pero encontró una nota sobre la mesa: «Vuelve a Madrid y ponte moreno, pero no desaparezcas de nuevo.»

Sopesó las opciones que se abrían ante él. Instalar de nuevo su residencia en Madrid. Hacía tiempo que el rector de la cátedra de Antropología de la Universidad Autónoma le insistía para que diera clases en su departamento: su experiencia docente, sus trabajos como criminalista y la docena de libros publicados lo convertían en un fichaje interesante.

Era consciente de que, cada día que pasaba, Olavide se convertía en su verdadero hogar.

Su padre.

El hemisferio analítico de su cerebro le insistía que juzgaba con excesiva dureza la memoria de su padre; que se había dejado atropellar por sentimientos irracionales, y eso lo irritaba. ¿Qué debía pensar de la responsabilidad que había tenido su padre en el suicidio de su madre? Suspiró y se dijo que quizá no era justo achacarle toda la culpa a él. El cariño manifiesto de los tertulianos hacia la figura de su padre lo había cogido por sorpresa. Pensaba que aquel hombre, un hombre huraño desde la muerte de su madre, no tenía amigos y, sin embargo, se veía en los rostros diplomáticos y exquisitamente educados de los tertulianos el aprecio que le profesaban. ¿Podían estar hablando del mismo hombre que Sebastião conoció, amó y luego intentó olvidar? Aquel ser humano distante y frío que abandonó a su hijo adolescente era admirado por hombres de inestimable valor. Todavía le quedaban muchas cosas que descubrir en Madrid.

Y quizá también a sí mismo.

Dos horas más tarde salió de la universidad, camino de una comisaría céntrica en donde encontraría a su contacto habitual de la Interpol.

Llegó al cabo de media hora. Una vez que el taxi lo hubo dejado en la puerta, subió la escalera y alcanzó la recepción, pequeña, funcional y con olor a trabajo duro. Se detuvo ante un policía que se hallaba sentado detrás de un mostrador de madera y le enseñó su documentación. Detrás de él, varias fotografías mostraban retratos de criminales en busca y captura. Más a la derecha, otro grupo de fotografías contaba historias distintas: jóvenes y niños desaparecidos que nunca serían encontrados. El hombre pasó su documentación por delante de una cámara para guardar una imagen de su carnet en el registro de entrada.

—¿A quién viene a ver?

—Al inspector Danny McTyre.

McTyre, un escocés de casi dos metros y cien kilos de peso, era su nexo de unión con la agencia mundial de criminología. El policía asintió, levantó el auricular del teléfono y marcó tres dígitos. Habló unos segundos en voz baja y cuando hubo terminado colgó y dijo:

—El inspector saldrá en seguida. Espere aquí, por favor.

Al cabo de poco, el fornido escocés apareció por una puerta que daba al interior de las dependencias.

—Sebastião —exclamó, acentuando como de costumbre la segunda vocal—. ¿Qué te trae por nuestra humilde guarida?

Se saludaron con un apretón de manos. El escocés iba vestido con pantalón de pana marrón, con la barriga sobresaliendo ligeramente por encima del cinturón, y una camisa de franela de cuadros. Llevaba el pelo rubio y muy corto. McTyre era un excelente profesional.

—Poca cosa, Danny. Necesito echarle un vistazo al ordenador de la VICAP.

El policía lo agarró del brazo e hizo ademán de conducirlo al interior de la comisaría.

—No hay ningún problema. Vamos dentro y te acomodo delante de alguna terminal. —Entornó los ojos y puso cara de sospecha—. ¿Estás metido en algo que yo desconozco? Mira que si es así...

—Nunca te sería infiel, Danny —dijo riendo Sebastião.

Entraron en un cuarto abarrotado de mesas y detectives. Algunos levantaron la vista, pero el jaleo era intenso y la mayoría no les prestaron atención. Se acercaron a una mesa en la que se apilaban montones de papeles.

—Veo que el tema del orden sigue superándote.

El escocés se encogió de hombros y despejó varios documentos de delante del ordenador, guardándolos en un cajón. Finalmente se sentó.

—Bien, cuéntame.

Sebastião hizo un resumen rápido de lo acontecido en Madrid, de Caín y de los diferentes asesinos. Hablaron durante media hora del caso y al final Danny se levantó y le cedió su silla.

—Todo tuyo. Ya sabes la clave.

—Gracias, Danny. Te debo una.

—Tú atrápalo y basta. Estaré por ahí; avísame cuando termines.

Sebastião accedió al sistema con su contraseña habitual y esperó a que éste lo reconociera y mostrara el cursor, lo que le diría que estaba preparado para aceptar sus órdenes. Aprovechó para echar un vistazo a los detectives que se encontraban en la sala; reconoció un par de caras, pero andaban muy atareados con sus asuntos y prefirió no interrumpirles.

Volvió a centrar su atención en el ordenador. El sistema informático de la VICAP, el programa de aprehensión de criminales del FBI y de la Interpol, se emplea para identificar posibles sospechosos relacionados con crímenes violentos. Lo utilizan distintos cuerpos de policía del mundo entero, alimentando una gigantesca base de datos con nombres, modus operandi, pruebas y todo aquello que pueda resultar importante para resolver crímenes. El sistema, que compara casos similares en todo el mundo recogiendo información a través de un cuestionario que rellenan los investigadores, ha ayudado a solventar cientos de misterios. Sebastião se entretuvo introduciendo con el mayor detalle toda la información y realizó búsquedas comparativas, pero al cabo de un par de horas el resultado seguía siendo negativo. Consultó diversas bases de datos alternativas, intentado buscar patrones similares, pero sin éxito.

Finalmente, accedió al buscador general del sistema e introdujo «juegos de rol» y «Divina comedia» como palabras clave. El sistema escupió docenas de referencias del primer concepto, pero... Maldijo.

—¿Cómo vas?

Sebastião se inclinó hacia atrás en la silla y estiró los brazos por encima de la cabeza. Resopló y levantó la vista para saludar con cansancio a McTyre.

—Un gran cero.

—Mira, envíame por correo electrónico todo lo que tengas y te prometo dedicarle unas horas. A lo mejor tropiezo con algo que se te haya pasado por alto.

Sebastião asintió y entonces se acordó de un detalle.

—Oye, ¿dónde puedo consultar sobre las propiedades de la insulina?

McTyre se sentó en el borde de la mesa metálica.

—¿Insulina?

—Verás, o todos los asesinos son diabéticos o hay algo que se me escapa.

El portugués le habló de las pruebas que se habían encontrado en las diferentes escenas de los crímenes. Al terminar, McTyre levantó la vista, rebuscó con la mirada por la sala y llamó de una voz a un colaborador suyo que en ese momento se afanaba detrás de un monitor. El hombre, que no debía de tener más de veintidós años, se acercó en seguida. McTyre hizo las presentaciones.

—Richard es nuestro jovencísimo gurú particular en el insondable mundo de Bill Gates. Y el profesor Silveira, uno de nuestros colaboradores en el indescifrable terreno de la conducta humana. Bits versus trastornos sociales. Delicioso.

Richard parecía, efectivamente, un estudiante de informática. Saludó nervioso y permaneció a la espera de recibir órdenes.

—Richard, necesito información sobre la insulina —dijo Sebastião.

—Muy bien. Si me permite sentarme.

El informático sustituyó a Sebastião delante del monitor y comenzó a teclear con furia. Sebastião espió por encima de su hombro, pero sólo pudo distinguir cómo abandonaba el programa VICAP y accedía a otro distinto. Las pantallas se sucedían a un ritmo vertiginoso. Algo sobre farmacología... Sebastião miró a McTyre, que le guiñó un ojo.

Richard, sin dejar de teclear, hablaba a trompicones con una voz casi infantil:

—Hace poco que disponemos de una base de datos consolidada entre Scotland Yard, antiterrorismo, Europol y el MI5... lo que no está clasificado como secreto nacional, claro... una maravilla... ya estamos... insulina —dijo—. Aquí hay bastante información, pero no más de la que se encontraría en cualquier libro de texto de medicina. ¿Qué es lo que quiere saber?

—Mira a ver si tiene relación con casos conocidos —dijo McTyre.

—No —interrumpió Sebastião. Desconocía si una inyección de insulina aplicada a una persona sana podía resultar mortal, pero no le pareció interesante. Las víctimas no murieron por esa razón—. Aparte del tratamiento para la diabetes, ¿tiene otros usos?

Richard se abalanzó de nuevo sobre el teclado. Tardó poco tiempo en acceder a otra pantalla.

—Parece ser que sí... hemos saltado a la base de datos de psiquiatría.

Sebastião sintió un repentino calor. Sabía que había solucionado el misterio de la insulina. Le puso la mano en el hombro al informático.

—Déjame a mí —dijo, impaciente. Cambiaron de puestos y Sebastião se afanó con el documento que se mostraba en la pantalla: «Toxicidad en el tratamiento con antipsicóticos atípicos.»

Cuando hubo terminado se recostó en el asiento con la mirada perdida en el horizonte. El corazón le latía con fuerza. «Joder —pensó—. Joder. Joder. Joder.»

Cuando llegó a su apartamento por la noche se encontró el contestador saturado de mensajes. Se quitó la chaqueta y la bufanda y las dejó sobre el respaldo de una silla. Miró a su alrededor y vio una casa hueca.

Se acercó al contestador para borrar los mensajes —¿de qué le serviría escucharlos?—, pero en el último instante se detuvo. Pulsó el botón de rebobinado y se acomodó en el sofá beige de tres plazas que dominaba el pequeño salón. Morantes y Beatriz tenían su número de Londres. Pensar en Madrid lo inquietó. Caín se escondía entre el cemento de los edificios, planeando su próximo asesinato. Y, como en una partida de ajedrez, movería una de sus piezas en breve.

Se levantó de nuevo y fue hasta una mesa de tijera, de la que seleccionó una botella de malta y rellenó un vaso bajo rebosante de cubitos de hielo. Luego se desplomó en el sofá y dio un trago largo a la bebida. La insulina le había abierto los ojos.

El documento se titulaba «Toxicidad en el tratamiento con antipsicóticos atípicos». Según el informe, el tratamiento a largo plazo de la esquizofrenia con antipsicóticos clásicos, como el haloperidol, puede dar lugar a la aparición de efectos secundarios poco deseables. Aunque ese tipo de fármacos mejoran notablemente la vida de los pacientes esquizofrénicos, la resistencia al tratamiento y los efectos secundarios en ocasiones pueden aconsejar el abandono de su uso. Por esta razón, se desarrollaron los antipsicóticos atípicos, con menos efectos secundarios, aunque no carentes de ellos. Estos efectos secundarios van desde el aumento de peso, los efectos neurológicos como la distonía o el parkinsonismo, hasta la rigidez y la incontinencia. ¡Rastros de orina en las escenas de los crímenes!

Uno de esos antipsicóticos atípicos es la olanzapina, que actúa bloqueando varios receptores en el cerebro, especialmente receptores de dopamina; es esencialmente un transmisor químico del impulso nervioso. Cuando hay un exceso de dopamina, se produce una sobreestimulación de esos receptores.

La olanzapina puede, dependiendo de las circunstancias, producir otro efecto nocivo: una cetoacidosis diabética o, lo que es lo mismo, síntomas de hiperglucemia. En la mayoría de los casos, se trata de diabetes del tipo dos, pero no cabe duda de que en esos casos el tratamiento con insulina es necesario. Y para mayor inri, ese tratamiento enmascara la terapia con los antipsicóticos. Es decir, resumió Sebastião para sí, el tratamiento de un paciente esquizofrénico con olanzapina puede producir diabetes, lo que necesita un tratamiento con insulina que además sirve para disimular el antipsicótico.

«¡Dios mío!» La explicación acudió de golpe a su mente, pero Sebastião no era capaz de darle crédito.

No se trataba de un juego de rol.

Los asesinos eran enfermos manejados por una mente brillante; pobres diablos esquizofrénicos tratados con olanzapina que habían desarrollado una hiperglucemia. Sintió cómo una migraña le rondaba el límite de la conciencia. Caín, el titiritero.

Emiliano del Campo. Doctor en medicina psiquiátrica, relacionado con al menos una de las víctimas.

Relacionado con Dante.

Relacionado con su padre.

Era una locura, pero algo en su cabeza le decía, le aullaba, que no podía ser de otra manera.

El contestador terminó de rebobinar y comenzó a reproducir los mensajes. Los cinco primeros eran de la universidad, pero el sexto era de Morantes. «Sebastião —decía la familiar voz—, no te localizo en el móvil. Ya tenemos al tal Caco. Lo he encerrado por si las moscas y le he enseñado una foto de Montaña, por si era el que le compró el aerosol. No lo reconoce. Por cierto, Montaña se ha ido al otro barrio. Él solito. Llámame cuando puedas.»

¿Quién sería el siguiente? Sebastião comprobaba con cierta angustia el buzón de su móvil; cualquier llamada podía significar otra muerte. Esperó que no ocurriera mientras estaba fuera de Madrid. Pensó en llamar a Morantes para contarle sus averiguaciones acerca de la olanzapina, pero antes debía ordenar sus pensamientos. Si se equivocaba, las consecuencias serían gravísimas: para su futuro, para sus amigos de la tertulia, para Beatriz y para Morantes, que confiaban en sus suposiciones.

El séptimo círculo del infierno de Dante se divide en tres bolsas, o subcírculos. Es el círculo de los violentos, que están repartidos según lo sean contra el prójimo, contra sí mismos o contra Dios. Los primeros, que ocupan la primera bolsa, hundidos en Flegetonte, un río de sangre hirviente, son tiranos y asesinos. Los segundos, convertidos en árboles fosilizados cuyas ramas y cortezas —miembros y piel— son arrancadas sin piedad por arpías monstruosas, son los suicidas y los derrochadores. Y los terceros, los violentos contra Dios, moradores de la última bolsa mientras sufren una lluvia de fuego, son los blasfemos, los sodomitas y los usureros.

A priori, demasiada gente para controlar y muy diversa. Parecía que Caín —Dios santo, ¡si era realmente quien él pensaba!— contaba esta vez con un amplio abanico de posibilidades, pero Sebastião supo con certeza que elegiría a un suicida. Alguien que hubiera intentado quitarse la vida sin éxito. El perfil psiquiátrico de Caín era claramente el de un hombre con tendencia autodestructiva.

Sentado en el sofá de su casa, encendió una luz y seleccionó un disco de Frank Sinatra. Observó la portada del compacto unos segundos, estudiando la figura alargada de pícara sonrisa, el sombrero ladeado sobre la frente y la gabardina echada con estudiada indiferencia sobre el hombro derecho. Sonaron los primeros acordes de *My kind of town*. Sebastião se quitó los zapatos, apoyó los pies encima de la mesa y comenzó a leer el viaje de Dante más allá del Flegetonte.

Unas horas antes, Beatriz rebuscaba entre sus notas puntillosamente anotadas en el dossier del caso hasta encontrar el teléfono que le había conseguido Sebastião de la consulta del doctor Emiliano del Campo. Marcó el número que se leía a la derecha del nombre.

—Hospital Ramón y Cajal. Buenos días —le respondió una voz.

Preguntó por el doctor y tuvo que anotar otro número. El doctor no trabajaba en el hospital ese día, le informaron, y con toda seguridad lo encontraría en su consulta privada de la calle Príncipe de Vergara, cerca de la plaza del Marqués de Salamanca. Beatriz marcó el segundo número.

—Con el doctor Del Campo, por favor —pidió.

—¿Qué desea? El doctor está ocupado.

—Dígale que soy la subinspectora Puerto; espera mi llamada.

Hubo un silencio y al cabo de unos segundos una voz grave y pausada respondió:

—Soy Emiliano del Campo. ¿Qué puedo hacer por usted?

—Creo que Sebastião Silveira ha hablado ya con usted. Me gustaría hacerle unas preguntas referentes a un paciente suyo.

Hubo una pausa y la voz volvió a oírse por el altavoz.

—Creo que a última hora tengo un hueco.

Beatriz asintió y apuntó la cita en su agenda.

Decidió ir en taxi a la consulta de Emiliano del Campo (su coche se lo había cedido a Pablo, que en esos momentos vigilaba a Jacobo Ros); paró el primero que pudo a las puertas de la comisaría y le indicó la dirección al chófer. Entró en el coche pensando en su jefe y en su relación con Sebastião. Sonrió con la idea de que aún era capaz de tomar decisiones irresponsables. Desde que había conocido a ese dichoso profesor, disfrutaba de las cosas, y los días no eran sólo para los criminales, los informes y los casos.

Sonó su móvil: era Pablo.

—¿Qué tienes? —preguntó, sucinta.

—Soy un crack, compi. Un genio.

—Vale, Sherlock. Escúpelo ya.

—¿Te acuerdas de que, cuando íbamos detrás de Ros camino de La Moraleja, hizo una espantada y salió por piernas?

—Me acuerdo. ¿Has comprobado las llamadas que hizo con el móvil?

—Sí. Ninguna.

—Mierda.

—Espera, Bea. El móvil de Ros tiene muy poco uso, con lo que se me ocurrió una idea brillante. Por resumirte el asunto, indagué en Telefónica y resulta que su madre también tiene un móvil.

—¿Y?

—Pues que el móvil de mamá Ros hizo una llamada desde Madrid a las 22.14 horas ¿Y a que no imaginas a quién?

—Dale.

—Al distinguido y emérito doctor Emiliano del Campo.

Beatriz blasfemó por lo bajo.

—Eso mismo pienso yo. Los de Telefónica, con un poco de insistencia por mi parte y una orden del juez, han triangulado la posición del móvil y resulta que hace un ratito el terminal se encontraba más o menos en casa de Ros. Mamá Ros, lo he comprobado, está tranquilamente en el pueblo.

—Conclusión —dijo Beatriz—: Ros usa un teléfono que está a nombre de su madre.

¿Qué podía querer Ros llamando a Del Campo? ¿Trataba también el doctor al asesino de Martínez?

—Pablo, gracias. Luego te llamo —dijo y colgó.

Ensimismada, no se percató del intenso tráfico. Un reloj en un cruce —de esos que también dan la temperatura— marcaba las siete y veinte de la tarde, y catorce grados. Llegaba tarde.

—Perdone, ¿le importaría seguir algún camino alternativo? Tengo una cita importante dentro de quince minutos —le indicó al taxista.

El hombre de unos cuarenta años, con la barba cerrada y un palillo que le colgaba de la comisura del labio, la miró por el retrovisor.

—¿Muy importante, dice? Pues como la de todos estos que están en el atasco. Aquí todo el mundo tiene citas importantes.

Beatriz se enojó con la impertinencia.

—Es la tercera vez que se pone el semáforo verde y no avanzamos ni un metro.

—Señorita, en eso tiene razón, es la tercera vez que se pone verde el semáforo. Parece que hoy todos hemos salido a la calle en coche. Si es que el alcalde debería preocuparse más de arreglar el tráfico que de abrir boquetes por toda la ciudad. ¿Sabe cuántas obras tenemos ahora? Lo único que puedo decirle, ¿eh?, es que vaya caminando. No crea que es de mi interés, ¿eh?, porque prefiero hacer la carrera, pero soy honrado. Si quiere llegar a tiempo, en coche no lo vamos a conseguir. Además, parece que estos días hace mejor tiempo.

Beatriz sacó el monedero de su bolso y le pagó. Se encontraban en la calle Serrano, casi a la altura de Ortega y Gasset; la calle estaba paralizada, y se extendían sin fin las hileras de coches con las luces encendidas y los escapes echando humo blanco a la atmósfera. Comenzó a caminar con paso decidido en dirección a la plaza del Marqués de Salamanca. «¡Menudo espectáculo! —pensó—. Ni en Navidad se forman estos atascos.»

Mientras caminaba tenía tiempo para observar cómo las tiendas bullían de gente que entraba y salía cargada con bolsas. Chicas jóvenes y mujeres trajeadas invadían las aceras, coches en doble fila, y los móviles, que no dejaban de sonar.

Consultó el papel donde tenía anotada la dirección y dirigió la vista al otro lado de la calle. El edificio hacía esquina con Príncipe de Vergara. Un portero le indicó amablemente que la consulta se hallaba en la última planta y le abrió la puerta del ascensor.

—Muchas gracias —dijo Beatriz, mientras el portero se volvía hacia su mesa.

Se miró en el espejo de la cabina y se atusó el pelo. Al salir del ascensor se encontró en un descansillo con las paredes forradas de tela y dos acuarelas inglesas iluminadas desde arriba con flexos dorados. En la puerta había una placa dorada que no dejaba lugar a dudas. Pulsó el timbre, y un instante después, una mujer vestida de blanco y con zuecos la invitó a pasar.

—Usted debe de ser la subinspectora Puerto.

Asintió.

—Si es tan amable, espere unos minutos en esta sala. El doctor la atenderá de inmediato.

Mientras pronunciaba esas palabras, le señalaba un cuarto que se abría justo a su izquierda. Beatriz le dio las gracias y se dirigió a la habitación. Se trataba de una estancia sabiamente decorada, pensada para tranquilizar el ánimo. Se sentó en uno de los sofás, dejó caer la cabeza contra el respaldo y cerró los ojos. Estaba cansada; su enfrentamiento con el viejo en el restaurante de comida rápida y, sobre todo, el suicidio delante de sus ojos del doctor Montaña le tenían el ánimo tocado. Caín estaba ahí fuera, pero no conseguían atraparlo. Cada vez que se acercaban a él, el maldito se alejaba de nuevo.

Un ligero olor que no reconoció, a jazmín o incienso, flotaba en el aire. Un gran cuadro, con aspecto de costar un ojo de la cara, dominaba la pared contraria. La puerta se abrió y volvió a entrar la misma enfermera. En esta ocasión, Beatriz aprovechó para fijarse mejor en ella. Debía de tener unos cuarenta años largos, más bien cerca de cincuenta, tenía el pelo gris y la piel muy blanca, y llevaba unas grandes gafas redondas que no le favorecían en absoluto.

—Subinspectora Puerto. El doctor puede atenderla ahora. Si es tan amable de acompañarme...

Beatriz siguió a la enfermera por un pasillo en el que descubrió otras salitas ocupadas por algunos pacientes que esperaban sentados en butacas. Por el camino vio algún despacho decorado con gusto exquisito, más enfermeras y algunos médicos jóvenes con aspecto ocupado. El pasillo era amplio y de altos techos; el suelo, de madera noble que crujía a cada paso. En la pared izquierda, una ristra de grabados se espaciaba a intervalos regulares. La derecha estaba repleta de grandes cuadros contemporáneos, óleo sobre madera o acuarela sobre lienzo. A medio pasillo, un pequeño mueble con un jarrón lleno de flores secas y una escultura sin duda valiosa pero que no le gustó.

—Para ser una consulta es bastante grande. Parece más bien una clínica —comentó Beatriz como si pensara en voz alta—. ¿Siempre hay tanta gente?

La mujer del pelo canoso y las gafas redondas habló sin dejar de caminar y sin volver la cabeza:

—En efecto. Una clínica —hablaba con frases cortas y precisas—. Aquí hay más de dos docenas de personas trabajando, entre médicos, personal de enfermería y los de administración. En realidad, la mayor parte de las consultas se realizan en la planta inferior, que también pertenece al doctor. —Se detuvo frente a una puerta y repitió—: somos más de veinte. En ocasiones funcionamos las veinticuatro horas del día. Nos encanta nuestro trabajo.

Beatriz la miró, esbozando media sonrisa que se le congeló en la boca al ver que la mujer hablaba en serio. Ésta hizo un gesto con la mano indicando una gran puerta doble de madera con tiradores dorados. Era la última del largo pasillo y debía de dar, si se orientaba bien, a la plaza del Marqués de Salamanca. La enfermera golpeó un par de veces discretamente, esperó los segundos de rigor y las abrió con solemnidad. Se quedó en el umbral, carraspeó y en voz baja anunció la presencia de Beatriz. Esperó a que entrara la subinspectora y cerró las puertas con lo que a Beatriz le pareció una reverencia.

La subinspectora dio un paso hacia el interior de la habitación e intentó de un vistazo quedarse con el mayor número de detalles posible. Se trataba de una sala amplia dominada por grandes ventanales, a través de los cuales podía vislumbrarse la gran plaza con el Ministerio de Asuntos Exteriores al fondo. Los visillos y las pesadas cortinas se mantenían retirados por cordones anchos que se sujetaban a las paredes. Vio un diván, una estantería llena de libros y un gran televisor plano con el correspondiente equipo de sonido. A la derecha, una mesa de reuniones que podía albergar a seis u ocho personas, un escritorio inglés de gran tamaño y un mueble bar con licores en botellas de pesado vidrio.

En el centro de la estancia, justo delante de la doble puerta, un imponente cuadro de dos por tres metros centraba la atención del curioso. Una maravilla modernista en la que un hombre, un anciano labriego, miraba al infinito con las manos metidas en los bolsillos. Alrededor de la figura había algunas anotaciones a carboncillo del autor. Debajo del cuadro, un mesa de trabajo antigua tras la cual se ponía en pie el doctor Emiliano del Campo, extendiendo su mano en dirección a Beatriz.

—Subinspectora Puerto. Encantado de conocerla —dijo.

Y le indicó que se sentara en una de las dos sillas que había frente a su mesa escritorio. Beatriz se acercó a él y le aceptó la mano; un apretón seco y firme.

El doctor Emiliano del Campo era alto pero no tanto como para llamar la atención. Era más bien delgado, tenía los cabellos blancos, que llevaba inmaculadamente peinados hacia atrás, la barba cortada con precisión y ya desteñida por la vejez, y una expresión de gran intensidad; sus ojos negros parecían capaces de entrar en cualquier lugar recóndito para escudriñar lo que allí se escondía, aunque sólo fuera por curiosidad. Del Campo se sentó de nuevo en su butacón, ordenó unos papeles con los que había estado trabajando, tapó con cuidado una pluma Montblanc y levantó la vista. Parecía irritado con la interrupción de sus quehaceres y dejó que esa irritación se deslizara en su siguiente frase:

—Usted dirá, subinspectora.

—Tengo entendido que usted le pidió a Sebastião Silveira mantener una conversación conmigo. Pero creo que parece sorprendido de verme.

Del Campo no se inmutó, manteniendo la mirada fija en su interlocutora.

—En absoluto, subinspectora —dijo en tono seco y sin mudar su expresión—. Ya le dije a Sebastião que ayudaría en lo que pudiera, siempre que el secreto profesional no lo impida.

El psiquiatra sirvió agua de una jarra de cristal en dos vasos y luego alargó la mano para acercar uno a Beatriz. Mientras lo hacía, ella aprovechó para lanzar una segunda mirada a su alrededor. Pequeños y no tan pequeños marcos colgados por toda la estancia contenían los títulos, las acreditaciones y los nombramientos que avalaban la labor de Del Campo. Al parecer, era un médico que gozaba del respeto de la comunidad científica. Decenas de portarretratos contenían fotografías con personalidades diversas; a pesar de no estar muy versada en asuntos sociales, Beatriz distinguió a algún político y empresario conocido y a varios deportistas famosos.

Depositó una grabadora encima de la mesa y miró al psiquiatra, levantando las cejas con aire interrogativo.

—¿Le importa?

Del Campo negó ligeramente con la cabeza mientras abría un cajón de su escritorio. Dejó encima de la mesa un latita de tabaco de Virginia y seleccionó una pipa recta de un portapipas del cual colgaban tres más. Luego, ignorando por completo a Beatriz, abrió la lata, tomó un puñado de tabaco y lo apretó en la cazoleta de la pipa. Sus movimientos eran lentos y precisos, estudiados hasta el más mínimo detalle. Beatriz observó cómo sacaba un encendedor Dupont de oro de un bolsillo de su chaleco y aplicaba la llama con esmero al tabaco. Luego el médico inclinó ligeramente la cabeza y chupó ruidosamente, golpes secos de aire, hasta que el tabaco prendió y la primera nube de humo dulzón se esparció por la habitación. Beatriz aguardó con tranquilidad; al juego de la paciencia podían jugar dos. Cuando hubo terminado, el psiquiatra se recostó en su sillón y levantó los ojos. Beatriz hizo un gesto vago referido al entorno.

—Una consulta realmente impresionante —dijo.

—¿Entiende usted de pintura?

—No —reconoció—. Pero sé lo que me gusta.

—Cuánta razón tiene —sonrió Del Campo. A Beatriz le recordó la mueca vacía y peligrosa de un escualo—. Soy un apasionado de la pintura contemporánea española e inversor hasta donde alcanzan mis modestas posibilidades. Chillida, Caruncho —indicaba varios lienzos con un dedo—, Urrutikoetxea. Grandes pintores de nuestro país.

Beatriz miró a su alrededor y memorizó lo que vio.

—Me gustaría comenzar hablando de Jacobo Ros —dijo a continuación.

Del Campo frunció el ceño.

—Pensé que le interesaría hablar de Juan Alacena.

—Luego —contestó con estudiada sequedad.

Del Campo dejó pasar unos segundos, la expresión imperturbable, permitiendo que el humo creara una cortina azul entre ambos. Luego se incorporó y descolgó un teléfono. Pidió a su secretaria que buscara en el archivo el expediente de Ros y colgó. «¡Bingo!»

Al cabo de menos de un minuto, la secretaria entró en el despacho y entregó al psiquiatra una carpetilla de color crema. Del Campo apoyó la pipa en un cenicero de cristal y se colocó unas diminutas gafas de leer en la punta de la nariz, abrió la carpeta y extrajo unas hojas. Mientras leía en silencio, meneaba la cabeza enérgicamente.

—Jacobo Ros es paciente de mi departamento, aunque no lo trato yo directamente, sino el doctor José de Miguel. Es un hombre con problemas serios que requieren un seguimiento exhaustivo. Me refiero, claro está, a Ros. Nuestro trabajo sirve de apoyo al Departamento de Endocrinología del hospital Ramón y Cajal, que ha requerido nuestros servicios a raíz del intento de suicidio del señor Ros. Fue tras un episodio particularmente humillante, como consecuencia de su obesidad.

Leyó en voz alta del expediente de Jacobo Ros:

—Esquizofrenia aguda. Trastorno de personalidad. Impotencia. Manía persecutoria. Un cuadro clásico pero muy agudo. No lo trato yo directamente —repitió—, pero sigo muy de cerca el caso. Apasionante.

—Una copia del expediente nos sería de gran utilidad —dijo Beatriz.

El médico levantó la vista para clavarla en la subinspectora.

—Comprenderá que eso es del todo imposible.

Dejó la carpeta encima de la mesa, entre ambos, como retándola a que alargara la mano. Beatriz lo miró a los ojos y creyó adivinar una ligerísima mueca de satisfacción en su mirada.

—Usted recibió una llamada de Jacobo Ros el jueves a las diez y cuarto de la noche.

Del Campo sonrió y asintió con la cabeza.

—Así es. Siento una gran responsabilidad por ciertos pacientes de mi servicio. Ros es uno de ellos y tiene permiso para contactar conmigo o con el doctor José de Miguel cuando quiera. Me llamó presa de un ataque de ansiedad y estuve unos minutos al teléfono hasta que logré tranquilizarlo. Un episodio de recaída sin importancia en una trayectoria de clara mejora.

—¿De qué hablaron?

—Eso, subinspectora, es confidencial —y al cabo de unos segundos pareció reconsiderar su respuesta—: Como le he dicho antes, el señor Ros sufre de esquizofrenia. Su mundo se llena de conceptos inventados que hay que corregir. Hablamos brevemente de uno de sus miedos más... recurrentes. Me dijo que estaba conduciendo en ese momento y le aconsejé que volviera de inmediato a su casa. ¿Cree usted que Ros es culpable de asesinato? —Antes de que ella pudiera contestar, lanzó una nueva pregunta—: ¿Tiene algo que ver con Juan Alacena?

Beatriz esperó unos segundos antes de responder.

—Posiblemente.

—Dudo de que Ros pueda ser un asesino en serie. Su perfil clínico no se ajusta.

—¿Su perfil no se ajusta? —repitió Beatriz—. A mí me parece que está lo suficientemente perturbado como para encajar como un guante en el perfil de un asesino sociópata.

Del Campo se acarició la barba blanca mientras se recostaba en su sillón sin dejar de mirarla. Su rostro inexpresivo la ponía nerviosa.

—¿Qué sabe de la locura, inspectora?

Beatriz se quedó perpleja por la pregunta, y sin darle tiempo a contestar, el psiquiatra continuó:

—Me da la sensación de que no se toma muy en serio las enfermedades mentales. Una persona puede sufrir una amputación, una enfermedad incurable como el sida o un cáncer terminal, pero en todas esas situaciones sigue siendo consciente de sus actos; puede decidir por sí sola o relacionarse con los demás con mayor o menor fortuna. Puede hacerlo porque vive instalada en la realidad que comparte con los que la rodean. No ha perdido su condición humana, esa característica que la distingue de un gusano o un trozo de mármol. Sigue siendo una persona que vive en sociedad. Sin embargo, las personas con disfunciones en el raciocinio, los enfermos mentales, son apestados de la sociedad. Históricamente, a ese tipo de enfermos los hemos recluido en centros que la propia sociedad oculta. Hasta tiempos recientes, las visitas a hospitales mentales eran infrecuentes; es más, a duras penas se conocía su existencia.

El médico cogió la pipa y volvió a aplicar la llama del Dupont.

—La locura —prosiguió—, como se le da en llamar por ahí, es un continuo. Es una sucesión de estados, en la gran mayoría de las ocasiones de difícil medición, de tal modo que no es posible cuantificar sin temor a un gran error cuánto más loca o sana está una persona que otra. La transición a un estado de locura tiene lugar cuando la persona se instala a vivir en una realidad erróneamente interpretada, llena su realidad de evidencia para garantizar una supervivencia más sencilla o una existencia más cómoda, limitando el nivel de incertidumbre que produce la vida cotidiana. Esto provoca un distanciamiento con la verdadera realidad, problemas de comunicación y de relación. En muchas de las psicosis que habitualmente tratamos, lo primero que intentamos hacer es romper esa cadena sin fin en la que el enfermo deforma la realidad, retroalimentando el proceso y otorgándole ante sus ojos y su mente más verosimilitud a su mundo imaginario que al real.

Beatriz lanzó una mirada a la grabadora para asegurar que estaba en marcha. Su intención al entrevistarse con Del Campo no era tanto obtener información sobre Ros o Juan Alacena (eso podía conseguirlo, por mucho que se opusiera el doctor, con un requerimiento judicial), sino conocer de primera mano al psiquiatra. El hombre parecía absorto en sus pensamientos y le daba oportunidad de seguir escudriñando la habitación.

—Siguiendo por ese camino, doctor, cualquiera podría volverse loco, o al menos sufrir algún tipo de enfermedad mental.

—Todos estamos expuestos al mal de la locura: el noventa por ciento de la población sufre al menos un tipo de trastorno mental identificable y tratable a lo largo de su vida. Si lo piensa bien, las personas, para poder vivir, necesitan reducir el nivel de incertidumbre que rodea su existencia tomando decisiones que evitan pensar más de lo necesario, automatizando comportamientos. En definitiva, nos comportamos según determinados patrones. No hace tanto tiempo, en términos evolutivos, estábamos colgados de los árboles. Esos instintos primitivos de supervivencia están arraigados en nosotros; lo que ocurre es que, al vivir en sociedad, se produce un choque entre lo que el ser humano como individuo demanda y lo que la sociedad impone. Este hecho lleva a crear situaciones de crisis que no siempre se resuelven satisfactoriamente.

Hizo una pausa en su explicación y se quedó mirando un punto distante situado detrás de Beatriz; ella supuso que buscaba información dentro de su cabeza.

—Un caso habitual son los celos —prosiguió—. El fuerte sentido de la territorialidad de nuestros antepasados biológicos se encuentra impreso en nuestro código genético; cuando sentimos algo como nuestro, tendemos a procurar dominarlo y a controlar sus interacciones con el entorno. Si la interpretación que uno de los miembros de una pareja hace de la realidad no concuerda con cómo es esa realidad, aparecen disfunciones en el comportamiento. Supongamos que el hombre de esa pareja ficticia piensa que ella lo engaña. De acuerdo con ese juicio a priori, el marido celoso compone su interpretación del mundo que lo rodea. Cuando vea un teléfono apuntado y una dirección en una hoja arrancada en el bolsillo de una chaqueta, pensará que su esposa tiene una cita con un supuesto amante. Una excusa para no ir a casa al mediodía llevará inequívocamente a pensar que ha quedado para comer con alguien y no quiere contárselo. Si le sonríe un caballero en una tienda, su deducción será que esa persona está al tanto de toda la historia de ella y se ríe de él. Y así, la mente de nuestro personaje irá distorsionando la realidad, amoldándola a un mundo creado por él, donde se ha instalado a vivir. En ese momento, el proceso es aún reversible, pero lo normal es que vaya a peor y se convierta en una psicosis clara. Esa persona disfruta diseñando una venganza ejemplar con el fin de que todos se den cuenta de lo equivocados que estaban al engañarlo y menospreciarlo. Puede ocurrir que esa persona, que en su mente enferma ya tiene un móvil, encuentre los medios y la ocasión, un simple detonante hará estallar la tragedia. Todos los días asistimos a dramas de ese tipo.

—He oído hablar del argumento de la genética antes —dijo Beatriz—. Pero no comparto la tesis de que nuestro instinto prehistórico nos empuje a una conducta antisocial. Eso, doctor, no hace más que justificar la violación, por ejemplo. Los hombres prehistóricos dominaban a las hembras y sembraban su semilla entre la manada a golpe de palos. Lo siento, pero no estoy de acuerdo con esa visión de la motivación criminal.

La habitación se había quedado a oscuras con la caída de la noche; una pequeña lámpara de mesa servía de iluminación. El rostro de Del Campo se escondía en las sombras. En las breves pausas que hacía el psiquiatra para imprimirle el *tempo* correcto a su intervención o para beber un sorbo de agua, Beatriz aprovechaba para fijarse en los papeles, los documentos y las notas que tenía sobre la mesa del despacho. Fue entonces cuando reparó en una hoja de papel que le resultaba familiar. Aguzó la mirada. Desde su posición y con la escasa luz, no distinguía el texto, pero sí veía que era un párrafo escaso situado a media página. Del Campo la observaba con detenimiento.

—Inspectora, ¿se siente usted amenazada?

—¿Debería?

El psiquiatra dejó la pipa en el cenicero y abrió un cajón del lado derecho del escritorio. Desde donde Beatriz se encontraba no alcanzaba a ver qué había en el interior. Del Campo volvió a asir la pipa.

—Su profesión es peligrosa, subinspectora. Debe usted lidiar con personas violentas a diario; personas que no dudan en emplear la fuerza para alcanzar sus metas o para... defenderse.

Colocó de nuevo la pipa en el cenicero y puso las dos manos sobre el escritorio. Se oyó un discreto golpe en la puerta y ésta se abrió; era la enfermera de cabellos grises.

—Doctor, si no necesita nada más, me retiro.

—Por supuesto. ¿Queda alguien?

La enfermera negó con la cabeza.

—Hay una urgencia en la planta de abajo, pero aquí arriba ya no queda nadie.

—Muy bien. Buenas noches.

La enfermera hizo una inclinación de la cabeza y cerró la puerta tras de sí. Beatriz observó a Del Campo mientras oía los pasos amortiguados alejarse por el pasillo.

—Hablábamos de la amenaza, subinspectora. Considere la esquizofrenia, por ejemplo, una enfermedad mental relativamente frecuente. Imagínese sentirse aterrada por cosas que a usted o a mí no nos preocupan. Imagínese que el simple hecho de abrir un cajón pudiera resultar amenazador. ¿Qué hay en el cajón, Puerto? ¿Una arma? ¿Unos inofensivos papeles?

En la oscuridad pudo ver cómo el labio superior del psiquiatra dibujaba una mueca cínica, y sintió cómo un repentino calor invadía su cuerpo.

—Estamos solos en la consulta —añadió.

—Agradezco el ejemplo, doctor —respondió ella con más aplomo del que en realidad sentía. ¿Qué pretendía aquel hombre?—. Si tuviera una arma en el cajón... bueno, estoy de sobra capacitada para enfrentarme a una situación así.

El doctor permaneció en silencio, con las manos inmóviles sobre la mesa de caoba.

—A decir verdad, doctor, dispongo de poco tiempo para disquisiciones teóricas —añadió Beatriz—. Preferiría que volviéramos al motivo de mi visita...

Del Campo hizo oídos sordos.

—Resulta sorprendente lo ajenas que viven las personas al mundo de la ciencia. Durante toda nuestra vida perseguimos soluciones a las enfermedades mentales que asolan el mundo y que, dentro de no muchos años, serán la verdadera plaga que diezmará a la civilización. Estrés, insomnio, anorexia, ludopatía, depresión, son creaciones del hombre del siglo XX. ¿Disquisiciones teóricas? La ciencia avanza despacio, pero es nuestra única aliada para resolver los males que nosotros mismos hemos creado. No son teorías, sino una manera de resolver el problema. —Del Campo alargó la mano hacia su vaso de agua. La derecha quedó cerca del cajón abierto—. Y digo una manera, porque no le quepa duda de que hay otras, a veces más... radicales.

Beatriz notó un cambio alarmante en el médico: su voz se llenaba con una promesa de violencia que antes no albergaba. Una voz que, por sí sola, podía hacer descender la temperatura de la habitación un par de grados.

—¿De qué está hablando?

Una mirada indescriptible cruzó la faz de Del Campo.

—Hablo de medicación, subinspectora. A veces me tienta la idea de que todos deberíamos medicarnos. Quizá a la humanidad le iría algo mejor si sus dirigentes incluyeran Lexatín, Orfidal o Valium en sus dietas. Soy un hombre extremadamente práctico, y opino que, salvo contadas excepciones, el fin justifica los medios.

Hizo una pausa que aprovechó para rellenar su vaso.

—Dicho con otras palabras, subinspectora: hay que curar a las personas a pesar de sí mismos.

Beatriz decidió cambiar de tercio e ignorar las no tan veladas amenazas del médico; una manera de intentar contrarrestar la tensión con la que se iba cargando el ambiente.

—No tengo demasiado tiempo, doctor, y me gustaría que habláramos de Juan Alacena: tipo de persona, gustos, sociabilidad; en fin, todo aquello que pueda contarme que no sea *secreto profesional* y que pueda servir para el caso.

El hombre torció el gesto y guiñó los ojos. Finalmente, sonrió.

—Ser catedrático lo hace a uno adoptar con demasiada frecuencia una actitud demostrativa, retórica y dialéctica que puede alterar el ritmo natural de la comunicación. Entiendo que pueda ser un defecto. Espero no haberla incomodado. La persona por la que usted pregunta era un varón con una baja autoestima; la ludopatía está relacionada en muchos casos con ese problema.

—Esa información ya la teníamos. Déjeme que le haga una pregunta: ¿por qué no le dijo a Sebastião Silveira que estaba siendo tratado en su consulta?

Emiliano del Campo soltó una risa entre dientes.

—Ya se lo conté a Sebastião.

—Espero que no le importe repetírmelo —repuso Beatriz amablemente.

—A pesar de que su padre era amigo mío y que pidió mi intervención directa, Juan decidió mantener su tratamiento en estricta... —buscó la palabra— confidencialidad. No tengo el hábito de romper mis promesas o quebrantar el secreto profesional.

Beatriz ya tenía suficiente. Miró su reloj y con gesto decidido se levantó.

—Lo he entretenido en exceso, doctor. Ha sido usted muy amable y de gran ayuda. Espero no tener que molestarlo con más preguntas.

Mientras decía estas palabras, Emiliano del Campo cerró el cajón de golpe. Estrechó la mano que la subinspectora le tendía y declaró:

—Ha sido un placer charlar con usted. La acompaño a la salida.

Cuando Sebastião salió el lunes de la terminal internacional del aeropuerto de Barajas era ya noche cerrada. Respiró el aire fresco y se dio cuenta de que se sentía renovado con sólo pisar la ciudad. Alrededor de él, hombres y mujeres de negocios, cansados de sus largas jornadas, caminaban con paso agotado hacia una larga cola de taxis que esperaba para devolverlos a sus casas. Se echó la bolsa de viaje al hombro, levantó la pesada maleta que contenía ropa para pasar una temporada larga y salió de la terminal. Y allí, apoyada en una barandilla, con su eterna sonrisa burlona, vio a Beatriz.

—¿Necesita escolta, profesor?

Sebastião dejó que una sonrisa se le dibujara en la cara.

—Qué sorpresa.

—Tengo mis contactos, y cuando supe que regresabas en este vuelo... bueno, pensé que últimamente no te hemos tratado como corresponde a una eminencia.

Su SEAT estaba aparcado en una zona de carga y descarga, y lo alcanzaron al mismo tiempo que un guardia municipal mostraba interés por él. Beatriz le mostró la placa. El municipal se llevó la mano a la gorra y dio media vuelta.

Sebastião dejó su bolsa de viaje en el asiento trasero, la Samsonite en el maletero y se acomodó para el trayecto a Olavide. Salieron del aeropuerto en silencio, y hasta que no transcurrieron varios kilómetros, Beatriz no se decidió a romper el silencio.

—¿Qué tal Londres?

—Soleado. Triste. Vacío. Lleno de sorpresas.

—¿Sorpresas?

—Algo de lo que tenemos que hablar —respondió Sebastião pensando en la olanzapina y su aplicación en el tratamiento de pacientes psiquiátricos.

Beatriz, que ya enfilaba María de Molina, lo miró de reojo.

—Chico, cada vez que dices eso, sueltas una bomba.

Sebastião resopló y recostó la cabeza en el asiento. Cerró los ojos. Prefirió contarle sus averiguaciones sobre la olanzapina y su conexión psiquiátrica más tarde en su casa, con una copa en la mano.

—Cuando lleguemos te lo cuento.

—Muy bien. A cambio te desvelaré lo que he descubierto yo.

—Morantes me ha dicho que Montaña se mató.

Beatriz resopló.

—Así es, pero hay más.

Al llegar a Olavide, Sebastião dejó que Beatriz entrara primero y luego pulsó el viejo interruptor de la luz, que encendía la enorme araña que colgaba del techo. La acompañó al salón y luego fue a dejar la bolsa de viaje y la maleta a su cuarto. De vuelta, se detuvo ante un viejo mueble bar de madera y abrió una puerta desconchada por los años.

—¿Te apetece tomar una copa?

Beatriz, que andaba husmeando por el salón entre los marcos de los retratos de familia, se incorporó.

—Ofréceme algo.

Rebuscó por el interior del mueble y apartó un par de botellas vacías recubiertas de polvo. Encontró una de Macallan, el preferido de su padre, que ya debía de contar con más de un cuarto de siglo.

—Whisky... con agua —añadió, pensando en el estado de su nevera.

Sebastião recorrió el pasillo hasta llegar al fondo de la casa, mientras pensaba en Beatriz. Observó su reflejo en un espejo antiguo y se atusó el pelo. Su doble mostraba una barba de dos días y un aspecto poco seductor. Hizo una mueca de resignación y continuó hasta la cocina.

Volvió a encontrar a Beatriz investigando por el salón, esta vez curioseando entre los libros de la gran estantería de caoba que su padre había coleccionado a lo largo de los años. Ladeaba la cabeza para leer los lomos de libros de consulta, colecciones de poesía y obras clásicas que Sebastião aún conservaba y que nunca había querido llevarse a Londres, a pesar de su amor y su fascinación por los libros. Se acercó a Beatriz con las dos copas.

—¿Qué tenías que contarme?

—Dale un sorbo al whisky y hablamos. Necesito relajarme un poco o me desmayaré.

A lo largo de los años, Sebastião intentaría recordar cómo transcurrieron los segundos siguientes, con la intención de atraparlos y atesorarlos, pero nunca lo conseguiría del todo. Lo cierto es que, sin saber cómo, se encontró a Beatriz en sus brazos.

Más tarde, horas después, acostados en su viejo cuarto, trató de reconstruir por primera vez la secuencia de eventos. Se concentró en el tacto del muslo de Beatriz contra su ingle y la suavidad de sus cabellos sobre su pecho. Acercó un poco la cara para poder oler la fragancia de su pelo y el aroma de jabón que se mezclaba con el olor a sexo recién mojado. Suspiró, agotado por la pasión y la fuerza de su unión. Rápida, desenfrenada y con una explosión final que lo había dejado sin aliento.

—Soy consciente de que no es de buena educación valorar este tipo de cosas, pero no tengo palabras —susurró Sebastião.

—Estamos en el siglo veintiuno, chico —dijo Beatriz, deslizándose encima de él. Lo miró fijamente a los ojos desde apenas unos centímetros y añadió—: Está permitido comentar.

Echada encima de él, paseó la yema de un dedo por sus labios; la suavidad de su piel y el cosquilleo del vello de su sexo comenzaban a excitarlo de nuevo. Sebastião se dejó perder en aquellos ojos almendrados de color marrón claro que brillaban con una fuerza extraordinaria. Sintió un repentino pinchazo de angustia ante la idea de perder el calor que se adivinaba tras las pupilas de Beatriz. Podía perderla: sus relaciones amorosas nunca duraban más allá de un fugaz instante; lo suficiente para enamorarse. El portugués lo achacaba a la mala suerte.

Levantó las manos y le acarició la cara, despejando un mechón rebelde que se aferraba a la comisura de sus labios. Luego comenzó a hablar, intentando expresar lo que sentía, dejando que su mirada vagara por el rostro de ella, deleitándose en las pequeñas imperfecciones que encontraba. Pero las palabras se rebelaban y resultaban infantiles. Al final, sonrió y se encogió de hombros.

—¡Qué tontería! No podría expresarlo.

Beatriz comenzó a moverse rítmicamente sobre él y sintió cómo la sangre se apresuraba a levantar su miembro.

—Por cierto —dijo ella, susurrándole al oído—. He visitado a tu amigo Del Campo. Un tipo raro. Tenemos que hablar. Había una nota encima de su mesa que me llamó la atención.

Sebastião intentó concentrarse en sus palabras. Deslizó sus manos por la espalda de ella hasta llegar a las nalgas. Dejó que sus dedos siguieran más allá y se internaran en la humedad de su sexo. Beatriz dejó escapar un jadeo en su oreja que le despertó una erección inmediata.

—Era una nota —soltó aire de nuevo— muy parecida a las... de suicidio encontradas... uy, ¿qué haces?

Sebastião la agarró por las caderas y la levantó hasta que pudo entrar en ella de nuevo.

—Luego me lo cuentas —dijo.

16 de abril, martes

El timbre de la puerta sonó a las ocho de la mañana. Beatriz y Sebastião, recién desperezados y preparando un café cargado, se miraron en silencio; no esperaban a nadie. Sebastião se ciñó el albornoz y se dirigió a la entrada. ¿Sería Morantes con información nueva sobre el caso? Hacía un par de días que no hablaba con él. Si era así, se llevaría una sorpresa. En un espejo vio la imagen de Beatriz entrando a trompicones en su cuarto, sin duda para ponerse algo más de ropa.

Los pasos de Sebastião crujieron sobre el parquet del hall hasta que se detuvo delante de la puerta principal. Abrió con cautela la mirilla y vio las chaquetas azules de dos nacionales.

—¿El señor Silveira?

Sebastião no contestó. Se limitó a abrir la puerta. Detrás de los policías divisó a González. Éste pasó junto a Sebastião y se detuvo en el centro del hall, contemplando los murales y los cuadros de la salita con los brazos en jarras. Llevaba una gabardina gris que goteaba sobre la madera del suelo.

—No recuerdo haberlo invitado a que entrara en mi casa —dijo Sebastião.

—No lo ha hecho —contestó González sin mirarlo.

—Entonces, lárguese.

—Tengo una orden —repuso el comisario, dándose una palmadita en el bolsillo de la gabardina. Se volvió y le dirigió una sonrisa de escualo. Beatriz apareció por la puerta del pasillo de improviso.

—¡Vaya, hombre! —exclamó González con gesto teatral—. Si es nuestra subinspectora favorita.

—¿Qué quiere? —preguntó ella. Se había vestido con la ropa del día anterior, sin tiempo apenas para peinarse un poco ni para lavarse la cara.

González se volvió con una expresión de satisfacción plena.

—Quisiera extenderle una invitación para que me acompañe a mi despacho —le dijo a Sebastião.

—Déjeme en paz, González —replicó el portugués.

El comisario sonrió peligrosamente y volvió a palparse el bolsillo:

—Insisto.

Bajaron a los coches que esperaban en el portal. Sebastião se acomodó dentro de uno y pudo ver a Beatriz con rostro lívido entrando en otro. González dio unas breves instrucciones a los nacionales y entró en un tercer coche, particular; probablemente el suyo propio. Llegaron a comisaría al cabo de menos de quince minutos (sin llevar las sirenas encendidas), descendieron por una rampa de la parte posterior del edificio a un aparcamiento subterráneo y se detuvieron cerca de los ascensores. Uno de los nacionales le abrió la puerta y Sebastião salió del vehículo con parsimonia. Miró a su alrededor y se ajustó la chaqueta sin prisas. Luego comenzó a caminar hacia los ascensores. Al pasar al lado del comisario se detuvo.

—Detrás de usted, González —le indicó.

Ya en su despacho, el comisario les pidió que se sentaran y luego sirvió tres tazas de café. Sebastião aceptó y dejó la suya encima de la mesa. Creía tener una idea clara de lo que pretendía González. Era una rata, pero una rata lista. No era brillante, aunque poseía esa astucia animal para estar en el sitio apropiado en el instante preciso, aprovechar las buenas oportunidades y evitar los problemas.

Beatriz, sentada a su izquierda, no mudó la expresión; en su mirada se adivinaba enfado y vergüenza. El comisario se acomodó en su silla y se entretuvo unos segundos, calculados al milímetro, en encender un Ducados y dar una profunda calada.

—Me muero de ganas de escuchar la razón de esta... invitación —dijo Sebastião con tranquilidad.

González levantó los brazos con las palmas de las manos extendidas y dibujó una amplia sonrisa que desencajaba sus facciones.

—Una charla entre colegas —contestó.

—No creo que tengamos mucho de que hablar.

—Al contrario —repuso González—. Creo que le interesará lo que tengo que decirle. Es mejor... para todos.

Sebastião se felicitó a sí mismo en silencio. González, además de ser una rata, era predecible.

—No me gusta que me amenacen.

Beatriz observaba el intercambio en silencio, y por la expresión de su cara Sebastião supo que no estaba al tanto de los planes de su jefe.

—La advertencia no se refería usted —dijo González, críptico.

El comisario sacó una libreta e hizo una descripción somera de los acontecimientos y los movimientos de Sebastião de los últimos días. Habló de la publicidad negativa que había supuesto el artículo de *El Confidencial* y de las numerosas pruebas oficiales que sin duda con un registro se encontrarían en su domicilio de Olavide; pruebas que no correspondía que estuvieran en manos de un colaborador de una agencia internacional. Sebastião escuchó sin mudar la expresión de su rostro.

—Todo ello es información reservada —concluyó González, y puso sus cartas sobre la mesa—. Y puede acabar perfectamente con la carrera de la subinspectora Puerto.

Beatriz dio un respingo, pero Sebastião ya esperaba el chantaje.

—No hay ninguna ley —continuó el comisario— que prohíba a un miembro de este departamento acostarse con quien quiera y, dado que el caso no es de seguridad nacional, tampoco son ilegales los secretos de alcoba, aunque le aseguro que su historial quedaría dañado para siempre.

Beatriz seguía sin intervenir, pero el color se había evaporado de su cara. Sebastião esperó que comprendiera que era necesario jugar esa partida.

—Todo ese material está siendo manejado exclusivamente por la subinspectora Puerto —repuso—, que es la encargada del caso, por agentes del CNI y por mí, que tengo credenciales de la Interpol. ¿Cuál es el problema?

—Las notas de suicidio son material sumamente delicado. Si se filtraran, perderíamos la única prueba singular de esas muertes. Cualquier gilipollas podría cometer un asesinato similar copiando el estilo de las notas y seríamos incapaces de diferenciarlo del asesino real. La investigación es competencia de este departamento, no de la Interpol.

—González —dijo Sebastião sin levantar el tono—, las notas nada tienen que ver con esta conversación. Sabe que necesitan ayuda en este caso y que la mayoría de las deducciones y los avances en la investigación no han salido de su oficina. Vaya al grano.

A Sebastião no le costó mantener la paciencia; el comisario estaba preparando el terreno para plantear sus exigencias y debía esperar a que acabara.

—¿Quiere otro café?

Sebastião negó con un gesto rápido. González se deleitaba con su recién adquirida superioridad sobre el portugués y estaba dispuesto a exprimirla hasta la última gota. Se levantó y se acercó a la máquina de café para rellenar su taza.

Beatriz parecía no existir en el pequeño mundo del despacho de su jefe. González jugaba sus cartas con decisión, y menospreciar a Beatriz parecía ser parte de su estrategia. Sebastião se preguntó si la deseaba en secreto y se dijo que haría bien en añadir los celos a las ambiciones del comisario. Beatriz era lo suficientemente atractiva como para llevar a alguien como González al odio ciego si lo rechazaba.

—Soy un hombre razonable —dijo el comisario—, y no quiero joder a nadie. Desearía que... —levantó la vista al techo para elegir con cuidado las palabras correctas— asuntos tan delicados y trascendentes se arreglaran de forma amistosa. O civilizada, si lo prefiere.

—O sea, que quiere que los resultados de mis investigaciones se gestionen directamente desde su departamento —resumió Sebastião. Así que lo que González quería era atribuirse los éxitos de su trabajo. ¿Cuánto tiempo debía de llevar planeando la jugada?

—No me lo puedo creer —estalló al fin Beatriz.

—Sería mucho mejor para usted no intervenir en esta conversación —le espetó González con brusquedad—. Su situación, subinspectora, es más que delicada.

—Me parece aceptable la propuesta —dijo Sebastião. Su interés era resolver el misterio, no acaparar la fama; las medallas no le interesaban.

González se recostó contra el respaldo de la silla y sonrió con benevolencia; se sentía ganador.

—Muy bien. Mañana temprano quiero un informe sobre el estado de la investigación y una copia de todas las pruebas acumuladas hasta la fecha. De hecho, he dado el primer paso y ordenado el arresto de Jacobo Ros. Lo ponemos nervioso o le sacamos la información a tortas, me da igual.

—¡Maldita sea! —exclamó Beatriz—. ¿Ros? Tiene que cancelar esa orden. Ros es ahora el único que puede abrirnos una puerta hacia los demás asesinos. Ya lo tenemos muy nervioso y mis compañeros no se separan de él ni un minuto. Usted gana la partida, pero déjenos jugar la mano con nuestras cartas.

Sebastião se dijo que Beatriz era ajena a las sospechas que él albergaba acerca de Del Campo, que reforzarían la impresión negativa que la subinspectora había sacado de su conversación con el psiquiatra. Era mejor que González no lo supiera, no fuera a cometer una locura.

González se levantó de improviso, sonriendo ampliamente.

—Muy bien, Puerto. Pero quiero ese informe. No me obligue a ponerme desagradable. Le agradezco que haya venido, profesor. Me alegro de que nos entendamos.

—¡Será hijo de puta! —exclamó Beatriz una vez hubieron salido del despacho del comisario.

Sebastião no dijo nada.

—¿Cómo puedes quedarte indiferente? O sea, ese cabrón nos chantajea y... ¡bah!

Beatriz se dirigió hacia la escalera dando grandes zancadas y gruñendo que necesitaba tomar el aire. Sebastião dejó que se adelantara y la siguió con cautela. Descendió la escalera y se dirigió a la calle; allí respiró hondo, limpiando sus pulmones del olor agrio a tabaco del despacho en el que había permanecido una hora larga. Un policía de uniforme vigilaba la entrada.

—Si ve a la subinspectora Puerto, dígale que la espero en el Vip's de la esquina —le indicó.

El nacional asintió con la cabeza.

—Acaba de salir.

—Lo sé. Dígaselo, por favor.

Subió por la acera hasta cruzar Martínez Campos, entró en la cafetería y pidió un café, esperando que fuera mejor que el de González. Al coger la taza se dio cuenta de que le temblaban ligeramente las manos; la adrenalina le corría por las venas a chorros. Consultó su reloj: las diez y cuarto. Cerró los ojos y se concentró en su respiración, siguiendo el ritmo de sus exhalaciones hasta que la sensación de ahogo se disipó. Por mucho que hubiera sospechado de antemano de las intenciones del comisario, la situación lo había irritado. Sorbió el café, (algo mejor que el de la comisaría) y dejó que el líquido le calentara el estómago. Permitió que su mente retrocediera a los días de aprendizaje en la Interpol. Su profesor de psicología solía decir que atrapar a un asesino en serie era un juego. «El juego más difícil y peligroso al que van a enfrentase ustedes. La apuesta es sencillamente la vida, y el precio del fracaso es alto. Señores, el asesino en serie se inventará sus propias reglas, mas las condiciones de victoria son siempre las mismas. Deben aprender las reglas de cada partida con celeridad y sin prejuicios preestablecidos; cada vez será diferente.»

En esta ocasión, las reglas, las condiciones ambientales, se enredaban con varios jugadores adicionales. González y sus ruines ambiciones; Harry Álvarez y su malentendido periodismo; su atracción hacia Beatriz.

Beatriz tardó poco en entrar en la cafetería y se dejó caer en un taburete a su lado, en la barra. Sebastião la miró pero no dijo nada.

—¿Puedes explicarme por qué estás tan tranquilo? —preguntó ella, exasperada.

Hinchó los carrillos y dejó que el aire se escapará lentamente.

—Una vez me dijeron que en la vida sólo hay que enfadarse en dos ocasiones. En los demás momentos, no vale la pena; nubla el juicio y no resuelve nada. La vida es demasiado corta como para perder tiempo enfadado.

—Eso lo dijeron los Beatles —se le suavizó la voz—. Y esta ocasión, ¿no se merece un buen cabreo?

Sebastião hizo una mueca de indiferencia.

—No. González es sólo una pieza más con la que tenemos que lidiar. Seguimos intentando atrapar a un asesino, pero ahora también debemos hacerlo sin perjudicarte.

Beatriz le dirigió una mirada airada.

—Oye, guapo, que yo me valgo solita, ¿eh?

—No quería decir eso —se disculpó—. Tu jefe es un escollo más que complica el objetivo, que consiste en cazar a Caín sin hundirnos nosotros.

Había llegado el momento de confesarle lo que había averiguado en Londres.

—La razón por la que hemos encontrado rastros de hiperglucemia en la orina de los asesinos es que están siendo tratados por un medicamento llamado olanzapina. Nuestros asesinos padecen esquizofrenia y la olanzapina les produce una leve hiperglucemia que se trata con insulina. Por cierto, uno de los efectos secundarios de las altas dosis de olanzapina es la incontinencia urinaria.

Beatriz ladeó la cabeza y abrió los ojos; había adivinado adónde se dirigía Sebastião.

—Un grupo de enfermos mentales. Detrás de ellos puede haber... un psiquiatra —dijo, midiendo cada palabra.

—Un hombre que, por su profesión y las circunstancias que lo unen a sus pacientes, tiene un gran poder sobre ellos —asintió Sebastião—. Poder e influencia.

—Joder, Sebastião. Ros también está relacionado con Del Campo.

—Un hombre —continuó él— que me conoce y que conoció a mi padre y sus trabajos en el mundo del pensamiento lateral y que sabe qué mensaje esconder en las notas de suicidio.

Sebastião se frotó la sien.

—Maldita sea —exclamó—. ¡Nos ha estado ayudando desde la tertulia!

—Pero ¿por qué?

Sebastião se encogió de hombros:

—Quién sabe.

A pesar del calor que brotaba de los radiadores de la cafetería, Beatriz sintió un escalofrío.

—Estuve en su despacho mientras te encontrabas en Londres. Se dedicó a jugar al gato y al ratón conmigo; hasta se permitió amenazarme.

—¿Que hizo qué?

—Nada grave —se apresuró a responder ella haciendo un gesto vago con una mano—. Lo que es relevante es que divisé un folio en su mesa, de impresora láser... en letra Courier. Coincide con la tipografía de las notas. Un párrafo corto centrado en medio de la hoja. Si fuera mal pensada, sospecharía que lo había colocado allí a propósito para que yo lo viera.

Sebastião cerró los ojos, exhaló y susurró: «Caín.»

—Necesito que vuelvas a tu despacho; luego nos reuniremos en mi casa.

El portugués le explicó sus intenciones y Beatriz salió del bar a toda prisa. Sebastião aprovechó para llamar a Morantes y pedirle un favor: «¿Tienes a Caco todavía a la sombra? Muéstrale una fotografía de Del Campo. Pregúntale si es el médico que compró el aerosol. Hazme caso, Morantes, que no estoy loco.»

Acto seguido, Sebastião regresó a su casa e hizo una serie de llamadas telefónicas. Quería indagar sobre el doctor Emiliano del Campo y para ello tuvo que ponerse en contacto con viejos amigos de años anteriores. Sentía la proximidad de Caín y que para atraparlo debían reunir el máximo de información. El tiempo se esfumó mientras rellenaba folios con su pluma, construyendo la vida de un brillante médico y conocido investigador cuyos trabajos habían revolucionado muchos aspectos de la psiquiatría moderna. A cada trazo de su pluma se convencía de la relación, de la dualidad Caín - Del Campo.

Beatriz apareció después de comer y cuando abrió la puerta lo sorprendió con un beso, largo y profundo. Entró con aire de satisfacción y fue derecha al comedor.

—¿Tienes la información?

—Claro —respondió—. ¿Dónde tienes el portátil?

Sebastião cogió un maletín del suelo, sacó el pequeño ordenador y lo depositó sobre la mesa. Beatriz levantó la tapa del aparato y pulsó la tecla de encendido, dejando que la máquina siguiera su rutina de arranque.

—Has instalado el módem que te compraste, ¿no?

Sebastião negó con la cabeza.

—Pues necesitamos una cuenta de correo electrónico —continuó Beatriz—. ¿Por qué no le pides al chico ése...?

—David.

—... que suba y te lo instale...?

Beatriz se dirigió a la cocina a prepararse un café, mientras Sebastião llamaba al móvil de David. Poco después, Beatriz entró en el salón con dos tazas humeantes.

—¿Qué te ha dicho?

—Ahora viene.

Unos minutos más tarde llegó el muchacho. Entró, teniendo la precaución de limpiarse las botas de montaña en el felpudo. Saludó a Sebastião con seriedad, como quien tiene una importante tarea que cumplir y poco tiempo para hacerlo, y dejó su abrigo en una butaca del recibidor. Los tres se reunieron en torno al ordenador.

—Esto es muy sencillo —dijo David—. Estos nuevos módems se instalan en un abrir y cerrar de ojos.

—¿Y podemos conectarnos a internet? —preguntó Beatriz—. Necesito bajarme un correo electrónico que he enviado a esta dirección —y le entregó un papel.

—¿La cuenta es tuya?

—De Hotmail —confirmó—. Me he enviado unos archivos desde comisaría.

Los dedos de David se movían seguros sobre el teclado.

—¿Qué contiene el correo?

—Listados de datos. Me temo que es un listado enorme y por eso he preferido no imprimirlo. Pero el archivo va comprimido.

David la miró de reojo.

—¿Y se supone que esto debía salir de la comisaría?

—Oye, tú haces muchas preguntas —replicó Beatriz.

—No es lo más correcto, si es a lo que te refieres —intervino Sebastião—. ¿Nos ayudas?

—Claro —dijo David mirando de soslayo a Beatriz—. Era por saber si tenemos que camuflar la dirección de destino. Para que nadie sepa que descargamos el correo.

Sebastião creyó notar un cierto tono de reproche en su voz.

—¿Eso se puede hacer? —preguntó Beatriz.

—Claro.

—Entonces, adelante.

David sonrió: una pequeña victoria en el mundo del espionaje. Al cabo de un rato, el módem comenzó a chirriar.

—¡Ya está! —exclamó el chico triunfante—. En unos segundos nos bajamos ese correo.

El e-mail albergaba una relación de todos los casos de intento de suicidio ocurridos en la región en los cinco últimos años; docenas de hojas que contenían varios centenares de nombres, direcciones y detalles relevantes de cada uno de ellos.

—Bien, ¿y con esto qué hacemos? —preguntó David.

Beatriz levantó una ceja.

—Nosotros mucho. Tú nada.

—Pero bueno, ¿qué mosca le ha picado a ésta? —saltó el muchacho.

—Déjalo, Bea. David se lo merece, y nos puede ayudar.

Beatriz asintió de mala gana. Sebastião tenía razón.

—Siguiendo el guión de la *Divina Comedia,* el siguiente asesinato debe cometerse cerca de un río —explicó Sebastião—. En el séptimo círculo existe un río de sangre hirviente, el Flegetonte, al cual se llega tras haber cruzado el bosque de los suicidas. Buscamos, pues, un nombre de esta lista, alguien que alguna vez haya intentado quitarse la vida sin éxito y que viva cerca del Manzanares.

Beatriz levantó las cejas y Sebastião se explicó:

—La posibilidad de una referencia tan clara a la *Divina Comedia* será algo que no podrá rechazar. Estoy convencido de ello.

—Intentémoslo. Pero veo un problema: las direcciones de esta lista no están actualizadas. Hay muchos que no vivirán ya aquí. Puede ocurrir que descartemos a alguien que ahora viva en esa zona pero que la dirección que conste en la lista sea otra.

—De acuerdo —asintió Sebastião—. Pero Caín tendrá el mismo problema que nosotros. Lo más fácil para todos será encontrar a alguien que viviera cerca del río cuando intentó quitarse la vida y que no se haya mudado.

El proceso prometía ser largo y los tres se armaron de paciencia y un par de callejeros y comenzaron a escudriñar la lista, nombre por nombre. El proceso resultó ser más lento de lo que esperaban; su desconocimiento de las callejuelas colindantes al Manzanares los obligaba a comprobar cada dirección en el mapa.

—Indalecio Gómez —entonó Beatriz, junto con la dirección.

Sebastião creyó recordar que la calle en cuestión estaba por Vallecas, pero decidió asegurarse buscando en el callejero. Negó con la cabeza y Beatriz tachó el nombre con el ratón. Leyó el siguiente.

—Ánimo, que vamos bien. —Sebastião pasó páginas hasta la dirección apropiada—. Tampoco.

Transcurrieron las horas hasta que sonó el timbre unos minutos pasadas las ocho de la tarde. David les dijo que su novia, Rosa, había insistido tanto en acompañarlo que no le había quedado más remedio que invitarla: «Espero que no os importe», se disculpó. La chica se sentó en un rincón del salón con una revista de informática y docenas de decibelios servidos por un pequeño reproductor de MP3. A pesar de llevar auriculares, el trío podía oír el golpear metálico de los ritmos *dance*.

—Deberías decirle que eso no es bueno para el oído —advirtió Sebastião.

—¡Uf! Cualquiera le dice nada. Hoy tiene un día...

—No te dejes dominar —dijo el portugués.

—Pues vaya consejo —exclamó Beatriz—. Anda, sigamos. —Miró a David y añadió en tono conspirativo: —Luego hablamos. Evangelina Morrón.

Y así estuvieron hasta la caída de la noche, hasta reducir la lista a tres nombres ciertos y un montón de posibilidades. Tres almas deprimidas con una segunda oportunidad y cuyas vidas ahora, en un pervertido chiste del destino, corrían un peligro seguro. Beatriz les dijo que alguien de su equipo repasaría la lista de nuevo al día siguiente.

Morantes y Pablo acudieron a casa de Sebastião a instancias de Beatriz y se acomodaron para atender las explicaciones de este último sobre los acontecimientos recientes. David y Rosa se marcharon, aunque a regañadientes, cuando llegaron los otros policías.

Tras unos minutos de explicaciones sobre la olanzapina, el pensamiento lateral, Montaña y la entrevista de Beatriz con el psiquiatra, durante los cuales los dos hombres iban dejando que sus rostros mostraran una expresión que pasó rápidamente de la sorpresa a la rabia, Pablo exclamó:

—¿Del Campo? ¿El amigo de tu padre de la tertulia?

—Sebastião, macho. Cada vez que te dejo solo, te pones a pensar y la lías —dijo Morantes.

—Espero no equivocarme, viejo amigo. ¿Has hablado con Caco?

—Sí, señor. Lo ha identificado sin lugar a dudas. Del Campo adquirió un spray antivioladores ilegal en la tienda de su primo.

—Vaya mamonazo —susurró Pablo.

El portugués movió la cabeza con un gesto cansado.

—Todavía no sé por qué —dijo—, pero creo que el cómo está claro. Utiliza a pacientes suyos, sobre los que tiene una gran influencia, y los somete a un tratamiento con olanzapina. Desconozco los pormenores de los efectos, pero lo cierto es que les provoca hiperglucemia, que debe ser tratada con insulina, bien inyectable, bien por vía oral. Luego localiza a su víctima en el Ramón y Cajal, hasta el momento, valiéndose de la colaboración del difunto doctor Montaña. Redacta las notas de suicidio y asume el papel de Dante, moviendo sus peones siguiendo el guión de la *Divina Comedia*. Y todo el rato, en la tertulia de mi padre, seguía nuestros progresos con la confianza de saber cuál es el siguiente paso del enemigo.

—¿Y el mensaje oculto en las notas?

—La sucesión de Lucas: la fórmula matemática con la que «Los Amigos de Cambridge» ganaron un millón de dólares. Debió de divertirse horrores codificando una de las frases favoritas de mi padre en las notas de suicidio. Por el momento lo hemos relacionado con las víctimas; el problema es que necesitamos relacionarlo con alguno de los asesinos.

—Exacto. Y no se me ocurre cómo —dijo Beatriz.

—Bueno —intervino Morantes—, ya discutiremos eso mañana, cuando hayamos descansado. Nuestro deber inmediato es proteger a los nombres de la lista.

Convinieron en que, efectivamente, debían actuar cuanto antes y se repartieron los nombres a suertes. Sebastião leyó su papel: una mujer con dos tentativas de suicidio.

—Y ahora, explicadme por qué no pedimos refuerzos a comisaría —dijo Pablo.

—Del Campo es un hombre hábil, respetado y famoso, y cuenta con amigos poderosos. ¿Te imaginas qué ocurriría si lo dejáramos en manos de un tipo como González? Supongamos que se precipita y lo arresta. Sin pruebas mucho más sólidas que el testimonio de Caco, un drogadicto con antecedentes, y nuestras suposiciones, no será fácil encausarlo. González quedaría a la altura del betún, y ya puedes imaginarte a quién culparía del desaguisado.

—Me has convencido —asintió Pablo—. Pero ya sabes cómo está de nervioso. En algún momento habrá que decirle algo.

—Mañana será otro día —dijo Beatriz—. Y ya veremos cómo lo hacemos. Anda, vámonos.

Y así, los cuatro salieron a intentar evitar una nueva muerte.

Trinidad Pelayo tenía pocas razones para vivir.

Era una mujer a la que la vida había tratado con rudeza. Había nacido en el seno de una familia rota, de padres alcohólicos, cuyas peleas a gritos retumbaban todas las noches en su casa. Su infancia fue todo menos tranquila: es difícil imaginar la pesadilla que para una niña supone crecer en una zona de guerra familiar. Un embarazo no deseado con un novio del que luego nunca se supo dio como fruto una niña que ahora tenía tres años. La niña no era en absoluto culpable de haber llegado al mundo en el hogar equivocado, pero lo cierto es que Trini no podía mantenerla; antes de abandonarla a su suerte, suplicó ayuda a un familiar lejano, una monja, que aceptó cuidarla durante unos años.

Su mayor y único orgullo era haber podido evitar caer en el sórdido mundo de las drogas. Por otro lado, los trabajos le duraban poco, y es que Trini, aparte de ser pasablemente agraciada, buena persona, aunque algo boba, y con tendencias a la depresión, se dejaba persuadir con facilidad por hombres sin escrúpulos. En el supermercado del barrio se había dejado convencer por el hijo del dueño para mantener un encuentro íntimo en el almacén, y cuando se corrió la voz y comenzaron las bromas, la despidieron. En el restaurante ocurrió lo mismo, sólo que en esa ocasión el hombre en cuestión estaba casado y la elección, cuando llegó, volvió a dejarla en la calle. Desesperada y pensando que sería una solución temporal hasta que llegaran mejores tiempos, pasó una época haciendo la calle en Madrid, hundiéndose en sus depresiones. Hasta que, en un arranque de valentía, huyó de su chulo, lo que la dejó sin ingresos fijos (y sin fuerzas para conseguir un nuevo trabajo). Pasaron las semanas hasta que un triste invierno, con la calefacción cortada y sin luz en el viejo apartamento, intentó suicidarse cortándose las venas con unas tijeras. Sobrevivió gracias a la casualidad y a una vecina curiosa, y fue a parar a una clínica donde, al cabo de unas semanas, recibió el alta.

Sebastião leyó el resto de la ficha psiquiátrica dentro del taxi que lo llevaría al apartamento de Trini, a escasos metros del río. El médico psiquiatra que trató el caso, quizá apiadándose de la oculta belleza de

Trini, le consiguió un trabajo en una empresa de limpieza. Seguía constando en nómina y una llamada rápida a la empresa confirmó su dirección y que Trini, silenciosa y de salud quebradiza pero estable, seguía acudiendo a su trabajo todas las mañanas.

Cuando Sebastião llegó a la avenida de los Pontones era noche cerrada. El taxi bajó por la larga avenida hacia el río y al fondo viró bruscamente a la derecha para circular paralelo a la ronda que bordea el Manzanares. A sus espaldas se alzaba el estadio Vicente Calderón, y a su izquierda, una fila de coches caracoleaba por la M-30. Cruzaron por debajo de un puente peatonal y se detuvieron junto a un largo edificio de cemento gris decorado con numerosos *grafitti*. Las ventanas estaban rotas y, sujetas a intervalos irregulares contra el cemento, las pocas farolas que resistían el embate de los chavales de la zona o de yonquis en busca de intimidad ofrecían una débil iluminación.

—Aquí es —dijo el taxista—. No es un buen lugar.

—Tiene usted razón, y difícilmente encontraré un taxi de vuelta. ¿Le importaría esperarme? Deje el taxímetro en marcha.

El chofer dudó unos instantes y al final accedió. Sebastião bajó del coche y se acercó al portal donde vivía Trini.

El interfono estaba destrozado y la tapa metálica colgaba de los cables eléctricos. El portón tenía los cristales rotos y pudo meter la mano entre las rejas para abrir la puerta desde dentro. No tenía razones para pensar que uno de los esbirros de Caín pudiera aparecer de improviso, pero aun así sintió que se le erizaba el vello de la nuca. Entró y subió por una escalera de madera vieja que parecía que fuera a venirse abajo de un momento a otro. Los desconchones de cal se disputaban con las manchas de humedad la supremacía de las paredes, y la falta de luz eléctrica escondía, afortunadamente, la visión de los animales que chirriaban a su paso.

Sintió aprehensión. Los habitantes de aquel mundo tenían poco que perder en comparación, y Sebastião iba bien vestido y con apariencia de llevar dinero encima. Hubiera sido mejor vestir vaqueros y zapatillas. ¿Cuántos pares de ojos lo habrían visto bajar del taxi e internarse en el edificio?

Sebastião subió la escalera en silencio y con los sentidos alerta para detectar cualquier ruido extraño. Del techo del tercer piso colgaba una bombilla de un cable pelado que ofrecía la suficiente iluminación para localizar la letra D, estampada en una placa de latón ennegrecida.

Llamó y se quedó esperando una respuesta.

—¿Señora Pelayo?

La puerta se abrió unos centímetros y quedó bloqueada por una cadena de seguridad. La mujer lo miraba con ojos llenos de desconfianza.

—¿Quién es usted?

Sebastião sacó su cartera y le mostró sus credenciales de la Interpol.

—Me llamo Sebastião Silveira y me gustaría hablar con usted unos minutos. No soy policía, pero se trata de un asunto policial.

La puerta no se movió.

—Yo no he hecho nada —replicó la mujer.

—En absoluto. Lo sé, señora. No vengo para importunarla, sino para advertirla de que es posible que corra un grave peligro. Por favor, es necesario que hablemos.

Ella no respondió, pero tampoco le cerró la puerta.

—Verá. Soy investigador de...

—¿De la empresa?

—¿Perdón?

—Digo, que si viene de parte de la empresa de limpieza. Hoy es mi día libre. No he hecho nada —volvió a repetir.

—No, señora, no tengo relación con la empresa. Ya sé que no ha hecho nada, pero...

—Va muy bien vestido para ser policía —lo interrumpió.

—Ya le he dicho que no lo soy. Pero colaboro en un caso en el que usted puede verse implicada. Sólo serán sólo unos minutos.

La puerta se cerró y Sebastião pudo oír cómo Trinidad corría la cadena. Al cabo de unos segundos se abrió de nuevo y entró en el apartamento. Era un minúsculo lugar; apenas una treintena de metros cuadrados en los que vivían madre e hija. Con el escaso dinero que tenía, la mujer había hecho un esfuerzo para revestir el apartamento con algo de decoración. Unas láminas en blanco y negro adornaban las paredes en el saloncito al que Trinidad lo condujo. En el centro, una mesa baja de madera y un sofá tapizado de tela, una estantería en la que podían verse algunas fotografías que iban perdiendo el color y media docena de libros manidos. En una pared, al lado de una ventana protegida por visillos, un cuadro de la Virgen y un crucifijo de madera. Al fondo del salón se abría una puerta que conducía al único dormitorio en el que Sebastião divisó dos camas cubiertas con mantas llenas de remendones. Una pequeña estufa eléctrica proporcionaba algo de calor en la morada.

—Vive usted con su hija, ¿no es cierto?

Trinidad lo miró con desconfianza. Sus ojos mostraban el cansancio de luchar contra una vida cuesta arriba, y Sebastião pensó que quizá lo había dejado entrar para poder hablar con alguien. Era una mujer de pequeña estatura y no podía pesar más de cuarenta kilos. Sus rasgos eran bellos pero maltratados. Vestía vaqueros desgastados y un pesado jersey de lana con un agujero en el hombro derecho. Se afanó en recogerse un mechón de pelo que se le escapó rebelde de la coleta.

—Sí. Pero está pasando unos días con sus abuelos en el pueblo. Es una niña tan buena... —respondió la mujer.

—Estoy seguro de ello. —Sebastião esbozó una lánguida sonrisa—. Trini, ¿puedo llamarla Trini?

Ella asintió en silencio.

—Verá, Trini —dijo inclinándose hacia adelante en la silla—. No quiero asustarla, pero es importante que me preste atención. Como le he dicho antes, estoy ayudando a la policía en un caso en el que han muerto ya varias personas. Hay un hombre, un asesino, que creemos quiere volver a matar dentro de poco tiempo. La policía ha confeccionado una lista de personas que pueden estar en peligro, y me temo que usted está en esa lista.

Los ojos de Trini parecía que fueran a salírsele de las órbitas. Se frotaba las manos sin parar.

—Pero si yo no he hecho nada —balbuceó.

—Ya lo sé, Trini. Pero ese hombre no necesita motivos. Tampoco quiero decir que la está persiguiendo a usted, pero quiero que a partir de ahora tenga mucho cuidado y que, en cuanto vea cualquier cosa sospechosa, me llame —dijo, alargando la mano con una tarjeta—. Si observa a alguien siguiéndola, o a alguien que no conozca merodeando por la zona. Cualquier cosa y a cualquier hora, me llama. ¿De acuerdo?

La mujer asintió y tragó saliva.

—¿Por qué yo?

—Hay varios nombres en la lista; no es usted la única. Estamos avisando a todo el mundo. De hecho, permítame un consejo: si tiene algún lugar donde pasar unos días, algún amigo, márchese con él.

La mujer miró a su alrededor con ojos asustados y pareció pensar unos segundos.

—Podría ir a casa de una amiga. ¿Por cuánto tiempo?

—Si me deja un teléfono donde localizarla, la llamaré cuando haya pasado el peligro. No creo que sea por mucho tiempo.

—¿Me tengo que ir hoy?

—Cuanto antes, mejor. Pero si hoy no puede, cierre bien la puerta cuando me vaya y tenga cuidado.

Trini se levantó y fue a la cocina sin decir palabra. Al cabo de unos segundos volvió con dos vasos de agua.

—¿Qué hemos hecho para...? O sea, que...

Sebastião decidió no revelar los verdaderos motivos del asesino; no aportaba nada, y recordarle a Trini su triste pasado no serviría sino para hacerle más daño.

—No hay motivo, Trini. Quizá nos equivocamos, y no pase nada. Pero no queremos arriesgarnos. Mejor prevenir que curar, ¿no? Y ahora, permítame que le haga unas preguntas. ¿Ha notado algo raro estos últimos días?

Se quedó pensativa.

—Tampoco me he fijado. De todas formas, mañana mismo me voy de aquí.

De repente pareció reparar en algo.

—Y usted, ¿quién es?

Sebastião se entretuvo unos minutos en la explicación; debía convencerla sin lugar a dudas de que la historia era real y que su vida se encontraba en verdadero peligro. Su mirada le recordaba la de alguna foto de mujeres en zonas de guerra, llenas de miedo y resignación. Le entristeció que la vida pudiera tratar con tanta dureza a algunos y dar tanto a otros. Cuando hubo concluido, Trini estaba aún más asustada, y en sus ojos se atisbaban lágrimas. Hizo lo que pudo para tranquilizarla y recomendarle prudencia.

—No abra la puerta a nadie, Trini. Y llámeme cuando quiera —dijo al despedirse en la escalera.

Descendió con el ánimo apesadumbrado y salió por el portal. Se detuvo y miró a su alrededor. La débil iluminación de la zona hacía que las sombras danzaran a su alrededor. El taxista lo estaba esperando y al reconocerlo levantó el seguro desde dentro. Sebastião le dio instrucciones para que lo llevara de vuelta a su casa y devolvió sus pensamientos a Trini. Confiaba en que se tomara en serio sus advertencias y se marchara de aquella casa cuanto antes. Y esperaba que Caín no la tuviera en el punto de mira.

Pasaron unos cuantos minutos mientras el taxi encontraba la salida hasta que llegaron a una calle ancha con tráfico. El teléfono sobresaltó sus pensamientos. El portugués rebuscó por el bolsillo del abrigo hasta que lo encontró.

—¿Sí?

—¡Sebastião! Menos mal que te encuentro.

Era Beatriz, su voz excitada y cargada de tensión.

—¿Qué ocurre?

—¿Has podido hablar con tu nombre?

—Sí, hace unos minutos. Ya estoy metido en un taxi, de vuelta a casa.

—Los otros dos no están. Tú eres el único que ha podido hablar con alguien.

La angustia de Beatriz se escapaba por el auricular. Hablaba con urgencia. Sebastião sintió cómo se le helaba la sangre.

—¿Hemos llegado tarde?

—No lo entiendes, Sebastião —replicó Beatriz—. Ambos decidieron dejar Madrid y se han ido a vivir uno a Barcelona y el otro a un pueblo de Galicia.

—Dios mío. Un momento. —Se inclinó hacia adelante para hablar con el taxista—. Dé la vuelta.

Le dio instrucciones para que regresaran lo más rápidamente posible al apartamento de Trinidad y luego volvió a dirigirse a Beatriz.

—Voy para allá otra vez.

—Nosotros vamos de camino también —le informó Beatriz—. Nos vemos ahí, pero si tardamos más, espéranos para subir. Quédate en el portal, ¿me has oído?

—Tranquila.

Y colgó.

Trinidad era la única posibilidad de Caín.

Tardaron poco en regresar al portal de Trini. Sebastião se bajó del coche y dejó que el taxi se marchara. Sacó el teléfono y llamó a Beatriz.

—¿Dónde estáis? —De fondo oía la sirena del coche y el estruendo del claxon.

—En la otra punta del río, en la orilla contraria; a veinte minutos o así. ¿Tú?

—He llegado. Parece que la zona está tranquila.

—Mira a ver si ves luz en la casa.

—Es un interior —dijo Sebastião.

Colgó el teléfono y reflexionó durante un par de minutos. Finalmente, tomó una decisión: Beatriz y el resto de sus compañeros no tardarían en llegar y quería subir a tranquilizar a Trini antes de que oyera las sirenas. Se prometió a sí mismo que tendría cuidado. Se acercó al portal y volvió a abrir el portón metiendo la mano entre las rejas. Subió en silencio la escalera con los sentidos de nuevo alerta. Se tranquilizó pensando en la pronta llegada de sus amigos. Subió por la destartalada escalera hasta que alcanzó el rellano de Trini.

La puerta estaba forzaba; la endeble cerradura hecha astillas.

Sebastião se quedó helado y reaccionó sólo cuando oyó un ruido que provenía del interior de la casa. Se acercó con sigilo a la puerta, con el corazón bombeándole en el pecho, y la empujó con cuidado hasta que pudo ver el saloncito vacío. Allí no había nadie, pero el ruido no cesaba. Oyó un gorgoteo continuo y, cada pocos segundos, un jadeo más alto que otro. No pensó siquiera en avisar sobre su presencia; entró directamente cuidando el sigilo. Pasó junto al saloncito en silencio y se dirigió al cuarto de baño, de donde procedía el sonido. Cruzó el umbral de la puerta, dio dos pasos y se quedó paralizado con el horror de la escena.

Trini estaba en la bañera, desnuda. Su ropa yacía en el suelo, encima del retrete; allá donde fue tirada por su asesino. Una mano y la pierna derecha le colgaban del borde y su sangre goteaba lentamente contra los baldosines del suelo. Desde donde estaba, pudo ver su cara, los ojos ya sin vida, llenos de terror congelado; el pelo encharcado en sangre escondía lo que la autopsia luego determinaría como la causa de la muerte: un fortísimo golpe que había partido su cráneo en dos. A Sebastião se le entrecortó la respiración; le pareció que Trini lo miraba con ojos llenos de recriminación. *«¡Me has dejado morir!»*, parecían decir.

Encima de ella y a menos de un metro y medio de Sebastião, un hombre corpulento, más bien gordo, se afanaba en arrancarle la piel a tiras sin percatarse de su presencia. Sebastião dio un paso adelante como en trance, pero lo pensó mejor. Nadie podía ayudar a Trini, y la casa no tenía más salida que la principal. En silencio, se detuvo y retiró el pie. En ese momento, como avisado por el diablo, el hombre se volvió. Su cara reflejaba una locura atormentada, afeada por los churretones de sangre que le resbalaban por la frente y las mejillas. Sus ojos dejaban ver un afán por acabar su trabajo que a Sebastião le revolvió las entrañas.

El asesino brincó hacia adelante y el portugués pudo ver el enorme cuchillo de cocina que blandía en la mano derecha. Sebastião dio otro paso hacia atrás y resbaló con un charco sanguinolento. En ese instante, el hombre se le echó encima y lo último que pudo hacer fue llevarse las manos a la cara antes de golpearse la cabeza contra el lavabo.

—Venga, hombre —dijo Beatriz.

El coche de la subinspectora volaba por la M-30 en dirección sur, la sirena puesta y Pablo al volante, buscando un puente para cruzar por encima del Manzanares. Se metió por el arcén para evitar a los automovilistas que circulaban por la carretera de circunvalación de la ciudad.

—No puedo ir más de prisa —gruñó Pablo.

—Acelera —respondió Beatriz por lo bajo. Apretó los labios y mantuvo la mirada clavada en la carretera.

Pablo no respondió. La relación que había surgido entre su compañera y el portugués era evidente. La notaba tensa, y que Sebastião no contestara al móvil no hacía sino empeorar los ánimos. Las farolas se sucedían a gran velocidad, salpicando cada pocas décimas de segundo con un golpe de luz las caras de los policías.

Pablo redujo la marcha, dirigió el coche hacia una salida y cruzaron veloces por encima de un puente.

—A la derecha —advirtió Beatriz.

Unos minutos más tarde, Pablo pisó con fuerza el freno, dejando tras de sí dos largas estelas negras y un olor intenso a pastillas de freno quemadas. Beatriz tiró del cable que conectaba la sirena con su fuente de alimentación, silenciando el estruendo, y salió en tromba del coche justo delante del portal de Trinidad.

—Mierda. Sabía que no estaría —masculló Beatriz—. Ese idiota ha subido.

—Tranquila. Lo más seguro es que no ocurra nada —replicó Pablo.

Llegaron al portón y lo primero que vieron fue los cristales rotos de la puerta. Beatriz lanzó una mirada rápida a su compañero mientras introducía la mano entre los barrotes. En silencio, Pablo sacó su pistola. Subieron la escalera a toda prisa, abordando los peldaños a pares hasta el tercer piso. La puerta permanecía abierta de par en par, la cerradura hecha añicos. Entraron ambos con cautela, las pistolas desenfundadas y los seguros libres. Beatriz se pegó a una pared y cubrió la entrada al pasillo mientras que Pablo avanzaba con lentitud por el salón hasta situarse en posición. Se miraron y Beatriz meneó la cabeza. No se oía nada.

Avanzaron por la habitación hasta el pasillo y de ahí al baño, donde Beatriz vio a Sebastião tendido en el suelo, inconsciente y con la cara cubierta de sangre. Se quedó helada, paralizada ante el horror del cuadro macabro que en tonos rojos se dibujaba ante ella. En la bañera yacía el cuerpo sin vida de Trinidad Pelayo, horriblemente mutilado. Las paredes habían sido bañadas con sangre, oscura y espesa, que formaba charcos en las baldosas al pie de la bañera. Blasfemó y se arrodilló junto a Sebastião, levantándole un párpado. Pablo se asomó, la pistola todavía asida con las dos manos y apuntando al techo.

—¡La madre que me...! ¿Cómo está?

Beatriz lo miró y soltó aire.

—Vivo. Quédate con él y avisa a una ambulancia, que yo bajo a ver si encuentro al cabrón que ha hecho esto.

—Ni hablar, Bea. No te dejo sola.

En ese momento, oyeron otra sirena en la calle y el chirriar de neumáticos deteniéndose.

—Morantes —dijo Beatriz—. Vamos.

Salieron a la carrera del apartamento y bajaron la escalera a saltos. En el portal se encontraron al agente.

—¿Qué ha pasado?

—Caín ha vuelto a matar —dijo Beatriz, mientras escudriñaba la calle en ambas direcciones—. Sebastião debió de sorprenderlo en el acto y está arriba, inconsciente. Ha recibido un fuerte golpe.

Morantes lanzó una mirada escalera arriba.

—Tercer piso a la derecha —dijo Beatriz—. Creo que está bien, pero... —Miró de lleno a los ojos de Morantes—. Llama a una ambulancia y cuídamelo.

El agente del CNI asintió.

—He visto a un tipo alejándose de aquí —declaró.

—¿En qué dirección?

—Me he cruzado con él cuando llegaba... ¡eh, Beatriz! ¡Ten cuidado! —gritó Morantes a las espaldas de la subinspectora.

—Llama a una ambulancia y ocúpate de Sebastião —repitió ella de un grito.

Beatriz y Pablo subieron de nuevo al coche, giraron en redondo y salieron calle arriba a toda prisa. Seguía sin llover, pero la humedad colgaba en el ambiente hasta tal punto que Pablo tuvo que accionar el limpiaparabrisas para despejar el cristal. Eso sí, había refrescado y la respiración salía como humo de los pulmones.

Podría ser que el hombre que Morantes había visto fuera un transeúnte inocente, pero algo le dijo a Beatriz que allí delante, perdiéndose en la oscuridad, estaba uno de los títeres de Caín. Lo maldijo con toda su furia; la impotencia de estar tan cerca de él... Se angustió al pensar en Sebastião. Si había sufrido algo más que un leve golpe, le pegaría un tiro allí mismo al hombre que perseguían.

En ese momento bordeaban la orilla este del Manzanares en dirección sur. Adelantaron una furgoneta de reparto desvencijada y siguieron por la ribera a gran velocidad.

—¡Ahí! —exclamó Beatriz al cabo de unos segundos.

La silueta de un hombre se adivinaba un centenar de metros por delante del coche. Los faros iluminaron su gabardina y dibujaron una figura grande que caminaba a paso rápido. Frenaron en seco unos metros por delante de él y ambos bajaron del coche.

—Policía. Quédese quieto, queremos...

El hombre se quedó perplejo unos segundos, clavado en el lugar, y transcurrida una eternidad, dio media vuelta y comenzó a correr hacia donde había venido.

—¡Mierda! ¡Policía, deténgase!

Beatriz salió en su persecución a la vez que le gritaba a Pablo que pidiera refuerzos por radio. Sin embargo, sospechaba que no lo haría, y al cabo de unos segundos oyó los pasos de su compañero unos metros tras de sí. «Espero que esto no dure mucho: hace demasiado tiempo que no voy al gimnasio», se dijo.

Una decena de metros por delante de los dos, el hombre se movía como un demonio perseguido por jaurías infernales. La gabardina capoteaba como una vela, dejando entrever los vaqueros manchados de sangre y las zapatillas de deporte antes blancas.

—¡Ya te tenemos! —gritó Pablo a sus espaldas.

A medida que comenzaba a fallarle el resuello, Beatriz se dio cuenta de que no estaba tan en forma como pensaba. Se concentró en acompasar su respiración; inhalar por la nariz y expirar por la boca lentamente. Apretó lo que pudo el paso y ganó unos metros al hombre que perseguían. Calculó que lo alcanzaría en breve. «Si consigo mantener el ritmo», pensó Beatriz.

—¡Deténte! —jadeó. «Maldita sea, ya estaba jadeando.»

El hombre lanzó una mirada por encima del hombro y Beatriz se sorprendió al ver la serenidad que había en sus ojos. Distinguió una determinación que la acongojaba.

Pasaron como una exhalación por delante del portal de Trinidad y el hombre torció a la derecha, metiéndose por un callejón sucio que discurría perpendicular al río. Beatriz y Pablo doblaron la esquina a escasos metros de distancia el uno del otro y se toparon con una montaña de cajas de cartón mojado. Beatriz pudo esquivar las cajas, y dejó a su compañero blasfemando y saliendo a trompicones de la basura. El asesino les ganó unos metros. Miró de nuevo por encima del hombro, y con la tenue luz de una farola, la subinspectora distinguió los ojos negros inexpresivos y una perilla abundante que contrastaba con el pelado de la cabeza. Otro esquizofrénico del doctor Del Campo.

—Deténte, imbécil —gritó de nuevo Pablo—. No tienes escapatoria.

Salieron disparados del callejón a una calle algo más ancha. Beatriz no podía dejar de pensar en Sebastião. ¿Cómo estaría?

A su lado, Pablo tiró de su arma y apuntó al aire. Apretó el gatillo pero la detonación no hizo sino espolear al individuo, que de repente enfiló otra calle que conducía de nuevo hacia el Manzanares.

—Oye, Pablo —jadeó Beatriz—. No sé cuánto tiempo más podré seguir...

—Yo ya estoy hecho polvo —contestó su compañero, entrecortado—. Como no se pare... me desmayo. ¿Y si nos separamos? Uno vuelve... a por el coche... buf.

Siguieron corriendo unos metros más, saltando por encima de cubos de basura de color naranja que estaban volcados en el suelo.

—Vale. A ver qué dirección toma cuando llegue al río.

Enfrente de ellos se volvía a distinguir el cauce del Manzanares. El hombre no tenía más remedio que girar a la izquierda, hacia el portal de Trinidad, o a la derecha.

Sin embargo, siguió derecho y se tiró al río.

Beatriz y Pablo llegaron casi a la vez a la balaustrada de piedra que bordeaba el Manzanares y pudieron ver cómo el hombre caía al agua negra del río.

—Joder —exclamó Pablo con el aliento saliéndole a golpes—. Me cago... en el imbécil éste.

Beatriz se quitó el abrigo y se metió la pistola en el cinturón del vaquero.

—Eh, ¿qué haces? —preguntó Pablo.

Beatriz se sacó el teléfono móvil del bolsillo y se lo lanzó.

—Pide refuerzos. Un zeta en la otra orilla antes de que este cabrón se nos escape.

—Oye, no irás a tirarte, que el agua está... ¡Beatriz!

Saltó con los pies por delante, temiendo que no hubiera suficiente profundidad, pero las incesantes lluvias del último mes habían aumentado el caudal y no llegó a tocar fondo. El agua estaba dolorosamente helada y cuando Beatriz salió a la superficie se le escapó un gemido. Oyó a Pablo gritando desde la orilla y de repente una detonación sorda. Beatriz se giró en el agua.

—No dispares —gritó, la fuerza escapándosele de los pulmones—. Lo necesitamos vivo para que nos lleve hasta Caín. Pide refuerzos.

Comenzó a nadar con todas las fuerzas que le quedaban hacia la otra orilla. Pensó que con el movimiento entraría en calor, pero a cada metro que avanzaba parecía que el agua se enfriaba más. Con ese frío, era consciente de que las fuerzas se le escapaban con cada brazada. Si alcanzaba al asesino, ¿qué haría? Dado su tamaño y su corpulencia, era evidente que el hombre era mucho más fuerte que ella y podría ahogarla con facilidad. Sacó la cabeza del agua para tomar posición y durante un segundo sintió pánico. Lo había perdido de vista. «¡Ahí!» Se había desviado unos metros. Maldijo. Le sacaba bastante distancia. Delante de ellos, la pared del lado oeste del Manzanares se alzaba sin posibilidad de escalarla. Beatriz continuó nadando detrás del asesino sin pensar en cómo saldría del agua. Decidió que se preocuparía de problemas futuros cuando llegara el momento; unos quince metros más allá.

El río no olía tan mal como esperaba; aun así, intentó no tragar agua por si acaso. La carrera por la orilla y el esfuerzo de nadar con la ropa empapada estaban dejándola sin fuerzas, pero volvió a meter la cabeza en el agua y continuó braceando detrás del asesino. Cada víctima de Caín, cada paso en falso y cada error cometido la espoleaban. Se lo debía a cada familia destrozada. Apretó los dientes para luchar contra el frío y el cansancio.

Dibujó una imagen mental de su posición y al cabo de unos metros se detuvo de nuevo para orientarse. El hombre chapoteaba enfrente de ella, agarrado a un saliente metálico que se empotraba contra el cemento. Vio cómo se izaba hacia arriba, como si levitara, y levantó la otra mano hasta aferrar otro saliente. ¡Una escalera! Un acceso para servicios de mantenimiento del río, buzos de la policía que alguna vez tuvieran que entrar en el agua o lo que fuera, pero lo cierto es que había una forma de escalar el muro. Y de repente, se dio cuenta de que el asesino podía escapar.

Beatriz se lanzó hacia adelante con energías renovadas y en un par de brazadas le dio alcance. Con una patada enrabietada sacó medio cuerpo del río y se aferró a sus ropas. El peso de ambos hizo que el hombre perdiera su agarre y cayeran como plomos al agua. Beatriz era consciente de su situación de inferioridad y de que el asesino no tendría reparos en ahogarla para poder escapar. ¿Y ahora qué hacía? Luchar contra él no tenía sentido. Quizá si lo entretenía lo suficiente hasta que llegaran los refuerzos podría salir ilesa de la aventura.

El hombre se volvió con el rostro enfurecido y lanzó una bofetada en su dirección. Comenzaron a luchar algo patosamente, Beatriz defendiéndose como podía y recibiendo manotazos. Recordó las clases de la academia. «Mantén la calma, estudia la situación, analiza a tu atacante, y luego dale en los huevos. O en los ojos.» Alargó un dedo y le metió la uña en el ojo derecho. El hombre aulló de dolor y la agarró del pelo, arrastrándola debajo del agua. Intentó soltarse, pero su fuerza era demasiado grande. Beatriz comenzó a ahogarse. Destellos rojos aparecieron delante de sus ojos a medida que la necesidad de respirar se tornaba más acuciante. Se movió frenéticamente, intentando soltarse, nadar hacia el fondo o en cualquier dirección que la alejara del suplicio, pero no pudo. El hombre la tenía cogida con demasiada fuerza. Sus movimientos fueron haciéndose más lentos, y a cada segundo que pasaba se acercaba más a la inconsciencia, al umbral de la muerte.

Dejó de moverse y al cabo de interminables fracciones de segundo notó cómo el hombre la soltaba, sin duda satisfecho con la suerte de la policía. Con el último aliento que le quedaba en el cuerpo, le propinó una patada y se aferró con fuerza a la escalera metálica; sacó la cabeza tosiendo y vomitando agua. A su lado, el hombre se giró sorprendido y la escudriñó de cerca. En su rostro no se adivinaba ni fastidio, ni odio, ni otro sentimiento parecido; simplemente determinación. Y ahí estuvieron unos segundos: policía y asesino, agarrados al mismo saliente metálico, mirándose a escasos centímetros de distancia hasta que el hombre, con un chasquido de la lengua, prosiguió su camino escaleras arriba. Beatriz se quedó donde estaba, tragando aire a borbotones, intentando vencer las arcadas que sacudían su cuerpo con violencia. Y al cabo de poco, extenuada pero empujada por la rabia que sentía en su interior, comenzó una penosa escalada por los barrotes de metal que sobresalían del muro. Uno tras uno, resbalando de vez en cuando y dejándose la piel de las espinillas en el metal, fue subiendo hasta coronar el muro y quedar tendida en el suelo de la calzada. Cayó de espaldas, la respiración saliéndole de los pulmones a cañonazos. Ya no sentía frío, sino sólo un cansancio que hacía que cada centímetro de su cuerpo le pidiera a gritos que permaneciera tumbada.

«Y una mierda», gritó para sus adentros. Se puso de rodillas y apartó el pelo que se le pegaba a la cara. Delante de ella, el hombre se movía con lentitud, a trancas y barrancas. Dio un tropiezo y cayó al suelo. Permaneció tendido unos segundos hasta que se levantó de nuevo y, mirando atrás a su perseguidora durante un instante, comenzó a alejarse con un bamboleo lento.

«Casi puedo contigo y eso que soy mujer», pensó Beatriz con satisfacción. Consideró por un instante sacar la pistola y pegarle un tiro en el culo, pero luego recapacitó. Con el cansancio y el pulso tan acelerado como lo tenía, acabaría hiriéndolo de muerte. Además, ya oía sirenas a lo lejos. Llegaba el séptimo de caballería.

Se levantó pesadamente y miró a su alrededor. La M-30 discurría a su izquierda y algún que otro coche pasó velozmente por su lado en dirección norte. Era ya tarde. Tomó aliento y comenzó a seguir al hombre.

Medio centenar de metros más allá, el tipo se detuvo al lado de la alambrada metálica que separaba el río de la carretera y se inclinó. Al parecer, su intención era pasar por una abertura que había en la valla, cruzar la M-30 y perderse entre los edificios del otro lado.

—¡Eh! —gritó Beatriz para reclamar su atención.

Debía entretenerlo lo suficiente para dar tiempo a los coches patrulla. Lo que tenía claro era que no volvería a enzarzarse en un cuerpo a cuerpo con él.

—¿Por qué no te paras un momento? Podemos hablar.

El asesino se detuvo, con medio cuerpo al otro lado de la reja, y le dirigió lo que sería su última mirada. Se incorporó, calculó la trayectoria entre varios vehículos que circulaban a gran velocidad y salió a la calzada.

Algo falló.

Un coche, alarmado por la súbita aparición de la figura en su camino, dio un volantazo y fue a estamparse contra la mediana. Un segundo vehículo, en su intento de esquivar al primero, arrolló al asesino de Trinidad. El golpe seco sonó como un melón maduro al estrellarse contra el suelo y el cuerpo salió despedido por los aires. Beatriz gritó de rabia y echó a correr.

No tardó en formarse un monumental atasco, secundado con el chirriar de frenos y un mar de luces de emergencia. Beatriz llegó a la abertura de la verja, pasó por debajo y se quedó mirando la figura desde el arcén hasta que tuvo la certeza de que podía cruzar y llegar hasta él. Los coches iban deteniéndose a una cincuentena de metros. Beatriz se acercó al cuerpo inerte, se arrodilló a su lado y le puso dos dedos en la yugular. Buscaba una señal de vida, pero el entumecimiento de sus manos y los violentos escalofríos que la sacudían se lo impidieron. Comenzó a dar saltos en el lugar para entrar en calor.

Algunos conductores se apearon y corrieron hacia el cuerpo tumbado del asesino, pero Beatriz, calada hasta los huesos y con su placa en la mano, los mantuvo alejados hasta que llegaron dos guardias civiles montados en grandes motocicletas.

Al rato se oyeron las sirenas de dos ambulancias que se aproximaban por el carril contrario, acompañadas de media docena de coches zeta. Beatriz se sentó encima del quitamiedos y profirió un alarido: el desgraciado le había roto una costilla. Comenzó a tiritar y el movimiento le hizo ver las estrellas. Uno de los motoristas se apresuró a colocar señales luminosas a cien metros para avisar del accidente.

El coche de Morantes apareció entonces por el arcén y frenó en seco a su lado.

—¡Beatriz! —gritó su colega.

Ella se incorporó de un salto, haciendo una mueca de dolor. Sebastião se apeó y llegó a la carrera, la cara y la camisa bañadas en sangre y con gesto angustiado. Beatriz y él se abrazaron en silencio. Detrás llegaron Pablo y Morantes.

—Estás empapada —dijo Sebastião, quitándose el abrigo.

Beatriz se quitó el jersey y la camisa y se arropó con el abrigo. Temblaba de frío, y cada espasmo era una sacudida en su costado magullado.

—¿Dónde te duele?

Beatriz se desembarazó con desgana de los brazos de Sebastião.

—Estoy bien. Mejor que ése —dijo, señalando con la cabeza al asesino.

Un trío de paramédicos se arrodillaban a su lado, afanándose en mantenerlo con vida. Las ambulancias y los coches de policía se habían detenido al otro lado del quitamiedos en un despliegue impresionante de luces estroboscópicas. Morantes se acercó a una ambulancia y rescató una manta de su interior, mientras Pablo hablaba con los paramédicos.

Al cabo, Pablo volvió con el rostro ensombrecido.

—Acabo de hablar con uno de los de la ambulancia y me ha dicho que si llega al hospital será un milagro —dijo.

Beatriz cerró los ojos y maldijo, a la vez que Morantes le colocaba con cuidado la manta y hacía señas a unos enfermeros para que se acercaran.

—Los que sí os vais al hospital sois Sebastião y tú.

—Oye, Morantes —comenzó a protestar Beatriz.

—Ya me ocupo yo de todo aquí. Tú, ni rechistar.

La tomó del brazo, los acompañó a ambos a una de las ambulancias y se despidió de ellos, asegurando que se verían al día siguiente.

Beatriz y Sebastião llegaron a Olavide tres horas más tarde, magullados pero sin heridas de importancia: Sebastião con un vendaje en la cabeza y cuatro puntos en la parte posterior del cráneo, y Beatriz con una costilla fisurada y los huesos ateridos por el frío. La fisura, que poco remedio tenía, se curaría con ajo y agua, como diría un castizo, y un par de semanas de incomodidad. Combatió el frío con coñac y un tazón de sopa caliente.

Hablaron poco tras la cena. Sebastião pensaba en Trinidad y cómo su vida se había escapado como agua entre sus dedos. Beatriz pensaba en Del Campo.

«Tendría que dormir —se dijo—. Estoy agotada pero no consigo conciliar el sueño.» La espalda parecía tenerla aprisionada por un enorme torno, y cada vuelta en la cama la obligaba a apretar los dientes.

Opuso una débil resistencia a la idea de Sebastião de que durmiera en Olavide en vez de en su casa, pero el agotamiento de la persecución la había dejado sin ganas ni fuerzas para discutir. Y, ¿por qué no reconocerlo? Los cuidados del joven portugués le resultaban, esa noche en especial, muy atractivos.

Alargó la mano con cuidado y encendió la luz de la mesilla de noche. Se fijó en su reloj de pulsera: las cinco y media de la mañana. Sebastião no estaba en la cama a su lado. Tocó las sábanas: frías. Hacía rato que se había levantado.

Cuando la estaban reconociendo en el hospital había sonado su móvil; era Morantes, que llamaba para informarle de que la situación estaba bajo control, el asesino en coma y González llamándolo sin cesar. «Chica, realmente, tu jefe es de lo que no hay.»

Aun así, Beatriz no podía dormir. No conseguía desconectar, y seguía dándole vueltas a los asesinatos y a su relación con el investigador involuntario que, hasta hacía un rato, dormía a su lado.

El caso ya estaba perdido. Estaban cerca del asesino, pero con tantos cuerpos en la morgue uno no se podía congratular. Intentó hacer un ejercicio de retrospección. ¿Qué podría haber hecho, sabiendo lo que ahora sabía, para evitar tantas muertes? Observó el techo de la habitación y se entretuvo unos instantes en contar las cuadrículas que dibujaban la moldura de yeso.

Y, entremedias, un nombre rondaba su cabeza: Emiliano del Campo. Caín. ¿Cómo atraparlo?

Oyó un golpe suave en la puerta, y sonrió.

—Entra —dijo con suavidad.

Sebastião abrió la puerta.

—No podía dormir. He visto luz debajo de la puerta —explicó apoyado en la jamba—. He estado dándole vueltas al tema y siempre llego a la misma conclusión.

Con su ayuda, Beatriz se incorporó. Estaba completamente despierta; tumbada en la cama, el dolor, lejos de remitir, iba en aumento.

—¿A qué te refieres?

Sebastião llevaba puestos unos vaqueros y un grueso jersey de lana, y en la mano derecha sostenía una taza de café. Sin preguntar, Beatriz la cogió y dio un sorbo. Hizo una mueca.

—Tiene mucho azúcar —confirmó Sebastião—. Ayuda a pensar.

Beatriz le devolvió la taza con un gruñido.

—Cuéntame tus conclusiones.

—Debemos acceder cuanto antes al ordenador de la consulta de Del Campo —dijo Sebastião.

—Explícate.

—Emiliano del Campo —Caín— controla a sus pacientes para que cometan los asesinatos. Su mente está enferma... pero detrás de esa enfermedad, de esa psicosis, hay una razón. Un motivo que da sentido a sus actos, al menos para él. Por alguna razón, mi padre, el pensamiento lateral, las notas y yo tenemos un papel relevante. Toda esta... trama, pacientes, asesinos, tratamientos con olanzapina, las notas, sus conclusiones, deben de estar guardadas en alguna parte.

Beatriz hizo una mueca.

—Del Campo es un científico —continuó Sebastião—. Llevar un diario y anotar al dedillo sus experiencias y sus resultados es casi obligado. El sitio más obvio es su ordenador personal.

—¿Y cómo propones que hagamos eso? Una orden de registro podría ser más perjudicial que beneficiosa. Si no encontramos nada en su ordenador...

—No pensaba en una orden de registro, Bea. Mi intención es detenerlo, no ahuyentarlo. Si hablamos con él de nuevo o registramos su consulta y no encontramos nada definitivo, lo único que conseguiremos es que se esconda.

Sebastião se sentó en la cama al lado de Beatriz y la observó en silencio. La subinspectora ladeó la cabeza.

—No estarás pensando en entrar ilegalmente en su consulta...

Sebastião no dijo nada. La subinspectora se recostó contra la cabecera y dibujó una mueca de dolor y cansancio.

—Déjame que te pinte varias posibilidades. Primera posibilidad: entramos en la consulta y salta una alarma; hay un vigilante y nos descubren. Se arma la de Dios, tu carrera y la mía se terminan en seco, más que nada porque, con toda seguridad, acabamos entre rejas por obstrucción, allanamiento y cabrear más a González. Segunda posibilidad: entramos y encontramos pruebas que lo condenan sin lugar a dudas. Da igual, porque al ser un registro sin autorización judicial no se pueden emplear en un juicio. Y el doctor sigue yéndose de rositas.

—Existe otra posibilidad —dijo Sebastião.

—¿Ah, sí? ¿Cuál?

Sebastião tomó aire como quien está a punto de hacer alguna jugada arriesgada.

—Tercera posibilidad —dijo—: entramos, nadie nos descubre y hallamos pruebas de su culpabilidad. Nos retiramos sin dejar rastro y le tendemos una trampa.

—¿Un cebo?

—Exacto.

—Eso es mucho suponer.

—Es nuestra primera oportunidad para colocarnos delante de Caín.

Beatriz alargó la mano y cogió la taza de café, pensativa.

17 de abril, miércoles

El primero en llegar a Olavide fue Morantes. A eso de las siete y media de la mañana sonó el timbre, Sebastião le abrió la puerta y el agente entró en el hall, despojándose de la gabardina y el sombrero. Beatriz se acercó a él, le dio un beso en la mejilla y lo acompañó al salón.

Pablo llegó unos minutos más tarde, aún con cara de sueño. Con la tensión de la noche anterior, había dormido poco y mal.

Los cuatro se reunieron en el salón de la casa delante de un termo de café y unos donuts que trajeron los policías.

—Lo primero es lo primero —dijo Morantes—. ¿Qué tal estáis?

—Bien —mintió Beatriz—. Duele un poco, pero nada que no puedan curar un par de aspirinas.

—Sí, claro —replicó Pablo—. El que casi no lo cuenta soy yo. Cuando te vi lanzarte al agua casi me da un infarto.

—¿Y tú? —preguntó Morantes, dirigiéndose a Sebastião.

—También bien —aseguró—. Sólo un chichón. ¿Qué tal el de anoche?

—Con lesiones internas para aburrir —respondió Morantes—. Los médicos no se explican cómo sigue vivo. No creen que salga de ésta. Y Trini —hizo una pausa—, os podéis imaginar.

Pablo tomó la palabra y explicó que había hablado varias veces con González a lo largo de la noche, la última desde la clínica, y tras un extenso y extenuante tercer grado acerca de los eventos transcurridos y del paradero de Beatriz y Sebastião, lo había dejado finalmente tranquilo. Luego, se quedó hasta altas horas recopilando datos sobre el presunto asesino. Su nombre era Indalecio Parada, de cuarenta y dos años de edad, hombre de pasado violento y con una condena de siete años en el penal de Sevilla por tentativa de asesinato con varios agravantes. En la cárcel intentó suicidarse, ahorcándose con una cuerda de nailon que había conseguido Dios sabe dónde y que lo llevaría al centro psiquiátrico López Ibor; más tarde, su expediente se trasladó al Ramón y Cajal.

Beatriz clavó una mirada en Sebastião que al portugués no le pasó desapercibida.

—Y ahí estuvo internado hasta que hace unas semanas desapareció.

—Entiendo que la razón de esta reunión tan tempranera es hacernos partícipes de cómo atrapar a Caín —dijo Morantes con medio donuts en la boca—. ¿Me equivoco?

—Lo mejor es no andarnos con rodeos. Queremos entrar en la consulta privada de Del Campo y examinar la agenda de su ordenador —explicó Sebastião.

Morantes los miró detenidamente a los dos.

—¿Qué esperáis encontrar?

—Un nombre —respondió el portugués—. El nombre del siguiente asesino. Y ese nombre está ahí, en su agenda. Dime que no lo quieres.

Hubo un silencio en el que cada uno reflexionó sobre las posibilidades que brindaba Sebastião.

—¿Sin una orden judicial? —exclamó Pablo, levantando las manos—.

Me parece que el golpe en la cabeza te ha afectado más de la cuenta, Sebastião.

—¡Pablo! —le reconvino Beatriz.

—Coño, Bea. ¿Sabes la que se puede armar?

—¿Qué otras opciones tenemos? —preguntó Sebastião—. ¿Cruzarnos de brazos y esperar a que Caín cometa el octavo asesinato? Y, aun así, le quedará otro. ¿Y después?

—Lo vamos a hacer de todas formas —aseguró Beatriz—. Vamos a meter a ese tío entre rejas aunque tenga que rebuscar en su cesto de la ropa sucia. La ayuda del CNI nos sería útil.

Morantes sonrió cínicamente:

—Cuenta sólo con la de este viejo.

—Y tú, Pablo, ¿qué dices? —preguntó Beatriz.

Pablo resopló y se recostó contra el respaldo del butacón. Apoyó una mano en la nuca y echó la cabeza hacia atrás, haciendo que le sonaran las vértebras. Desde hacía unos días, la tensión le tenía el cuello hecho polvo.

—Dos asesinatos más y desaparecerá para siempre —advirtió Sebastião. Pablo puso cara de resignación.

—Es una imprudencia, es lo que pienso. Pero vale la pena intentarlo —dijo al fin.

Sacó un paquete de tabaco de la chaqueta y se encendió un pitillo. «Y no me digas que no fume», dijo mirando a Beatriz.

—Bueno, pues si estamos seguros... —dijo Morantes, consultando su reloj. Alargó la mano para descolgar un teléfono inalámbrico y se lo acercó a Sebastião—. Primer paso: llama a Del Campo. A estas horas, ya estará despierto.

—La leche —comentó Pablo.

Capítulo 5

¿Quién lograría, aun con palabras sueltas,
hablar de tanta sangre y tanta herida,
aunque diese al discurso muchas vueltas?

17 de abril, miércoles

Morantes colgó el móvil y se giró para hablarle al hombre que, vestido con traje de saldo azul marino y gorra calada para tapar la calva (en la cinta de la gorra llevaba incrustado un billete de lotería nacional), lo miraba con aire preocupado.

—Ya viene —le dijo—. Un Mercedes azul oscuro conducido por un hombre mayor. ¿Lo tenemos claro?

El tipo de la gorra, que trabajaba como aparcacoches del bar José Luis de la calle Serrano, seguía con atención los pasos de dos esculturales rubias, europeas del este por la apariencia, y trabajadoras de los locales de alterne de alto standing que había a la vuelta de la esquina, por sus atuendos y altísimos tacones.

—Madre mía, vaya par de bombones —exclamó en alto y sin disimular sus lascivas, si no intenciones por falta de posibilidades económicas, al menos ganas.

—Mariano, leche. Que no te concentras en lo que estamos —le espetó Morantes.

El hombre volvió el rostro hacia Morantes. Debía de tener más de sesenta años bien llevados o cincuenta mal llevados y no podía medir más de metro y medio. Se deshizo en una tremenda sonrisa desdentada.

—¡Si es que hay que ver cómo están, las gachís! Si tuviera unos años menos...

—Seguirías sin poder pagar la factura. Anda, Mariano, hazme caso.

A esas horas, las dos y media de la tarde, las oficinas del barrio comenzaban a escupir gente en dirección a los bares y los restaurantes de menú. Los tres o cuatro más conocidos se llenaban de ejecutivos trajeados, señoras con pesados abrigos de pieles y sus respectivos y adolescentes pizpiretas del barrio. Los coches, aparcados por sus propietarios donde podían, hacían intransitables las esquinas y los pasos de cebra de los alrededores. El aparcacoches puso gesto serio.

—A ver. Llega un Mercedes y lo aparco en lo alto de la calle. Y las llaves, ¿para qué las quieres?

—Ya te lo he dicho. Es un asunto privado. Como cuando le hice el favor a tu sobrino. ¿O acaso no lo libré de pasar seis meses a la sombra?

Mariano levantó las manos.

—Vale, vale, jefe. Si sólo era por saber. —Lanzó una mirada en todas direcciones y prosiguió en tono conspirador—. Y para mí, ¿no hay nada?

—Si hay suerte y todo sale bien, te llevas cincuenta euros.

Mariano se giró como quien no escucha y observó los últimos pasos de las chicas antes de que doblaran la esquina.

—Ay, pero qué ricas —suspiró.

Morantes se apostó en el portal del número 85 de la calle. A su derecha, otro restaurante italiano de moda competía con el Cinco Jotas de enfrente en incrementar la doble fila de la calle.

Como siempre que se encontraba a solas, dejó que sus pensamientos se perdieran en recuerdos de su mujer. La recordaba increíblemente bella, aun cuando el cáncer había acabado con su pelo y su fortaleza. Fue su ternura, pensó, lo que lo atrajo. Su gran paciencia y su afabilidad, que hacían que la gente gravitara a su alrededor. Ante cualquier desavenencia de la pareja, hasta los amigos de Morantes se ponían del lado de Sol. Se ganaba a la gente con la primera sonrisa. Y él seguía vivo porque ella se lo pidió con el último aliento: «No te rindas, ¿eh? Todavía tienes mucho que hacer.»

Se quitó el guante de una mano para poder secarse una lágrima que le resbalaba por la mejilla. «Mientras sea útil», prometió. Ahora Caín, quién sabe después.

Salió de su letargo al ver el Mercedes de Del Campo aproximándose al bar. Vio cómo Mariano se lanzaba a la carrera a por la puerta y a por sus euros. El coche se detuvo frente al bar y Mariano abrió la puerta del conductor. El psiquiatra iba enfundado en un abrigo oscuro y se protegía la cabeza con un sombrero italiano; Borsalino, sin duda. Entregó las llaves al aparcacoches y entró con paso tranquilo en el bar. El Mercedes, conducido ahora por Mariano, arrancó despacio, subió hasta la siguiente esquina y se detuvo en el lugar acordado. Mariano se apeó y cerró la puerta. Buscó a Morantes con la mirada y se acercó hasta donde el agente lo esperaba.

—Algún día me explicarás el operativo —dijo Mariano en tono conspirativo.

Morantes sabía que la puerta de la consulta era blindada, de una marca conocida. Tomó las llaves y observó el llavero con detenimiento: una de ellas era de seguridad. Al agente se le escapó una ligera sonrisa. Sacó un billete de la cartera y lo introdujo en el bolsillo del arrugado blazer del aparcacoches.

—Mariano, ahora vuelvo.

Sebastião se levantó al ver entrar a Del Campo en el bar. El psiquiatra ni siquiera se detuvo en la puerta para buscarlo con la mirada; fue directamente hacia él, como si supiera de antemano qué mesa había escogido. Fácil de adivinar: una mesa al fondo. Entregó su abrigo, la bufanda y el sombrero a un camarero y se acercó a él. Sebastião se puso de pie y le tendió la mano a la vez que cogía aire.

—Sebastião. Es un placer verte de nuevo. —Sonrió con los labios sin dejar que la expresión activara otros músculos de su cara. Su apretón de manos era firme y seco, cargado de su acostumbrada fuerza.

Se sentaron y al momento un camarero se materializó a su lado. Del Campo pidió un consomé y merluza sin consultar la carta. El camarero lanzó una mirada inquisitiva a Sebastião.

—Tomaré también el consomé y de segundo un filete empanado y una botella de agua sin gas.

—Y un rioja reserva —añadió Del Campo.

El camarero lo anotó todo y se retiró. El psiquiatra dejó un portafolios de cuero encima de la mesa y se colocó la servilleta con esmero sobre el regazo. Un sello de oro, con amatista, brilló un segundo con la luz de los halógenos del techo. Sus manos fuertes y con manicura inmaculada corrigieron la alineación de los cubiertos hasta que quedaron perfectamente colocados.

—¿Cómo van las pesquisas? —preguntó.

Sebastião era consciente de que ésa era la parte más difícil de su actuación: debía comer con Caín, pretender que era ajeno a los hechos e intentar mantener la serenidad. Sentado enfrente de él estaba el que, sin duda alguna, era el responsable de la muerte de muchos inocentes. El hombre que se burlaba de él dejando notas de suicidio con referencias a su padre y que fingía sorpresa e indignación en la tertulia. El hombre que había organizado a sangre fría el asesinato del hijo de un amigo. Trató de controlar el temblor de la mano al asir la servilleta para extenderla sobre su regazo.

«Morantes —pensó—. Espero que tengas las llaves.»

—De eso precisamente quería hablarle.

—Tú dirás, Sebastião. Me alegra saber que el asesino del hijo de don Claudio se enfrenta a un paladín tan hábil.

El halago molestó a Sebastião, y Del Campo malinterpretó su reacción.

—No te subestimes. Conozco bien tus logros y tus éxitos en la Interpol y considero que llevas la investigación con gran profesionalidad, a pesar de la necedad de tus colegas, que no hacen más que dar palos de ciego. Sobre todo, estoy impresionado de cómo construiste en el pasado algunos de tus casos basándote en perfiles de comportamiento. Equivocado en ocasiones, pero sorprendentemente efectivo.

—Es una técnica muy empleada fuera de nuestro país —dijo Sebastião, sin saber adónde le conducía Del Campo—. El mérito no es mío.

—Ah, profesor; no seas tan humilde. Más de un criminal maldecirá su suerte al haberte tenido como enemigo. De todas formas, tienes razón en decir que en este país se emplean poco esos métodos. Es una pena que el estudio del comportamiento no merezca más atención por parte de nuestras autoridades. Mucho tenemos que aprender de nuestros colegas norteamericanos.

Del Campo se detuvo para servir, con pulso firme, de la botella de rioja que el camarero había depositado sobre la mesa. «¡Jugaba con él! Soy Caín —parecía decir—. Eres un digno oponente, pero yo soy invencible.» Esperaba que su mirada no delatara su ira.

—Magnífico vino. —Levantó la copa y observó el color al trasluz. Luego hizo girar el contenido con un movimiento experto y se lo acercó a la nariz, aspirando con fuerza. Terminó el ritual sorbiendo y dejando que el vino se le paseara por la lengua—. Los vinos de Haro son excelentes —dijo con aprobación—. En algo nos parecemos tú y yo. Nos involucramos demasiado en nuestro trabajo. Un exceso de pasión, pero sin ella seríamos mediocres. Las grandes hazañas del hombre siempre han estado cargadas de pasión.

—La pasión tiene muchas caras —repuso, y pensó: «Te equivocas. No somos en absoluto iguales. Yo soy el cazador y ahora tú mi presa.»

Debía mantener la calma para no descubrir su mano. Apretó los dientes mientras contaba mentalmente hasta cinco. Del Campo le sonrió burlonamente. En ese momento llegó el camarero con los consomés humeantes y Sebastião se arrancó con la excusa tramada horas antes en su casa.

—Nos gustaría poder hablar con Alberto Ros y creemos que sería bueno hacerlo en su consulta, con usted presente. Es posible que eso lo tranquilice lo suficiente como para que nos cuente algo que nos ayude. La otra posibilidad es interrogarlo en comisaría, lo que no creo que sirviera de mucho. Con un abogado delante, Ros se cerraría en banda.

Del Campo lo escuchaba con el entrecejo fruncido mientras sorbía el consomé.

—No creo que pueda satisfacer tus deseos —respondió, negando con la cabeza—. Ros es un paciente extremadamente complejo, pero que ha experimentado una evolución sorprendente en poco tiempo. Una disrupción de esa magnitud podría desequilibrarlo e iniciar una regresión peligrosa.

Dejó la cuchara en el plato y se secó los labios con la punta de la servilleta.

—La policía tiene pruebas de que Ros acabó con la vida de Martínez. Si no podemos hablar con él, será requerido a declarar mañana mismo —advirtió Sebastião.

Escudriñó con disimulo el rostro del psiquiatra. Desde luego, pedirle permiso para interrogar a Ros no era el motivo de aquella conversación; ganar tiempo para que Morantes consiguiera las llaves, sí. El médico parecía contrariado.

—Insisto en que eso es imposible. Ros está en tratamiento y no debe ser molestado.

—¿No ha recibido el alta médica?

El psiquiatra le clavó la mirada.

—Si insistes en interrogar a Ros, deberéis arrestarlo. Yo no puedo ayudaros.

—Me sorprende. Pensaba que la prioridad era encerrar al asesino de Juan Alacena.

Del Campo dejó la taza vacía en el plato. Su rostro se transformó y notó un ligero temblor en los labios. Tardó un rato en recobrar la compostura. Sebastião se acercó a él, inclinando el cuerpo y aguantándole la mirada.

—Lo único que me interesa es detener a Caín. Ros es secundario.

Esperaron a que llegara el segundo plato en silencio.

—Déjame que te haga una pregunta —dijo el psiquiatra. Cogió la paleta del pescado y seccionó un trozo de merluza del plato que acababan de traerle. Sebastião dio un sorbo al vino e hizo un ademán para que continuara.

—¿Crees en Dios? —preguntó Del Campo—. ¿Crees que hay algo maravilloso esperándonos en el otro lado? —Sebastião notó la amargura deslizándose por cada sílaba—. Recuerdo una película —prosiguió—: un hombre bueno, un sacerdote, sufre un accidente mortal y entra en coma irreversible, pero la ciencia consigue arrancarlo de las garras de la muerte. El filme cuenta que el hombre ha muerto y ha visto el más allá, pero lejos de regresar tocado con la bondad de Dios, lo hace convertido en un salvaje sin escrúpulos. Otro sacerdote, un amigo de la parroquia, se enfrenta a él al final del metraje, y le pregunta por los motivos de su trágico cambio. El primero, el resucitado, le contesta en una escena de violencia sobrecogedora que no ha encontrado nada al otro lado, por tanto, ¿qué necesidad hay en seguir una ética supuestamente divina? Como al dormir, no hay conciencia; solamente muerte. Imagínate tal horror, si eres capaz.

El psiquiatra se quedó callado de repente.

—No entiendo muy bien adónde quiere ir a parar con esa historia —aseguró Sebastião.

—La ética nubla nuestra capacidad de raciocinio, Sebastião. A eso me refiero.

Emiliano del Campo alzó la mirada, echó mano del portafolios que había dejado en la mesa al principio de la conversación y se lo entregó al portugués.

—Lea esto, profesor Silveira. Es la verdad que busca.

Y con esto se excusó, aduciendo un compromiso ineludible en la consulta, y se levantó, asegurándole que la cuenta ya estaba pagada.

La historia de Oswaldo Cosío era, por sus circunstancias, no imposible pero sí rebuscada. Nació un caluroso día de 1950 en Buenos Aires y su fortuna no fue nunca buena.

Pésimo estudiante, Oswaldo ejerció de niño travieso, de pillo, y a medida que la adolescencia lo abandonaba, de ladronzuelo. No se podía decir que su familia fuera acomodada, pero gracias al esfuerzo de su abuelo (el padre de su madre), que se había matado trabajando, tenían algo de dinero de herencia. O al menos lo tuvieron hasta que, sin entender muy bien cómo, por mucho que repasaran las cuentas, fueron perdiéndolo sin remedio.

Oswaldo acabó la carrera de abogacía sin pena ni gloria y tuvo la suerte de conocer a su mujer cuando encontrar trabajo se había hecho imperativo. En reciprocidad, ella conoció a un joven guapo pero con pocas ganas de trabajar. Así que Oswaldo se aferró con ambas manos al dinero de la familia de su mujer, escaso pero cierto (dinero también ganado por el abuelo materno pero gestionado con más acierto). Pasó el primer año disimulando ante su familia política hasta que las sospechas de vagancia superaban ya la dificultad de encontrar trabajo en la Argentina de aquellos años.

Y entonces tuvo otro golpe de suerte que, como todos los lances de la fortuna en su familia, hubo de cambiar a peor en poco tiempo; conoció a Gilberto Martín, hombre idealista, de tendencias políticas que resultarían a la postre mortales. Era sindicalista, o así se hacía llamar, y dedicaba su tiempo a luchar por la justicia, las clases sociales más abandonadas y, sospechaba Oswaldo en algunos (pocos) momentos, por causas que nadie entendía bien pero cuyos eslóganes resultaban, al menos, sonoros.

Tal éxito y tanto empeño puso Oswaldo en demostrar a su nuevo amigo su valía que en poco tiempo su oratoria (unida a unas facciones muy atractivas) le granjearon cierta fama, no mucha, pero la suficiente para traerle problemas. Se encontró, a una velocidad de vértigo que lo dejó desconcertado, abordado el 24 de abril de 1977 en plena calle Constitución por un grupo de individuos armados y vestidos de civil que dijeron ser de la División de Toxicomanía de la Policía Federal. Lo introdujeron en un coche grande, maniatado y encapuchado, y lo condujeron a los sótanos del tristemente célebre edificio de la Escuela de Mecánica de la Armada.

Pasó largas noches en una pequeña celda, oyendo los gritos de otros presos y tan aterrorizado que ni siquiera se preguntaba qué lances del destino lo habían llevado allí. Los militares fueron muy convincentes y no tuvieron que torturarlo más que un par de veces con una picana eléctrica hasta que Oswaldo cantó todo lo que sabía: nombres, direcciones y acciones concretas (algunas de ellas mejoradas para favorecer su situación con las autoridades), y consiguió, como la historia demuestra, salvar el pellejo, a costa de condenar a muchos de sus compañeros.

Y Oswaldo, que de siempre había sido frágil de cabeza (como hubiera dicho su suegro), se volvió loco. O en palabras de los médicos que años más tarde lo atendieron, ya en la cárcel de máxima seguridad de Córdoba, maníaco depresivo con fuerte tendencia a la violencia y con una manía persecutoria aguda. Su nueva situación carcelaria sobrevino tras su rápido abandono de Argentina y su llegada a España. Sin trabajo, con el poco dinero que había conseguido robarle a su mujer, a la que dejó sin reparos, se introdujo en un mundo que le recordó sus años jóvenes. La policía finalmente lo apresó junto a unos compañeros colombianos que con especial violencia robaban en chalés de lujo de las afueras de Madrid.

Hoy le dolía especialmente la cabeza. Abrió un bote y se tomó dos de las pastillas de las que le recetaba el médico. Otras dos y a la mierda con la amonestación de que convenía no abusar porque interfería en la otra medicación. ¡La puta! La otra, le provocaba ganas de mear todo el día. Y no le dejaba pensar con lucidez. «Y encima, te da diabetes.»

Oswaldo Cosío se había convertido en un hombre peligroso. Observó de nuevo el techo de su celda y pensó que dentro de unas horas sería libre. Libremente condicionado, pero una vez en régimen abierto, que le echaran un galgo. ¡Y pensar que hacía unos meses había intentado quitarse la vida! Descruzó los brazos de detrás de la cabeza y se observó la cicatriz que le recorría la muñeca izquierda; un surco violeta testimonio de la ansiedad y la desesperación en la que se había sumido en los últimos años.

Un intento de suicidio que se convirtió en un golpe de suerte que, como todos, acabaría torciéndose: conoció a un hombre que le dijo que quería ayudarlo.

La pareja se acercó al portal de la casa. Avanzaban cogidos del brazo y apoyados el uno en el otro para combatir el frío que a esas horas descendía sobre la ciudad. Un viento fresco soplaba con fuerza por entre los edificios de la manzana, haciendo volar las faldas de los abrigos. Pocos coches circulaban ya a esas horas, las tres de la madrugada; un camión de la limpieza pasó a sus espaldas y se detuvo una manzana más adelante. Dos basureros saltaron a tierra enfundados en gruesas parcas amarillas, gorros de lana y pesados guantes, y se dirigieron a la carrera hacia un grupo de cubos mojados. Un coche cruzó en sentido opuesto, las ruedas levantando una neblina de gotas que quedaron flotando en el ambiente. Las farolas descubrían una lluvia fina que caía en ángulo.

La pareja llegó a un gran portal y se entretuvo unos instantes ante la puerta, que se abrió unos segundos después. Entraron y la acera volvió a quedar vacía.

No obstante, la calle no se encontraba tan desierta como suponían. Dos personas distintas y desde puntos diferentes observaban sus movimientos. Una vez dentro del portal no encendieron la luz y en vez de tomar el ascensor, descendieron con la ayuda de linternas por la escalera de servicio hasta el primer sótano. Desembocaron en un pasillo largo y húmedo que perdía la elegancia del recibidor de la finca. Una escalera daba acceso a un segundo sótano, donde encontraron los trasteros y la entrada al garaje. Al final del pasillo había una puerta que se abría al patio interior; no estaba cerrada con llave. El patio era amplio, un cuadrado de una decena de metros de lado. El hombre miró hacia arriba y se alegró de no ver luces en ninguna de las ventanas que asomaban al patio interior.

El cajetín de Telefónica estaba al otro lado del patio; una caja de metal gris con una sencilla cerradura y con un adhesivo distintivo en el exterior. Tardaron poco en abrirla.

El edificio tenía seis pisos y un vecino por planta. Doce cables que bajaban de las viviendas y culminaban en el cajetín fueron desconectados y reconectados a un artilugio propio de un instalador de la compañía de teléfonos. El hombre sacó un móvil e hizo una llamada al número de la consulta de Emiliano del Campo. Pasados unos segundos, una luz se encendió en el osciloscopio.

—Éste es —susurró la mujer y reconectó el resto de los cables. Dejaron únicamente dos cables conectados al aparato.

Ambos volvieron sobre sus pasos hasta el recibidor y, esta vez sí, tomaron el ascensor hasta la quinta planta. Allí se apearon y se acercaron a una puerta de madera maciza con aspecto sólido. El hombre introdujo unas llaves en la cerradura, tomó aliento y abrió la puerta con cautela. Entró con sigilo. Un pitido comenzó su intermitente cuenta atrás.

En pocos segundos localizó la alarma. Contaban con menos de un minuto para evitar que saltara; a pesar de que la señal no llegaría nunca a la central, haría el suficiente ruido como para alertar a los vecinos. En silencio y moviéndose con prisa, abrió la tapa del cajetín de la alarma y localizó dos tornillos que protegían el cuadro. Sacó un destornillador eléctrico de pequeño tamaño y los desenroscó los dos. Evitó que cayeran al suelo y los guardó en el bolsillo. La mujer tenía preparado otro aparato, y una vez quedó al descubierto la electrónica de debajo del cuadro, se lo entregó a su compañero. Éste lo conectó a dos enlaces y pulsó el botón de potencia, haciendo girar unas agujas. El proceso era sencillo: la bocina de la alarma se activaba con una corriente eléctrica que disparaba una sirena. Al interrumpirse esa corriente, enviaba un aviso automático a la central de seguridad que nunca llegaría, dado que los cables telefónicos habían sido desviados a un artilugio que intervendría y detendría el aviso. Se trataba de una operación no excesivamente compleja, pero que requería instrumentos especiales.

Beatriz miró a Pablo y comenzó a respirar de nuevo. Se percató de lo nerviosa que estaba por el sudor de las manos. Las secó contra el vaquero mientras se dirigía al despacho principal, recorriendo el largo pasillo hasta el fondo del piso. Una pequeña linterna, apenas un rayo de luz roja, les iluminaba el camino. Franquearon la doble puerta del despacho y dejaron la luz apagada.

Pablo se acomodó en el butacón de Del Campo y encendió el ordenador, mientras conectaba una unidad de copia al puerto USB. El aparato, no más grande que un paquete de cigarrillos, serviría para copiar en cuestión de minutos toda la información que contuviera el disco duro y así poder analizarla con calma en otro lugar. Mientras tanto, se entretuvo con los cajones del escritorio. Husmeó por entre algunos papeles, pero no encontró nada importante. Con una minúscula cámara digital fotografió aquello que pudiera guardar algún interés: las páginas de una agenda, recetas médicas, algunas notas en folios sueltos... El ordenador soltó un pitido.

—Eh —susurró Beatriz. Se encontraba arrodillada a su lado, husmeando dentro de un cajón del escritorio. Con una mano enfundada en un guante de látex, quizá similar a los usados por los asesinos, sacó tres papeles—. Foto.

Pablo apuntó y sacó tres fotografías. Acto seguido hizo un gesto interrogativo con la barbilla.

—La misma tipografía que en las notas de suicidio —explicó Beatriz en voz baja.

Pablo miró la barra de progreso de la copia y levantó dos dedos. Dos minutos. Su compañera respiró hondo y se ajustó el micrófono que llevaba alrededor de la garganta. Con él y el auricular del oído estaría en contacto permanente con Morantes, que vigilaba la zona desde el interior de su coche. Seguía sudando y comprobó que le temblaban levemente las manos. Maldita sea, no era la primera vez que se veía envuelta en una situación de esas características. «Tranquila. Morantes está abajo, y ante cualquier imprevisto, podríamos salir de la consulta en menos de treinta segundos.»

—¿Puedes abrir ficheros con la copiadora en marcha?

Pablo asintió

—Pues hazlo.

No muy lejos de allí, en su casa de la plaza de Olavide, Sebastião cerró lentamente la carpeta que Del Campo le había entregado esa tarde en el bar. Sentado en un sofá y con una lámpara de pie dibujando penumbra en la habitación, se quedó mirando la pared de enfrente. Alargó la mano para coger el vaso largo de whisky. El hielo tintineó contra el cristal mientras intentaba mantener el pulso firme. Miró la cubierta de la carpeta. Era de piel marrón, envejecida con el paso del tiempo; las gomas que cerraban la tapa estaban raídas y acartonadas. Era una carpeta vieja.

«Menudo hijo de puta —pensó. En medio de su estupor, del torrente de sensaciones, se preguntó a santo de qué se la había dado. Seguía jugando con él, las apuestas cada vez más altas. Volvió a mirarla, repasando en su cabeza el contenido—. ¡Dios mío! ¡Cuántos años equivocado!»

En silencio, Sebastião Silveira enterró la cara entre las manos y, pidiendo perdón a su padre, comenzó a llorar.

—¿Qué buscamos?

Beatriz miraba por encima del hombro de Pablo. El monitor despedía una tenue luz azulada que acrecentaba la tensión en el rostro de su compañera.

—Me preocupa que la información no esté en su disco duro. ¿Y si está en algún servidor colgado de una red interna? Entiendo que el cacharro éste sólo copia archivos locales, ¿no?

Pablo asintió con la cabeza.

—Buscar en el servidor puede llevar su tiempo —advirtió.

—No creo —repuso ella—. Si tiene una agenda, estará a mano. Otra posibilidad es abrir el procesador de textos y ver qué ficheros ha consultado recientemente. Si abres la carpeta de *recientes* en...

—Ya sé cómo se hace —murmuró Pablo.

Lo sorprendente era lo fácil que había sido descubrir la contraseña de red del ordenador de Del Campo. Al tercer intento y tras probar infructuosamente con el nombre y los apellidos de cierto poeta italiano, Beatriz dio con la clave que les permitiría franquear las barreras de seguridad.

—Vale. Muy bien. Tenías razón —susurró Pablo—. La agenda está en la red. Quizá para compartirla con su secretaria. Un segundo y la copio también. Por cierto, ¿cómo adivinaste la contraseña?

—Intuición femenina. *Beatrice* era el nombre de la enamorada de Dante.

La subinspectora miró en dirección al recibidor que se divisaba más allá de la puerta. Ya había pasado mucho tiempo y la suerte nunca sonreía tan de continuo. A cada segundo que pasaba, esperaba divisar una silueta en la puerta del despacho u oír el ruido de una llave introduciéndose en la cerradura principal.

—Pablo, date prisa, que me estoy poniendo nerviosa.

—No te preocupes, tía. Yo estoy cagadito.

A dos manzanas de allí, varias personas vigilaban el portal. Morantes, sentado en su coche al otro lado de la acera, miraba su cronómetro por enésima vez. «Venga, Bea, que ya va siendo hora.» Las cosas no se hacían así; según el reglamento, ese tipo de operaciones requerían una quincena de agentes. Unos entrarían en el piso, otros vigilarían la zona apostados en todas las esquinas y un tercer grupo se encargaría de vigilar al sospechoso. Eso de que los policías fueran sorprendidos in fraganti solamente ocurría en las series norteamericanas. Pero, maldita sea, ahora podía pasarles a ellos.

Miró el reloj de nuevo. Con la tensión de la espera, no se percató de la sombra que se acercaba sigilosa por detrás.

A cierta distancia y apostado en un portal sumido en la oscuridad, un segundo par de ojos vigilaba al agente del CNI y el portal en donde habían entrado los otros dos maderos. La menuda figura de corto flequillo y famélico porte alargó el cuello sin dejar la seguridad del portal para escudriñar la plaza arriba y abajo y volvió su mirada al coche estacionado; dio un respingo. «Allah uh-akbar.» Pestañeó varias veces y blasfemó en árabe por lo bajo. La figura, mimetizada contra las sombras, sacó un móvil del bolsillo y marcó un número.

—Jefe. *Zoy yo.* —Escuchó unos segundos y chasqueó la lengua impaciente—. Omar. *Ha ocurrío la de Dió.*

—¿Cómo va la copia?

Pablo pulsó varias teclas a toda velocidad y finalmente soltó aire.

—Ya está.

—¿Lo tenemos todo?

—Espero que sí —dijo mientras apagaba el ordenador y desenchufaba el artilugio. Colocó una bolsa azul encima de la mesa e introdujo el aparato y la pequeña cámara digital. Ambos se dirigieron a la salida y se detuvieron ante la alarma, siguiendo el proceso inverso para dejarla en el estado inicial. En el último momento, antes de reconectarla, Pablo miró a Beatriz.

—Espero que esto no salte ahora.

—Da igual. Venga.

Reconectaron los cables sin menor problema y abrieron la puerta de la entrada con el mismo sigilo que antes. El pasillo estaba a oscuras. Llegaron al portal descendiendo rápidamente por la escalera, recuperaron el aparato que habían dejado conectado al cajetín de Telefónica, y en el descansillo de la entrada Beatriz llamó a Morantes.

No hubo respuesta.

—Venga, Morantes. ¿Podemos salir?

—¿Qué ocurre? —preguntó Pablo.

Beatriz frunció el ceño.

—Morantes, contesta —insistió.

Dejó que pasaran unos segundos y le dio unos golpecitos al receptor que llevaba adosado al cinturón. «Se supone que estos cacharros no se averían», pensó.

—Vamos —ordenó.

Salieron con decisión del portal y se dirigieron a su izquierda. Beatriz distinguió el coche del agente a medio centenar de metros con las ruedas del pasajero pegadas a la acera. La silueta de su amigo era visible a través del cristal delantero.

Había que cruzar una calle para alcanzar el vehículo.

—Mierda —susurró Pablo.

Volvieron a otear la calle en busca de algo que no encajara; una sombra desapareciendo súbitamente tras una esquina o un escape humeante de un coche aparcado.

Caminaron con cautela, los cinco sentidos alertas. Cruzaron por el paso de peatones hasta que una veintena de metros, la distancia que ocuparían cinco o seis coches, los separaban de la figura oscura e inmóvil del agente. Se acercaban de frente, por el lado del copiloto, pero Morantes seguía sin dar señales de haberlos visto. Beatriz introdujo la mano en la cazadora y liberó el seguro de su pistola. Dejó la mano empuñando el arma con fuerza. ¿Por qué no reaccionaba? Si le había ocurrido algo...

El corazón le bombeaba con fuerza y notó cómo se le secaba de golpe la garganta. Sintió pánico. Morantes, no, por favor. ¡Él, no!

Estuvo a punto de echar a correr para cubrir la distancia lo antes posible, pero era consciente de que debía avanzar con cuidado. A sus espaldas, un repartidor de pizzas con el tubo de escape de la moto suelto la sobresaltó.

A dos coches de distancia, sacó la pistola y mantuvo el brazo extendido junto a su pierna derecha, de tal forma que el cañón apuntaba al suelo. Pablo la imitó y de un brinco pasó entre dos coches hasta la calzada; cubría de esta manera la puerta del conductor.

—Pablo, atento —gruñó Beatriz. «Dios mío. Por favor.»

Avanzó unos pasos más hasta que pudo ver con claridad a su amigo. Estaba sentado en el asiento del conductor, la cabeza caída sobre el pecho. Beatriz abrió despacio la puerta del copiloto y apoyó una rodilla en el asiento.

Morantes había muerto de un disparo a bocajarro en la sien. Con frialdad clínica, Beatriz evaluó que se trataba de un calibre pequeño, a juzgar por la herida. La ventanilla del lado del conductor estaba entreabierta, lo que había permitido al asesino apoyar el cañón del arma contra la cabeza de su amigo y apretar el gatillo sin compasión.

Sintió una desolación como nunca antes había sentido.

Se dirigió a Pablo a través de la ventanilla:

—Pide... llama a una ambulancia.

Nunca le había parecido tan inútil aquella frase. Los ojos se le llenaron de lágrimas, salió del coche y se sentó pesadamente sobre el suelo frío, refugiando la cara entre las manos.

Aquella noche fue terrible; la peor de todas las noches vividas por Beatriz. Estuvo sentada largo rato en el suelo, desbordada por el dolor y la infinita melancolía, con la garganta prieta por el llanto contenido. Susurró varias veces el nombre de su amigo, casi padre, y al cabo levantó los ojos al cielo, a una luna gris que se asomaba entre nubarrones. Juró venganza. Juró con todo su fervor. «Ojo por ojo», se prometió.

El sonido de las sirenas se oyó lejano y Pablo se acercó a ella. «Bea —dijo—, llega la ambulancia», y le tendió una mano.

La policía científica acordonó la zona y comenzó a buscar huellas y pistas. Beatriz miraba espantada por la frialdad de la escena, por los comentarios clínicos y detallados de sus compañeros, que analizaban orificios de entrada, daños en tejidos y masa ósea, y la probable posición del asesino según la trayectoria de la bala.

Llegaron otros con preguntas. Se sucedieron interminables llamadas: González, que parecía enterarse de todo («cuando pille a esa comadreja de Omar», pensó Beatriz), el director general del CNI, Sebastião, que quedó mudo con la noticia, y otras llamadas que Pablo interceptó.

Pasaron horas hasta que un juez dio orden de que se levantara el cadáver y se llevara al Instituto Anatómico Forense, lugar donde se realizaría la autopsia. Morantes no sería enterrado hasta varios días después, y Beatriz sintió horror al pensar que su amigo tan querido iba a ser descuartizado sobre una fría camilla de acero por el forense. Acompañó a la ambulancia hasta el instituto y se quedó dando vueltas por una desierta sala sin saber muy bien por qué.

Sebastião volvió a llamarla cuando ella ya se encontraba en un coche patrulla camino de su casa. Hablaron brevemente, sin muchas ganas, y Beatriz le dijo que esa noche prefería pasarla en soledad.

18 de abril, jueves

La noche siguiente, Beatriz, Pablo y Sebastião se reunieron en casa de este último. Beatriz había pasado la noche en vela, el alma llena de dolor y de furia. Estaba exhausta y tenía unas profundas ojeras; los ojos habían perdido su acostumbrado calor.

Los tres se sentaron en el salón y la subinspectora relató lo sucedido con sequedad. Pablo, mientras tanto, permaneció en silencio.

—Ese desgraciado no tiene ya sitio donde esconderse —escupió al fin Beatriz.

Sebastião apretó los labios y asintió lentamente con la cabeza. Quiso decirle que estaban cerca de detenerlo y que Morantes habría querido que no se tomaran la justicia por su mano, pero no pudo. Beatriz le sorprendió:

—Quiero cogerlo ya. Quiero meterlo entre rejas, arruinarlo y verlo sufrir. No me miréis así; no voy a hacer ninguna locura.

Sebastião miró de reojo a Pablo.

—¡Soy una profesional, y Morantes me enseñó bien! No voy a traicionarlo ahora —exclamó.

Pero Sebastião no sabía si creerla.

—¿Has hablado con González?

Beatriz asintió:

—Ayer por la noche estaba al tanto de... la muerte de Morantes cuando hablé con él. Información de un soplón suyo que debía de estar vigilándonos.

Sebastião se levantó y se acercó a la ventana. Apartó los visillos y escudriñó la calle. No vio a nadie.

—Esa rata se habrá escondido. Sabe que si lo pillo...

Beatriz se frotó los ojos con dos dedos.

—Debemos continuar —dijo Pablo—. He oído que los del CNI van a tomar cartas en el asunto; ya han muerto dos de los suyos. González anda como loco con que se le inmiscuyan en el caso, y en el rifirrafe oficial disponemos de uno o dos días a lo sumo para actuar con libertad. A partir de ahí...

Tenía razón: a partir de ahí los apartarían del caso y se asegurarían de que Sebastião volvía de inmediato a Londres. Todos estuvieron de acuerdo.

—Bien. ¿Qué tenemos? —preguntó Beatriz.

Pablo sacó de una bolsa de viaje un ordenador portátil de última generación que contenía una copia exacta del disco duro de Emiliano del Campo, más algún archivo de la red. Mientras Pablo disponía todos los bártulos encima de la mesa del comedor, Beatriz se acercó a Sebastião.

—No me has contado qué tal te fue con Del Campo durante vuestro almuerzo en José Luis.

Sebastião se encogió de hombros. El contenido del dossier que le había entregado Del Campo le había afectado profundamente.

—Sabe que estamos detrás de él.

Beatriz hizo un gesto de indiferencia: «me da igual».

—El almuerzo fue como un reto; cada palabra medida y cada frase estudiada. —Consideró los hechos—. Su forma de observarme. No sé si intentaba provocarme o sencillamente acudió a la cita para demostrar que es superior a nosotros. Ese hijo de puta pudo planear la muerte de Morantes durante la comida. Se ha salido del guión de la *Comedia*. Es un reto personal...

—¿De qué hablas?

Pensó en hablarle del contenido del dossier, pero no se sentía con fuerzas para dar explicaciones. Todo encajaba y ya tenía clara la razón que se escondía detrás del juego de la *Divina Comedia*. Al fin entendía los motivos de Del Campo, de sus secuaces, de las muertes, de las notas de suicidio.

—Ya está —anunció finalmente Pablo desde la mesa de trabajo—. La agenda está lista. ¿Qué buscamos primero?

Sebastião se sentó a su lado.

—Los contactos de Del Campo —dijo—. Pacientes que estén actualmente en tratamiento. Necesito ver sus perfiles.

No tardó en aparecer la agenda de citas de la consulta en la pantalla, ordenada por fechas y pacientes. Mostraba, por defecto, el día actual. La consulta tenía varias citas al día siguiente, dos de ellas para Del Campo y las otras repartidas entre el resto de los médicos de la consulta. Un paciente más para el día siguiente y ya no encontraron otras citas para esa semana. Tres pacientes en total. Y unas anotaciones de su secretaria acerca de varias reuniones con asociaciones médicas y algún que otro almuerzo.

—Veamos los nombres —dijo Beatriz—. Llamaré a comisaría a ver qué hay en el ordenador. Mientras tanto, buscad historiales o algo que se les parezca.

No tardaron en encontrarlos y Sebastião los leyó en voz alta. El primero de ellos era un hombre que había sido condenado en más de media docena de ocasiones por robo con intimidación en farmacias y establecimientos de alimentación al sur de Madrid. Eludía la cárcel merced a una precaria salud mental y a la baja cuantía de sus botines. Hasta el momento, sus atracos no habían dejado víctimas, pero era sólo cuestión de tiempo. Según todos los informes psicológicos, era una bomba de relojería andante.

El segundo era un joven del que ni la sociedad ni el sistema penitenciario querían ocuparse. Experto en fraudes basados en historias grotescas que él mismo se creía, tuvo la mala fortuna de timar a la anciana madre de un miembro de una mafia china local. El caballero oriental no se tomó muy a bien la afrenta y fue a hablar con él. Cuando salió del hospital, meses más tarde, encontró que las calles ya no eran seguras y se acogió con entusiasmo a varios programas de ensayo de medicamentos contra la esquizofrenia (que padecía en grado no muy avanzado) en una conocida clínica de la capital, convirtiéndose así en cobaya humana.

Del tercero y último averiguaron poco en la copia del disco duro de la consulta de Del Campo. Encarcelado por su afición a imitar papel moneda y a la falsificación de cheques, ambas labores sin demasiada fortuna, sufrió una fuerte depresión en la cárcel.

—Uno de estos tres hombres es nuestro siguiente asesino —declaró Sebastião.

—O eso esperamos —dijo Pablo.

—Encajan en el octavo círculo de la *Divina Comedia* —señaló el portugués—. Os explico. El octavo círculo está dividido en subcírculos llamados bolsas. En la séptima bolsa, Dante coloca a los ladrones, a los mordidos por serpientes; en la octava bolsa, coloca a los fraudulentos, entre lenguas de fuego, y en la novena, a los falsificadores de moneda. Mirad —dijo señalando las entradas en el ordenador—, todos ellos son pacientes del Ramón y Cajal en programas piloto de reinserción de la Seguridad Social. Apuesto a que Del Campo los seleccionó a los tres para decidir cuál casaba mejor con sus planes. ¿De qué si no los atendería en su clínica privada? Fijaos —prosiguió, acercando un dedo a la pantalla—: Los tres siguen un tratamiento con olanzapina. Cualquiera de ellos puede ser el siguiente nombre.

Pasaron unos minutos más rebuscando por el ordenador hasta que Beatriz colgó el teléfono.

—Mañana nos envían sus historiales completos.

Quedaron en mantenerlos bajo vigilancia a los tres aquella noche, a pesar del cansancio de todos: Sebastião estaba seguro de que Del Campo actuaría esa noche. Los tres sospechosos estarían vigilados por los dos policías y por el agente del CNI compañero de Morantes que Sebastião había conocido semanas antes, en el coche de su amigo, cuando los introdujo en el concepto de la *Divina Comedia*. Aquella vez, el agente no había abierto la boca; ahora, tras la llamada de Beatriz, había acordado ayudarlos sin reservas. Sebastião se quedaría en Olavide, indagando con más detenimiento en la copia del disco duro por si encontraba información valiosa que hubieran pasado por alto.

Oswaldo Cosío, lejos de sentirse liberado al salir de prisión, sintió como si el mundo se le viniera encima. El pecho se le llenó de angustia y una horrible opresión le atornilló las sienes. Lo primero que hizo al pisar la calle fue tomarse un par de pastillas. Lo segundo fue mirar a su alrededor, recoger su raída mochila y comenzar a caminar. Llevaba en el bolsillo la dirección de la pensión en la que debía hospedarse y, sobre todo, reclamar el dinero que le permitiría regresar a Argentina, dinero que había ganado sobradamente con los años que había pasado en la cárcel, y que, fruto de sus trabajos como delincuente, la policía nunca llegó a encontrar. No existía el honor entre los ladrones, pero sus ex compañeros, aquellos que no fueron apresados, conocían su mal carácter y, como corría la voz, era mejor no cruzarse con Oswaldo Cosío.

Aun así, tenía pendiente su último trabajo en España. Algo que conseguiría que su vuelta a la patria fuera triunfal; algo que lo salvaría de los demonios de la noche. Que lo curaría de la locura que se había instalado en su mente y que no conseguía dominar.

Un último trabajo.

Cosío llegó de noche a la pensión. Las escasas monedas que había recopilado en prisión lo ayudaron con el billete de metro y al final tomó posesión del cuartucho de la zona de Sol que estaba alquilado a su nombre pasadas las once de la noche. A su llegada, recogió un paquete en recepción con una suma de dinero. Nada más, ni una nota. Llevaba grabado a fuego en su cabeza lo que debía hacer. En realidad, el dinero no era mucho, pero bastaría para darle alas esos días hasta que rescatara el botín que tenía escondido y cumpliera con su cometido.

El juego. Maldito juego. El viejo lo sacaría de la cárcel, le calmaría el alma y le daría dinero para volver a la patria a cambio... ¿a cambio de qué? El viejo estaba más loco que él. Rió entre dientes. «Dante.» La puta del viejo.

Se tumbó en el catre del cuartucho de la pensión y sintió que se encontraba mejor. Tuvo que tomarse la insulina para combatir un ligero mareo, pero aquella noche durmió sin pastillas y sin apenas notar el murmullo del sexo de prostitutas baratas que retumbaba a través de las finas paredes.

Sentado en su coche, Pablo repasó el historial policial del primer nombre de la lista de la agenda de Del Campo. Vaya perita en dulce. Y para mayor inri, estaba como una regadera. Levantó la vista del dossier y se aseguró de que el hombre seguía en el bar en el que había entrado una hora antes. Su silueta se dibujaba en una ventana a través de un cristal empañado. Una única puerta (tuvo cuidado de asegurarse de que el local no tenía puerta trasera) daba a la calle donde aguardaba con paciencia; el hombre tendría que pasar prácticamente por encima de su coche para salir del local.

No estaba siendo muy sutil, pero con la que estaba cayendo, sospechar de alguien que se resguardaba de la lluvia dentro de un coche sería mucho sospechar, y además Pablo no iba a dejar que lo burlaran bajo ningún concepto.

«Qué mierda», dijo en voz baja. Actuaban a espaldas de González y del CNI, que ahora husmeaba por todas partes. Los agentes del servicio secreto habían entrado en tromba en el caso y estaban revisando toda la documentación. El subsecretario de Interior estaba fuera de sí, y por extensión, también González. Les quedaba poco tiempo antes de ser relevados.

«Joder, —masculló de nuevo—. Venga, tío, muévete. Haz algo que nos lleve hasta Caín.» En ese momento, el hombre que vigilaba apareció en la puerta del bar. Iba arropado con una pesada gabardina y una bufanda, pero a pesar de la oscuridad y la lluvia, Pablo pudo distinguir con suficiente claridad sus rasgos para darse cuenta de que su hombre estaba en marcha. Esperó a que entrara en su coche y acto seguido cogió el móvil y llamó a Beatriz.

Oswaldo Cosío subió al coche y conectó de nuevo el puente en el arranque. El coche lo había robado esa mañana; un riesgo innecesario, era cierto, pero le satisfacía saber que conservaba sus viejas habilidades. No había tardado más de un par de minutos en forzar la cerradura y hacerse con el vehículo.

Puso el intermitente, sonriendo con el civismo de su gesto, y puso rumbo al norte de Madrid.

Y Oswaldo Cosío se dio cuenta, casi al instante, de que otro coche salía justo detrás de él.

—Oye, Bea —dijo Pablo a través del móvil—. ¿Tienes algo?

Beatriz dirigió una mirada a la entrada del club que se erigía en el kilómetro treinta y seis de la carretera de Burgos, un gran chalé de dos plantas que hacía las veces de prostíbulo de cierto renombre. La primera planta albergaba un gran bar donde las señoritas culminaban las transacciones económicas, y la segunda, las habitaciones donde se llevaban a cabo las carnales. El aparcamiento, para ser entre semana, estaba a rebosar. Volvió su atención al coche de su hombre.

—El mío sigue metido en el bar de putas. —Consultó su reloj—. Lleva más de una hora ahí dentro. ¿Y tú?

—Sigue dando vueltas con el coche.

—Oye, espera. —Un hombre salía del prostíbulo, apretándose el abrigo y agachando la cabeza—. Mi hombre se mueve.

—Ten cuidado.

Beatriz cortó la comunicación y arrancó el motor. Agarró con fuerza el volante. «Ten cuidado.»

De pie en la penumbra de su salón, Sebastião observó el dossier que le había dado Del Campo. La vieja carpeta, apoyada en el sofá, contenía información que trastocaba su vida por completo. En un abrir y cerrar de ojos, aquello que había marcado su juventud y que había forjado su carácter, para bien y para mal, se derrumbaba a su alrededor como un castillo de naipes.

Ahora entendía por qué Del Campo había decidido revelarle la información en ese preciso momento. Todo estaba medido al detalle; todo perfectamente estudiado. La representación, el juego, tocaba a su fin, y eso formaba parte de un guión cuidadosamente estudiado. Y en el maldito juego había caído Morantes, clara advertencia de que desafiar a Del Campo era peligroso. Y también era una invitación a enfrentarse a su destino en solitario. Caín se aseguraba de que Sebastião acudiría a la cita esa noche sin remedio ni compañía.

Su realidad hasta ese momento había sido que su madre se había quitado la vida y que su padre lo había abandonado, refugiándose en su dolor y olvidando a un hijo. *Su realidad* era que su padre no había sabido ver los signos de desesperación de su madre y no había hecho cuanto estaba en su mano por evitar su muerte. *Su realidad* era que, en gran parte, su padre era el culpable de la destrucción de su familia.

Pero la realidad no era así.

Su ánimo se tornó pesado. En parte, en gran parte, Sebastião era el causante de las muertes y el sufrimiento de Morantes, Vanessa, Pablo, Julio, Trini y Juan. Era uno de los protagonistas principales de la tragicomedia que se venía representando desde hacía meses. Supo que él mismo, un involuntario investigador portugués, estaba destinado a ser la siguiente víctima de Del Campo. Y que su horrible pecado era un pecado heredado: la traición de su padre y de su madre a Del Campo. Lo que dejaba a la intuición era la razón de la supuesta traición. Era algo que debía averiguar.

Con tranquilidad se levantó, fue hasta el recibidor y tomó el abrigo de un perchero. Cogió el dossier y salió por la puerta de su casa sin saber si regresaría con vida aquella noche.

Omar maldijo su suerte. Los martes por la noche había entrega de costo en la zona trasera de las viejas cocheras de la EMT de la calle Alcántara. Allí, un grupo de viejos conocidos se repartían algo de droga que llegaba del sur en correos humanos que pagaban su pasaporte de patera; poca cantidad para vender, pero lo suficiente para llevarse algo de dinero al bolsillo, que nunca venía mal. Y era dinero fácil. La policía conocía el trapicheo y lo toleraba; total, no era droga dura, y siempre en pequeñas cantidades, y permitía a los policías presionar a aquéllos cuando requerían información de la calle.

Pero esa noche una llamada de González le fastidió el plan. Y así, en esos momentos se encontraba sentado en un coche, vigilando a un sospechoso de no sabía qué. Al menos González, pletórico por algún motivo desconocido (hasta se había dirigido a él como «Omar, muchacho» durante su conversación telefónica), le había prestado un coche de decomisos. Lo malo es que, cuando llamó a sus colegas para decirles que no asistiría a la reunión pero que le entregaran su parte al día siguiente, se rieron a carcajadas; las reglas estaban claras: eso no era el Ritz, donde se podía reservar.

¿A quién seguía?

Al cabo de unos minutos el hombre salió de un portal de la zona de la puerta del Sol y subió a un coche aparcado en el paso de peatones de la esquina, puso el intermitente y se incorporó al tráfico.

Omar arrancó el motor y, rascando la primera, salió detrás del misterioso personaje.

—Voy por Atocha —informó Pablo.

Conducía con la mano izquierda mientras hablaba con Beatriz por el móvil. Seguía desde hacía un rato a su hombre que circulaba en dirección sur. Parecía buscar aparcamiento. Lo sentía por Beatriz, que a pesar de que escondía sus emociones bajo un manto de fría profesionalidad, se notaba la desolación y el dolor que había en su interior.

Si Caín había organizado el asesinato de Morantes, como creían, era evidente que sabía que habían entrado en su consulta; sabía que habían hurgado en su despacho. Quizá confiaría en el sistema de seguridad de su ordenador y en que no hubieran podido averiguar nada de interés. Una idea le puso los pelos de punta: que Del Campo hubiera anticipado sus movimientos, desde el almuerzo con Sebastião, hasta la entrada ilegal en su despacho. ¿Y si había llenado su agenda con información falsa para despistarlos? ¿Y si en esos momentos los tres estaban siguiendo señuelos?

—Manténme informada —dijo ella antes de cortar la comunicación.

Llamó entonces al agente del CNI que vigilaba el tercer nombre de la agenda. «Está en casa de su ex mujer —dijo éste—. No se ha movido en toda la noche.»

El hombre que Pablo seguía encontró aparcamiento, estacionó y se apeó del vehículo. Pablo pasó a su lado, dejó entre ambos una distancia prudencial y se detuvo. Se sobresaltó cuando sonó de nuevo el teléfono. Miró el número que brillaba en pantalla.

—Bea. —Se puso tenso cuando oyó la voz alarmada de la subinspectora.

—Acaba de llamarme Sebastião desde un taxi. Va camino de la casa de Del Campo en La Moraleja y dice que vayamos allí a toda leche.

A Beatriz se le atropellaban las palabras.

—¿Qué más te ha dicho?

—Nada. Sólo que vayamos. Que nos olvidemos de los nombres de la lista; el nuevo asesino es otro.

Pablo cerró los ojos. Podría ser... pero si se equivocaba y uno de aquellos tres tipos era en efecto el nuevo asesino de Caín...

—Hagámosle caso a Sebastião —dijo—. Estás más cerca tú, con lo que llegarás antes. Ten cuidado, Bea.

El taxi rodaba despacio por La Moraleja y en el asiento posterior, Sebastião sentía una extraña sensación, mezcla de cansancio, remordimientos y furia. Anticipaba con temor las revelaciones que pudieran esperarle. Apagó el móvil antes de que Beatriz volviera a llamarlo; ya tenían claro su destino y adónde debía acudir, y ahora era momento para estar a solas y pensar. Cerró los ojos y soltó aire lentamente, intentando relajar la tensión que sentía en sus músculos.

En la copia del disco duro de Del Campo, Sebastião encontró otro archivo cuya lectura fue casi tan dolorosa como las revelaciones del dossier. Lo encontró merced a un minucioso examen del contenido del disco, abriendo uno a uno todos los ficheros y los directorios, y analizando cada detalle con cuidado. Se sobresaltó cuando vio el nombre de su madre encabezando el titular del caso clínico, y su expresión se tornó en horror para luego dar paso a una rabia contenida. Del Campo debía pagar por más de un crimen aquella noche.

Una profunda niebla cubría el camino casi desierto entre chalés de lujo y grandes arboladas. El coche tomó la última pendiente antes de la residencia de Del Campo y se detuvo frente a la cancela del número indicado. Sebastião pagó y se apeó. Dejó que el taxi se alejara antes de acercarse al interfono y pulsar el timbre. No se sorprendió cuando la puerta automática comenzó a abrirse sin más. Desde la cancela hasta la casa subía un largo camino de grava flanqueado por docenas de cipreses que surgían de la niebla como guardianes, iluminados cada cierto intervalo con potentes focos halógenos. A su derecha se abría un gran jardín de medio centenar de metros que terminaba en una pared de seto verde. Caminó sin prisas, oyendo cómo sus pasos, amortiguados por la neblina, crujían sobre las piedras. Había dejado de llover súbitamente, pero la humedad del ambiente calaba hasta los huesos.

Al final del camino, una mansión de dos plantas se alzaba con aires extrañamente coloniales: el porche era amplio y estaba flanqueado por cuatro columnas blancas. A la izquierda distinguió el Mercedes azul del psiquiatra.

Llegó a la entrada y subió con lentitud los escalones hasta la puerta principal. La encontró abierta y confirmó lo que ya sabía: Del Campo lo estaba esperando. Franqueó el umbral, se quitó la gabardina, la colgó en un perchero de caoba y se detuvo unos instantes en el hall. Dejó transcurrir un minuto completo mientras miraba a su alrededor. Era un hall elegante, vestido con muebles clásicos y cuadros de valor. Al fondo había dos grandes colmillos de elefante, rodeados de cornamentas colgadas de la pared. Un entrada señorial para el hogar de un gran médico. Finalmente, aspiró con fuerza por la nariz y entró en el salón.

—Ah, Sebastião —dijo la voz familiar de Del Campo—. Te esperaba.

Oswaldo Cosío tomó la desviación de La Moraleja desde la carretera de Burgos y enfiló el largo camino que finalizaba en los arcos de la entrada de la urbanización. Echó un vistazo por el retrovisor y comprobó que los faros de su perseguidor continuaban reflejándose en su espejo. Cruzó por debajo de los arcos y se dirigió sin demasiadas prisas, para no perder a su perseguidor, por el camino de Gaitanes. Eligió una bocacalle para girar a la derecha. Era una calle sin salida, que terminaba en una plazoleta circular en donde era posible girar para desandar el camino. Sonrió. Aún se acordaba bien de la disposición de las calles de lo que una vez fue uno de sus campos de batalla. Aceleró cuando vio a su sombra entrar detrás de él. Al llegar al final del *cul-de-sac* giró en redondo y se dirigió veloz hacia su perseguidor. Sus faros iluminaron a un conductor pequeño, renegrido y con cara de susto. Frenó en seco delante de él, de tal manera que bloqueaba su avance, y salió como un rayo del coche. Al cabo de pocos segundos, la puerta estaba abierta y el hombre encañonado.

—Y vos. ¿Quién cojones sos?

Omar se quedó paralizado del miedo, pero años de experiencia en la calle le salvaron la vida.

—Nadie —tartamudeó—. *Yo zólo... el comizario Gonzále me ordenó que lo ziguiera a uzté, zeño. Pero no zé ná de ná* —hablaba atropelladamente, las dos manos delante de la cara, como si pudieran servirle de escudo.

—Cállate —ordenó Oswaldo.

Ante él se presentaba un dilema. Matar a aquel desgraciado allí mismo añadiría una complicación al asunto; el disparo podría delatarlo, y no contaba con dejar dos fiambres tras de sí aquella noche. No era aconsejable salirse del plan. Por otro lado, ninguna amenaza podría evitar que el pequeño árabe llamara a su amo una vez se sintiera seguro.

—Las llaves —dijo finalmente, y acompañó la orden con un gesto.

Omar obedeció sin titubear. Oswaldo aparcó su coche robado en la acera y subió a la parte trasera del coche de Omar, tirando las llaves en el asiento delantero.

—Ahora, arrancá y da la vuelta —ordenó—. Y pobre de ti que me des una excusa para volarte los sesos, boludo.

—A pesar de todo, me cuesta creer que sea usted el responsable de tanta locura.

Sentado enfrente de Del Campo en un gran butacón de terciopelo burdeos, Sebastião echó una mirada a su alrededor. El salón de la casa del médico era una estancia amplia, repleta de libros, enciclopedias, cuadros y grabados, y estaba decorada con muebles victorianos de caoba. El suelo, de tarima de palosanto de un color rojo oscuro, se recubría con alguna alfombra persa. Una gran lámpara de araña colgaba del techo, pero no estaba encendida. La única luz que iluminaba a los dos hombres era la proveniente de la chimenea que rugía a su derecha.

El médico no era el mismo hombre sereno y pausado de las anteriores ocasiones. Un fuego, un volcán contenido, bramaba en su interior. Se hacía patente en el casi imperceptible matiz de locura que destellaba en su mirada y en una leve rigidez en su postura. Era la misma expresión que un gran actor sabe imprimir a su personaje para llenar de violencia una escena tranquila.

La luz del fuego dejaba la mitad de su cara envuelta en penumbra.

—¿Locura? ¿Qué sabes tú de la locura? No, Sebastião. Estuve loco una vez hace tiempo, pero ahora ya no. Ahora estoy muy lúcido.

Del Campo, recostado contra el respaldo del sillón, sujetaba un balón de coñac entre las manos. Hacía girar el líquido con un movimiento lánguido, y Sebastião se fijó en las lágrimas de licor que se deslizaban por el cristal a cada rotación.

El portugués se inclinó hacia adelante y dejó el dossier encima de la mesa que los separaba. No tenía mucho tiempo antes de que llegaran Beatriz y Pablo.

—Antes de nada —dijo—, ¿por qué Morantes?

El médico no respondió; se limitó a hacer girar el balón de cristal con un leve movimiento de la muñeca.

—Uno no puede volver de la Ciudad de la Muerte sin haber llorado —declaró finalmente—. Eso decía tu padre. Quería asegurarme de que acudirías a la cita. —Sonrió con una mueca lasciva—. Una invitación que no podrías rechazar.

Sebastião se sentía cansado en cuerpo y alma, pero aún había demasiadas cuestiones sin resolver.

—Mi madre... —empezó—. Fue paciente suya.

Del Campo asintió con la cabeza.

Sebastião indicó el dossier con la barbilla:

—Su historial médico —prosiguió—. Describe su enfermedad mental y cómo usted la trató.

—Sólo era cuestión de tiempo que conocieras la verdad.

—¿La verdad? —repitió Sebastião—. O ¿su verdad?

—No hagamos juegos de palabras. Tu madre confió en mí, y no fui yo quien la traicionó.

—Pero el tratamiento no resultó efectivo. Al final se suicidó.

Sebastião vio cómo una nube de dolor cruzada veloz por la cara de Del Campo. Quería hacer sufrir al hombre que tenía enfrente.

—Usted diseñó un tratamiento psiquiátrico y puso empeño en ello, pero fracasó de la forma más estrepitosa.

Ante el silencio de Del Campo, Sebastião prosiguió.

—Mi madre sufrió una fuerte depresión, y una mujer joven y bella que lo tenía todo perdió la fe en vivir. Yo era muy niño, pero todavía veo sus ojos de tristeza. Y a mi padre, que intentaba ser fuerte. Acudieron a usted.

La mirada de Del Campo se había desenfocado con los recuerdos.

—Conocí a tu madre antes que tu padre —explicó—. Cuando cayó enferma, acudieron a mí. Fue tu padre el que me rogó que la visitara un día en su casa de la plaza de Olavide. Allí la encontré. —El psiquiatra clavó sus ojos en Sebastião—. Podía ayudarla.

—Se equivocó. No hizo más que agravar la situación. He leído bien el dossier y usted la confundió hasta la locura. Se enamoró de mi madre y creyó que ella le correspondería. ¡Qué hombre tan patético!

La copa tembló en las manos del doctor.

—No te atrevas a decir eso —replicó—. Nunca habría hecho algo que pudiera dañarla. Pero... surgieron complicaciones. Yo no fui el responsable.

—Poco importan ahora las excusas. Lo cierto es que mi madre fue deteriorándose, física y psíquicamente, hasta que no aguantó más y se quitó la vida. Es usted culpable de eso y de otras muchas muertes, y por Dios que pagará por ello.

—Llevo toda la vida pagando —dijo pesadamente—. Sin embargo, las circunstancias sí importan. Se había casado con el hombre equivocado y se enfrentaba a una vida sin amor. Tu madre tenía una creencia esencial en el amor. No podía vivir sin él.

—¿De qué está hablando?

—De mí, Sebastião. —Dejó el coñac en una mesilla lateral y se incorporó hasta sentarse en el borde del butacón—. Te aseguro que quería a tu madre como a la vida misma.

Sebastião sintió un escalofrío recorrer su cuerpo y le faltó el aire.

—Esa bobada ya la he leído en el informe. Usted perdió el juicio y empleó su poder como médico para que mi madre perdiera el suyo. Esperaba confundirla para que abandonara a mi padre, pero fue demasiado lejos. Se cree Dios y no es más que un pobre diablo.

Del Campo saltó de la butaca como un resorte. Un relámpago de cólera le cruzó el rostro.

—¡No te atrevas a hablarme de esa manera! Le confesé el amor que sentía por ella, mas era una mujer recta y no pudo corresponderme. Aun así, yo sabía de su cariño hacia mí. —Del Campo daba vueltas por la sala como un animal enjaulado—. Quise llevarla conmigo. Internarla en la clínica, pero su marido, tu padre, se negó. Quizá sospechaba algo. Y yo sabía que no podía enfrentarse a una vida así, sin ayuda. Me necesitaba.

—Está usted muy enfermo —dijo Sebastião—. Mi madre nunca lo quiso más allá de sus enfermizos sueños...

—¡Mientes! —aulló Del Campo.

Se detuvo enfrente de Sebastião, los puños cerrados pegados al cuerpo. Sebastião pensó que se le iba a echar encima y se puso en guardia, aunque era consciente de que Del Campo no podría con él si la situación llegaba a las manos.

—Mi madre sufría una enfermedad mental pero sabía quién era su marido y lo amaba. Usted piensa que mi madre lo traicionó al no separarse de mi padre. Sufre usted delirios de grandeza y se ha convencido de un espejismo.

Sebastião ardía de rabia. Delante de él se encontraba el hombre que había destrozado la vida de su familia. Pensó que la victoria era suya: sus padres vengados en su memoria y el viejo tertuliano, *Caín*, descubierto. Cruzó por su cabeza la idea de que Del Campo pudiera llevar un arma escondida. Transcurrió un minuto agobiante hasta que el médico volvió a su butaca y tomó de nuevo su balón de licor.

—Me defraudas. Pensé que tu inteligencia te permitiría ver la verdad.

Sebastião mantuvo la calma.

—Conozco la verdad. Reconozco que descubrirlo a usted no ha sido sencillo, pero...

Del Campo soltó una carcajada que sonó como el graznido de un cuervo.

—Cuénteme, profesor. Cuénteme.

El portugués miró de reojo un gran carillón que había al fondo de la estancia, justo detrás de donde se sentaba Del Campo. Habían transcurrido quince minutos desde que entró en la casa; a lo sumo faltarían otros diez para que llegara Beatriz.

—La medicación que empleó no funcionó con mi madre, y el desarreglo hormonal y químico derivado la sumió aún más en la sima. Usted mató a mi madre, de eso no hay duda. La llevó a la locura hasta que no pudo más. E igualmente arruinó la vida de mi padre, un hombre bueno al que yo he odiado injustamente.

El doctor había vuelto a su actitud anterior, recostado y con la copa asida en la mano derecha. Una leve sonrisa le desfiguraba la cara.

—Las muertes de mis padres acabaron con usted. Desde entonces vive en un infierno del que no sabe salir.

Del Campo volvió a reír.

—¡Infierno, qué palabra tan apropiada! Y, sin embargo, la salida ya está trazada. Pero continúa, que te sigo con atención.

—Desde la muerte de mi madre, usted perdió la cabeza —repitió Sebastião—. Aun así, es usted un hombre fuerte, y pudo superar su infortunio. Fue la muerte de mi padre lo que lo destrozó definitivamente. —Sebastião estaba improvisando, imaginando la historia según la relataba. Ni siquiera buscaba la confirmación en el rostro de Del Campo.

—Brillante deducción, profesor. Basada, sin duda, en su dilatada experiencia, pero falta de solidez fáctica. Mas, sigamos.

—En ese momento de su tortuosa existencia confluyeron dos factores. Por un lado, una iluminación que lo llevó a creer que podía, mediante el empleo de una nueva droga llamada olanzapina y de un férreo tratamiento de choque, evitar y curar las tendencias suicidas más pronunciadas. Aquello que falló con mi madre.

Sebastião lanzó otra mirada al carillón; habían transcurrido siete minutos.

—El otro factor fue Dante. El encuentro fortuito de la carta del poeta en la tertulia le proporcionó una idea que su retorcida mente convirtió en algo lógico. Usted se convenció de la absoluta necesidad de llevar a cabo una terapia de enfrentamiento violento con el problema del suicidio.

—El enfrentamiento es la base de gran parte del pensamiento psiquiátrico. En este apartado, Sebastião, tengo que reconocer que no soy más que un fiel seguidor de otros grandes médicos.

—Efectivamente, aunque usted lo ha llevado al extremo más absurdo. Decidió buscar el enfrentamiento máximo, quitando una vida para salvar otra. ¿Qué resultados se pueden obtener?

—¡Excelentes! —exclamó el psiquiatra—. Un éxito completo que te demostraré en su momento.

—Lo dudo, doctor. Usted no ha vuelto a ver a ninguno de sus pacientes —afirmó Sebastião. No sabía si eso era cierto, pero le daba igual—. No sabe dónde están, ni siquiera si siguen vivos.

Del Campo hizo un gesto de desprecio con una mano.

—¿Qué más da? La evolución de cada individuo hasta su momento final ha sido satisfactoria.

—El fin no justifica los medios. Más aún cuando los medios, en este caso, son en sí malignos. De esta manera, usted se convirtió en su propio paciente. Para vencer su locura se aplicaría su propio tratamiento organizando su terrible plan. Y llegamos a la razón central de su tortuosa existencia: la *Divina Comedia*. Cómo decidió emplear el poema como guión es algo a lo que le he dado muchas vueltas durante estos días.

El psiquiatra bebió un trago de coñac sin quitarle los ojos de encima a Sebastião y luego lo invitó a proseguir:

—Adelante.

—A pesar de su mezquindad, es usted un hombre brillante, y le divertía enzarzarse con los investigadores, máxime cuando uno de ellos era un Silveira. Me imagino cómo gozó cuando pedí consejo en la tertulia a la que usted pertenecía. O a la hora de redactar las falsas notas de suicidio en las que escondía la referencia al pensamiento lateral del que mi padre era pionero. Pero ésa no es la razón principal. La *Divina Comedia* es su particular descenso a los infiernos.

Esperó la reacción, pero no hubo ninguna. Las facciones de Del Campo estaban congeladas como en una instantánea.

—Usted se ve a sí mismo como un Dante moderno, descendiendo cada círculo en busca de su enamorada, internándose sin pensarlo en terrores cada vez mayores. No digo que la analogía no sea acertada, aunque el personaje es el equivocado. Usted no es el poeta protagonista, sino más bien la bestia atrapada en el noveno y último círculo. En su subconsciente más profundo, doctor, usted es Satán. Y ese descenso no es más que su autodestrucción sistemática. Es usted un loco, Del

Campo, como tantos otros que he conocido. El que intente rodearse de una aura de análisis clínico nada detrae de su locura.

En ese momento se abrió una puerta a su espalda y Sebastião oyó unos pasos que se acercaban. Se volvió en su butaca y se quedó rígido. No conocía a aquel hombre, pero supo en seguida que era un asesino de Caín. Su asesino. Se le secó la garganta.

—Te equivocas, Sebastião. Si yo tuviera un ánimo autodestructivo, el señor Cosío estaría aquí para segar *mi* vida. Es decir —rió Del Campo— si ya hubiésemos traspasado el octavo círculo. Estáte tranquilo. No sucederá eso. Mi vida no corre peligro alguno.

Aquel hombre, pensó Sebastião con horror, estaba allí para cumplir la venganza contra una falsa traición heredada de un padre y cuyo protagonista central era su propia madre.

Oswaldo Cosío se adentró en la habitación hasta colocarse detrás de Sebastião y le apoyó el cañón de un revólver en la cabeza. El portugués agarró con fuerza los brazos del sillón al sentir el frío del metal en la nuca.

—¿Ahora?

—Espera —dijo Del Campo, levantando una mano—. Aún nos quedan unos minutos hasta que lleguen sus compañeros.

Sebastião se percató en el acto de que Del Campo había cometido un error.

—¿La policía? —exclamó Oswaldo—. Pero ¿qué decís? ¿Estás loco, viejo?

La mirada del psiquiatra se tornó rabiosa.

—¡No te permito que digas eso! —gritó.

Sebastião aprovechó la situación para levantarse de su asiento como un resorte, agarrando con la mano izquierda el apoyabrazos y pivotando hasta encararse con el asesino. La reacción cogió desprevenido al argentino, que estaba concentrado en el psiquiatra y con el revólver apuntando al hueco que ocupaba Sebastião hacía décimas de segundo.

Aunque de menor estatura, Cosío era mucho más corpulento que Sebastião, y una vida marcada por años de violencia le proporcionaban una clara ventaja sobre un profesor universitario. Por otro lado, la sorpresa estaba de parte del portugués. Dio un paso hacia adelante mientras Cosío intentaba corregir la línea de tiro y le propinó un tremendo empujón en el pecho con ambas manos. Oswaldo apretó el gatillo, hubo un tremendo fogonazo y la bala se empotró en el techo. Sebastião dio un respingo y salió a la carrera de la habitación. Al pasar junto al psiquiatra vio su rostro desencajado mientras gritaba que no lo dejara escapar.

Sebastião llegó a la puerta de entrada y tiró del picaporte a la vez que otro golpe seco hacía estallar la cristalera de su derecha. Salió agachado al porche, de un brinco saltó la escalera y aterrizó en la grava. Tropezó y cayó de bruces. Detrás de él podía oír los gritos de Del Campo. Se levantó y rápidamente sopesó sus opciones. Si intentaba llegar en línea recta a la cancela de la calle, lo que lo obligaría a quedar expuesto durante un tramo largo de jardín, le ofrecería un blanco fácil al asesino, y no le cabía duda de que Oswaldo era un excelente tirador. Comenzó a correr hacia su izquierda, bordeando la casa en dirección a unos árboles que le brindarían un poco de protección; esa parte del jardín no estaba iluminada como la delantera. Sentía el sudor frío resbalándole por la nuca; si Oswaldo era más rápido que él, lo alcanzaría y le metería un balazo en la espalda, y no podía estar más que a pocos segundos de distancia. Al doblar la esquina de la casa, miró por encima de su hombro. Vio al asesino salir corriendo al jardín con el revólver en ristre; luego se detuvo y miró en todas direcciones hasta localizar a Sebastião. Con un movimiento fluido, levantó el arma y disparó. El portugués se agachó y el ladrillo de la fachada estalló unos centímetros encima de su cabeza, y lo regó con polvo y fragmentos de piedra. Dobló el ángulo de la casa y se internó en la oscuridad. Comenzó a correr de nuevo y a los pocos metros sintió un golpe seco en la cara y una luz cegadora le estalló detrás de los párpados. Era noche cerrada y prácticamente no se veía nada. Tuvo un momento de pánico, hasta que comprendió que no había sido una bala, sino una rama de árbol lo que lo había golpeado de lleno. Aturdido y sangrando, inclinó más la cabeza, protegiéndose la cara con las manos y prosiguió su huida. Unos metros más y alcanzaría la siguiente esquina para después esprintar por el camino cobijado por los cipreses hasta la verja de entrada. Arriesgado, pero una línea recta desde el porche hasta la cancela cruzando todo el jardín hubiera sido peor. Pasaron unos segundos hasta que pudo doblar la siguiente esquina. Delante de él se topó con el Mercedes y el camino de grava al final del cual se erguía, como si de una meta se tratara, la cancela. Sin pensarlo dos veces, salió a toda velocidad. Calculó que lo esperaban sesenta o setenta metros al descubierto. Una vez en la calle, sus posibilidades de supervivencia aumentarían. Fijó los ojos en la cancela y rezó con cada zancada para que Cosío, que con toda seguridad seguía a sus espaldas, no acertara con su puntería.

Había recorrido la mitad del camino, las piernas bombeando con toda la energía que aún conservaba, cuando sintió un golpe seco en la parte posterior del muslo derecho. No le dolió, pero al apoyar la pierna en la siguiente zancada cayó a plomo contra el suelo. Rodó varias veces hasta quedar tumbado boca arriba, la respiración saliéndole a chorros de los pulmones. Intentó ponerse de pie, pero le fallaron las fuerzas y volvió a caer de espaldas. Entonces oyó las pisadas de Cosío detenerse a poca distancia y volvió la cabeza hasta que pudo mirarlo a los ojos. Casi lo había conseguido.

El asesino lo apuntó con el revólver. Sebastião sólo pudo fijarse en el boquete del cañón.

—Buen intento, viejo. Vos perdés.

Y retumbó el cuarto disparo de la noche.

Sebastião pestañeó. El asesino dobló lentamente el brazo. Los ojos fueron abriéndosele más y más a medida que se arrodillaba a cámara lenta y la camisa se le fue encharcando de sangre. Sebastião se fijó en una gota de saliva que le adornaba la comisura derecha del labio superior. Era como si asistiese a la escena desde el palco de un teatro. Sentía un gran cansancio.

Beatriz llegó entonces corriendo.

—¡Sebastião!

Sin dejar de apuntar a Cosío, alejó el revólver de él de un puntapié y le puso un par de dedos en la yugular. Apretó los labios y luego se arrodilló al lado del portugués. Sin mediar palabra le reconoció la herida, obligándolo a levantar la pierna. Un pinchazo de dolor le arrancó un grito a Sebastião. La bala, dictaminó Beatriz, había entrado por la parte posterior del muslo y salido por delante sin astillar el hueso ni seccionar la arteria femoral.

—Estás bien, no te preocupes. De ésta no te mueres. Ahora mismo llamo a una ambulancia.

Sacó el móvil y, con las prisas, se le resbaló y cayó al suelo. Sebastião lo cogió.

—No te preocupes por mí —dijo con urgencia—. Del Campo está en la casa. Vete por él.

Beatriz asintió y le alcanzó el revólver de Cosío.

—¿Estarás bien?

—Perfectamente. Ten cuidado, que irá armado.

Observó cómo Beatriz avanzaba por el camino de cipreses, deteniéndose brevemente detrás de cada árbol, hasta que no pudo aguantar más la cabeza erguida y se quedó tumbado mirando las estrellas que asomaban entre las nubes.

Capítulo 9

Por el camino entramos encubierto
mi guía y yo, buscando el claro mundo;
y, sin querer descanso, a descubierto.

—Hubo un momento en que creí que no lo contaría.

—Si llego a acompañarte, no hubiera confesado como lo hizo —dijo Beatriz—. Fue arriesgado pero salió bien. Eso sí, tuvimos mucha suerte. Cuando te vi tumbado a los pies de Cosío, pensé en lo peor. Tu amigo Del Campo estaba como una cabra; el discursito que me brindó antes de volarse los sesos no tuvo desperdicio.

—Tuve que hacerlo —dijo Sebastião.

Se encontraban en el hospital Ruber Internacional, donde Sebastião se recuperaba de la herida en la pierna. Los médicos, tras una intervención para cerrar las lesiones internas, les aseguraron que aquella noche la suerte había estado de su lado: la bala había rozado la vena femoral y evitado el fémur. Las heridas se curarían con unas cuantas semanas de reposo.

Aquella mañana lucía un sol espléndido, y la vista desde la ventana al jardín exterior verde y frondoso tras el largo período de lluvias y espoleado por la llegada de la primavera era como una bendición. Beatriz trajo zumos para acompañar la insípida comida del hospital y, de postre, una tableta de chocolate Lindt. Como siempre, estaba guapísima.

—No me has contado qué te dijo.

—No he tenido tiempo —contestó Beatriz.

Tras el tiroteo, Sebastião recordaba estar tumbado observando el vaho de su respiración formando remolinos contra el fondo de estrellas. Perdió la noción del tiempo, pero le aseguraron que Pablo tardó pocos minutos en aparecer, y que lo encontró tumbado en medio del camino, debajo de un gran ciprés. Avisaron al SAMUR y Sebastião volvió a quedarse solo mientras Pablo corría en auxilio de su compañera. La encontró apoyada contra el respaldo de un butacón, Del Campo tendido a sus pies con un tiro en la sien.

—Habló de ti, de tu padre, de su obsesión con tu madre, aunque no empleó esas palabras —dijo en tono grave. Vio la cara de Sebastião y lo cogió de la mano—. Era un loco. No dejes que la demencia de un asesino te amargue.

Sebastião la miró y sonrió, aunque la pena le asomó a los ojos. Luego observó el panorama que se divisaba por la ventana y la luz, blanca y deslumbrante que entraba por el ventanal y llenaba la estancia de un calor acogedor. Un rayo de sol le calentaba la cara.

Su padre, un hombre atrapado en una espiral incontrolable que pudo con él. Una traición, la de su madre, por no corresponder al enamoramiento de Del Campo, y la de su padre, por no capitular, y los devaneos de un médico obsesionado. Dejó que sus pensamientos vagaran hacia los amigos de su padre, los miembros de la tertulia de «Los amigos de Cambridge», Iván, Oskar, Alberto y, finalmente, su tío Horacio. Grandes hombres. Pensó en don Claudio, y en que debía hablar con él, a sabiendas de que la muerte de Del Campo, a la postre, no los ayudaría a mitigar el dolor que sentían por la pérdida de Juan. Era un tópico, pero nada sustituiría a su hijo fallecido.

Pensó en Morantes.

Apoyó la cabeza en la almohada y cerró los ojos. No hacía ni dos horas que estaba despierto y el efecto de la anestesia y los calmantes se hacían sentir.

—¿Y Cosío?

—Muerto —respondió Beatriz.

—¿González? —dijo Sebastião con un hilo de voz. Beatriz le apretó la mano.

—Deberías descansar. Dormir un poco.

Sebastião volvió a murmurar el nombre del comisario y Beatriz chasqueó la lengua. Era testarudo como una mula.

—En este caso, fuera de juego. El ministro del Interior ha convocado una rueda de prensa esta tarde para echarse flores y alabar la buena actuación de las fuerzas de seguridad —dijo, adoptando un tono de voz oficial—. Pero dentro todos saben que el CNI y cierto profesor universitario y colaborador de la Interpol son los héroes del día.

Beatriz miró a Sebastião y le soltó la mano con delicadeza. Ya estaba dormido.

Epílogo

Perded toda esperanza al traspasarme.

Horacio y Beatriz llegaron juntos cuando las manecillas del reloj marcaban las once de la mañana. El funeral de Morantes empezaría dentro de un par de horas, justo cuatro días después de su muerte. El juez, tras decretar la conclusión de la autopsia, había permitido que la familia diera descanso a su amigo.

El caso estaba cerrado, y Del Campo muerto. Su penúltimo títere-asesino, el hombre al que Beatriz había perseguido por el Manzanares, había corrido la misma suerte. Omar, por el contrario, estaba vivo y buscándose la vida como bien podía, con la presión añadida de un González que no se había tomado nada bien no haber acaparado todas las atenciones y las alabanzas de sus superiores y de la prensa. Harry Álvarez, el periodista de *El Confidencial*, seguía en su línea; hay ciertas ratas con las que hay que aprender a convivir. Y finalmente estaban David y Rosa. La joven pareja pasó todas las mañanas por el Ruber a visitar a Sebastião, que se sorprendió al descubrir el afecto que sentía por ambos. Discutieron largo y tendido algunos de los aspectos más oscuros del caso. El mensaje que se ocultaba en las notas en clara referencia a las teorías de pensamiento lateral de su padre, al final, rezaba: «Si quieres encontrar la respuesta, analiza todas las posibilidades.» La frase de su padre que las notas no habían conseguido completar. Al menos habían salvado una vida.

Beatriz entraba y salía del hospital con frecuencia. Su trabajo en el caso fue alabado públicamente por el subsecretario de Interior, lo que le granjeó la inmunidad frente a González. Se le acumulaba el trabajo, pero había solicitado unas muy merecidas vacaciones, que pensaba disfrutar junto a Sebastião. «Un lugar lejano, ¿eh?, con muchas horas de avión. Para poder ponerme biquini», le dijo. Y a Sebastião, al cerrar los ojos e imaginarse a la subinspectora tapada con un minúsculo trocito de tela, le dio un sofocón.

El médico pasó por la habitación para despedirse y desearle suerte.

Sebastião echó un último vistazo a su alrededor para asegurarse de que no olvidaba nada y, con la ayuda de una muleta y las atenciones casi maternales de sus dos acompañantes, salió en dirección al ascensor.

Llegaron al cementerio de la Almudena, se bajaron del SEAT, y el portugués, apoyado pesadamente en la muleta, aspiró profundamente el aire cálido de la mañana. Parecía que había transcurrido una eternidad desde que unas semanas antes pisaba la gravilla húmeda de sus senderos; semanas que habían cambiado su vida para siempre. Con la ayuda de la subinspectora, recorrió el largo camino hasta donde se reunían medio centenar de amigos y familiares de Morantes. Sebastião reconoció a algunos y saludó a otros. Le dolía la pierna y el alma.

Al finalizar el entierro, se asió del brazo de Beatriz.

—Espera —le dijo—. Hay algo que quiero hacer antes de marcharnos.

Llegaron a la tumba de su padre en pocos minutos, caminando despacio por las avenidas y los caminos del cementerio. Beatriz permaneció a una distancia respetuosa, pero siempre cerca de él.

Sebastião supuso que sentiría una gran pena al reencontrarse con su padre, pero se sorprendió con el alivio que lo invadió; años de rencor se desvanecían de golpe. Dejó que una leve sonrisa se dibujara en sus labios. Su padre, un hombre bueno.

En ese instante sonó un teléfono que interrumpió sus pensamientos. Se volvió y vio a Beatriz con el móvil pegado a la oreja y las facciones endurecidas.

—¿Qué ocurre? —preguntó.

La subinspectora escuchó unos instantes y luego cortó la comunicación. Sebastião la miró a los ojos y en ellos adivinó cansancio.

—Han encontrado el cadáver de una mujer esta mañana —dijo—. Y otro folio con un párrafo escrito en letra Courier de doce puntos. Igual que los anteriores.

»La palabra número 76, la que faltaba para completar la frase de tu padre, según la sucesión de Lucas: "posibilidades"».

La subinspectora meneó la cabeza:

—¿Nunca ganaremos?

—La guerra, jamás; solamente algunas batallas —contestó Sebastião pesadamente—. Y con eso tendremos que conformarnos.

Agradecimientos

El noveno círculo nació como una idea fugaz hace cinco años, surgida de la imaginación de dos amigos que decidieron embarcarse en una tarea que creían que «tampoco podía ser tan difícil». En mi descargo, solamente puedo decir que éramos inexpertos. Al final, resultó ser que escribir un libro era toda una odisea que no podíamos ni imaginar cuando comenzamos; una odisea que nunca hubiera llegado a buen puerto sin el apoyo de muchas personas.

Entre ellas, y en primer lugar, por supuesto, Héctor Olarte, que tuvo la idea de la novela conmigo, y juntos pusimos las primeras piedras de la obra; es un amigo y una de las personas más sensatas que conozco.

En segundo lugar, Basilio Baltasar, que con una sola frase pronunciada una noche de verano en Deià me proporcionó el estímulo necesario para iniciar la aventura. Y, por supuesto, mis padres, no sólo por el apoyo en la novela, sino por el aliento en todas las aventuras de mi vida; a muchos otros amigos que mostraron un entusiasmo sorprendente: Ángela, Sonia, Manuel Olarte...

Y Planeta, que creyó en el proyecto. Gracias, Emili.

Este libro se imprimió en
A&M Gràfic, S. L.
Santa Perpètua de Mogoda
(Barcelona)